Love Lessons

De la même auteure dans la collection

Luv

Initie-moi. Mes jours contre tes nuits

LIV STONE

Love Lessons

addictives
POCHE

À Juju

TABLE

I

FOLIE INATTENDUE

1
Désir imprévu

Peut-on être jalouse d'une tasse ? C'est la seule question qui me turlupine lorsque je vois ses lèvres s'appliquer délicatement sur le rebord de porcelaine. L'empreinte est légère, juste le temps d'une gorgée de café noir. Puis, elles se détachent et un bout de langue les frôle pour en ravir le parfum. Je suis serveuse ici depuis quelques années et jamais je n'ai été captivée par un tel spectacle.

– Ah, j'ai retrouvé ma monnaie.

La voix de la cliente me sort de mes pensées. Je porte mon regard sur elle et lui souris en encaissant. Je pivote pour préparer la boisson en regrettant de ne plus avoir le propriétaire des lèvres dans mon champ de vision. J'en ai servi des gens dans une indifférence totale, mais là, je ne sais pourquoi, mon ventre se tord d'impatience à l'idée de reprendre ma position d'observatrice.

– Un cappuccino, précise une seconde fois ma cliente.

Je tressaille en lui faisant à nouveau face. Je me rends compte que j'étais restée les bras ballants.

– Ah, oui, désolée, dis-je un peu gênée, en remontant mon chignon blond un peu lâche.

La jeune fille au bonnet bordeaux et aux lunettes rondes allonge un sourire un peu moqueur, mais tout de même bienveillant face à ma maladresse. Il faut dire qu'il est tard – près de minuit. Les rares personnes qui sont encore là sont toutes des oiseaux de nuit, partageant un amour commun pour le travail nocturne et les boissons réconfortantes. Comme l'établissement propose un accès wi-fi et qu'il est situé à côté de l'université de Boston, les étudiants sont nombreux à bosser ici au calme.

Je prépare le café et fais mousser le lait. Cette étape demande quelques secondes qui me semblent propices pour plonger à nouveau dans mes pensées. On m'a souvent fait remarquer que j'avais tendance à m'égarer dans ces dernières. C'est vrai qu'avec ce que j'ai traversé par le passé, j'ai pris l'habitude de me focaliser sur un détail et de ne plus voir ce qui m'entoure. Et je ne m'explique pas pourquoi, ce soir, les lèvres de cet homme sur cette tasse me fascinent autant.

Une sensation de brûlure sur la main me fait sursauter. Le lait est en train de déborder du pot et de s'écouler sur le sol.

– Et zut !

Je recule, pose le pot, stoppe la machine et attrape une serviette en papier pour essuyer ma main.

– Ça va ? s'enquiert aussitôt Rosa, ma collègue, avec un froncement de sourcils.

– Oui, oui, j'étais ailleurs, grogné-je, agacée contre moi-même.

Mani, le manager, s'approche de moi avec une serpillière.

– Pas de mal ?

– Non, désolée pour le lait.

– Tu n'as jamais raté un lait chaud jusqu'ici. Il faut un début à tout.

Mani est cool. Mani a aussi une impressionnante capacité à masquer ses émotions. Il est difficile de déterminer s'il est en colère ou content. Il m'a fallu pas mal de temps pour décrypter les nuances de ses expressions et pouvoir affirmer, aujourd'hui, qu'il me témoigne seulement de l'inquiétude avec une touche d'humour.

Avant d'aider Mani à nettoyer la machine – en plus du reste, il est toujours prompt à mettre la main à la pâte –, je termine le cappuccino en dessinant une feuille sur la mousse – ma spécialité – et le sers à la cliente.

– Et voilà, désolée pour l'attente.

– Ce n'est rien, assure-t-elle avant de baisser les yeux sur mon badge. Merci…

C'est généralement là, à l'étape des remerciements, que les clients remarquent mon prénom et affichent cette même petite expression à la fois perplexe, amusée et narquoise. Je préfère généralement prendre les devants :

– Aly, dis-je avec un petit geste de la main.

La jeune fille acquiesce et s'éloigne pour s'installer dans la salle. J'ai tout juste le temps de jeter un œil sur le perturbateur, assis un peu plus loin, près d'une fenêtre. Je me surprends à être soulagée qu'il soit bien là et que ma confusion ne soit pas sans raison.

– C'est la reprise des études ?

La voix de Mani me rappelle malheureusement à l'ordre.

– De quoi tu parles ?

– Si tu as besoin de prendre des jours ou des semaines de congé, d'aménager ton emploi du temps pour tes études, dis-le-moi, explique simplement Mani qui termine d'éponger le lait.

J'attrape un linge propre pour le passer après lui.

– Pas plus que d'habitude.

– Tu n'es pas en archéologie pourtant ?

– Si, et alors ?

– Tu n'es pas censée partir fouiller à un moment donné ? Botter les fesses de pilleurs, agiter ton fouet ?

Je ne retiens pas un rire tout en acquiesçant.

– Si, mais peut-être pas cette fois, réponds-je, embarrassée. J'entame ma première année de thèse, beaucoup de choses se passent dans les bibliothèques.

Si j'interprète bien la très légère compression du coin droit de sa bouche, Mani est un peu déçu par ma déclaration. Là aussi, j'ai l'habitude. On s'imagine toujours des choses incroyables quand je dis que j'étudie l'archéologie.

– Bon, si un jour tu as besoin, on s'arrangera. En attendant, tant qu'il n'y a pas de clients au comptoir, tu peux mater, dit-il en s'effaçant.

Mes joues s'enflamment et je bafouille, mais je n'ai pas le temps de le contredire, il est déjà loin. Je ne mate pas ! Je… regarde avec un peu d'insistance l'homme assis là-bas. Rien à voir. Il est toujours concentré sur l'écran de son ordinateur. Sa tasse me semble presque vide. Je la guette, dans le cas où il faille dire à Rosa de la remplir à nouveau. Sa main agrippe doucement ses cheveux bruns, presque châtains, accentuant leur aspect « bataille », ce qui n'est pas pour me déplaire. Je trouve chacune de ses mèches indisciplinées plus belles les unes que les autres. Puis sa main passe sur sa joue et je perçois d'ici le moindre poil de sa très courte barbe crisser sous ses doigts. Curieusement, j'ai toujours trouvé ce geste très masculin.

– Mani a raison, me glisse Rosa à l'oreille, me faisant sursauter par la même occasion. Tu mates, mais je comprends. J'ai gloussé quand il est venu commander.

Est-ce vraiment utile de protester contre l'évidence ?

Je baisse les yeux, les pommettes à nouveau teintées d'embarras.

– Je ne crois pas t'avoir vue flasher sur un client avant, réfléchit ma collègue.

Bon, d'accord, il me trouble. C'est indéniable. Mais de là à affirmer que je flashe sur lui…

– Je n'en suis pas là, marmonné-je.

– OK, fait-elle simplement avec un large sourire qui la contredit. En tout cas, il a quand même jeté quelques coups d'œil sur toi quand il est passé commander tout à l'heure.

J'ai l'impression d'entendre ma meilleure amie Cassie, quand elle tente de me persuader qu'un homme me trouve à son goût. Mon célibat la questionne toujours.

– Je n'ai pas remarqué.

– Tu étais occupée à faire l'un de tes cappuccinos.

– Et tu ne penses pas qu'il regardait plutôt ce que je faisais ?

Ma perplexité prend le dessus dans mon ton, mais je sens mon cœur accélérer à l'idée qu'il m'ait accordé une quelconque attention. Rosa attrape la cafetière pleine et la pose sous mon nez.

– Je pense qu'un amateur de café noir se fout un peu de la mousse de lait.

Elle tapote mon bras pour m'encourager et s'éloigne pour débarrasser une table. Je reste figée quelques secondes. Il existe une grande différence entre le fantasme et la réalité. J'ai fini par le comprendre. Et si je me sens en totale sécurité derrière le comptoir à le « mater » de loin, à imaginer le son de sa voix et la couleur de ses yeux, m'approcher de lui pour le servir me semble soudain très risqué. J'inspire doucement et décide de faire d'abord le tour des deux ou trois clients qui sirotent du café.

Table après table, je m'approche de lui avec une certaine nervosité. Il a une belle carrure. Son teint est bronzé. Il sent l'aventureux plein air et pourtant le gilet sans manches noir et le jean foncé font un peu trop « habillé ». Que peut-il bien faire sur son ordinateur ? Quelle tâche accapare tant son attention ? Il ne ressemble pas à un étudiant, il doit avoir une trentaine d'années…

– Ça ira, merci, me fait remarquer le client à qui je verse du café.

Je relève vite le bec de la cafetière alors que la boisson chaude rase le bord.

– J'ai de quoi tenir encore une bonne heure, me rassure-t-il alors que je grimace.

– N'hésitez pas si vous en voulez encore.

Il acquiesce et je me détourne, fais quelques pas, hésite franchement. Une appréhension sourde me serre la gorge. Aucun homme ne m'avait encore véritablement fait de l'effet. Bien sûr, je trouve quelques acteurs beaux, ou j'acquiesce quand Cassie me dit que le garçon là-bas est canon.

Techniquement, c'est vrai. Mais l'homme en face de moi me semble différent. C'est une sensation irrationnelle. Un peu comme la force gravitationnelle. Un corps en attire un autre, inlassablement ; ils n'ont d'autre choix que de se rencontrer.

Sans m'en apercevoir, je suis à ses côtés et je me retrouve plantée près de lui sans savoir quoi dire. Il ne m'a même pas vue, il semble absorbé par son écran. Au bout d'une seconde qui m'en paraît soixante, il sent ma présence et se redresse. Il me dévoile la formidable couleur de ses grands iris. Je ne crois pas avoir déjà vu un tel bleu, aussi clair que des reflets de banquise, et pourtant aussi brillant que le Soleil. Ses traits sont bien dessinés, le visage légèrement ovale, le nez droit, les cils un peu longs… Il dégage une beauté harmonieuse et virile qui m'oppresse soudain la poitrine. Ses lèvres s'étirent et deux petites fossettes se creusent sur ses joues.

Un frisson glacial me saisit. Je crois que je vais rester bêtement muette. Ma main droite se resserre fort sur la poignée de la cafetière tandis que la gauche, moite, agrippe mon tablier. Je m'imagine déjà bégayer lamentablement, comme un bug d'ordinateur. Mais c'est sans compter Rosa qui, en passant derrière moi, me donne un discret coup dans le dos et me pousse en avant. La cafetière se déverse sur l'homme, me sortant de ma torpeur.

Il recule avec précipitation sur sa chaise, en jurant à mi-voix. Mon cœur jusqu'ici en stase s'élance brutalement.

– P-pardon ! Je suis désolée !

Le froncement de ses sourcils et l'expression qui anime son visage me paniquent plus que ma bourde de serveuse. Pour une entrée en matière, c'est réussi ! Je ne sais vraiment pas à quoi pensait Rosa, mais c'est raté !

– Ce n'est rien, grogne-t-il en passant une serviette en papier sur lui.

Ce geste, accompagné d'une voix grave et puissante, m'encourage à faire enfin quelque chose d'utile. J'attrape vite mon torchon pour essuyer les gouttes sur le sol puis, sans vraiment comprendre ce qui me prend, je me mets à l'éponger, lui. Alors que je passe le tissu imbibé sur sa cuisse d'une main tremblante, il s'immobilise. Une poignée de secondes défile avant que je me rende compte que cet acte est bien trop déplacé. Pétrifiée, penchée sur lui sans contact visuel, je n'ai plus que son odeur qui submerge mes narines et me perturbe encore davantage. Les notes ambrées me vrillent le cerveau. Je n'avais encore jamais eu envie de m'asseoir sur les genoux d'un homme pour enfouir mon visage dans son cou et m'enivrer.

C'est seulement à cette pensée que je me redresse, empourprée, interdite.

– Désolée, soufflé-je.

Il lève les mains en signe d'apaisement.

– Ce n'est rien… répète-t-il un peu plus posément.

Je déglutis. Sa voix est plus chaude à présent, plus douce. Je suis bien trop troublée pour remarquer son regard dirigé sur mon badge.

– … Alaska.

Le ton est étonné, bien sûr, amusé, et… charmé ?

Je tente de ne pas me transformer en piment ambulant. Je n'ai tellement pas l'habitude d'être ainsi désarçonnée par un homme que mon esprit demeure piégé en eaux troubles. Je parviens toutefois à me ressaisir et établis un plan pour m'en sortir avec dignité. Étape une : le reprendre sur le prénom bizarre que mes parents m'ont choisi, même si, dans sa bouche, j'ai l'impression d'enfin l'apprécier.

– Aly, dis-je pour le corriger.

Le coin de ses lèvres si adorables se courbe un peu plus.

– Jay, répond-il automatiquement.

Je me mets à sourire, incapable de résister à son charme.

Jay… Mettre un nom sur lui le rend un peu plus réel encore. Je laisse mes yeux le parcourir à nouveau et remarque la montre au bracelet de cuir sombre, la naissance de son cou perdue dans son col et un tatouage au creux du poignet droit, deux lignes manuscrites que je ne parviens pas à lire.

– Est-ce que vous voulez du café ?

– Vous voulez dire dans une tasse cette fois ? D'une manière tout à fait traditionnelle ?

Sa taquinerie ne m'aide pas à conserver ma dernière once de calme. Je n'arrive plus à contrôler mes zygomatiques, ils n'en font qu'à leur tête. Il a un léger accent qui m'embrouille davantage dès que les mots sortent de sa bouche. Aussi, je tente de reprendre le fil du plan. Étape deux : formuler des réponses limpides et correctes. Je m'éclaircis la gorge, je repense à ses lèvres sur la porcelaine.

– Oui, dans une tasse.

– Avec plaisir, Alaska.

Je n'ai pas le courage de le reprendre. J'entends très bien l'amusement qu'il dégage, mais en même temps, mon prénom perd tout son ridicule lorsqu'il le prononce. Ses yeux pétillent en me regardant. J'ai presque l'impression qu'ils me défient, qu'ils me cherchent. Le problème, c'est que je sens ma main vaciller au moment de verser le café.

Étape trois : viser la tasse !

Toute ma concentration restante se focalise sur ce simple geste reproduit des milliers de fois auparavant. Et lorsque j'atteins mon but avec succès, je me redresse, assez fière, et me mets à sourire à nouveau, avec plus d'aplomb.

– Merci, fait-il en creusant ses deux fossettes.

Nous arrivons à la fin de tout échange possible entre une serveuse et un client. Je n'ai pourtant pas envie de le laisser. Et vu que, de son côté, il ne s'est pas tourné complètement vers son ordinateur, lui non plus n'a pas envie d'en rester là. Mais il ne dit rien de plus. Je me creuse les méninges pour dénicher une relance, et c'est ma cafetière vide qui me l'inspire.

– Si vous en voulez encore, vous n'avez qu'à me faire signe, vous avez l'air d'en avoir besoin pour étudier.

Me tromper volontairement pour qu'il m'en dise plus sur lui me semble un plan idéal. Jay se montre à la fois surpris et diverti par mon intervention.

– Je n'étudie pas, j'écris. Enfin, je tente de finir un chapitre surtout.

Un écrivain. Je me retiens de soupirer d'admiration.

– De quoi parle votre récit ?

– D'un roi aux grandes conquêtes et aux centaines de femmes.

Il termine sa phrase avec un regard qui me balaie vite, discret, mais qui ne se veut pas invisible non plus. Ce qui me met un peu plus en émoi. Je commence presque à regretter de porter la blouse bleu canard du café. Le regard des hommes est souvent grossier, voire prédateur, mais pas le sien : il me guette, comme je le guette.

– C'est de vous les mots tatoués sur votre poignet ? osé-je demander, histoire de prolonger encore notre échange.

Jay secoue la tête tout en dégageant son avant-bras pour me montrer les deux lignes.

– J'aimerais bien, mais ils sont des Rolling Stones.

– *Black as night, black as coal*. Une erreur de jeunesse ?

– Une bêtise, tout au moins. Il faut en faire de temps en temps.

Son ton complice me fait rire doucement. Mes joues reprennent une teinte vermeille : le sous-entendu, quel que soit le but, ne m'échappe pas. Je me dis même que c'est déjà une bêtise d'accrocher autant avec un homme rencontré par hasard sur mon lieu de travail. Mais impossible de résister à cette attraction souveraine.

Au summum de la nervosité, je finis par acquiescer.

– Bon, si vous voulez encore du café…

– Je vous fais signe, termine-t-il.

– Oui, je l'ai déjà dit, marmonné-je, embarrassée.

Il se contente de me sourire en baissant les yeux.

Bon sang, il me plaît. Et je crois que je lui plais également.

Je m'éloigne avec quelques regrets, mais aussi avec un sentiment de légèreté qui me fait planer. Je retourne derrière le comptoir sans pouvoir m'empêcher de sourire. J'ai hâte de lui parler à nouveau, mais j'ai peur de me faire des illusions. Peut-être qu'il a juste voulu être gentil, peut-être que j'interprète mal les choses… Ou peut-être qu'il m'a vraiment remarquée… Comment savoir avec certitude ?

Ma poitrine est un champ de bataille, entre mon cœur qui s'emballe et mes poumons qui se déchaînent. Je jette un œil vers Jay et croise son regard. Nous détournons les yeux au même instant.

Mince… Je crois que cette force qui me pousse vers lui et qui me chamboule, qui m'a toujours échappé et que je n'ai jamais comprise jusqu'ici, c'est du désir.

2

Avec lui

Deux heures du matin. Les derniers clients commencent à partir, Rosa et moi rangeons la vaisselle et nettoyons le comptoir avant de nous occuper de la salle. J'épie Jay : il éteint son ordinateur et semble prendre son temps.

– Alors, tu le ramènes chez toi ? me demande Rosa avec un demi-sourire.

Je ne sais pas quoi répondre. Ai-je envie de le ramener chez moi ? Je n'ai jamais ramené d'homme chez moi… Cassie est absente. Ce n'est pas une raison suffisante, mais c'est bon de le souligner. En pleine confusion, je préfère botter en touche.

– Pourquoi tu dis ça ?

Elle lève les yeux au ciel.

– Oh voyons, je n'ai jamais vu autant d'étincelles entre un homme et une femme qu'entre vous deux !

– C'est vrai, confirme Mani en surgissant de nulle part pour nous donner un coup de main. Je les ai perçues depuis mon bureau.

Ils ne m'aident vraiment pas tous les deux.

– Tu lui as fait boire du café toute la soirée, c'est bien pour qu'il reste jusqu'à la fermeture, non ? enchaîne Rosa avec provocation.

OK, d'accord, elle a raison. Je veux le ramener chez moi, ça ne sert à rien de se voiler la face. Mais bon sang ! C'est une sacrée décision ! Je m'approche de Rosa, penaude.

– Tu crois qu'il en a envie ?

Ma collègue ouvre des yeux ronds. Elle hoche la tête avec force.

– Hin hin, c'est absolument évident, je ne sais pas comment tu fais pour ne pas le voir.

Ce n'est pas du tout mon fort. Je regarde à nouveau dans la direction de Jay : il s'est levé. Il m'adresse un sourire en coin, suave à souhait. Je déglutis. Il ouvre la porte du café et sort. L'attaque des sueurs me reprend d'assaut. Rosa pose une main pédagogue sur mon épaule.

– Ce regard n'a qu'un sens : « Je vais retirer ton uniforme et ta petite culotte en un tour de main. » Si tu as envie de lui, file maintenant. La prochaine fois, tu feras la fermeture et je partirai plus tôt.

Puis elle tourne les talons et commence à disposer les chaises sur les tables.

J'ai l'impression de ne pas avoir le choix et de me forcer à me diriger vers notre vestiaire. Pourtant, je le désire. Ça, j'en suis sûre. Alors pourquoi cette sensation ? Qu'est-ce qui me retient ? J'ai envie de lui, il a envie de moi, il ne devrait pas y avoir de problème. En enfilant mon blouson et en prenant mon sac, je réalise que c'est une peur ancienne qui me freine et que je me suis promis de ne plus écouter. Elle est encore là, malgré moi, mais ce soir, j'ai l'occasion de la mettre enfin de côté. Une aventure sans lendemain, c'est parfait pour la repousser un peu plus. Il n'a pas été insistant ni impoli avec moi, juste charmant. C'est le coup d'un soir rêvé. Je referme mon casier avec plus de détermination et presse le pas. J'espère qu'il est encore là. Je traverse la salle rapidement.

– À demain ! lancé-je avant de me ruer sur la porte.

Mes deux collègues me répondent, mais je ne les entends pas vraiment. Je pousse le battant et sors précipitamment. Au premier abord, je ne vois personne et reste immobile, déstabilisée. Son regard et son sourire étaient-ils bien une invitation ?

– Alaska ?

Je sursaute malgré moi. Jay m'attend contre le mur.

– Désolé, je ne voulais pas vous faire peur.

Je n'ose lui dire qu'au stade où j'en suis, n'importe quel bruit de rue me ferait bondir tant je suis nerveuse.

– Non, ça va.

– Je peux faire un bout de chemin avec vous ? me demande-t-il en s'approchant.

Je ne m'étais pas rendu compte de sa taille, je ne l'ai vu qu'assis jusqu'à maintenant. Mais il a bien une tête de plus que moi. Et des épaules larges. Toujours un air séducteur et bienveillant. J'acquiesce avec un sourire débordant, assez emballée par mon coup de tête.

– Je vais de ce côté.

– C'est aussi ma direction.

Je ne crois pas avoir déjà marché aux côtés d'un homme qui ne me colle pas. Chaque brise de septembre ramène à moi son parfum et j'ai plusieurs fois l'impression que sa main frôle la mienne sans pouvoir en être sûre.

– Vous vous en êtes sorti avec votre chapitre ?

– Oui, acquiesce-t-il aussitôt. Soit votre café a des vertus insoupçonnées, soit c'est vous.

Je plisse les yeux en me mordillant la lèvre pour m'empêcher de trop sourire.

– Moi ?

– Chaque auteur a besoin d'une muse.

Il répond sur un tel ton enjôleur, avec une irrésistible facétie, que j'éclate de rire.

– Je parie que vous dites ça à toutes les serveuses de café !

– Seulement à celles qui évitent les tasses.

Je m'arrête, toujours amusée, mais tout de même un peu gênée.

– Désolée encore. Est-ce que je peux faire quelque chose ?

– Non, je suis sûr que Boston ne manque pas de laveries.

Cette remarque soulève à nouveau son accent. Beaucoup

d'Européens vont et viennent à Boston, que ce soit pour se rendre à l'université ou pour affaires.

– Vous n'êtes pas d'ici. Britannique ?

– C'est exact.

À mon tour de le titiller :

– Les Anglais et Boston ne font généralement pas bon ménage, dis-je en esquissant une grimace.

– C'était il y a plus de deux cents ans, il y a prescription, assure-t-il comme un avocat. Et puis, aujourd'hui, nous avons bien plus de raisons de nous unir, ajoute-t-il d'une voix un peu plus grave tout en ralentissant.

Mon cœur s'emballe à nouveau. Il tend son bras dans ma direction, je retiens mon souffle. Lorsqu'il pose sa main sur ma taille, sans me quitter des yeux, mes poumons se mettent à brûler et livrent des volutes de buée.

– Mon hôtel est à deux pas, glisse-t-il à voix basse.

Il exerce une légère pression pour me ramener à lui avec un désir à peine contenu. La chaleur de son corps devient aussi vibrante que celle d'un feu. Pourtant son invitation me glace. Je ne peux m'empêcher de témoigner une aversion pour la destination alors que le but me fait frémir d'avance. Je tente de masquer ma réaction, mais Jay me relâche et recule même d'un pas.

– Désolé, se dépêche-t-il de dire. Je pensais que vous réagissiez positivement à mes avances, je ne m'étais pas rendu compte que…

– Non, ce n'est pas ça ! m'exclamé-je, affolée qu'il fasse machine arrière.

Je ne peux tout simplement pas lui dire le pourquoi de ma réaction, mais je dois rebondir tout de suite, ou il va croire que je me force pour X raison.

– Ma colocataire est absente, je pensais plutôt vous ramener chez moi.

L'annonce de but en blanc m'embarrasse un peu plus. Pourtant, le malentendu délie ses lèvres et les deux fossettes réapparaissent. J'ai encore l'impression que ma proposition ne suffit pas, malgré son sourire plutôt révélateur. Et comme j'ai saisi son bras, craignant qu'il ne s'échappe, je vais en profiter. J'avale l'espace entre nous, me hisse sur la pointe des pieds, prends appui sur son épaule gauche et dépose un baiser sur sa bouche. Pas mon fort non plus… Mais il a le goût de café, son odeur ambrée se mêle aux piques de sa barbe et me donne envie de m'accrocher un peu plus à lui.

Il semble surpris au premier abord, puis, avec lenteur, il porte à nouveau sa main sur ma taille et me serre fermement contre lui. Mon corps se plaque contre le sien. Je prends conscience de son être seulement à cet instant. Mes doigts se glissent sous son blazer au col relevé et mes paumes dessinent chacun des muscles de son dos. Sculptural… Bon sang, il faut que je le ramène vite chez moi. Je n'ai plus qu'une seule envie : nous débarrasser des couches vestimentaires pour m'étourdir au contact de sa peau.

Je lâche malgré moi un gémissement, me gavant de fantasmes, quand sa main caresse doucement ma joue avant de filer dans mes cheveux. Sa bouche emprisonne ma lèvre inférieure et ses dents la mordillent. Je m'accroche à son gilet, à la fois surprise et conquise par la manœuvre. Je n'ai jamais connu un tel baiser. Lorsque son pouce lisse le haut de ma pommette, un second gémissement jaillit malgré moi de ma gorge. Ce son qui me gêne sur le coup semble plutôt l'encourager. Sa langue se présente à l'entrée de ma bouche, je l'entrouvre timidement et laisse la visiteuse s'engager. Son grognement me fait frissonner lorsque nos deux langues se lient. Mon cœur se contracte durement et relâche une quantité de sang bouillonnant.

Il retire sa main de mes cheveux pour écarter mon blouson et la poser au bas de mon dos. Il ne reste plus que mon uniforme entre sa peau et la mienne. Cette constatation m'emplit à nouveau d'impatience. Avec fébrilité, je m'accroche à son cou alors qu'il me soulève presque pour me rapprocher de lui et ne pas interrompre notre baiser. La peau de sa nuque est délicate. L'intimité de cette caresse me frappe. Ses cheveux chatouillent mes doigts et Jay grogne à nouveau. À court d'oxygène, il rompt le contact, me laissant à bout de souffle, le cœur à l'envers.

Nez contre nez, je passe mes mains sur ses joues. Sa barbe est douce et rugueuse à la fois.

– Pourquoi Alaska ?

Son murmure, un peu rauque, me fait frissonner. Le sens de ses paroles ne m'atteint que dans un second temps. Je me redresse, peu encline à me détacher de lui.

– Quoi ?

– Pourquoi Alaska ?

Ses lèvres rougies dessinent un tendre sourire.

On a dû me poser cette question des centaines de fois, souvent avec un gloussement moqueur. Pourtant, je ne perçois pas cette ironie ici.

– J'ai été conçue en Alaska.

– Ça aurait pu être pire, commente-t-il avec complicité.

C'est vrai.

– Je déteste ce prénom, dis-je tout de même.

Au même moment, je sens sa seconde main rejoindre la première sous mon blouson.

– Je le trouve très attirant, me contredit-il en déposant un baiser sur mes lèvres.

Au milieu de mon exaltation pour cet homme, une petite voix me fait remarquer qu'il sait parfaitement ce qu'il fait. Après tout, c'est un écrivain en déplacement, il doit avoir une serveuse dans chaque port. Il a dû en emballer tellement avant moi…

Cette pensée furtive déguerpit dès que ses mains suivent les lignes courbes de mes fesses. Il faut décidément que nous quittions ce trottoir pour nous mettre au chaud chez moi. Avec un courage qui commence à me faire défaut, je recule pour décoller ma bouche de la sienne.

– Allons-y.

Il acquiesce avec le même empressement.

– As-tu ce qu'il faut ?

Sa question me laisse perplexe quelques fractions de seconde. Le tutoiement doit en être pour beaucoup. C'est déjà une caresse. Je tente de reprendre mes esprits. Je n'ai pas de préservatifs. Lui non plus. Ce qui me plaît. Il n'a pas planifié de ramener la première venue avec lui. Je me mordille la lèvre en tentant de revenir à la question. Cassie doit en avoir, mais je ne pourrais pas le jurer. Il y a un distributeur près de la pharmacie du coin – un court détour.

– Non, mais je sais où en trouver.

Jay attrape ma main et nous reprenons la route. Mon cœur cogne violemment dans ma poitrine. Je suis tellement excitée que je ne me rends compte ni de la distance parcourue ni de la durée du trajet jusqu'au distributeur. Il glisse quelques pièces, prend les deux trois emballages et je le guide jusqu'au pied de mon immeuble. D'une main tremblante, je compose mon digicode, grimpe les trois étages sans effort et déverrouille ma porte. J'ai l'impression tout d'un coup d'être dans un film. Que dois-je faire à présent ? Deux dimensions se rejoignent brusquement : mon environnement familier et intime, et cet homme, inconnu et désiré. J'enlève mécaniquement mon blouson en allumant la lumière. Le couloir, desservant de part et d'autre ma chambre et celle de Cassie, mène à une grande pièce avec un coin salon, une petite cuisine ouverte, et une salle de bains attenante.

C'est là que je vais, pas très sûre de moi. J'ai dans l'idée que je dois lui proposer un verre. Je l'entends me suivre en silence. Une fois devant le comptoir qui partage la pièce, je réalise que je n'ai pas grand-chose à offrir.

– Tu veux boire quelque chose ? demandé-je en pivotant.

Jay est tout près de moi. Il a posé son blazer et déboutonné son gilet.

– Pas vraiment, non, réplique-t-il en attrapant ma taille pour me soulever et me déposer sur l'un des hauts tabourets derrière moi.

Il m'embrasse aussitôt, ses grandes mains se blottissant dans mon dos. Timidement, je noue mes bras autour de son cou avec un sourire qu'il remarque. Je le soupçonnais un peu taquin, j'en ai la preuve lorsqu'il se dérobe alors que j'essaie de l'embrasser à mon tour. Joueur, avec ça. Ses lèvres se déposent avec tendresse sur ma joue, derrière mon oreille et dans mon cou. Chaque empreinte est un détonateur de frissons. Ça chatouille, mais ce fourmillement est agréable. Mes doigts s'agrippent à ses épaules. Il déboutonne et écarte le col de mon uniforme, sa bouche explore la naissance de mon cou, puis le creux de mon épaule. Je tente de dominer mon corps qui semble échapper à tout contrôle et je n'ai pas le temps de songer une seule seconde à la découverte qu'il va fatalement faire par là… Jay a un mouvement de recul, le regard fixé sur ma peau. Je raccorde les wagons. Un peu comme les questions à propos de mon prénom sur mon badge, j'anticipe généralement l'interrogation soulevée par cette trace de mon passé. Mais là, je n'ai rien vu venir. Pour une fois depuis longtemps, j'ai la tête hors de toutes ces pensées perturbatrices.

– Une ancienne cicatrice, dis-je pour le rassurer.

– Tu as toujours mal ?

Voilà qu'il me surprend encore. On me demande toujours des détails sur les circonstances de son apparition, mais il est le premier à se soucier d'une possible douleur. Cet altruisme me touche plus que je ne l'aurais imaginé. Je ne le connais pas, et pourtant je sais qu'il ne me blessera pas.

– Non, c'est vieux. C'est comme un tatouage aujourd'hui.

– Mais qu'on ne choisit pas.

– Qu'on finit par accepter, j'imagine.

Ma réponse le satisfait puisqu'il ne relance pas la discussion. Après tout, nous sommes partis sur l'idée d'un plan d'une nuit, nous n'allons pas nous épancher sur nos vies – c'est le point le plus rassurant de cette folie.

– Tu as envie de quelque chose en particulier ? me demande-t-il à mi-voix.

Pour me parasiter plus l'esprit, ses mains se posent sur mes genoux nus. De quoi ai-je envie ? Je n'en sais rien, je n'ai jamais eu *envie* à la base. Sa question me laisse défaite. Je ne m'attendais pas à cela, je pensais qu'il allait mener la danse sans me demander mon avis, ce qui m'arrangeait plutôt. Je le vois froncer les sourcils. Il paraît soudain incertain.

– Est-ce que tu es… vierge ?

Sa question me fait l'effet d'une claque.

– Insatisfaite serait plutôt le mot, dis-je, le visage rouge vif.

Il affiche un petit sourire gêné et finit par acquiescer.

– Je vois. Laisse-moi faire alors, et si tu te sens…

Ses mains bougent et remontent le long de mes cuisses, je déglutis.

– … inconfortable, tu m'arrêtes.

C'est sûr, je n'ai jamais couché avec un homme pareil. Je hoche la tête avec empressement. Il pose son front sur le mien, nos lèvres se frôlent, nos nez se câlinent, et quand ses mains quittent mes jambes pour encadrer mon visage, quand il avance une bouche prometteuse vers la mienne, je sais que cette nuit va être unique, éphémère et transcendante.

Son baiser se pose sur ma bouche alors que ses doigts s'enfoncent doucement dans mes cheveux. Ses pouces lissent le lobe de mes oreilles, provoquant des microdécharges le long de ma colonne vertébrale. Vu le déploiement de ses caresses, je me dis que je peux suivre son exemple et lui en prodiguer à mon tour. Mes mains sont agrippées comme des serres à sa chemise. Je les détache et commence à défaire les premiers boutons. Il doit apprécier, à en croire ce son rauque qui sort de sa gorge. Sa langue se replie, ses lèvres s'amusent encore un peu avec les miennes, alors que je tente d'inspirer calmement. Mais mon cœur bat trop vite pour que je reprenne mon souffle. Ce n'est qu'un baiser et pourtant j'ai l'impression d'avoir couru un marathon. Mes mains se sont à nouveau crispées sur son col.

Il plonge dans mon cou et fait tanguer le tabouret. Ses joues rugueuses, son souffle chaud et sa bouche humide se mêlent sur ma peau. Des envies bizarres surgissent dans ma tête. Je niche mon nez dans le creux de son épaule pour respirer sa chair. Sa maudite chemise me gêne. Si seulement je pouvais l'enlacer un peu plus et me fondre en lui… Il se met à me mordiller et je réprime un sursaut de surprise avec l'impression d'avoir un animal sauvage et magnifique entre les bras. En équilibre précaire, le tabouret bascule et nous glissons, moi en arrière, lui en avant. Jay me retient au dernier moment et rétablit le siège sur ses quatre pieds.

On se dévisage, aussi étonnés l'un que l'autre, avant de rire.

– On va dans ta chambre ? me propose-t-il sans me quitter des yeux.

Son regard s'est assombri et me déshabille. Je me dépêche d'accepter.

– C'est la porte à droite.

Je m'apprête à sauter de mon perchoir quand il me soulève. Mon corps se retrouve tout contre le sien, mes jambes se cramponnent à sa taille, ses bras m'entourent et je m'appuie sur ses épaules. J'en profite pour glisser des baisers dans son cou. Son parfum est mille fois plus intense à cet endroit. Il se déplace à grands pas jusqu'à ce que mon dos heurte le mur à côté de ma porte. Sa bouche se jette sur la mienne pour la dévorer, nos langues s'enroulent dans une danse fiévreuse alors que je m'accroche à son cou comme si ma vie en dépendait. Mon uniforme s'est retroussé jusqu'à la taille, libérant mes cuisses qu'il câline en me bloquant contre la paroi. Je laisse à nouveau échapper des gémissements, qui ne me mettent plus dans l'embarras. Ils me semblent même indispensables pour libérer ce trop-plein d'émotions qui m'assaillent. Au fur et à mesure, il réduit l'espace entre nous, je finis par sentir son corps à travers le mince tissu de mon slip. Je romps le baiser et ferme les yeux. Ce frôlement de nos intimités est bien délicieux.

Jay me repose sur le sol et me sort de ma rêverie.

– On va se débarrasser du superflu.

Sur le coup, je ne comprends pas où il veut en venir. Avec un demi-sourire charmeur, il déplace ses mains lentement le long de mes bras puis de mes hanches. Il retente un jeu du bout des lèvres, me fait croire qu'il va m'embrasser, me piège, sourit de plus belle et les dépose simplement sur une commissure. Je tressaille lorsque je m'aperçois que cette parade détourne mon attention de son autre occupation : en passant sous ma blouse, ses doigts ont saisi l'élastique de mon slip. Je ferme à nouveau les yeux, sonnée par cette sensation si suave qui déclenche pourtant une telle violence en moi. Il baisse le sous-vêtement et l'accompagne le long de mes jambes, posément, comme pour ne pas m'effrayer. Il se retrouve accroupi devant moi, alors que je suis toujours étourdie.

– Tu veux bien m'aider, Alaska ?

Je souris jusqu'aux oreilles en repensant aux mots de Rosa et soulève mes pieds l'un après l'autre. Il jette négligemment mon slip dans le couloir tout en se relevant. Ce n'est que maintenant que je m'aperçois que mon bas-ventre est totalement chamboulé. Ma poitrine se soulève un peu plus. Je me sens mouillée pour la première fois.

– Ça va ?

Ce geste aussi bête que de retirer une culotte m'a éteinte… ou allumée plutôt. Jay doit bien voir que je suis bouleversée, mais pour si peu, je comprends que ça le trouble !

– Oui, confirmé-je dans un soupir.

Je crois que je suis très excitée. C'est plutôt sexy de ne plus avoir de culotte, de songer à ce qu'il peut donc arriver et de saisir la chemise de son amant pour lui réserver enfin un sort. J'écarte rudement les deux pans pour l'en débarrasser. Son torse est comme je l'imaginais… Et je me demande encore comment un écrivain peut être aussi musclé. Et bronzé. Cet homme est bien trop beau pour être vrai… Je me niche contre lui, ravie. Son parfum ambré aux notes épicées me fait tourner la tête. Je le dévore de baisers et sens avec une pleine satisfaction que son souffle s'emporte lui aussi.

Il me maintient près de lui d'un bras solide tandis que son autre main s'aventure à nouveau sous mon uniforme. Elle saisit fermement l'une de mes fesses. Je retiens mon souffle en avalant le cri qui voulait sortir. Je transforme ce violent désir en un murmure.

– Jay…

– Je te veux, Alaska.

Secouée par des frissons, je tente d'aligner quelques mots intelligibles alors que mes doigts, échappant à tout contrôle, s'attaquent au bouton de son jean.

– Moi aussi, j'ai envie de toi…

Il reprend possession de ma bouche et ses mains jouent sur ma peau. Il me soulève en exerçant une pression sur mon fessier. Les sensations apparaissent ici et là, mon sexe se réchauffe un peu plus, des vertiges font virevolter ma tête, mes seins s'affermissent sensiblement. Je veux qu'il soit en moi avec une telle force que je gémis de contentement quand la fermeture Éclair de son jean cède.

– Attends…

Il sort les préservatifs de sa poche et se débarrasse de ses chaussures. J'en profite pour retirer les miennes avec précipitation et les balancer dans l'entrée. Lorsque nous nous redressons, il n'est plus qu'en boxer noir déformé. J'ai envie de le toucher, mais il me devance et me soulève. Je peux presque me frotter contre son membre. Il donne un coup d'épaule dans la porte de ma chambre et entre. J'allume en passant. Je ne veux pas que nous soyons plongés dans le noir, je veux le voir, je ne veux pas le quitter des yeux un seul instant.

– Je peux débarrasser ton bureau ?

Sa demande incongrue me fait sourire un peu malgré moi. Pourquoi faire le ménage chez moi ? J'ai deux classeurs de cours, un bouquin ouvert et quelques stylos et surligneurs étalés.

– Hum, si tu veux.

Il va probablement me reposer et tout fermer pour faire place nette. Mais en fait, il se contente de tendre le bras et de tout balayer sur le sol d'un large geste avant de me déposer sur le bord de la table. Je me mets à rire, nerveuse et amusée à la fois.

– Désolé, mais je ne veux pas perdre de temps.

– Moi non plus.

Il me sourit et capture à nouveau mes lèvres tout en reprenant le déboutonnage de ma blouse. Cette fois, il va jusqu'au bout et m'en libère enfin. Je suis plutôt contente d'avoir opté pour un soutien-gorge noir très classique. Il écarte mes jambes avec une appréciation flagrante et me caresse tendrement. Ses mains donnent l'impression d'être partout à la fois, au creux de mes reins, dans le pli d'un genou, sur ma gorge. Si bien que je ne m'aperçois même pas du moment où il dégrafe mon sous-vêtement. Il fait rouler les bretelles et le retire avant de le laisser s'échouer à terre.

Je me retrouve nue sous ses yeux turquoise avec un peu d'appréhension. Il est trop séduisant pour moi, nous ne sommes pas dans la même catégorie. En même temps, son opinion ne devrait pas vraiment me tracasser. Je ne sais pas trop pourquoi subitement ça compte. Jay, du dos de son index, lisse mon épaule et ma cicatrice avant de descendre avec douceur sur la courbe de mon sein gauche, dans un silence contemplatif. Il le prend en main, il doit percevoir mon cœur qui s'emporte et bat puissamment. Le mamelon durcit dans le creux de sa paume, il le pince entre l'index et le pouce, en resserrant son emprise. Je déglutis difficilement. Son autre main vient s'occuper de mon sein droit et applique la même caresse.

Je ne peux m'empêcher de me cambrer. L'attente atteint une nouvelle hauteur. Je le veux tellement en moi que mon intimité palpite avec ardeur. Je décide de m'aventurer vers son entrejambe sans plus attendre. Je baisse son boxer pour saisir son membre et le presser doucement. Jay se met à grogner. Il se penche sur moi, campe ses mains au bas de mon dos. Je lève instinctivement mes jambes et les replie contre lui sans cesser ma caresse pour autant. Il semble se retenir encore un peu, mais je sens chacun de ses muscles trembler, sa respiration devenir profonde.

– Tu m'excites tellement, Alaska…

J'affermis mon emprise, encouragée. Il m'embrasse avec fougue et je gémis de plus belle. Ses lèvres et sa langue se déportent dans mon cou, filent sur ma poitrine et mordillent mes mamelons avec une soif inassouvie. Je le relâche et penche ma tête en arrière, en quête d'oxygène. Je tends les bras derrière moi alors qu'il dessine des sillons sur mon ventre. Jay s'agenouille, guide mes jambes sur ses épaules et donne un coup de langue vif sur mon clitoris. C'est une véritable décharge électrique ! Je pousse un cri et mon corps se tend. Il se rapproche un peu plus et prend en bouche le petit bouton de chair. Un sanglot m'étrangle. La confusion, l'exaltation, l'émotion, tout se lie subitement… Le plaisir, enfin, est là. C'est tellement bon que je ne pense plus, je m'abandonne à lui.

Jay plonge sa langue entre mes petites lèvres et glisse un doigt en moi. Je me cambre à nouveau, ma tête trouve un appui contre le mur, je libère une main et agrippe sa chevelure, pour l'encourager. Il répond en ajoutant son majeur en moi. J'ai tout autant envie qu'il continue que de l'arrêter. Je veux qu'il ait autant de plaisir que moi à cet instant, mais je manque de force pour le retenir.

C'est finalement lui qui s'interrompt et se relève. Une fine couche de sueur le recouvre. Le bleu lumineux de ses yeux est dévoré par ses pupilles. Son membre, engorgé et épais, se tient droit. Sans un mot, le souffle court, il attrape l'emballage d'un préservatif pour le déchirer et enfiler la protection. Je me redresse difficilement, les tempes douloureuses. Dans un état second, fébrile, je viens l'aider et il me laisse dérouler le latex sur la peau fine de son sexe.

– Prends-moi maintenant…

Mon ton est proche de la supplique. Je ne tiendrai pas plus longtemps. J'ai déjà l'impression de marcher au bord d'un précipice sans fond.

– Viens, confirme-t-il en m'entraînant sur mon lit.

Il s'assoit et m'attire à califourchon sur ses genoux. Il me soulève un peu alors que je me love contre son torse puissant. Il place son sexe à l'entrée du mien et s'introduit sans se précipiter. Je n'ai jamais été aussi mouillée de toute ma vie, il me pénètre sans difficulté. Son membre imposant me comble dès les premiers instants. Je me relève un peu pour le réintroduire deux ou trois fois, le temps de m'habituer à lui. Quand enfin il est au plus profond de moi, je me mets à sourire, heureuse de cette sensation si agréable et excitante. Jay partage mon engouement en m'embrassant et, sans perdre de temps, il saisit ma taille pour entamer un va-et-vient un peu plus corsé. Je le laisse mener la danse et me livre à lui sans réserve. Mes plaintes ne sont même pas feintes, je dirais même qu'elles pourraient prendre plus d'ampleur sans problème.

Les deux mains de mon amant se campent sur mes fesses et accélèrent la cadence. Mes gémissements le motivent tellement qu'il leur donne la réplique. Nous nous transformons en bouillotte, la chaleur et la sueur nous enferment dans une bulle. Il m'enlace, me serre contre lui, mes seins s'écrasent délicieusement contre son torse, il susurre mon prénom, accélère, me relâche, m'embrasse, ralentit… La chorégraphie improvisée m'enivre un peu plus.

– Tu veux prendre la main ? me propose-t-il au bout de quelques minutes.

Je hoche volontiers la tête et il s'allonge. Je me redresse, pose mes paumes à plat sur son ventre et dessine des cercles avec mon bassin. Je lui arrache un gémissement plus grave que les précédents. Je saisis la base de son sexe, je me retire lentement, puis le glisse de nouveau en moi. Je répète le mouvement, avant de dessiner des cercles en contractant mes muscles.

– Attends, Alaska ! s'exclame-t-il soudain.

Je m'arrête, plutôt étonnée. Il se redresse, le visage rougi.

– Je vais jouir, mais pas sans toi…

– Je viens aussi…

Je ne sais pas trop ce que ça veut dire, mais je sais ce que je ressens. Mes sens sont sens dessus dessous, s'immobiliser à l'instant est même une frustration déchirante.

– Viens avec moi, me dit-il alors, avec un sourire rassuré.

Jay me bascule sur le lit, attrape ma taille et me pénètre avec plus de rudesse. Il me fait littéralement décoller du matelas. Je suis cambrée à l'extrême dans cette position et la pénétration est deux fois plus intense. Nos corps se rencontrent avec vigueur. Je replie mes genoux contre lui, son pouce vient taquiner mon clitoris. La tension monte d'un coup, en un crescendo affolant. Je bouge mécaniquement sans savoir jusqu'où cette sensation incroyable peut aller.

Jay ralentit un peu pour se repositionner.

– Non, ne t'arrête pas !

Les mots jaillissent tout seuls. Il se contente de sourire, lui aussi au bord de la jouissance. Il reprend le va-et-vient avec plus d'ardeur encore. Alors que je vogue dans des hauteurs jamais atteintes, les muscles de mon bas-ventre se déchaînent et se resserrent brutalement sur le membre de Jay. Je me mets à planer quelques secondes, quelque part dans une brume d'extase. Mon amant gémit lui aussi, il me retient tout contre lui pour éjaculer.

Je redescends lentement et mon cœur résonne. Je n'entends que lui, il frappe mon corps de l'intérieur comme un marteau sur une enclume. Je reste assommée un instant sans plus aucune notion du temps. Je ne remarque même pas que Jay a fini par sortir de la pièce. Quand il revient, je suis proche du sommeil. Je n'arrive pas à croire ce que je viens de vivre. Mon amant s'allonge près de moi, les cheveux humides. Il me sourit, l'air de me demander comment je vais. Alors je réponds d'un rire comblé et me serre contre lui. Il rabat la couverture et m'enlace.

3

Pas un mot

Le réveil me sort brusquement du sommeil. Je lève la tête, les paupières lourdes, la fatigue encore présente. J'ai pourtant l'habitude de finir le service tard et de démarrer tôt le lendemain, mais la séance sportive impromptue de la veille a avalé mon reste d'énergie. Je tends la main pour interrompre la sonnerie et replonge aussitôt le bras sous la couette. Il fait frisquet dans cette chambre ! On économise l'électricité comme on peut avec Cassie. On n'est qu'en septembre, aucune de nous n'était à la maison hier, sauf moi pour la nuit : donc, pas de chauffage. C'est le lot des étudiants aujourd'hui. J'espère que Jay n'a pas eu froid…

Je me redresse comme un ressort. Jay ! Je jette un œil à côté de moi : personne. Je plisse les yeux pour éviter la lumière qui transperce mon rideau et balaie la chambre du regard : vide. Je sors du lit, je suis encore nue. J'attrape un pull et remarque à cet instant que mes cours ont été ramassés. Cette nuit, on a un peu chahuté, c'est le moins que l'on puisse dire. Le souvenir de ce bras balayant mes affaires et de notre étreinte passionnée sur le bureau me fait encore frissonner ce matin. Il a pris le temps de tout remettre en ordre. Même mes vêtements, semés ici et là, sont posés sur ma chaise. Je souris face à ces attentions. Il est peut-être dans la cuisine du coup. Je sors de la chambre en me frottant le visage et en tentant de me recoiffer un minimum.

– Jay ?

Aucune réponse. Je parcours la pièce principale, frappe à la porte de la salle de bains, et lorsque je me surprends à pénétrer dans la chambre de Cassie, je secoue la tête. Évidemment qu'il n'est plus là ! Pourquoi vérifier la chambre voisine ! Je pousse un soupir devant ma propre bêtise et décide plutôt de faire du café. C'était ce qui était prévu. On couche ensemble, et au matin, on passe à autre chose.

J'allume la cafetière et prends une douche en attendant. L'eau brûlante me détend un peu. La nuit tourne en boucle dans ma tête. J'ai presque peur d'oublier. Peut-être m'a-t-il dit qu'il devait partir tôt… Je ne me souviens de rien. Mais chacune de ses caresses est encore vivante. Ses baisers, son odeur, tout est là sans qu'il soit là. Je ne peux pas réagir comme ça ! Un coup d'une nuit n'est censé durer qu'une nuit, point ! Là je devrais plutôt penser aux cours qui m'attendent et à mon sujet de thèse.

Je me lave les cheveux, les démêle patiemment, tout en récitant quelques lignes du dernier bouquin que j'ai lu, histoire de voir si je me souviens encore des points importants. Puis, je fouille mon placard à la recherche de mon chemisier moutarde préféré, m'habille en me rappelant que je dois rendre deux livres à la bibliothèque, me prends les pieds dans mon jean slim en l'enfilant tout en attrapant ces foutus livres pour les glisser dans mon sac, et enfin, je mets mes bottines. Une fois dans la cuisine, je fixe mon chignon lâche avec la pince abandonnée sur le comptoir.

Le tabouret me semble subitement provocateur. Je m'empourpre sans aucune raison. C'était chaud cette nuit, quand même ! J'ai enfin quelque chose à raconter à Cassie, elle qui me parle si souvent de ses conquêtes sans que je puisse réellement participer. Je bois mon café en regardant l'heure. Elle ne devrait pas tarder à passer pour déposer sa valise, mais je ne vais pas l'attendre. J'ai rendez-vous avec Joan, pas de temps à perdre. Je rassemble mes cours qui sont tout de même un peu fouillis et ne peux m'empêcher de sentir un poids de plus en plus lourd sur mon estomac. Je ferme mon sac, prends mon manteau et sors.

Alors que je descends les trois étages, mon cœur accélère et j'ai envie de râler contre tout : la poussette qui occupe les trois quarts du couloir de l'entrée, la fraîcheur de l'automne, le taxi qui klaxonne en passant… Pourquoi suis-je comme ça au juste ? Le campus de l'université n'est pas loin, mais je me dis que ces quelques minutes de marche pourraient être mises à profit. Je sors mon portable et cherche le contact de ma psy pour l'appeler. Elle décroche au bout de deux sonneries seulement – je peux toujours compter sur elle.

– Bonjour Aly, tu es bien matinale.

Sa voix, sa prévenance, sa douceur, sa gentillesse, tout me rassure chez elle. Emaline me suit depuis des années, son soutien m'est encore indispensable.

– Bonjour Emaline, je ne te dérange pas ?

– Non, je n'ouvre le cabinet que dans une heure et mon thé est trop chaud, je suis toute à toi. Comment vas-tu ?

C'est bien la question qui me panique depuis que j'ai ouvert les yeux ce matin.

– Je ne sais pas trop, en fait.

Tout se bouscule : je suis heureuse, stressée, agacée…

– Il s'est passé quelque chose ?

Son ton devient alors plus sérieux, elle doit sentir ma confusion. Comment formuler tout ça, par téléphone en plus, au milieu des passants ?

– J'ai fait quelque chose de plutôt inattendu cette nuit et je ne sais pas trop quoi en penser ce matin… Désolée, je suis un peu embrouillée.

– Raconte-moi, m'encourage-t-elle.

– Tu vois, hier soir au café, j'ai servi un homme très attirant.

Mes lèvres ne peuvent s'empêcher de sourire et mes pommettes de rosir. J'entends même d'ici Emaline contenir un rire. Je parie qu'elle ne s'attendait pas à ça.

– Il est rentré avec moi et on a passé la nuit ensemble.

Je m'interromps pour reprendre discrètement mon souffle. Emaline laisse un blanc. J'imagine ce qu'elle doit penser et je n'ose pas vraiment la contredire. Puis, avec beaucoup de douceur, elle entame l'interrogatoire. J'ai toujours préféré répondre à ses questions plutôt que de m'exprimer moi-même. Elle le sait parfaitement.

– Est-ce que cet homme t'a intimidée ? Tu as eu peur ?

– Non.

– Est-ce que tu t'es sentie mal à l'aise ? As-tu eu le sentiment de t'obliger ?

– Non, à aucun moment. C'était même plutôt extraordinaire.

– C'est une bonne chose alors, tu ne crois pas ?

Bonne question… Était-ce une bonne chose ou pas ?

– Probablement, oui.

Je pose la main près de ma bouche et guette les passants avant de continuer.

– C'est la première fois que j'ai eu du plaisir et je crois qu'on a bien accroché tous les deux. Tout était… parfait.

– Aly, c'est vraiment une bonne chose, assure-t-elle avec complicité. Tu as désiré cet homme, il t'a désirée aussi, vous avez passé une nuit ensemble et tout s'est bien passé. C'est un grand pas que tu as franchi. Tu t'es sentie en insécurité ? As-tu l'impression de l'être en ce moment ?

Ses paroles me rassurent un peu. Oui, c'était une bonne chose. L'insécurité… Je ne l'ai pas ressentie une seule seconde, ce qui est totalement nouveau et je ne m'en rends compte que maintenant.

– Non, admets-je, surprise.

– On en a déjà un peu parlé, mais c'est le plaisir que tu as ressenti qui t'embrouille ? Beaucoup de femmes culpabilisent vis-à-vis de l'orgasme. Doivent-elles ressentir du plaisir, pourquoi n'en ressentent-elles pas, pourquoi subitement en ressentent-elles, sont-elles alors normales ?…

Là, elle touche un point.

– Pourquoi avec lui ? Pourquoi cette nuit ?

– Tu étais peut-être prête à t'ouvrir à quelqu'un. Ce n'est pas uniquement lui, c'est aussi toi. À l'évidence, il s'est très bien conduit, vous avez su vous trouver. Mais ça signifie aussi que tu évolues et c'est très positif.

Emaline me rend le sourire. Cette relation, au premier sens du terme, était « vraie ». C'était un plaisir pour lui comme pour moi. J'en arrive à d'autres pensées, plus tortueuses, et que je n'osais même pas formuler intérieurement, mais qui expliqueraient bien mon sentiment de frustration ce matin, quand j'ai compris qu'il avait quitté l'appartement.

– Quand je me suis réveillée, il n'était plus là, il est parti sans me laisser un mot. J'étais d'accord pour que ce soit juste une nuit, mais… si je suis agacée, je crois que c'est parce que ça m'a rappelé Sookie.

Ma gorge se serre douloureusement.

– Oh, Aly, Sookie n'est plus là, elle ne sera plus jamais là.

– Oui, mais…

– Tu sais ce que je crois ? m'interrompt-elle avec bienveillance.

Bouleversée, je déglutis d'abord.

– Quoi ?

– Je crois que tu as craqué pour ce garçon et que tu es déçue qu'il soit parti parce que, quelque part, tu ressens quelque chose pour lui.

– Mais on se connaît à peine…

– Il suffit parfois d'un rien pour qu'une attirance soit très forte. Je crois que ça n'a aucun lien avec Sookie. Tu vas peut-être le revoir, ou peut-être qu'il ne va être qu'un souvenir, mais plutôt un bon à première vue ?

Je souris malgré moi.

– Oui, plutôt.

Emaline a raison, comme d'habitude. Et puis, je ne peux pas me permettre d'avoir des sentiments pour un inconnu qui ne m'a rien promis. Il faut juste que je me souvienne du bon temps passé avec lui et que je continue dans cette voie.

Peut-être qu'un autre homme saura me toucher de cette manière… Ou peut-être que Jay reviendra au café ce soir.

– En parlant d'évolution, enchaîne Emaline, as-tu pensé aux prochaines fouilles archéologiques ? Est-ce que ma chère sœur a encore insisté ?

Je souris plus franchement et reprends ma marche. Emaline et Joan sont sœurs. Emaline, l'aînée, a toujours été une personne posée et réfléchie, une psychiatre renommée et pleine de bonne volonté malgré la perte de son fils unique, David. Joan est tout son contraire. Archéologue et directrice du département des études anciennes de l'université de Boston, c'est une femme énergique, une meneuse qui ne connaît pas le mot « pause ». C'est ce qui m'a toujours plu chez elle, cette force innée, cette volonté inébranlable d'avancer, ce pouvoir qu'elle détient de tout prendre en main et de ne rien lâcher… Ces deux femmes, aussi merveilleuses l'une que l'autre, ont une grande place dans ma vie.

– Oui, sans surprise. Mais je ne sais pas si j'ai très envie de quitter Boston.

Mon quotidien est rassurant. Ma routine est rassurante. Ce n'est pas étonnant que je panique ce matin après la folie que j'ai faite cette nuit. Alors, partir un mois en Égypte, sans savoir à quoi m'attendre, j'avoue que ça me terrifie.

– Rien ne t'oblige à partir, Aly, et Joan n'a pas à te forcer à quoi que ce soit.

J'acquiesce, même si je sais que faire carrière dans l'archéologie implique fatalement de quitter les États-Unis.

– Oui, mais je me sens un peu ingrate après tout ce que Joan fait pour moi.

– Joan est une force de la nature, elle peut mettre la pression comme personne, je le sais très bien, mais tu n'es pas obligée de la suivre aveuglément. C'est un conseil de psy et d'amie.

– Merci Emaline, dis-je, réconfortée, alors que j'aperçois le campus plus loin.

– Ça ira ? s'enquiert-elle.

– Oui, je vais profiter de ma journée et rejoindre Joan de ce pas.

– N'hésite pas à me rappeler si tu en as besoin.

– Je n'hésiterai pas, Emaline, merci.

Nous raccrochons et je presse le pas en franchissant le portail de l'université.

4

Ma mentor

Le département des études anciennes est l'un des plus vieux et des plus prisés du campus. Joan Bates le dirige depuis quelques années et le maintient dans le top cinq des endroits les plus prestigieux pour étudier l'archéologie. Je me sens toujours pleine de fierté quand je traverse ces couloirs. Ici, je suis dans mon élément. J'atteins le bureau de Joan en saluant quelques camarades et en jetant un coup d'œil sur le panneau recouvert de multiples petites annonces pour les étudiants. Soirées à thème, groupes de travail, clubs de lecture ou de musique, il y a vraiment de tout. J'aime l'idée de me fondre dans cette masse hétéroclite, on passe toujours inaperçu de cette manière et pourtant on a le sentiment d'appartenir à un tout.

Une fois devant la porte, je frappe trois petits coups et j'entre.

La tanière de Joan, comme on l'appelle ici, est une pièce très haute, aux longues fenêtres, envahie de livres en tout genre, de rouleaux de papier, de dossiers qui s'entassent et d'objets anciens. On pourrait penser que vu son caractère buté et droit, l'organisation devrait suivre, mais non. Les étudiants de première année sont toujours ébahis par cet endroit. Je commence à me dire que ce bazar est une sacrée mise en scène pour éblouir… ou effrayer. En fait, je n'ai jamais vraiment compris comment Joan pouvait être aussi bordélique et pourtant s'y retrouver.

– Tu n'es toujours pas inscrite pour l'échange avec Londres, ni pour les fouilles.

La voix vient d'en haut. Je lève les yeux : Joan est en équilibre sur une échelle, un bouquin entre les mains. Sa silhouette élancée et mince pourrait presque faire partie du décor. Comme à son habitude, elle a ramassé ses cheveux bruns en un chignon strict, mais sa mise me semble bien plus soignée que d'ordinaire. Elle porte un pantalon de laine ardoise, un chemisier blanc et une paire de bretelles vermeilles. Le tout s'allie parfaitement à ses yeux gris, à son rouge à lèvres grenat et à son teint plutôt pâle.

– Elles sont belles, tes richelieus, commenté-je d'un ton anodin.

Ses chaussures en cuir noir verni sont reluisantes. Joan referme son bouquin pour le reposer et redescendre.

– Ne change pas de sujet, demoiselle, tu ne fais toujours pas partie de ma liste d'étudiants pour l'échange, ni pour les fouilles.

Une fois face à moi, elle pose ses mains sur sa taille et me fixe. Elle ne fait vraiment pas ses 45 ans, mais je dois avouer que je la trouve bien blafarde ce matin.

– Tu es ma meilleure élève, il faut que tu bouges si tu veux réussir.

Je finis par acquiescer.

– Je te promets d'y réfléchir.

Elle me connaît suffisamment pour comprendre que c'est une manière comme une autre de dire non, mais sans la heurter. Alors elle pince les lèvres et pose sa main sur mon bras.

– On en reparlera.

Joan contourne son bureau et s'avachit dans son fauteuil. Elle attrape le plaid déposé sur le dossier et l'enroule autour de ses épaules en cherchant à faire un peu de place sur sa table de travail. Je m'assois en face d'elle en retirant l'agenda de la chaise pour le déposer sous ses yeux. Elle me remercie d'un sourire.

– Alors, ton sujet de thèse t'intéresse toujours ? Tu as lu les ouvrages que je t'ai recommandés ?

Je me suis lancée dans l'étude des inscriptions que je qualifie d'« hasardeuses ». Tous ces petits mots et messages que les Égyptiens de l'Antiquité ont laissés ici ou là et qui n'ont aucun rapport avec le lieu où ils se situent. Ces empreintes du passé, curieuses et quotidiennes, m'ont toujours amusée et captivée. Pourquoi cet anonyme a-t-il un jour écrit sur une pierre près d'un temple : « Je t'ai attendue, mais tu n'es pas venue. » ? Jay aurait pu laisser un post-it à la postérité : « Je n'ai pas voulu te réveiller, on se voit demain. » Si un homme de 1 500 ans avant Jésus-Christ a été capable d'écrire à même la pierre un message à la femme qui lui a posé un lapin, un homme du XXIe siècle devrait être capable de laisser un mot à la femme avec qui il vient de coucher…

– La Terre appelle la Lune… ou Mars ?

Je lève les yeux sur Joan en me rendant compte que je rumine encore.

– J'adore mon sujet. Je ramène les livres à la bibliothèque tout à l'heure.

Le regard perçant de Joan me scrute.

– Tout va bien ?

Je suis très proche d'elle, elle est tellement plus qu'une prof pour moi ou qu'une directrice de département. Elle est un peu ma mentor depuis ma première année, ma Dumbledore ou ma Obi-Wan Kenobi. Nous partageons beaucoup, nous nous parlons, parfois nous buvons des verres ensemble. Elle cache une très bonne bouteille de whisky dans son bureau et on fête souvent la fin des partiels en trinquant avec. Mais, comme si j'étais devant mes parents, je n'arrive pas à lui dire ce qu'il s'est passé cette nuit. J'ai du mal à identifier ce qui m'empêche de parler de Jay alors qu'elle sait tout de ma vie. Peut-être que j'ai peur de son jugement…

– Oui, j'ai travaillé tard la nuit dernière, je suis encore un peu fatiguée. Tu sembles éreintée toi aussi, ajouté-je, inquiète.

Joan balaie l'air d'un geste de la main.

– Ce n'est pas de la fatigue, c'est de l'énervement, grogne-t-elle. J'ai eu une réunion ce matin à la première heure avec Henstridge.

Je la vois secouer la tête avec un regard sombre. Henstridge. Son nom surgit dans ma mémoire. Joan est une telle boule de nerfs que parfois je finis par mettre de côté tous ses démons pour ne pas m'enliser avec elle. Henstridge. Je l'avais un peu oublié, et je suis si obnubilée par mon aventure nocturne, que je n'avais pas fait le lien entre l'échange avec Londres et lui. C'est aujourd'hui que se tient la première séance qui ouvre l'année de partage entre les deux universités.

– Dire qu'il a été nommé, *lui*, directeur du département des études anciennes de Londres… Mais à quoi pouvaient-ils bien penser ! À présent, je suis obligée de m'adresser à lui pour les fouilles. Ça fait des années qu'il n'a pas mis les pieds sur un chantier et voilà qu'il revient avec plein d'idées.

Henstridge est l'ennemi juré de Joan. Je vais enfin pouvoir rencontrer cet illustre imposteur, cet archéologue incapable et dangereux, cet homme auquel on ne peut pas se fier, ce vil manipulateur, et j'en passe.

– Je ne crois pas avoir lu quelque chose de récent de lui, dis-je alors.

– Il n'a rien publié depuis un bon moment. C'est vraiment un bon à rien.

Si je sais bien une chose de Joan, c'est qu'il faut nourrir son animosité jusqu'à ce que cette faim dévorante se calme d'elle-même.

– Comment il a fait pour avoir son poste, alors ?

Elle hausse les épaules en poussant un « ah ! » exaspéré.

– On aimerait bien le savoir !

D'autres disent que c'est un génie de la discipline, mais Joan pense surtout que venir d'une riche famille anglaise ouvre plus de portes que le talent, point de vue que je partage.

– Cette collaboration est dramatique pour les universités, mais aussi pour les étudiants, reprend-elle.

Je peux la croire aveuglément sur ce point. Joan s'est toujours battue pour ses étudiants, elle les a toujours soutenus dans toutes les situations possibles. Des problèmes familiaux qui parasitent les études ? Elle reçoit l'élève dans son bureau pour en discuter et trouver des solutions. Besoin d'un job alimentaire pour continuer l'université ? Elle envoie des lettres de recommandation. Des difficultés ou des doutes sur la rédaction d'un mémoire ? Elle prend sur son temps pour bosser avec l'étudiant et le motiver. Je n'ai jamais entendu personne se plaindre de son engagement auprès des élèves et je sais que c'est une faculté rare pour un membre du professorat. Ça ne m'étonne pas vraiment que Henstridge soit du genre à balader ses propres étudiants.

– Au risque de me répéter, tant qu'il est là, méfie-toi de lui, il n'est pas digne de confiance, me confie-t-elle avec gravité.

J'acquiesce.

– Je ne veux pas qu'il t'arrive quoi que ce soit, c'est un aimant à problèmes.

Sa déclaration me réchauffe le cœur.

– Tu peux compter sur moi, je serai toujours de ton côté.

Le lui dire me semble un peu bête, car c'est tellement évident, mais je veux la rassurer quand même. Joan m'adresse un regard touché. Elle est encore sur les nerfs, et ce n'est pas près de changer dans les jours qui viennent. Je me redresse et décide de la sortir de sa mauvaise humeur.

– Allons boire un café, ça nous changera les idées.

Joan me sourit enfin et se lève. Je me dis que la faire parler d'autre chose va finir par l'apaiser. Je lui ai préparé une page entière de questions après la lecture des livres qu'elle m'a conseillés. À peine avons-nous fait trois pas dans le couloir que le doyen est en vue. Et comme Joan est encore énervée et ne lâche jamais un os aussi facilement, elle se rue sur lui. Je m'élance à sa suite en tentant de la stopper.

– Norman !

Le doyen lève les yeux au ciel en l'entendant. Les affrontements entre les deux ne sont pas rares. Il faut savoir tenir tête à cet homme d'une soixantaine d'années, imposant et sévère, à l'intemporel costume en tweed, pour conserver les crédits nécessaires à l'entretien d'un département.

– Joan, quel bon vent vous amène ? dit-il en ralentissant le pas, mais déjà impatient de fuir.

– Vous passez dans mon couloir, Norman, réplique-t-elle.

– *Votre* couloir ? Vous voulez dire celui de l'université que *je* dirige ?

– Je veux dire le couloir du département que *je* dirige, Norman. Département auquel vous avez insidieusement pris une salle pour la donner aux Sciences biomédicales la semaine dernière.

J'ai presque envie de rappeler au doyen que Joan a toujours le dernier mot et qu'il ferait mieux de seulement écouter ce qu'elle a à dire, puis de tourner les talons. Il semble percevoir mon conseil puisqu'il soupire, épuisé à l'avance par la tornade qui s'abat sur lui.

– Que voulez-vous, Joan ?

– Je veux parler de l'échange avec Londres…

Le doyen lève aussitôt un index préventif.

– J'ai déjà reçu tous vos messages à ce sujet. Avec le doyen de Londres, on a décidé de mettre en place un programme d'échange entre nos deux universités pour préparer les fouilles en Égypte, il n'y a rien à redire ! Vous allez recevoir patiemment ces étudiants anglais, vous vous rendrez à Londres en toute convivialité le mois prochain et vous partagerez la maison de fouilles à Louxor, point !

La maison de fouilles appartient aux deux universités depuis plusieurs années. C'est une collaboration historique. Par contre, l'échange est une première. Une délégation de Londres vient à Boston une semaine, puis nous passons sept jours à Londres à notre tour. Les deux doyens ont aussi décidé de rapprocher leurs équipes, ce qui ne cache pas des tentatives d'économie : au lieu d'avoir chacun son matériel, autant tout rassembler et dépenser moins.

Le visage de Joan devient presque exsangue. Je prends son bras pour tenter de la ramener à la raison, sans succès.

– Je n'ai rien contre l'échange, vous le savez très bien, mais plutôt contre Henstridge !

– Jasper Henstridge est votre confrère, merci de faire preuve de diplomatie, répond-il avec un sourire crispé.

Joan croise les bras en ouvrant des yeux ronds.

– Diplomatie ? Il n'y a pas de diplomatie qui tienne avec ce genre de personne ! Faut-il que je vous rappelle ce qu'il a fait il y a quatre ans ? Sa petite sortie improvisée en Égypte, vous vous en souvenez ? Il a mené trois étudiants et un collègue à la mort ! David, mon neveu et un étudiant d'ici, de *votre* université, en faisait partie ! s'exclame-t-elle, le regard embrasé.

Je me fige dans un coin. Je connais cette histoire, mais c'est une source d'angoisse pour moi, pour Emaline qui a perdu son fils, et pour Joan, sa tante et sa professeure. Le doyen tente alors de tempérer les choses en faisant montre d'un peu de souplesse.

– C'était une prise d'otages, Henstridge ne pouvait pas savoir que cette sortie finirait ainsi.

– Il les a emmenés dans un coin reculé sans réfléchir un seul instant aux risques !

– Les autorités égyptiennes et la commission ont tranché, Jasper Henstridge n'est pas coupable, Joan, rappelle-t-il d'une voix forte. Oui, nous avons perdu un collègue et trois étudiants, c'est un drame terrible et indéniable. Mais nous ne pouvons pas nous permettre d'en faire fuir d'autres avec ce genre de querelles !

Joan garde le silence, mais je ressens d'ici la fureur et le chagrin qui l'envahissent. Le doyen inspire et expire profondément. Ils se font face dans un silence tendu, puis il reprend la parole.

– Pour passer à autre chose, vous avez entendu parler de Pierre Lamigre ?

– Un peu, oui, répond Joan à voix basse.

– Il a les dents longues, beaucoup d'ambition et de qualités, à ce qu'on dit. Il est souvent venu ici par le passé pour ses recherches et il va ouvrir un chantier proche du vôtre avec l'université de Paris. Je vois là une belle occasion d'afficher une entente cordiale entre Boston, Londres et Paris. Tâchez, vous et Henstridge, de vous montrer soudés face aux Français, invitez-le à visiter votre chantier, je vous donnerai les moyens d'offrir une belle réception, ajoute-t-il avec un sourire sympathique. Tout va bien dans le meilleur des mondes entre Londres et Boston.

Joan, fidèle à elle-même, se contente d'un grognement contraint et peu collaboratif. Je suis sûre qu'elle aurait préféré de l'argent pour embaucher des archéologues, et non pour acheter des petits-fours en vue d'une sauterie en plein désert égyptien. Sa réaction figée fait soupirer le doyen. Après le ton coulant, il opte pour la menace.

– Ce n'est pas vraiment une sollicitation, faites ce que je dis pour une fois, ou je serai forcé de sévir. À commencer par les bourses supplémentaires que je vous accorde malgré nos difficultés.

Il jette un œil sur moi en disant cela. Je crois que j'aurais vraiment dégluti si je n'avais pas eu peur de me faire remarquer plus. Joan desserre ses bras, vaincue. Elle pousse d'abord un soupir, puis répond :

– Soit, très bien. Nous allons travailler ensemble, nous recevrons Lamigre, et j'attends votre chèque pour la réception en espérant qu'il soit bien digne de l'image que vous souhaitez renvoyer.

Bon, Joan n'est jamais totalement vaincue. Le doyen crispe ses mâchoires et hoche la tête, soulagé de se sortir de là malgré tout. Il nous salue en grommelant et s'éloigne. On reste côte à côte un court instant. Je m'inquiète en voyant

Joan presque tremblante et plus pâle encore. Cette collaboration imposée avec Henstridge, l'homme responsable de la mort de son neveu, la blesse plus que jamais, et je n'aime pas la voir souffrir. Je tente donc à nouveau de détourner son attention.

– Une belle réception sur un chantier de fouilles ? dis-je avec perplexité et un peu de moquerie.

Les lèvres de Joan se détendent.

– Oui, eh bien, on se contentera de partager la cuisine locale et on paiera mieux les ouvriers égyptiens.

Elle semble quand même préoccupée.

– Joan, ce n'est qu'un mauvais moment à passer, dis-je pour la rassurer, mais aussi pour l'encourager à aller dans le sens du doyen. Henstridge n'est là que quelques jours et tu ne vas pas rester longtemps à Londres. En Égypte, vous aurez chacun votre chantier, il suffira de l'ignorer à la maison de fouilles.

– Tu as sûrement raison. Tu sais que j'aurai bien besoin de quelqu'un comme toi sur place ?

Évidemment, elle n'allait pas manquer une telle opportunité de rebondir. Je souris, habituée et amusée par cette faculté qu'elle a de ne jamais se laisser abattre.

– En plus, tu pourras dénicher des inscriptions intéressantes pour ta thèse.

J'en profite pour sortir ma liste de questions de mon sac.

– En parlant de thèse, j'ai plein de choses à te demander.

Joan me sourit avec plus de franchise.

– Je me demande de qui tu tiens cet art de l'esquive.

– Oh, j'ai une excellente professeure.

Elle enlace mes épaules pour m'entraîner dans le couloir.

– Allons boire ce café et répondre à tes interrogations.

5

Le Coin des pipelettes

Je dépose vite les deux livres sur le comptoir de la bibliothèque et me presse de retrouver Cassie, installée à notre table habituelle dans la salle de lecture. Je m'assois près d'elle, retire mon manteau, sors des feuilles et un stylo, puis pose ma main sur son bras. Cassie fronce les sourcils en me dévisageant. J'ai bien trop hâte de lui parler de cette nuit pour prendre le temps de bosser avant. Je sais que ma meilleure amie n'aura pas la même approche que ma psy et j'ai très envie de partager enfin une expérience « normale » avec elle.

– Allons au Coin des pipelettes.

– Maintenant ?

– Oui.

Ma détermination doit être suffisamment étonnante pour qu'elle se lève aussitôt et abandonne son travail. Le Coin des pipelettes est un petit endroit poussiéreux au cœur de la bibliothèque, un endroit où personne ne va jamais, que nous avons découvert par hasard et qui est devenu notre repaire pour papoter sans gêner personne. Cassie s'appuie contre une étagère, croise les bras et m'observe, tout sourire. Je remercie le sort tous les jours d'être tombée sur elle lorsque je cherchais une colocation. Elle a 23 ans comme moi, elle suit les mêmes études que moi, et nous nous sommes tout de suite bien entendues. Sa peau est aussi noire et éclatante que ses yeux, sa beauté m'a toujours fascinée. Un peu exubérante, gentille à souhait, drôle et enjouée, tout le monde accroche avec elle. Alors que moi, j'ai plutôt tendance à mettre naturellement de la distance avec les autres. Mais Cassie, avec ses cheveux ras, son piercing industriel à l'oreille droite et son air espiègle, m'a toujours poussée à plus d'ouverture.

– Alors, alors ?

– Il est chouette, ton pull. C'est du cachemire ?

Cassie me donne une tape sur l'épaule.

– Aly ! Apparemment, tu as en ta possession un potin ultra-croustillant ! Je t'écoute.

– Pourquoi serait-il croustillant ?

J'aime bien la taquiner, au moins autant qu'elle.

– C'est la première fois que tu es aussi pressée de venir jusqu'ici, en plus ça se lit sur ton visage. Oh ! s'exclame-t-elle. Tu as un truc cochon à me raconter.

Elle est décidément trop forte à ce jeu-là. Avec beaucoup d'embarras et un visage rouge vif, j'acquiesce. Cassie m'a souvent fait le récit, avec force détails, de ses aventures sexuelles en me laissant plongée dans une profonde perplexité. Comment peut-on perdre la tête pour quelqu'un ? Est-ce qu'un cunnilingus a autant de pouvoir ? Deux orgasmes en une nuit, est-ce même réaliste ? Je n'ai jamais eu à raconter ce genre de choses encore. Par où commencer ?…

– Dis, dis, s'empresse Cassie. Rosa a fait quelque chose d'inavouable ?

Elle ne se doute même pas qu'il puisse s'agir de moi !

– Non, pas Rosa… Pourquoi Rosa ?

– Rosa est tout à fait le genre à faire des folies. Je l'aime bien, ajoute-t-elle avec un demi-sourire.

Rosa et Cassie ont dû se croiser une bonne dizaine de fois. Je suis persuadée qu'elles s'entendraient à la perfection. Ça m'a toujours rendue un peu jalouse. Égoïstement, je préfère ne pas les mettre en contact alors que je les aime beaucoup.

– Ce n'est pas Rosa.

– Joan ! dit-elle avec de gros yeux.

Je fronce les sourcils.

– Non, pas Joan.

– Ouais, peu probable. Elle est parfaitement… asexuée. Comme Dumbledore. Ou Obi-Wan.

Je croise les bras en me raclant la gorge. La sexualité de nos personnages fictifs préférés fait l'objet de très longs et fréquents débats entre nous.

– Ni Rosa, ni Joan, ni Dumbledore, ni Obi-Wan.

– Pas le doyen… ? fait-elle alors avec une grimace.

Je retiens un rire nerveux.

– Non, moi !

Cassie sourit à son tour en hochant la tête avant de se figer. Elle doit voir que je ne plaisante pas. Alors la taquine fait place à la complice, elle pose sa main sur sa bouche et me désigne du doigt.

– Toi ? murmure-t-elle, excitée.

– Oui, hier soir.

– Dis-moi tout, je veux tout savoir, s'emballe-t-elle.

Je me mordille la lèvre en me demandant quoi dire et comment… Un truc du genre : « J'ai rencontré un type canon au café, je l'ai ramené chez nous, on a couché ensemble, c'était génial et il est parti » ? Mais j'ai l'impression que je ne rends pas vraiment honneur à mon exploit et qu'en plus, je réduis Jay à une sorte de caricature. Alors que, comme me l'a suggéré Emaline, je tiens à ce que nous avons partagé et je n'ai pas envie de salir ce souvenir en racontant n'importe quoi.

Comme Cassie voit que je galère, elle décide de prendre les choses en main.

– Les circonstances de la rencontre, d'abord.

– Oui, au café hier soir. Il s'est assis près d'une fenêtre et je lui ai renversé la cafetière dessus. Enfin, Rosa m'a poussée, plutôt. Alors je l'ai… épongé.

C'est en le disant à haute voix que je mesure le ridicule flagrant de la situation. D'ailleurs, Cassie serre les dents, mais ne commente pas. Une vraie amie.

– Bref, il était vraiment très sexy, alors je lui ai servi du café jusqu'à la fermeture.

– Tactique très honorable, me félicite Cassie. Sexy comment ?

Mes joues s'enflamment à son souvenir. Je vais bafouiller tant la nervosité me gagne. Je me dis que j'aurais dû lui laisser mon numéro. Ou lui demander le sien. J'aurais *pu*, en fait.

– Grand, brun aux yeux bleu très clair, gentil, musclé, et euh… beau.

En fait, je manque de mots pour le décrire. Curieux. « Beau » est complètement insuffisant. Et peu importe le mot que je trouverai, ça ne suffira pas à qualifier tout ce qu'il peut être. Comment décrire son odeur, la façon dont il me touchait, le son de sa voix, sans être trop *cheesy* ?

Cassie reste pendue à mes lèvres.

– Musclé, tu dis ?

– Il est écrivain, mais il a un torse de statue grecque, assuré-je, toujours aussi étonnée par ce fait.

Le demi-sourire de mon amie s'allonge.

– OK. Donc, il a tombé la chemise quelque part dans le café ?

– Ah, non, non. Je suis sortie, il m'attendait, alors je l'ai ramené à l'appartement.

Je ne pensais pas un jour voir les yeux de Cassie s'écarquiller à ce point.

– Tu l'as ramené à l'appartement ? Oh, Aly ! Je suis si fière de toi…

Je lui donne un coup de coude alors qu'on se met à glousser. Cette complicité avec elle, je l'ai toujours cherchée et voulue. À cet instant, je me sens enfin « normale » et, bizarrement, acceptée. Emaline m'a déjà dit pourtant que l'activité sexuelle était une chose socialement attendue, mais pas obligatoire et qu'elle ne déterminait en aucun cas la « normalité » d'une personne. J'ai essayé de suivre ce principe tout en me disant que ça me faisait quand même défaut.

– C'était comment ?

Là aussi, je vais manquer de mot.

– C'était…

Tellement bon que le souvenir en lui-même m'excite encore ? Très, très surprenant ? Bestial quand il a envoyé mes affaires par terre pour qu'on s'installe sur le bureau ? D'une sensualité à toute épreuve quand sa peau glissait sur la mienne ? À couper le souffle ? Inouï ? Exceptionnel ? Imprévu ? Renversant ?

Je déglutis.

– … incroyable.

– Ouh, tu as mis la main sur une perle rare. Vous vous revoyez quand ?

Voilà qu'elle me coupe dans mon élan. Je redescends sur terre.

– Quand je me suis réveillée, il était parti. C'était un coup d'un soir.

J'essaie de minimiser, mais je reconnais que ça m'agace encore.

– À quel moment vous vous êtes dit que c'était seulement l'histoire d'une nuit ?

J'ouvre la bouche pour répondre, mais reste muette. Tiens, c'est vrai, on ne se l'est jamais dit. Ça me semblait simplement logique. Ramener un inconnu chez soi, avec qui on accroche bien, avec pour seul but de s'envoyer en l'air, c'est le coup d'un soir et rien d'autre. Mais pourquoi n'en avons-nous pas parlé avec Jay ?

– À aucun moment, dis-je alors.

– Tu as envie de le revoir ?

Je hausse les épaules. C'est certain, j'ai très envie de le revoir, mais je ne veux pas me donner de faux espoirs non plus. Pourtant, je vais être très honnête avec Cassie parce que j'ai confiance en elle ; elle ne va pas me pousser plus en avant dans une folie si elle s'avère impossible.

– Oui.

– Rien n'est donc figé, conclut-elle habilement.

– Je ne sais rien de lui.

– Rassemblons les indices. Tu as son nom ?

– Jay. Il est britannique. Et écrivain.

– C'est déjà pas mal. On va regarder sur Internet tous les auteurs britanniques qui s'appellent Jay, il ne doit pas y en avoir des centaines.

Je ne peux pas m'empêcher de sourire, touchée par l'entrain de Cassie.

– Il reviendra peut-être au café ce soir.

– Possible, oui !

Je suis en train de vraiment, vraiment l'espérer.

Soudain, pour la première fois dans l'histoire du Coin des pipelettes, une personne débarque inopinément : une fille, plutôt grande, à la peau de nacre, aux yeux bleus et à la longue chevelure de jais. Elle porte une jupe framboise assez courte sur des collants noirs et un pull blanc. Pas une seule faute de goût.

Ni moi ni Cassie ne la connaissons et nous ne pouvons nous empêcher de l'observer. Elle semble complètement perdue. Lorsqu'elle capte nos regards, elle s'approche avec un mince sourire.

– Salut, désolée de vous interrompre, mais je cherche le rayon consacré aux parures. Je crois que je fais fausse route depuis un moment déjà.

Il faut bien être une première année pour ne pas connaître sur le bout des doigts le dédale de la bibliothèque. Pourtant, elle a l'air d'avoir à peu près notre âge. Et son accent ne m'échappe pas : elle est anglaise.

– Il faut revenir sur tes pas, confirme Cassie. Si tu continues par là, tu ne trouveras que la poussière des rayons abandonnés.

Son sourire s'allonge.

– Qu'est-ce que vous faites là, alors ?

– Ici, c'est le Coin des pipelettes, pour causer sans déranger.

Son visage démontre tout son amusement. Elle ne devait

pas s'attendre à ce genre de rencontre-là. Alors je saute sur l'occasion et lance la proposition.

– Tu veux te joindre à nous ? On te guidera jusqu'aux parures ensuite.

Elle fait quelques pas dans notre direction.

– Je m'appelle Susan, je participe à un échange entre Boston et Londres avec le département des études anciennes.

– Parfait ! s'exclame mon amie. On est des étudiantes de Joan Bates. Je suis Cassie, et elle, c'est Aly.

Cassie a toujours su que mon prénom me sortait par les yeux, elle ne me présente plus que comme Aly. Je crois que je vais en rester à l'idée que seul Jay peut prononcer mon prénom en entier sans que ça me hérisse le poil.

Susan s'invite donc dans notre discussion et une petite part de moi est curieuse de découvrir quelques détails « croustillants », comme dirait Cassie, au sujet de Henstridge.

– Comment trouves-tu Boston ?

– Aussi frais que Londres, à vrai dire.

Tandis que Cassie et Susan échangent les premières civilités, je me contente d'observer la nouvelle venue. Elle a un petit côté en retrait, et pourtant une gentillesse parfaitement innée. J'ai envie de l'assommer de questions sur la littérature britannique dans l'espoir de découvrir l'identité de Jay. Si ça se trouve, c'est un auteur célèbre là-bas. Et anonyme ici. Je pourrais l'interroger, mais cette perspective me fait douter. Il vaut mieux garder cette aventure secrète avant d'en savoir plus. Mon portable, dans mon sac resté à ma place, me manque subitement. J'aurais pu *googler* Jay en toute discrétion.

– Et toi ?

Je sens les deux paires d'yeux sur moi. Et zut… je n'ai rien suivi.

– Pardon ? dis-je en tentant de me consacrer à cet échange.

Mais Cassie dégaine déjà son demi-sourire taquin.

– Un homme brouille ses pensées.

Pitié, n'en dis pas plus !

Je tourne un visage rougi vers Susan qui se contente d'aller de Cassie à moi sans commenter.

– Excuse-moi, tu disais ?

– Je te demandais quel était ton sujet de thèse.

Parfait. Parlons de nos recherches, ça chassera Jay de ma tête.

– Les inscriptions personnelles laissées ici et là par les Égyptiens sur des morceaux de poteries ou sur des murs.

– C'est un peu comme lire leurs SMS, s'amuse Cassie. T'en avais trouvé une qui nous avait fait tellement rire, elle disait quoi déjà ?

– « J'aime beaucoup Néfer, mais je préfère sa sœur. »

Susan rit avec nous.

– Le goujat ne pouvait pas se douter que ça traverserait le temps et que son indélicatesse ferait l'objet d'une étude des milliers d'années après, ajoute Cassie.

– Et toi, Susan, sur quoi tu travailles ?

– Sur un ensemble de bracelets et de pendentifs avec des formules rares écrites dessus. Ils sont conservés dans la réserve de la maison de fouilles de Louxor. Jasper m'a dit que je pourrai les étudier si Joan donne son accord.

Je n'ai pas besoin d'échanger un regard avec Cassie pour savoir que c'est peu probable. Comme Londres n'a plus participé aux fouilles depuis quatre ans – depuis la prise d'otages –, la maison a été investie par Boston et Joan détient les autorisations pour accéder à la réserve dans laquelle on entrepose les objets de valeur. Henstridge étant resté absent des chantiers jusque-là, il va devoir obtenir ces mêmes autorisations auprès de Joan. Autant dire que Susan n'est pas près de voir les parures qui l'intéressent.

– Tu sais, je ne veux pas te décourager, dis-je sur un ton embêté. Mais il y a peu de chances que Joan accepte une requête de Henstridge.

– Oui, Jasper me disait la même chose, confirme Susan, dépitée.

– Tu pourrais intercéder auprès de Joan, toi, me lance Cassie.

– Moi ?

– Elle t'écoute.

– Pas plus que les autres.

Cassie croise les bras en me fixant.

– Tout le monde sait que vous êtes très proches toutes les deux, tu es un peu sa chouchoute.

Ça m'embête que les autres voient les choses ainsi. Bien sûr, ils ne sont au courant de rien, pas même Cassie. Elle est ma meilleure amie, mais il y a des choses que je préfère lui cacher. Je ne veux pas qu'on me regarde différemment. Ma relation avec Joan va au-delà de l'université. Et dans les yeux noirs de Cassie, je lis une soif de savoir de plus en plus forte.

– Je ne veux pas que tu aies des problèmes, intervient alors Susan. C'est suffisamment difficile entre nos universités, on dirait un drame shakespearien avec les Capulet et les Montaigu.

Sa comparaison ramène plus de légèreté dans notre conversation.

– Je lui en parlerai, mais je ne peux rien te promettre, décidé-je avec volonté.

Se mettre entre Joan et Henstridge me semble à la fois audacieux et suicidaire, mais je peux essayer.

– C'est déjà beaucoup, m'assure Susan avec reconnaissance.

Elle regarde l'heure à son poignet, je me surprends à l'imiter. Midi déjà. Et je n'ai toujours pas ouvert un seul bouquin. Heureusement que Joan a répondu à mes questions tout à l'heure, sinon je crois que j'aurais consacré une matinée entière à seulement penser à mon amant d'une nuit.

– Je dois rejoindre Nathan, un ami, ça vous dit de déjeuner avec nous ? propose Susan.

Le temps de rassembler nos affaires, d'emprunter un livre sur les parures pour Susan sur mon compte et nous voilà dehors. Il fait toujours aussi frais, mais le soleil est là. Alors que nous traversons l'une des grandes pelouses de l'université,

Susan nous raconte à quoi ressemble la sienne, plus étroite et beaucoup plus ancienne. Cassie se réjouit de partir la visiter le mois prochain. De mon côté, j'avoue que je suis intriguée. Après tout, quel mal pourrait-il bien m'arriver sur un autre campus universitaire ? Entourée d'amis ? Joan serait là en plus. La question mérite presque réflexion.

Le soupir agacé de Cassie nous fait ralentir. Elle a le nez dans son portable.

– Quoi ? m'étonné-je en m'arrêtant.

– Mon ex. « Est-ce qu'on pourrait parler », bla-bla-bla…

– Ce type est une ordure.

– Oui, je lui ai dit plusieurs fois, confirme-t-elle. Je ne comprends pas qu'il insiste !

– Qu'est-ce qu'il a fait ? me demande Susan alors que Cassie grogne sur son clavier.

– Il voyait une autre fille en même temps, un grand classique, dis-je, amère.

Les hommes sont de sacrés menteurs, je n'ai aucune confiance en eux. Cette vérité générale que je m'assène très souvent me fait songer que, très probablement, Jay a remis son alliance et est reparti tranquillou en Grande-Bretagne. Ce serait bien un truc qui pourrait m'arriver, ça… Et qui est tant arrivé à Sookie. Mon cœur se serre douloureusement. C'est ce que Jay a fait. C'est pour ça qu'il n'a laissé aucun mot. Il a eu ce qu'il voulait, il est retourné à sa vie.

Je me reprends. Je ne vais pas me laisser abattre par tout ça. Mieux vaut ignorer ce profond sentiment d'insécurité qui déferle sur moi.

– Qu'est-ce que tu lui réponds ? demandé-je alors en chassant mes pensées.

– D'aller se faire mettre, rétorque Cassie en terminant son message. Si encore il me l'avait avoué, mais non !

– Tu l'as pris sur le fait ? demande Susan, intriguée.

– Même pas. J'aurais préféré, j'aurais pu avoir une rupture des plus théâtrales. Non, j'ai seulement fouillé son portable.

Sa méthode m'a souvent laissée perplexe, mais après tout… Susan, par contre, ne masque pas sa surprise. Elle ne connaît pas encore bien Cassie. Cassie est… entière.

– C'est un truc que tu fais couramment ? s'amuse Susan avec une bonne dose de doute.

Cassie dodeline de la tête.

– J'ai suivi un principe fondamental de Joan.

C'est à mon tour de croiser les bras et de la jauger, l'air dubitatif.

– Si, souviens-toi, quand elle disait qu'il fallait creuser, creuser, toujours creuser plus loin jusqu'à trouver ce petit éclat de poterie qui donnerait tout son sens au trou que tu venais de faire.

Mes paupières papillonnent tandis que mon amie sourit de toutes ses dents.

– Je crois qu'elle parlait vraiment d'archéologie, là.

– Chacune de ses leçons s'applique dans un autre domaine, maintient Cassie.

Je me mets à rire en secouant la tête. Elle a, elle aussi, l'art et la manière de toujours retomber sur ses pattes.

– Tu as quelqu'un, toi, Susan ? demande-t-elle pour réorienter la conversation.

Un voile rose recouvre les joues si blanches de l'étudiante.

– Oui et non.

– Qu'est-ce que ça veut dire !? s'exclame Cassie avec curiosité.

– Je ne peux pas vraiment en parler, c'est trop tôt.

– C'est Nathan ? lance directement mon amie.

– Non, se dépêche-t-elle de répondre. Je préfère les hommes plus matures. Les étudiants sont des gamins.

Cassie se tourne vers moi et hausse rapidement les sourcils. Je lui ai souvent sorti cette excuse lorsqu'elle voulait me caser avec un camarade.

– J'ai hâte de commencer les fouilles, ajoute Susan. Il sera là et ce sera plus simple de se voir sur notre temps libre.

Son téléphone sonne à l'instant même où Cassie voulait reprendre l'interrogatoire.

– C'est Nathan, il doit nous chercher.

Elle s'éloigne de trois pas pour répondre. Mon amie m'attrape le bras.

– Tu as un pronostic ? murmure-t-elle.

Au moins sa curiosité assoiffée passe de mon amant à celui de Susan.

– Quelqu'un de Boston ? C'est pour ça qu'elle ne peut pas nous en parler vraiment.

– Ou alors…

Elle laisse la suite en suspens, captivant mon attention par la même occasion. Il n'y a vraiment qu'elle pour me faire apprécier autant l'art du potin.

– Henstridge.

Je crois que le visage éberlué que je lui offre en retour l'enchante bien plus que sa propre déduction.

– Qu'est-ce que tu racontes encore…

– « Jasper m'a dit que… »

– Même nous, on appelle Joan par son prénom.

Cassie lève un index passionné et me fait l'impression d'une prestidigitatrice qui sort carte sur carte de son jeu pour en arriver à la chute de son tour.

– Un homme plus mature…

Je prends la position de l'avocate de la défense.

– C'est peut-être un étudiant de dernière année.

– Les garçons de l'université sont bien légers. La preuve ! Mon ex. En plus, elle a hâte d'être en Égypte. Tout le monde vit dans la même maison pendant un mois, et fatalement, elle sera plus proche de Henstridge.

– Mais il ne sera pas le seul homme mature dans cette maison, il y aura aussi des archéologues confirmés.

– Elle aurait pu nous dire son nom si ce n'était que ça.

Bon, OK, elle commence à me convaincre.

– Henstridge n'a qu'une trentaine d'années, continue

Cassie. Susan est canon, ils couchent ensemble et il l'aide à voir les parures de la réserve.

Je croise les bras.

– Possible. Après tout, vu le portrait qu'en fait Joan, ce ne serait pas étonnant qu'il profite de sa position de prof pour coucher avec ses étudiantes.

– Il ne serait pas le premier.

Je ne l'ai toujours pas rencontré, mais il me semble de plus en plus détestable. J'observe la si douce Susan raccrocher et la plains. L'ascendance d'un homme peut être destructrice sans que l'on s'en rende véritablement compte. J'espère qu'elle sait ce qu'elle fait. Un garçon la rejoint, lui aussi le portable à la main. Aussi grand qu'elle, les cheveux d'un châtain plutôt clair et les yeux noisette, il s'avance vers nous tout sourire. Il affiche avec fierté un sweat portant le nom et les couleurs de son université : gris aux lettres rouges. Il est vraiment du genre mignon, sans trop en faire.

– Les filles, je vous présente Nathan. Nathan, voici Cassie et Aly, des étudiantes de Joan Bates.

– Vous allez pouvoir nous en dire plus sur la redoutable Joan, plaisante-t-il avec tout de même une once de sérieux.

Avant Nathan, nous rencontrions une étudiante comme une autre, à présent nous avons deux étudiants de Jasper Henstridge qui nous demandent quelques fameux potins croustillants sur notre directrice alors qu'on ne sait toujours rien sur le leur. Cassie se porte volontaire pour esquisser un portrait de Joan. Entre un « elle est au top, niveau publications » et un « je l'ai vue arriver à six heures du matin un jour, moi je rentrais me coucher », je guide nos invités jusqu'au *food truck* du campus pour leur proposer un véritable burger américain.

– Vous avez déjà publié, vous ? demande Susan en regardant le menu du jour écrit à la va-vite sur une ardoise.

– Deux fois, dis-je avec un petit haussement d'épaules. Mais c'étaient des articles pour la revue de l'université, personne ne les a lus.

– T'es trop modeste, assure Cassie.

Elle dit ça pour ne pas me répéter que je me dévalue, mais c'est plus fort que moi. Je suis surtout très contente que l'on puisse signer seulement de l'initiale du prénom suivie du nom, ce qui m'évite d'exporter à l'étranger le choix de mes parents. On ne va me connaître que sous cette signature : A. Wick. Par-fait.

– Tes articles sont très bons, ajoute Cassie. Moi, je finis mon premier article et j'ai tellement la pression ! Joan l'a déjà relu deux fois et m'a demandé d'ajouter tellement de choses !

– Il me semble qu'on reçoit votre revue à Londres. Jasper a dû les lire, déclare Nathan avant de passer sa commande.

– Certainement, assure Susan. Tu devrais vraiment parler avec lui de ton sujet de thèse, Aly, appuie-t-elle. Ça lui plairait. L'échange est fait pour ça, après tout.

Je me sens flattée. Henstridge a une certaine réputation dans le milieu. Mais le talent ou les capacités dans une discipline ne vont pas forcément de pair avec un fond bienveillant ou responsable. Beaucoup de chercheurs sont très doués, mais aussi insupportables, égoïstes ou trop perchés.

– Je ne participe pas vraiment à l'échange, dis-je un peu plus confortée dans ma décision initiale.

– Pourquoi ? s'étonne Susan.

Nathan, les doigts dans les frites brûlantes, me fixe lui aussi avec incompréhension. Cassie, qui a déjà tenté de me convaincre d'y participer plusieurs fois, en profite pour commander à son tour. Elle a jeté l'éponge depuis longtemps. Je sens que je ne vais pas échapper à ce questionnement dans les quelques jours à venir.

– Je ne me sens pas de partir à l'étranger pour l'instant.

J'ajoute une petite grimace de circonstance en espérant qu'ils ne fouillent pas plus loin. J'ai déjà franchi un grand pas cette nuit, je n'ai pas envie de me précipiter plus avant dans l'inconnu.

– Tu sembles si proche de Joan pourtant, commente Susan.

– Oui, mais elle a fini par comprendre.

Même si elle n'a pas encore lâché l'affaire.

– C'est dommage, on aurait pu te faire faire le tour de l'université de Londres, renchérit Nathan. Mais je comprends, mon frère Will est dans la même dynamique. Enfin, dans le même immobilisme, en fait.

Son regard s'est assombri et le ton de sa voix a baissé, comme s'il se rendait compte qu'il en disait trop.

– Il ne veut pas bouger de Londres, mais je ne perds pas espoir, lâche-t-il avec un peu plus d'entrain.

Je fronce les sourcils en tentant de décrypter le véritable sens de tout ça, mais son empathie est toujours bonne à prendre. Susan, qui pose sa main sur le bras de Nathan avec un demi-sourire, en profite pour lui piquer une frite comme pour alléger le poids qui vient de s'abattre sur les épaules de son ami. Ce dernier, soudain plus rouge, proteste en retirant sa barquette, déclenchant un rire. Si Susan n'a pas d'attirance pour lui, l'inverse me paraît plus probable.

– J'ai tout tenté pour convaincre Aly, mais rien n'y fait, intervient Cassie en me tendant un burger. Tiens, c'est à mon tour de régaler.

– Si jamais j'arrive à quelque chose avec Will, je te renseignerai, assure Nathan sur un ton un peu désabusé.

– Deal ! approuve Cassie.

Susan attrape sa commande et on s'éloigne à petits pas, l'esprit plus léger. Nathan se met à marcher près de moi.

– Ne te laisse pas démonter par les autres, me dit-il à voix basse. Mon frère n'a pas vécu que des choses faciles et il n'a pas forcément envie d'en parler.

Il pousse un léger soupir à la fin de sa phrase. Le poids du silence est aussi quelque chose que l'entourage doit supporter, je m'en rends bien compte.

– Mais il a ses raisons et elles sont bonnes. Je suis sûr que toi aussi.

D'une simple phrase, Nathan, ce garçon que je viens à peine de rencontrer, m'offre le meilleur soutien possible et ne me demande même pas de me justifier. Je lui souris en retour avec la plus grande sincérité.

– Merci.

Au bout de quelques pas et de plusieurs bouchées, Cassie reprend la parole.

– C'est à vous de nous parler de Henstridge !

– On ne sera pas vraiment objectifs, s'amuse Nathan. Mais Jasper est plutôt génial. En tant que chercheur et en tant que professeur.

C'est sûr, ils ne seront pas objectifs. J'ai presque envie de poser une main sur l'épaule de Nathan en compatissant. S'il savait que Susan et Jasper couchent ensemble, il le trouverait moins génial… Je croise d'ailleurs le regard de Cassie qui observe de près les réactions de Susan.

– Il a eu des moments très difficiles ces dernières années, après la prise d'otages, affirme Susan. Je suis contente qu'il reprenne les fouilles cette année.

Elle confirme un peu plus que c'est lui son aventure secrète. Je me dis que Henstridge a dû porter sur ses épaules un sacré poids de culpabilité pour éviter les chantiers quatre années de suite. Joan a perdu David, mais elle a repris les fouilles l'année suivante en veillant un maximum à la sécurité de ses étudiants. Si vraiment il était innocent de tout, c'est ce qu'il aurait dû faire…

– On le soutient tous, en tout cas, termine Susan.

Les étudiants de Henstridge n'ont pas connu d'autre version que la sienne, et, en tant que directeur de département, il les domine de sa seule personne. S'il est un grand manipulateur, rien de plus simple que de conserver son petit monde sous sa coupe. Surtout si, en plus, il couche avec ses étudiantes.

Je suis de plus en plus curieuse de voir à quoi peut bien ressembler un type pareil. Vivement la séance d'introduction qui aura lieu en milieu d'après-midi dans le grand amphithéâtre du département ! Tous les étudiants en archéologie vont se réunir là pour écouter Joan et Henstridge parler de l'échange et des futures fouilles.

Cassie plonge sa main dans sa poche pour en sortir son portable avec un grognement.

– Encore… grommelle-t-elle.

Je me rapproche d'elle, tandis que Susan et Nathan se mettent d'eux-mêmes à l'écart.

– « Je veux m'expliquer. » Je ne sais pas ce qu'il ne comprend pas au juste dans une rupture !

– Tu ne préférerais pas l'écouter et en finir ?

– Pour qu'il me dise quoi ? « Un homme a des besoins. » « Ce n'est pas moi, c'est elle. » « Je ne savais pas ce que je faisais… » Je te jure, j'en ai terminé avec ce genre de mecs.

Cassie a toujours eu un faible pour les mauvais garçons. Ça la contrarie, mais elle le reconnaît. Elle me prend le bras et me regarde dans les yeux.

– Cette année, c'est notre année, Aly. Et on va commencer par creuser le mystère Jay. Creuser, toujours creuser plus loin jusqu'à trouver ce petit éclat de poterie qui donnera tout son sens à la nuit de passion que tu viens de passer.

J'ai envie de glousser comme une ado, mais je me contente de rougir.

– Oublie ce mec lamentable, dis-je alors. Tu trouveras peut-être un Lord plein aux as à Londres.

Le large sourire amusé de mon amie me fait plaisir.

– Peut-être ! En attendant, tu as une tache sur ton chemisier.

Surprise, je baisse les yeux sur ma poitrine : mon manteau est entrouvert et une belle pastille de ketchup décore le jaune moutarde de mon vêtement. Rha… À quelques heures de la réunion dans l'amphithéâtre ! Je n'ai pas le temps de rentrer me changer, j'ai encore tellement à faire. Bon, je vais cacher la misère avec mon écharpe. J'espère que je vais passer inaperçue aujourd'hui.

6

Entre elle et lui

L'amphi est plein à craquer et tout le monde est très impatient de voir les deux antagonistes du milieu se tenir côte à côte pour inaugurer le premier échange entre les deux universités. Cassie me garde une place tandis que je file dans le couloir. Joan m'a demandé d'aller lui chercher des livres à la bibliothèque, je vais louper le début.

– Et voilà le premier, annonce le bibliothécaire en déposant un énorme ouvrage, aussi grand qu'épais.

Le « boum » produit sur le comptoir me fait écarquiller les yeux.

– Je vais chercher le second.

J'acquiesce en le regardant s'essuyer les mains et s'éloigner dans la réserve. Bon, je ne vais pas partir en courant avec mon butin, ça c'est certain ! Je lisse la belle couverture en cuir rouge ancienne dont le titre apparaît en lettres d'or : *Les relevés et cartes des chantiers de fouilles menés par l'université de Boston*. Je profite d'être seule pour le feuilleter. Je crois que Joan a l'intention de rouvrir une zone très anciennement fouillée à Louxor en espérant découvrir des tombes que ses prédécesseurs n'auraient pas vues. Je tourne une à une les pesantes pages et admire les notes tapées à la machine et collées dans le coin d'un plan détaillé. Il y a même quelques retouches à l'encre de Chine, ici et là.

Je suis plutôt convaincue de ne pas vouloir partir, mais

au fond de moi, j'ai envie de voir ça. Les paysages dont m'a tant parlé Joan, je les parcours souvent en pensée. On commence par accoster sur la rive ouest du Nil, puis on avance parmi les cultures zébrées de rigoles d'irrigation, les palmiers en bouquets sous lesquels les mules mâchent lentement des herbes sèches… La maison de fouilles apparaît un peu plus loin, entourée de colosses manchots et décapités, de restes de murs branlants recouverts de hiéroglyphes et de figures divines… Et derrière, la partie désertique, la montagne, les vallées, les tombes creusées dans la roche, le sable et la terre à déblayer pour trouver quelques témoignages des anciens…

Je referme le livre avec un soupir. Si je me mets en tête de partir l'année prochaine, je pourrai me préparer à cette idée. C'est peut-être un objectif tout à fait raisonnable.

– Et le second, déclare le bibliothécaire en déposant un petit dictionnaire, le *Who's Who* de l'égyptologie.

– Merci, dis-je encore un peu rêveuse, avant de tenter de soulever le tout.

– Ça va aller ?

– Ça devrait.

Je serre l'ensemble et m'aperçois que l'énorme livre plaqué contre ma poitrine me bouche plus ou moins la vue, je dois lever la tête pour me diriger. Chaque chose en son temps, je vais me rendre lentement mais sûrement jusqu'à l'amphithéâtre, rien ne presse. Je sors de l'espace des demandes, traverse l'immense salle de lecture dans laquelle quelques étudiants travaillent dans un silence religieux, et me retrouve devant les grands battants de la bibliothèque. Je n'avais pas pensé à la porte fermée qu'il faudrait forcément ouvrir. Je reste plantée devant quelques secondes avant de grogner. Il faut que je pose ma charge avant tout. J'aurais dû partir avec un chariot à roulettes, ou un stagiaire…

– Un coup de main ?

Oh, la brave âme !

Je pivote en direction de la voix et laisse brusquement tomber les deux livres sur le plancher. La détonation brutale résonne dans la grande salle, faisant lever le nez de tous les lecteurs concentrés. Un « chut ! » d'élève zélé retentit même un peu plus loin.

Jay ! Là, devant moi ! Je me fige sans plus du tout me préoccuper des bouquins à terre. Il semble surpris lui aussi, un peu moins hébété que moi, certes. Tout se brouille dans ma tête. Depuis ce matin, il est passé d'un amant exceptionnel à un mari en escapade, avec les options « bon souvenir à conserver » et « écrivain mystérieux à découvrir ». Là, maintenant, je ne sais plus trop ce qu'il est. Bon, il est toujours aussi séduisant, ça, c'est indéniable. Ses cheveux sont un peu mieux coiffés qu'hier soir, ses yeux étincellent toujours autant, et ses délicieuses fossettes se creusent au fur et à mesure qu'il me regarde.

– Alaska.

Il jette un œil sur les livres et se baisse pour les attraper.

Est-ce que si on l'invoque toute une journée, il finit par apparaître ? Comme ça ?

Bon sang ! Il faut que je me reprenne. Je secoue la tête et attrape le petit dictionnaire qui a glissé sur le côté. Évidemment, il prend le grand ouvrage sous un seul bras et ouvre la porte de la bibliothèque pour que nous sortions. Mon cœur s'emballe. Je devrais lui en vouloir d'être parti comme ça, vraiment. Mais en fait, je ne ressens que le plaisir de le revoir. D'ailleurs, nous restons plantés face à face dans le couloir. Les mots s'entravent au fond de ma gorge, je ne peux pas m'empêcher de le dévisager et de sentir mes joues roussir. Il a enfilé un costume gris bien ajusté, avec une fine cravate noire… désespérément beau.

– Toujours aussi maladroite ?

Ses mots me tirent hors de moi-même. Sa voix est taquine, mais aussi douce que cette nuit. Tout mon être tressaille sous son ton grave et complice. J'ai l'impression d'être mise à nu. Je déglutis et suis son regard : il pointe vers ma poitrine. Je m'emballe, imagine à nouveau ses caresses, puis j'aperçois ma tache. Décidément, je n'aurais pas toujours offert une image impeccable… Je réajuste mon écharpe.

– Oh, euh, oui.

Que dire d'autre ? Ça a l'avantage de le faire sourire.

– Qu'est-ce que tu fais là ? demandé-je alors, bien que je me fiche pas mal de sa réponse.

J'ai juste besoin de le retenir alors que je suis attendue. Jay pose sa main inoccupée dans ses cheveux pour les lisser. Ce n'est que maintenant que je remarque la distance qu'il maintient entre nous. Il n'a peut-être pas envie de s'afficher avec une étudiante d'ici.

– J'ai un rendez-vous, répond-il simplement.

Beaucoup de visiteurs arpentent les couloirs de l'université. Trouver un écrivain ici, ce n'est pas vraiment étonnant. Il doit faire des recherches pour son roman, et notre bibliothèque, qui rassemble tant d'ouvrages historiques, est un lieu privilégié pour des auteurs en quête de sources.

– Je suis désolé pour ce matin, j'ai dû partir tôt pour préparer ma venue ici, ajoute-t-il, plutôt embêté.

Une petite voix grogne au fond de moi et me répète que, sérieux, laisser un post-it pour prévenir, ça ne prend même pas deux minutes. Mais elle est terrassée par le halo de Jay. Je me sens à nouveau comme un astre attiré par le Soleil, ça manque de rationalité tout en étant la chose la plus logique possible. Je devrais répliquer avec plus de hargne, mais c'est plus fort que moi, je hoche la tête et me dis qu'en fait, ce n'est pas si grave. S'il avait voulu m'ignorer, il ne serait pas venu m'aider, il se serait terré dans la bibliothèque en attendant que je sorte.

– Je comprends.

De toute façon ma nervosité atteint à nouveau un sommet. Il m'attire toujours autant et je n'ai pas très envie de me tirer une balle dans le pied en le repoussant. Non, je vois plutôt une occasion en or de l'inviter à boire un café ou de lui demander son numéro, quelque chose dans le genre !

– Je vais dans cette direction.

Il désigne la mienne et je songe à la nuit dernière avec un sourire.

– Moi aussi.

Il garde contre lui le gros livre et j'imagine qu'il m'aurait suivie si nos directions avaient été opposées. Gentleman jusqu'au bout. On marche donc côte à côte. L'amphi est juste au bout du couloir, je n'ai pas de temps à perdre. Comment je fais… Comment fait Cassie ? Elle trouve toujours quelque chose à dire. J'espère que je n'en viendrai pas à fouiller son portable… Ouh là, focus, je dois l'inviter à boire un café. Oui, on a une complicité sur ce thème, je peux tenter ça. Les battants de l'amphi sont déjà en vue. Pas de panique. Je me tourne vers lui en ralentissant. Jay aussi a envie de dire quelque chose à première vue, mais je le devance et entame, avec peine, ma demande.

– Est-ce que…

Il s'arrête au son de ma voix devant l'amphi sans savoir que c'est là ma destination. Heureusement qu'il le fait, je crois que j'aurais continué au-delà sinon. Il plante son regard turquoise dans le mien, me faisant frissonner par la même occasion, et attend. Ce n'est pas si compliqué, je me lance :

– Est-ce que ça te dit de boire un café, ce soir ? On pourrait, hum…

Mon regard fuit malgré moi. Je me fais bêtement l'effet d'une collégienne devant son premier *crush*.

– … sortir ensemble.

Mon cœur tambourine, mes mains sont à nouveau moites, je reprends mon souffle. Jay se mordille la lèvre inférieure, puis fait un pas vers moi. Il pose sa main sur mon bras, ce qui n'arrange pas ma nervosité. Son parfum a un peu changé, il est plus boisé le jour que la nuit, mais reste alléchant.

– Alaska, commence-t-il, l'air embêté. Je suis désolé, mais je dois refuser.

Dans mes prévisions, soit je lui demandais, soit je ne lui demandais pas. Mais je n'ai pas du tout, pas même un seul instant, prévu qu'il pourrait refuser. Je reste droite comme un piquet, incrédule. Je ne comprends pas. Pourquoi me suis-je embarquée dans l'idée qu'on avait accroché ? A-t-on accroché ? Ou est-ce que je me fais des films depuis le début ? C'était vraiment le coup d'une nuit, en fait. S'il ne m'a pas laissé de mot, c'est parce que, véritablement, il n'a aucune intention de revenir à moi.

– Oh.

C'est tout ce dont je suis capable. Et je vois des signes d'embarras sur son visage. Je tente alors de sourire, il vaut mieux prétendre que ce n'est pas la fin du monde. C'est parti pour le fameux sourire forcé que j'ai tant employé pour rassurer mon entourage…

– OK.

J'aimerais assez qu'il me rende le livre pour que je n'aie pas à le lui arracher. Là, je ne veux qu'une chose, me terrer au fond de l'amphi et ne plus penser à rien.

– Écoute, enchaîne-t-il alors. Cette nuit était fantastique.

Les mots de Cassie tournent dans ma tête. Va-t-il me sortir le fameux « c'est pas toi, c'est moi » ?

– Et j'accepterais volontiers, mais tu risques de ne pas aimer ce que tu vas découvrir.

Je fronce les sourcils. De quoi parle-t-il ?

Il s'avance jusqu'à la porte, l'ouvre et entre dans l'amphithéâtre. Je le suis des yeux, incertaine. Il me tient la porte, alors j'avance mécaniquement. Joan est debout sur l'estrade, seule. Les bras croisés. Les étudiants rassemblés nous scrutent.

Mon cerveau part en sucette. J'essaie de joindre les bouts, mais je n'aime tellement pas ce qu'il essaie de me dire que j'occulte encore l'évidence.

– Tu t'es perdu ? lance froidement Joan.

Pendant une fraction de seconde, je crois qu'elle s'adresse à moi.

– J'ai rencontré l'une de tes élèves, réplique Jay.

Il prend le *Who's Who* de mes mains avec un sourire crispé, puis grimpe sur l'estrade pour rejoindre Joan. Elle esquisse un « merci » dans ma direction et m'encourage à aller m'asseoir. Comme un robot, je pivote, monte les marches et rejoins la place que Cassie m'a gardée plus haut. Je me laisse choir, pétrifiée. Mes muscles tremblent, le bout de mes doigts est glacé.

– Je crois que je commence à changer d'avis sur lui, me glisse Cassie.

– Qui ? dis-je, perdue.

– Henstridge, là. Il n'est pas un peu trop canon pour être un ennemi ?

Mon estomac se noue, je me sens nauséeuse. Je me penche en avant pour m'adresser à Nathan, assis de l'autre côté.

– C'est Henstridge ?

– Oui, répond-il en haussant les épaules.

Je reprends ma place.

Que me disait Emaline au sujet de la fuite ? Que tôt ou tard il fallait faire face ? Très bien.

Donc, j'ai couché avec Jasper Henstridge.

Je me lève d'un bond avec l'envie de dévaler les marches et de détaler d'ici, mais Jasper et Joan portent simultanément les yeux sur moi. Cassie me tire par la manche.

– Tu as une question ? me demande Joan penchée vers le micro du pupitre.

Jasper m'adresse un semblant de regard désolé. Je me rassois et secoue la tête.

– Ça va ? s'inquiète Cassie.

– Oui, dis-je, mortifiée.

***

Je bouillonne. Je n'écoute rien de leur exposé sur les fouilles. Je ne prends aucune note. Je ne vois même pas le temps passer. Je sonde ma mémoire à la recherche des conseils d'Emaline. Mais je n'arrive pas à sortir l'image du barrage de ma tête. Elle m'avait dit un jour qu'à force de refouler ses émotions, on se crée un barrage et on n'est jamais à l'abri de le voir céder. Là, tout ce que je perçois en moi, ce sont des fissures énormes dans l'édifice.

J'ai emmené Jasper Henstridge chez moi pour coucher avec lui. Je l'ai vu à poil, il m'a vue à poil, et nous avons couché ensemble. Le pire ennemi de Joan. J'ai avoué au pire ennemi de Joan que je n'avais jamais eu d'orgasme. Il n'y a aucune chance que je me remette de ça. Et s'il savait qui j'étais depuis le début ? Lui, le grand manipulateur. Il va au café où travaille l'élève de Joan, la séduit, couche avec elle et s'en vante le lendemain. Si jamais Joan apprend ça…

Je plonge ma tête entre mes mains, le cœur au bord des lèvres. La fureur s'empare de moi. Il m'a utilisée pour toucher Joan. Voilà pourquoi il n'a pas laissé de mot ce matin. Il n'en avait pas besoin, il savait qu'on se verrait aujourd'hui. Et je l'ai bêtement invité à boire un café !

Les applaudissements me surprennent. La séance touche à sa fin. Impossible d'en rester là. Les fissures craquent. Cassie se lève, je l'imite, mais je reste dans l'allée pour laisser tout le monde sortir.

– On boit un verre ensemble ce soir ? propose Susan.

– Bonne idée ! s'enthousiasme Cassie.

J'accepte du bout des lèvres. Ils m'interpellent, je réponds un truc comme « j'arrive tout de suite… ». Je suis focalisée sur ce que je vais dire à Jay… ou Jasper, dès que l'amas d'étudiants aura disparu. Le fait est que je n'ai jamais très bien su gérer ma colère. Je m'emmêle, je balbutie. Mais là, je ne vois pas comment faire autrement. Je descends les marches une à une, Joan est heureusement accaparée par plusieurs élèves qui la traînent dans le couloir sous un flot de questions. Le problème, c'est que Jasper, qui est encore là, est bien entouré lui aussi. Les étudiantes papillonnent même.

Insidieusement, la jalousie se mêle à la rage et me balance l'image de Susan. Le salopard ! Il aligne les étudiantes ! Il couche avec Susan et avec moi !

Le nuage qui gravite autour de lui finit par se dissiper, les derniers élèves sortent de l'amphi, me laissant seule avec lui. Il n'a pas fait un pas, il me regarde de loin et m'attend. Je m'approche, fulminante, et il met ses deux mains en avant avec une prévention clairvoyante.

– Alaska, je suis désolé.

Je vois rouge et rugis, incapable de me contrôler.

– Ne m'appelle pas Alaska ! Tu n'es qu'un menteur ! Un manipulateur !

– Ce n'est absolument pas…

– N'essaie pas d'entortiller la vérité ! Tu t'es servi de moi ! Toi et ton…

Je me mets à chercher mes mots.

– … allure sexy à deux balles !

Probablement pas la meilleure attaque. Il en reste même muet.

– Profites-en bien, c'est la dernière fois qu'on se voit !

– Tu ne viens pas à Londres ? Ni en Égypte ? me demande-t-il, surpris.

– Certainement pas, non !

Un soulagement au milieu de cette débâcle.

– C'est idiot si c'est à cause de moi.

Sa réponse déchaîne un peu plus ma fureur.

– Tout ce qui est idiot ici, c'est toi et ta ridicule tentative de magouille ! Mais tu n'auras pas ce que tu veux !

Je me rends compte que je suis blessée. C'est ça, le terme. Pour la première fois aujourd'hui, je regrette d'avoir croisé sa route.

– Écoute, je ne sais même pas de quoi…

– Tu peux le dire à Joan, ça ne changera rien !

Rien pour lui, mais tout pour moi… Il pousse un soupir et baisse les yeux.

– Tu peux faire ce que tu veux, tu n'arriveras pas à sa cheville ! Elle est plus honnête, talentueuse et sincère que tu ne le seras jamais !

Il lève les yeux à cet instant, l'air agacé et tourmenté à la fois, puis les déporte derrière moi et se raidit.

– Joan !

Je jette un œil au-dessus de mon épaule, le cœur battant. Joan pose sa main sur mon bras et se poste à mes côtés. Depuis quand est-elle là ? Qu'a-t-elle entendu ? Je panique ! La sueur perle sur mon front, j'ai la gorge obstruée, je crains de fondre en larmes d'un instant à l'autre.

– Je vois que tu fais connaissance avec ma meilleure élève, dit-elle avec un sourire jubilatoire. Alaska Wick.

Elle n'a dû surprendre que mon coup de gueule et s'en réjouir, sans vraiment comprendre le fond du problème. Mais je ne peux pas m'empêcher de rester paralysée. Je suis coincée entre eux. Entre ma chère mentor et ma désastreuse aventure d'une nuit.

– Je sais qu'elle est douée, j'ai lu ses papiers dans la revue de Boston, dit-il avant de murmurer « A. Wick » avec un demi-sourire.

Puis il secoue la tête en serrant les dents. Son comportement me fend le cœur parce que je ne sais pas l'interpréter. Jusque-là, je pouvais décrypter ses réactions, mais maintenant je fais face à un inconnu. Que veut-il dire ? Qui est-il ?

– Eh bien, j'étais ravi de faire ta connaissance, Alaska.

– Aly, corrigé-je avec froideur.

– Pas si vite, reprend Joan. Vous allez vous revoir très bientôt. Aly est mon assistante sur cet échange, elle va m'aider à organiser les fouilles et me seconder sur le chantier. Je suis sûre que vous saurez collaborer étroitement tous les deux.

Je tourne un visage blême vers elle. Elle se jette un peu trop vite sur l'apparente mésentente entre Jay et moi pour me promouvoir au rang de bras droit ! Elle me voit sûrement comme une infaillible alliée sur cet échange, mais ce n'est vraiment, vraiment pas une bonne idée ! Et je ne peux même pas le lui dire. Comment contredire Joan devant Henstridge ?

– J'espère que vous vous entendrez bien ! finit-elle en surjouant une allégresse débordante d'ironie.

II

MISE À L'ÉPREUVE

7

Sans regret

– Dites « *cheese* » !

Nathan prend le selfie et on se redresse. Je remonte mon écharpe sur le nez, resserre ma queue-de-cheval et planque mes mains dans mes poches. Le froid est mordant à Londres. Le mois d'octobre est si bien avancé que les arbres sont soit nus, soit pourvus de quelques feuilles dorées qui résistent encore aux brises. Je frissonne malgré mon jean, mon pull et mes bottines.

Susan nous fait l'historique de Big Ben alors que nous levons les yeux sur la grande horloge. J'essaie de me concentrer sur ce qu'elle dit, mais la perspective de la réunion de l'après-midi me torture d'avance. Joan m'a embarquée avec elle, m'a investie d'un rôle auquel je ne tenais pas vraiment, et je n'ai pas su lui dire non. Je ne peux pas lui dire non. Elle a déjà tant fait. Me voilà donc chargée de la seconder dans toute la préparation du chantier de fouilles. Ce qui implique ma présence à cette réunion tout à l'heure, à laquelle participera Jasper Henstridge.

Je l'ai si bien évité à Boston après notre confrontation que j'ai fini par ne plus craindre quoi que ce soit de sa part : qu'il raconte notre nuit de débauche à Joan ou qu'il débarque au café le soir pour se moquer de moi. Et quelque part, soyons honnête, qu'il me fasse encore ressentir quelque chose. Mais maintenant que je suis ici, à Londres, je ne suis plus sûre de rien. J'ai peur de le revoir et de me rendre compte qu'il m'attire toujours autant. Ce serait le pire des scénarios.

Le bras de Cassie m'enlace, elle me sourit, toujours aussi emballée. Je lui rends son sourire en puisant dans mes dernières ressources. Je ne la mérite décidément pas. J'ai dû la persuader de ne plus chercher le « mystérieux » Jay, que je me faisais une raison, que c'était mieux ainsi, que finalement Joan m'avait convaincue de venir à Londres et que c'est là que j'aurais besoin d'elle. Qu'aurais-je bien pu lui dire au juste ? Que j'ai couché avec le pire ennemi de notre chère directrice ? J'ai tout fait pour colmater la catastrophe, jusqu'à lui mentir comme je ne lui avais encore jamais menti.

– Vous voulez qu'on passe devant Buckingham maintenant ? propose Nathan.

Sa proposition me tire de mes sombres réflexions. Il faut que je pense enfin à autre chose et que je profite de l'instant présent. Alors je jette un petit regard en coin à mon amie.

– Tu tiens toujours à ruiner le mariage du prince Harry ?

Cassie hausse les épaules.

– Ça peut en valoir la peine.

Je souris enfin avec plus de légèreté.

– Tu sais qu'il est plutôt du genre crapule ?

Nathan acquiesce avec cérémonie.

– Mais c'est une crapule royale ! se défend Cassie.

Je me mets à rire avec Nathan en secouant la tête. On finit par remarquer que Susan ne participe plus à notre conversation. Elle s'affaire sur son portable, les joues rougies et un mince sourire un peu tordu, qui se retient d'être trop éclatant. Immédiatement, Nathan perd son enthousiasme et fronce les sourcils. Notre silence finit par capter l'attention de Susan, qui lève les yeux.

– Désolée, je vais devoir sauter Buckingham. On se retrouve plus tard dans l'après-midi ?

– Oui, pas de souci, lance Cassie.

J'acquiesce à mon tour. Nathan finit par lâcher un « oui » forcé. Alors qu'elle s'éloigne précipitamment, le jeune homme scrute sa silhouette jusqu'à ce qu'elle disparaisse dans une bouche de métro. Il finit par se retourner vers nous, un peu dépité.

– Elle va sûrement rejoindre son copain secret, grogne-t-il.

Mon cœur tambourine. Est-ce que c'est Jay qui lui envoyait des messages pour la retrouver ? Un mois nous sépare de notre nuit… Combien en a-t-il passé avec elle, depuis ? Ou avec d'autres étudiantes ? Vont-ils se retrouver tous les deux, dans une chambre quelque part, pour faire passionnément l'amour, avant la réunion ? Tous mes muscles se contractent. Je serre les dents.

– C'est Jasper ? demande alors Cassie.

Je croise les bras sur le ventre, prise de crampes.

Nathan grimace, mais réfléchit quand même. J'aurais préféré une réponse directe. Si ça se trouve, Jay et Susan sont vraiment ensemble, sont plus qu'amants, sont… un couple ! Nathan a peut-être décelé quelques indices…

– J'en sais rien, finit-il par dire. Ce n'est pas son genre de coucher avec ses étudiantes. Mais si Susan veut garder ça secret, c'est qu'on le connaît forcément et que ça doit le déranger. C'est vrai que Jasper est plutôt sollicité par les femmes et qu'on ne l'a pas vu au bras d'une conquête depuis un moment.

Bon sang… Non seulement il est bel et bien capable de coucher avec une étudiante, puisqu'il a couché avec moi, mais en plus il a fait de moi « l'autre femme » de Susan. Mes yeux se brouillent de larmes.

– Ça va ? s'inquiète Cassie.

Je me frotte vite le visage et esquisse un sourire.

– Oui… Oui, c'est le vent, il fait froid, dis-je en reniflant.

– On va boire quelque chose de chaud ? propose alors Nathan avec plus d'entrain. On ira à Buckingham demain, qu'est-ce que vous en pensez ?

– Harry attendra, confirme Cassie.

– Bonne idée, oui.

Nathan nous entraîne dans le métro pour rejoindre l'université, au cœur de la ville. Il nous parle du café London Pickers, installé sur le campus, là où ils ont l'habitude d'aller. Nous pourrons même manger quelque chose, midi approchant. Alors qu'on entre dans le wagon, Nathan reçoit un message qui lui rend définitivement le sourire.

– Mon frère Will est sur le campus. Il peut se joindre à nous ?

– Bien sûr, lance Cassie.

– Je lui ai beaucoup parlé de toi, me dit-il en tapant sa réponse. Il va être content de te rencontrer. C'est un étudiant de Jasper, lui aussi.

Je ne vois pas trop dans quelle mesure je peux aider son frère à sortir de sa zone de confort, si c'est ce que sous-entend Nathan. Jay n'a qu'à forcer la main de son étudiant, comme Joan a forcé la mienne, s'ils ont une relation aussi épanouie que la nôtre. Bon, Joan ne pouvait pas savoir dans quelle panade j'étais et suis encore, mais elle m'a bel et bien entraînée ici contre ma volonté.

Nous terminons le chemin dans un silence ponctué des noms des stations. Lorsque nous arrivons à l'université, nous retrouvons l'air glacial de l'extérieur. Le département des études anciennes se situe dans l'un de ces bâtiments médiévaux qui ne manquent pas de cachet. On dirait Poudlard, avec ses fenêtres en ogive et à vitraux, ses gargouilles qui veillent depuis des centaines d'années et cette pierre rescapée des bombardements de la Seconde Guerre mondiale. Une fois l'entrée passée, on pénètre dans un cloître entourant un jardin intérieur, qui distribue les principaux organes : le réfectoire, la bibliothèque, les bureaux des professeurs, l'administration, et une autre cour extérieure plus vaste, à la pelouse bien entretenue, avec des bâtiments beaucoup plus récents pour accueillir des salles de cours, des amphithéâtres et le fameux café.

Alors que nous traversons ce bel espace aux arbres dorés et à l'herbe rendue craquante par les feuilles mortes, Nathan ralentit.

– Ah, mon frère est là, dit-il en désignant deux silhouettes un peu plus loin.

Cassie et moi tournons aussitôt la tête. On s'immobilise tous les trois. Jasper est là. Il parle à un étudiant qui s'appuie sur une canne tout en se tenant droit. Il est là et pas ailleurs. Pas dans une chambre avec Susan, non, là ! Mon cœur accélère et je tente de retenir un sourire soulagé sans y parvenir. Et je suis sûre que si Nathan a l'air aussi heureux, c'est pour la même raison que moi : Susan ne sort donc pas avec Jasper. Quant à Cassie, elle semble plus intriguée par Will que par la présence du professeur anglais. Un peu plus âgé que nous, le jeune homme est plutôt grand et joli garçon. Il a les mêmes cheveux châtains que son frère, mais il porte des lunettes aux branches épaisses et paraît plus adulte.

Jasper, lui, est toujours aussi attirant. Malheureusement. Il fait partie de tous ces Anglais insensibles au froid alors qu'il fait *très* froid. Il se contente de porter un pull marin bleu et l'une de ces robes académiques – un long gilet noir sans manches – qu'arborent les membres du professorat au Royaume-Uni. En le voyant, j'espérais presque penser « oui, c'est lui, et alors ? », mais mon corps a décidé de n'en faire qu'à sa tête. Ma bouche s'assèche, mon sang bouillonne jusqu'au bout de mes doigts et j'ai une irrésistible envie d'avancer vers lui.

C'est d'ailleurs moi qui fais le premier pas. Cassie et Nathan me rejoignent. Will et Jasper semblent plongés dans une conversation sérieuse à en croire leurs expressions. Jasper pose sa main sur le bras de son étudiant et se rapproche un peu pour lui parler. Will acquiesce avec un sourire que je connais bien, celui de la reconnaissance et de l'admiration. Celui que j'adresse souvent à Joan. Nathan finit par s'arrêter avant de les atteindre.

– Ils ont l'air très proche, commente Cassie.

– Oui, ils ont une relation assez exclusive après ce qu'il s'est passé, répond Nathan qui n'ose apparemment pas les interrompre.

– De quoi tu parles ? demandé-je avec une curiosité que j'aimerais réfréner.

– De la prise d'otages. Mon frère et Jasper sont les deux seuls survivants.

Cassie et moi le regardons avec des yeux ronds. J'ai très souvent entendu parler des quatre morts, trois étudiants et un archéologue de Londres, de Jasper qui avait organisé l'escapade dans un coin reculé, mais je ne me souvenais pas de cet autre survivant.

– Will ne m'a jamais raconté ce qu'il s'était passé. Il s'est refermé sur lui-même. Il a refusé de témoigner auprès des journalistes et a repoussé les aides psychologiques. Il ne parle vraiment qu'à Jasper. S'il est là, c'est plus pour le voir lui que moi, ajoute-t-il.

J'ai plutôt envie de faire demi-tour à présent. Cette prise d'otages est une source continuelle de tourments autour de moi.

– Il suit encore des cours malgré tout ? s'enquiert Cassie.

– Oui, mais par correspondance. Ses visites sur le campus sont très rares. Jasper essaie de le faire sortir de chez lui, et lui seul y parvient.

Je reporte mon attention sur les deux hommes. Ils semblent plus détendus. Jasper tapote le bras de son élève avec affection. Comment peut-il être aussi bienveillant maintenant après avoir mis en danger la vie d'étudiants quelques années auparavant ? Je ne le connais décidément pas. J'ai passé la nuit avec Jay, écrivain, mais Jasper Henstridge, archéologue et professeur, est un inconnu. Joan a raison quand elle l'accuse de duplicité. Se faire passer pour quelqu'un qu'il n'est pas, il l'a déjà fait avec moi, il peut le faire avec Will…

Nathan et Cassie reprennent la marche, je mets quelques secondes à me décider à les suivre. J'aurais plutôt envie de boire un cappuccino loin de cet homme qui brouille tous mes radars !

– Will, appelle Nathan.

Le garçon nous aperçoit et nous sourit. J'évite soigneusement le regard de Jasper. Notre petit groupe échange quelques salutations et présentations. Will confirme qu'il a beaucoup entendu parler de Cassie et de moi. Jasper reste un peu en retrait, je le vois parce que je jette des coups d'œil sur ses chaussures. L'ignorer. C'est aussi puéril qu'efficace, je dois dire.

– Comment vous trouvez Londres ? À la hauteur de vos attentes ? demande Will.

– Glacial, réplique Cassie.

– On va tenter de vous réchauffer, dit-il avec un demi-sourire.

C'est une telle perche que Cassie s'empresse de la saisir.

– C'est plutôt prétentieux comme promesse, s'amuse-t-elle.

– Je dois être très prétentieux alors, se contente-t-il de répondre avec un haussement d'épaules.

Je ne peux m'empêcher de partager mon étonnement avec Nathan devant les étincelles jaillissant de ces deux-là. Cassie aime bien qu'on lui tienne tête. Pour elle, un homme doit avoir de la repartie.

– Bien, bien. Jasper, tu te joins à nous ? propose ce traître de Nathan.

Je ravale un « non ! » tonitruant.

– Je donne un cours dans dix minutes aux premières années, s'excuse Jasper.

Au moins, il ne rejoint pas Susan.

– Alaska, je peux te retenir un instant ?

Je me fige. Mince… Moi qui croyais passer inaperçue. Nathan fronce les sourcils à la mention de mon prénom, mais Cassie l'entraîne avant qu'il puisse dire quoi que ce soit.

Will leur emboîte le pas tout en saluant son professeur. Je les regarde s'éloigner avec regret. Je suis complètement partagée entre la pure joie d'entendre Jay prononcer mon prénom et la peur la plus intense de devoir lui faire face à nouveau. Dès que nous sommes seuls, je lève les yeux vers lui, le corps endolori. Il souffle des volutes de buée, mais ne frissonne même pas. D'où peut bien venir cette résistance surnaturelle au froid ?

– Comment vas-tu ?

Autant ne pas s'enliser dans des politesses inutiles. Je préfère répondre sèchement et brièvement.

– Qu'est-ce que tu veux ?

Mon ton est on ne peut plus clair. Jay lève les yeux au ciel, contrarié par ma réaction.

– Je suis désolé pour Boston, tu le sais. Ça n'aurait jamais dû arriver, mais on va devoir travailler ensemble et il faut faire en sorte que les choses fonctionnent pour tout le monde.

Mon esprit se focalise dans un premier temps sur son « ça n'aurait jamais dû arriver » qui me fait l'effet d'une lame fichée dans ma poitrine. Il regrette à ce point-là ? J'ai regretté moi aussi, mais je n'arrive pas à m'en vouloir d'avoir passé un moment spécial avec lui. Puis, je finis par percuter le sens de sa requête. En gros, il compte sur moi pour tempérer Joan. Là, il se fout du monde. Je plante mon regard dans le sien, offusquée.

– Parce qu'on a couché ensemble, tu crois que je vais prendre ton parti ?

Je ne m'attendais pas à hausser le ton.

– Ce n'est pas vraiment ce que j'ai dit, répond-il en grimaçant.

– Euh, si, tu es en train de me demander de tempérer Joan pour que « les choses fonctionnent pour tout le monde » ! Mais je n'ai pas l'intention de t'épargner ou de te soutenir ! m'exclamé-je en pointant un index accusateur vers son torse, le visage rouge de colère.

Je le scrute en reprenant mon souffle. Il se met à sourire, au point de laisser ses deux adorables fossettes apparaître. Je reste cramoisie, mais pour une tout autre raison.

– Quoi ? grogné-je.

– Rien.

– Je n'ai pas l'impression d'avoir dit quelque chose de drôle.

– Ce n'est pas ça. Je trouve juste ta hargne… sexy.

Et d'un coup, il retire la lame de ma poitrine. Je deviens blême. Je ne sais pas comment prendre sa remarque. Il a l'air si… franc. Je balbutie quelque chose d'incompréhensible, comme si ma bouche se disait d'elle-même qu'il fallait répondre, mais mon esprit est encore ébranlé. Heureusement pour moi, un groupe d'étudiants passe tout près de nous.

– Bonjour ! clament-ils en chœur avec un signe de la main.

– Bonjour, répond Jay avec un sourire.

– Pas de retard possible, monsieur Henstridge ! lance l'un d'eux avec toute la hardiesse d'un gamin sachant pertinemment que son professeur prendra bien sa remarque.

– J'espère que ta traduction sera à l'heure sur mon bureau, prévient Jasper avec la même familiarité avant de revenir à moi. Désolé, mes premières années.

OK, il semble très proche de ses étudiants. Et non, non non non ! Je n'aurai pas ce fantasme malsain du professeur ! Je refuse de tomber dans ce panneau-là ! Même si je le trouve trop craquant à être si complice et en même temps ferme avec ses élèves.

L'idée de fermeté me fait tressaillir. Je pense un peu trop à ses bras autour de moi.

– Écoute, reprend-il. Tu es très dévouée à Joan et je comprends.

J'acquiesce en déglutissant. Il avance d'un pas vers moi.

– Tu as l'air de me reprocher la nuit qu'on a passée ensemble, mais j'ignorais qui tu étais. Je ne l'ai découvert qu'au matin, en ramassant tes affaires sur ton bureau.

– Tu avais envoyé mes cours par terre la veille, l'interromps-je d'une petite voix.

– Oui, eh bien, j'avais autre chose en tête à ce moment-là. Et je t'avais toi, dans mes bras, ajoute-t-il d'une voix grave.

Je sens toute mon enveloppe charnelle se glacer puis bouillir à nouveau.

– Je ne voulais pas te mettre mal à l'aise, je ne savais pas quoi faire, alors je suis parti. Quand je t'ai rencontrée ce soir-là, je ne pouvais pas deviner que tu étais une élève de Joan.

Je finis par hocher la tête. Il est plutôt convaincant. Et moi, je suis toute chamboulée. Je retiens des aveux insensés : il me manque et j'ai envie qu'on se revoie. Il faut vraiment que je surmonte ça. Un coup, il me sort par les yeux, un autre, il est tellement séduisant que j'ai juste envie de me lover contre lui. Ces montagnes russes émotionnelles n'en ont pas fini avec moi.

– Je suis sûr d'une chose, continue-t-il, profitant du fait que je le laisse enfin s'expliquer. Je ne regrette pas notre nuit. Tu étais attirante et j'ai passé un très bon moment.

Oh bon sang, je ne me remettrai jamais de cette histoire… Que dois-je dire maintenant ?

– Hum…

Je n'ai pas mieux. Et pourtant j'essaie, mais je suis désarmée !

– Je vais vraiment être en retard cette fois, dit-il en regardant sa montre. On se voit un peu plus tard pour la réunion.

Il me salue et s'éloigne. Je mets quelques minutes à sortir de mon apathie avant de frissonner de froid et de me décider à rejoindre mes amis au London Pickers.

8

Le silence coupable

– « Alaskaaa », murmure Cassie près de moi alors que je récupère ma commande au comptoir. Et tu ne lui as toujours pas arraché la langue ?

– Je peux difficilement reprendre Jasper Henstridge, grogné-je.

Cassie glousse à mes côtés. J'aimerais avoir le cœur léger, mais je me sens toujours aussi mal. J'aurais préféré croire qu'il m'avait délibérément manipulée et non pas ressasser ses dernières déclarations en cherchant un sens à tout ça. Mon amie me guide jusqu'à notre table où Will et Nathan nous attendent. J'attrape mon club sandwich, la faim au ventre. Finalement, ce froid est revigorant, il ouvre l'appétit. Je mets donc quelques minutes à remarquer que Cassie ne dévore pas seulement son repas, elle croque aussi son voisin des yeux. C'est Nathan qui se racle la gorge près de moi pour attirer mon attention sur les regards langoureux de mon amie. Will semble être plutôt quelqu'un de posé et de sérieux. Aux antipodes de Cassie. Elle va s'y casser les dents.

– Alors, que voulait Jasper ? me demande Nathan.

– Parler de la réunion.

Il faut peut-être que j'affirme plus ma position, je suis l'assistante de Joan, on reste soudées face à Henstridge.

– Il a l'air surmené, dis-je alors. Je ne sais pas comment il va assurer le suivi des fouilles en plus de tout le reste. D'autant plus qu'il n'a pas mis les pieds sur un chantier depuis des années.

– Il est rodé, assure Nathan. Il lui faudra un peu de temps pour prendre ses marques en tant que directeur de département, mais personne ne s'est plaint jusqu'à présent.

Will me fixe avec plus d'attention. Si Nathan n'a pas vraiment remarqué mon ton rancunier, il n'a pas échappé à son frère. J'essaie de me raccrocher à mes reproches.

– Je crois que Joan a raison de penser qu'il tient tout pour acquis.

Après tout, il part du principe que je vais lui pardonner. Et en plus, il s'est moqué de moi ! Avec un sourire ravageur, certes…

– Et puis, j'ai l'impression qu'il ne me prend pas au sérieux, finis-je par dire en buvant une gorgée de mon cappuccino brûlant.

– Qu'est-ce que tu lui reproches au juste ? m'interroge Will en croisant les bras.

Mon cœur se tord. Nathan et Cassie me regardent à leur tour. Personne ne mesure la portée de la question de Will. J'ai envie de lui répondre que je n'en sais fichtre rien. Qu'il me perturbe, qu'il me chamboule, que je suis impuissante face à lui. Mais ça, je ne peux pas le dire. Alors je me réfère aux mots de Joan. J'inspire calmement avant de répondre sans vraiment croire à ce qui sort de ma bouche.

– De manquer de professionnalisme et de faire passer son intérêt avant celui de ses étudiants, d'être imprudent et téméraire.

Le visage de Will, harmonieux et délicat, finit par se relâcher. Il affiche un mince sourire, incrédule.

– Je suis désolé, Aly, mais tu te méprends complètement.

Je n'en attendais pas moins de ses étudiants, mais je n'ai pas envie de discuter le cas de Jasper. Alors que je m'apprête à changer de sujet, Will me coupe dans mon élan.

– Jasper est un homme bien. C'est grâce à lui que je suis là, il m'a sauvé la vie en Égypte.

Il regarde sa jambe et, mécaniquement, passe sa main dessus, comme si une douleur sourde venait de se réveiller. Je déglutis. Je n'ai pas le cœur de lui rappeler le sort des trois autres étudiants, de David dont la perte a tant meurtri mon entourage. Si Jasper était ce héros, pourquoi n'a-t-il rien fait pour eux ?

– Que s'est-il passé exactement ? interroge Cassie sur un ton concerné. En Égypte ?

Nathan se raidit. Il reste pendu aux lèvres de son frère avec tout autant d'impatience que d'inquiétude. Mais Will se referme aussitôt.

– Changeons de sujet plutôt, dit-il avec un maigre sourire.

Je vois Cassie qui veut s'empresser de s'excuser pour sa curiosité, mais Nathan réplique avant elle :

– Pourquoi refuses-tu d'en parler ? Quel mal y a-t-il à cela ?

Il est clairement sur la défensive. Cassie et moi avons un mouvement de recul au même moment. Des non-dits doivent peser depuis longtemps sur leur relation fraternelle. Et malgré l'insistance de son frère, Will reste silencieux, le regard durci.

– Très bien, s'agace Nathan. Je vais faire un tour.

Il avale le fond de sa tasse, attrape son plateau et se lève pour sortir du café. Je n'ose rien dire. Cassie baisse aussi les yeux un court instant avant de les reporter sur Will.

– Pourquoi ne pas te confier à lui ? demande-t-elle à voix basse. C'est ton frère, il se fait du souci pour toi.

– Ce que j'ai vécu là-bas… commence-t-il, les traits crispés.

Il marque une pause. Mal à l'aise, je pense à suivre Nathan. Je n'ai pas très envie de forcer Will à parler.

– … m'a remué les entrailles.

Will plante ses yeux noisette dans ceux de mon amie.

– Je ne veux pas que mon frère soit dégoûté ou apeuré, qu'il n'ait plus envie de partir là-bas et qu'il laisse tomber sa carrière.

Cassie pose sa main sur le poignet du jeune homme avec un sourire d'une tendresse à toute épreuve. Elle exprime sa compassion bien mieux que je ne pourrais le faire moi-même. Will a l'air si honnête que je ne doute pas des raisons de son silence. Mais je reconnais bien cette façon de ne dire que la moitié des choses pour en masquer l'autre. C'est une manière comme une autre de satisfaire la personne en face de soi. Je l'ai longtemps mise en pratique et je sens aussi que ça ne pourra pas durer éternellement.

Je mâchouille une bouchée de sandwich sans oser intervenir. J'ai honte d'avoir critiqué gratuitement Jasper alors que Will tient à lui. Je n'aurais pas supporté ces reproches s'ils avaient été destinés à Joan.

– Tu retourneras en Égypte un jour ? continue Cassie en enlevant sa main, gênée par sa familiarité.

Mon amie est rarement embarrassée. Mais lorsque l'on touche une personne spéciale, tout devient différent. La petite voix qui m'inspire cette pensée me ramène à la main de Jay posée dans mon dos pour la première fois, cette nuit-là à Boston.

– Jasper aimerait bien, répond Will avec un demi-sourire. Il tente de me convaincre jour après jour.

– Aly ne voulait pas venir non plus, mais Joan a fini par la décider, réplique Cassie avec plus de légèreté.

Joan a fini par me forcer la main, pour être plus juste. Will me sourit alors avec plus de complicité.

– Tu vois.

– Quoi ?

– Joan et Jasper ne sont pas si différents.

Ce n'est pas faux.

– Il faut croire, murmuré-je.

Je jette un œil sur ma montre : la réunion est dans une vingtaine de minutes. Mais je vais quand même rallier la salle pour échapper à cette discussion. En plus, je suis sûre que je vais faire plaisir à Cassie en lui laissant le champ libre avec Will. Je termine mon sandwich en deux bouchées, mon fond de cappuccino, et je me redresse.

– Je vais préparer la réunion.

– On se retrouve ce soir ? Pour le cocktail ? me demande Cassie.

Ah oui, le cocktail, j'oubliais… Le British Museum l'organise avec tous les égyptologues du moment. Une assemblée annuelle qui permet aux chercheurs de se rencontrer et d'échanger. Le genre de mondanités qui ne m'attirent pas du tout, mais auxquelles je ne peux échapper cette année.

– Oui, à ce soir, dis-je avec un sourire.

Une fois dehors, je prends mon temps pour rejoindre la salle. J'essaie de ne plus trop penser à tous ces doutes qui m'assaillent. Jasper est-il un monstre d'égoïsme ? Ou un professeur humain et soucieux de ses étudiants ? Je me prends trop la tête… Mais son aveu tourne en rond dans mes pensées. Il ne savait pas que j'étais une élève de Joan. Et en plus, il me trouve attirante et ne regrette pas notre nuit. De quoi ramollir mon cœur tourmenté.

La salle se situant dans les bâtiments historiques, je traverse à nouveau le cloître, pousse une vieille porte en bois, grimpe un escalier et longe un beau couloir dans lequel sont accrochés des portraits d'anciens doyens. Je pensais être la première, mais j'aperçois Joan, assise sur un banc près d'une fenêtre donnant sur le cloître. Très classe dans son tailleur-pantalon gris foncé. Je presse le pas pour la rejoindre, mais je finis par ralentir en comprenant qu'elle ne baisse pas la tête sans raison. Elle semble émue, ou abattue. Je l'ai rarement vue ainsi. La dernière fois que j'ai été témoin de cet accablement, c'était il y a quatre ans, à la mort de David. Je me hâte auprès d'elle en espérant qu'elle n'a pas reçu de mauvaise nouvelle.

– Joan ? Tout va bien ?

Elle relève des yeux rougis, passe vite sa main sur ses joues et force un sourire.

– Aly.

Pleine d'inquiétude, je m'assois à côté d'elle sur le banc. Son visage est pâle et fatigué, ses traits sont tirés et ses doigts tremblent. Le geste de Cassie envers Will me revient en tête et je pose ma main sur son bras.

– Que se passe-t-il ?

Elle commence par un profond soupir.

– Rien.

Sa voix est pourtant bel et bien atténuée par une gorge serrée. Je plisse mon front, perplexe, et m'apprête à répondre quand elle se redresse et jette des coups d'œil autour d'elle. Je commence à bien la connaître. Elle est en train de chercher une esquive.

– En fait, si.

Ou pas.

– C'est cette salle.

Je regarde les deux battants avec curiosité.

– C'est… hum…

Elle déglutit, des larmes roulent sur ses joues. Je ne l'avais encore jamais vue pleurer. Être enragée, emportée, dans une colère noire et accablée de chagrin, oui. Mais pleurer, non. Je ne l'avais jamais vue aussi confuse non plus.

– C'est ici que j'ai appris la mort de David. Et c'est sur ce banc que j'ai appelé Emaline pour le lui annoncer.

Ses poings se contractent. Je tente de ne pas me laisser submerger par l'émotion à mon tour.

– Ce garçon…

Elle secoue la tête avec un sourire mélancolique.

– Il était curieux de tout, tu sais. Et buté aussi, autant que moi. Quand il m'a demandé s'il pouvait partir assister à ce congrès de Louxor, je n'étais même pas étonnée. Comme je ne pouvais pas y aller, il s'est immédiatement proposé de prendre des notes, de rencontrer les autres chercheurs au nom de l'université de Boston… Emaline était plus hésitante. Comme toute mère, je présume. Tu sais qu'on dit tellement de bêtises sur l'Égypte dans les médias.

J'acquiesce, muette. Joan ne s'est jamais vraiment ouverte à moi à propos de cette histoire. Je n'ose pas dire un mot.

– Mais les gens là-bas sont bienveillants, ajoute-t-elle, le regard dans le vague. Il faut seulement ne pas tenter le diable, comme n'importe où dans le monde.

Son ton devient soudain plus dur.

– Je ne savais même pas qu'il avait décidé de suivre Henstridge. À ce moment-là, Jasper avait la réputation d'être impulsif en plus d'être doué. Oh, je veux bien lui reconnaître ça. C'était un archéologue prometteur, il avait des capacités.

Ses yeux affichent une féroce rancœur.

– Ça ne l'a pas empêché d'embrigader quatre étudiants et même son collègue, Matthew Spear, un archéologue de cette université, pour s'échapper du congrès. Partir dans le désert, visiter une carrière oubliée, loin de toute sécurité, c'était vraiment la dernière des conneries à faire ! C'est aussi dans cette salle qu'on a réuni la commission pour déterminer si oui ou non Henstridge était responsable. Une commission pour *déterminer* une telle chose alors que le sens commun suffit largement ! Quatre morts sur six ! Et il n'est coupable de rien ?

Elle ravale ses larmes et tente de respirer lentement.

– Jamais je ne me suis sentie si furieuse… Si impuissante.

Je ne sais toujours pas comment démêler toutes les informations contradictoires de cette journée, mais je veux bien croire en l'honnêteté de Will. Jasper a pu être téméraire au point de ne pas prendre en compte les risques, mais cela fait-il de lui un coupable ?

– Tu ne penses pas qu'il faille faire confiance au jugement de la commission ? demandé-je d'une petite voix, en espérant apaiser Joan.

Elle soulève et rabaisse lourdement ses épaules tout en évitant mon regard.

– Ils ont conclu que la prise d'otages était fortuite. Selon eux, les pirates du désert ont jugé que les négociations engagées traînaient, ils ont paniqué et ils ont tiré. Au milieu de ce déchaînement, deux survivants : un garçon marqué à vie qui n'a jamais voulu parler et un homme qui s'en est sorti indemne, comme s'il avait fui le premier, et qui n'a jamais, lui non plus, dit un mot de plus sur cet événement.

Joan me jette un regard empli de rage.

– Il n'avait rien à dire ! Il s'en sort indemne et n'a rien à dire ! S'il était si innocent que cela, il se serait expliqué.

Le silence coupable.

Il me frappe brutalement au cœur. Oui, Jasper cache quelque chose. Exactement comme Will. Exactement comme moi. L'aveu des fautes est une chose bien rude. Faut-il que je confesse à Joan ma nuit avec cet homme ? Est-ce que ça rendra cette faute moins cruelle à ses yeux ? Est-ce que je la considère moi-même comme une faute ?

– Oh, excuse-moi, Aly, dit-elle en me tapotant la main.

J'ai enfoncé mes ongles dans sa peau tant je suis abattue par mon comportement. Joan se redresse et balaie l'air d'un geste plus leste, comme pour chasser nos sombres pensées.

– Je te tourmente avec tout ça. Tu sais, je n'ai jamais voulu d'enfant parce que j'ai toujours eu mes étudiants, étourdis, travailleurs, dilettantes ou passionnés. Je n'ai que cette fierté-là. Perdre David a été… très difficile pour la tante comme pour la professeure.

J'acquiesce en me détendant, rassurée par sa position protectrice, mais je reste apeurée qu'elle découvre un jour ce que j'ai fait.

– Je sais, dis-je avec un sourire.

– Comment vas-tu, toi ? Tu regrettes toujours d'être venue ?

– Non. Plus vraiment.

Et je ne crois même pas mentir. Bien sûr, j'ai toujours l'impression de marcher sur une corde raide, mais je suis contente de me rapprocher d'elle et de mes amis. Et peut-être, malgré tout, d'avoir eu la confirmation que Jasper n'avait rien planifié.

– Tu sais que si tu ne te sens pas bien, tu n'as qu'à venir me voir. Je n'ai pas la même délicatesse que ma sœur, mais on peut noyer nos appréhensions dans un verre de whisky.

Je retiens un rire tout en hochant la tête.

L'objet de notre supplice finit par apparaître au fond du couloir. Jasper presse le pas. Il n'a pas eu le temps de retirer sa toge professorale et se dépêche de s'en défaire.

– Désolé pour ce léger retard. J'ai fait un rapide détour par mon bureau pour prendre le dossier des fouilles.

Il nous ouvre la porte d'un air aimable.

Joan se décide à se lever, toujours aussi grognonne, mais polie. Je la suis comme son ombre en évitant soigneusement le regard de Jasper.

9

Aucune résistance

J'ai l'impression que vient de se jouer la plus tortueuse partie de Risk jamais entreprise. Jasper est assis en face de nous, seul, ses papiers soigneusement alignés devant lui, tandis que ceux de Joan s'éparpillent dangereusement sur une bonne moitié de la large table en chêne massif. La salle est grande, mais confinée par ses boiseries, ses portraits des souverains du Royaume-Uni et son feu de cheminée qui crépite. C'est si étrange comme ambiance que j'ai parfois la sensation de regarder une scène de film.

Les deux directeurs de chantier tombent si rarement d'accord que je n'ose même pas intervenir, de peur de me retrouver entre deux rouleaux compresseurs et de finir en pauvre crêpe au milieu. Deux heures et demie qu'ils bataillent pour déterminer qui aura la dernière truelle libre, ou encore qui saura diriger au mieux l'équipe de cuisine égyptienne. Je prends des notes, terrassée par l'éternel affrontement qui les lie. Nous aurions dû en finir depuis plus de trente minutes, mais la question des clés de la réserve est encore irrésolue, et aucun d'eux ne veut lâcher le morceau.

– Il faut que tu me cèdes quelque chose Joan, rappelle Jasper sans la quitter des yeux. Il y a deux clés, une pour entrer dans la réserve et une carte magnétique pour ouvrir le coffre des objets précieux. Je suis directeur de chantier moi aussi, il faut que je puisse avoir accès à ces deux endroits.

– Comme tu le dis si bien, il n'y a que deux clés. Tu veux quoi, que l'un prenne la clé de la réserve, et l'autre, la carte du coffre ? C'est complètement idiot, puisqu'il faut de toute façon être dans la réserve pour pouvoir accéder au coffre. Si tu as besoin de quelque chose, tu n'auras qu'à me demander.

– Je ne vais pas rester dépendant de ma consœur pour l'accès à la réserve des objets découverts, proteste-t-il, plus las à présent qu'agacé.

– Les autorités responsables des antiquités égyptiennes m'ont confié ces clés, prétexte Joan.

Elle n'a pas tort. Les découvertes des archéologues étrangers sont toujours très réglementées pour éviter toutes sorties non autorisées d'objets précieux.

– Il suffit que tu leur fasses un courrier. Ou que ton doyen s'en charge si tu n'as pas le temps, réplique Jay.

La menace du doyen mérite un regard noir de ma part, regard qu'il capte aussitôt. Je fais tout depuis le début pour ne lui témoigner que du dédain… mais avec difficulté. Jusqu'ici, pour ne pas affronter ses yeux, je me suis concentrée sur son tatouage puisqu'il a relevé les manches de son pull marin. Mais ce détail ne m'aide absolument pas à conserver mon objectivité.

–Vas-y, encourage Joan. Si tu as envie de perdre ton temps avec ça, je t'en prie, contacte mon doyen.

Nous n'avons pas fini de tourner en rond et cette situation m'agace. Aucun d'eux ne prend en compte les élèves. Moi, je ne pense qu'à Susan qui veut juste étudier les bracelets conservés dans le coffre et qui se moque bien de leur perpétuelle querelle. J'inspire pour exposer mon point de vue en espérant demeurer la plus neutre possible.

– On pourrait peut-être demander aux autorités de faire un double des deux clés. Chaque directeur sera responsable de son trousseau et les étudiants pourront accéder aux objets sans être pénalisés.

Je sais que je vais faire mouche auprès de Joan en parlant des étudiants, mais est-ce que Jasper va mordre à l'hameçon ? Un court silence suit ma requête. Je scrute leur visage avec appréhension. Joan va céder, mais Jasper n'a pas l'air d'avoir la même réaction au premier abord. Ses yeux flamboient. Et il me décoche ce très mince sourire en coin, absolument révoltant de sensualité. Un frisson glacial me secoue de haut en bas et je détourne vite le regard.

– C'est une idée, admet Joan. Nous demanderons que la carte magnétique garde l'empreinte de la personne qui s'en sert, au cas où.

La confiance n'est toujours pas là, mais c'est la première concession qu'elle fait.

– Très bien, approuve Jasper en prenant note. Merci Alaska pour cette bonne idée.

– Aly.

Impossible de me retenir. Ce qui l'amuse, à en croire son sourire qui s'allonge sans un commentaire de plus. Il ne prend pas ça pour du flirt, au moins ? Pas devant Joan ?

– Il ne reste plus que le point sur la visite de Pierre Lamigre sur nos deux chantiers, enchaîne Joan sans capter les regards que nous échangeons, Jay et moi.

– Cuisine locale et visite rapide des chantiers de fouilles, propose Jasper.

– Parfait, approuve aussitôt Joan.

Ni lui ni elle n'ont envie de trop en faire. Pour une fois, ils sont sur la même longueur d'onde.

– Tu te charges de faire le rapport de la réunion, Alaska ? demande Jasper sur sa lancée.

Nerveuse au point d'agiter mon pied sous la table, je m'emballe avec une effroyable maladresse.

– Aly, pas Alaska, Aly ! Ce n'est pourtant pas compliqué !

Mon éclat de voix ne surprend pas que moi. Jasper semble assez stupéfait, Joan encore plus. D'amusement et d'inquiétude à la fois. Moi, j'ai le cœur qui bat à toute allure. Je réalise que je mène un combat acharné contre moi-même pour m'empêcher de ressentir quoi que ce soit pour lui depuis qu'il s'est assis en face de moi.

Joan tapote ma main crispée sur la table.

– Oui. Bon, la réunion traîne un peu, dit-elle comme pour excuser mon emportement.

Jasper ne réplique rien, se contentant d'un hochement de tête, et tous deux rangent leurs affaires. Joan est ravie que je lui aie cloué le bec. Au milieu de toute ma confusion, j'espère malgré moi qu'il ne m'en veut pas pour ça. Dépitée, je me lève. Joan me prend aussitôt à part.

– Je dois y aller, des collègues m'attendent, s'excuse-t-elle. Je voulais juste te confirmer que c'est exactement pour ça que je voulais que tu sois là avec moi.

– Pour élever la voix ? réponds-je, un peu perdue.

– Non, même si je comprends : cet homme est exaspérant. Je pensais plutôt à ton intervention pour les clés. Tu me tempères comme personne et nous prenons les bonnes décisions au bout du compte.

Je finis par sourire, touchée par sa confiance.

– On se voit au cocktail du British Museum ?

J'acquiesce.

– Tu vas rencontrer des chercheurs intéressants ce soir, c'est une très bonne chose.

Elle m'accorde un dernier geste de la main en guise de salut, pousse la porte et disparaît.

Je ne sais pas pourquoi je ne lui ai pas emboîté le pas. J'aurais peut-être dû. Je reste plantée dans la salle de réunion. Jasper a pris ses affaires, mais n'a pas bougé. Je craignais qu'il arbore un air vindicatif, mais ce n'est pas vraiment le cas. Il m'observe de l'autre côté de la table sans un mot, en affichant une expression douce.

– Pourquoi tu me regardes comme ça ?

– Tu ne pouvais pas perdre la face devant Joan tout à l'heure, après m'avoir défendu.

C'est à mon tour d'être interloquée. Comment en est-il arrivé à cette conclusion ?

– Je ne t'ai pas défendu, toi, mais Susan !

Bon sang, mes colères n'ont aucun effet sur lui, il ne fait que sourire davantage !

– Si tu veux.

Je devrais partir, vraiment. Mais j'ai l'impression que Joan a quitté la salle en emportant toute ma résistance et que je n'en ai plus aucune à mettre entre nous. C'est exactement comme au café à Boston, alors que je n'avais plus rien à lui dire après l'incident et que je suis quand même restée. Lui-même ne bouge pas, il pourrait partir, mais non. Il ne s'était déjà pas détourné de moi pour se remettre à son travail cette nuit-là. Y a-t-il une invitation dans ce face-à-face ? Tout était plus simple avec Jay, l'écrivain.

– T'écris vraiment un livre ? interrogé-je en essayant de déterrer un odieux mensonge qui me détournerait de lui.

– Oui, sourit-il en s'avançant. J'ai même mis un point final et je l'ai confié à mon éditeur grâce à toi.

De toutes mes forces, je retiens un sourire. Il exagère beaucoup, je ne suis pas non plus sa muse !

– Est-ce que la serveuse de café a du temps libre pour un verre durant son séjour ici ?

Son invitation m'embrase. J'ai envie de lui et c'est peine perdue de dire non. Je pourrais lui donner rendez-vous ce soir au cocktail, on sera entourés, je ne serai pas libre de me laisser aller. Mais mon esprit ne pense qu'à maintenant. Maintenant…

– J'ai du temps, oui.

Je dois blêmir à vue d'œil. Je viens d'accepter malgré Joan et malgré toutes les contradictions qui m'animent. Jasper semble d'ailleurs agréablement surpris de ne pas devoir batailler. Il s'approche encore un peu de moi.

– Quand ?

Je n'ai plus aucun doute sur le but véritable de ce rendez-vous en entendant sa voix rauque et impatiente souffler le mot. Je suis au moins aussi fébrile que lui.

– Maintenant.

Il baisse les yeux en souriant, presque gêné. Ça me plaît de le voir comme ça. Ce genre de réaction le rend humain, plus proche de moi.

– Mon bureau est juste au-dessus. J'ai un très bon whisky sur place.

Comme Joan. S'ils n'étaient pas en conflit, ils s'entendraient comme larrons en foire.

Nous quittons la salle et Jasper me guide dans les escaliers. Le plafond est plus bas dans le couloir que nous traversons jusqu'à une porte en bois sombre. Il la déverrouille et m'invite à entrer. Encore troublée par ma décision, je jette des coups d'œil alentour pour m'assurer que personne ne me voit le suivre, et fais un pas à l'intérieur.

La pièce est beaucoup plus petite que le bureau de Joan, mais tellement mieux rangée ! Elle est tout en longueur, bordée de deux fenêtres de chaque côté. Son espace de travail, face à l'entrée, se compose d'une table ancienne où trône son ordinateur et de plusieurs bibliothèques bourrées de livres. Des gravures de temples et de paysages d'Égypte sont accrochées aux murs, deux fauteuils se regardent devant une cheminée éteinte et une ottomane recouverte d'un tissu brodé syrien complète un mobilier cosy et chaleureux. Je reste baba devant cet endroit qui met tout de suite à l'aise. Il y a même un plaid et des coussins rembourrés sur les fauteuils.

Pendant qu'il pose ses affaires sur le bureau et qu'il sort une bouteille, je m'approche de la cheminée pour observer une statuette égyptienne en céramique bleue avec une inscription le long des jambes. Un petit serviteur de l'au-delà, qui accompagne le mort dans son ultime voyage. Jay a décidément les moyens d'être collectionneur.

– C'est un vrai ?

Jasper remplit deux verres de liquide ambré.

– Oui, il a appartenu à Ramsès II. Mon principal sujet de recherche.

Ah, je comprends mieux ce qu'il entendait par « un roi aux grandes conquêtes et aux centaines de femmes » quand il m'a décrit le sujet de son livre ce soir-là. Subitement, tout me paraît bien plus logique.

Il revient vers moi et me tend un verre. Joan m'a appris à aimer le whisky. C'est une boisson qui se déguste et dont les notes en disent beaucoup sur la personne qui les apprécie. Joan l'aime fruité, fort et tout en rondeur, elle ne jure que par une petite distillerie de Brooklyn. Je me demande quel genre correspond à Jasper. La première gorgée est enflammée avec une pointe de sel de mer. La finition est fumée à souhait. Un grand tourbé d'Écosse. Ça ne pouvait pas mieux lui convenir.

– Tu veux qu'on parle de ton sujet de thèse ? me propose-t-il sérieusement.

J'ai beaucoup d'idées en tête, mais aucune ne concerne ma thèse. En plus, c'est le privilège de Joan de suivre mes travaux, je n'ai pas très envie de recevoir ses conseils à lui. En même temps, je ne peux pas faire le premier pas. Je sais pourquoi nous sommes là et je suis à peu près sûre que lui aussi, mais je ne veux pas me lancer la première. Alors je décide de répondre à côté.

– Qui t'appelle Jay ?

– Mes amis proches seulement. Qui t'appelle Alaska ?

– Personne.

Sourire.

Foutu charme. J'avale le fond de whisky qui me brûle la gorge et me rend un peu de courage. S'il ne fait rien, je vais partir à regret. Moi qui imaginais volontiers ma main sur sa peau… Ce pull lui va très bien, mais, soyons clair, sa place est par terre. Je fais finalement le lien entre son activité d'archéologue et son corps musclé. Mes joues se parent de rouge et je détourne les yeux.

– Il est fort, ton whisky.

Bon prétexte. J'espère.

– Tu en veux un autre ?

En fait, plutôt discrètement, il se rapproche de moi. Son odeur, toujours aussi délicate, me parvient seulement maintenant. Il n'est pas assez près pour m'embrasser. Je ne sais s'il joue avec moi, mais il me dévore des yeux tout en se contentant de se tenir debout, sans aucun geste susceptible de trahir son désir. Cette impatience commence à me frustrer.

– Non, ça ira, dis-je en posant le verre sur le rebord de la cheminée. Je vais y aller.

Peut-être que ça le décidera. J'enchaîne avec un sourire rancunier, car après tout il m'a traînée jusqu'ici, et je me dirige vers la porte d'un pas décidé. Je n'ai plus qu'à lancer un petit commentaire nerveux et sarcastique, et je pourrai sortir la tête haute.

– Très joli, ton bureau.

Sa main retient aussitôt mon bras et me ramène en arrière. La chaleur de son corps irradie dans mon dos et son souffle chatouille ma nuque.

– Reste, murmure-t-il.

– C'est ce que tu veux ? demandé-je d'une voix enrouée par l'émotion.

– Ton petit côté impétueux me plaît, Alaska.

Je sens ses lèvres se déposer dans mon cou. Il me provoque juste par plaisir. Et je crois que j'aime ça, moi aussi. Son baiser éveille tous mes muscles le long de ma colonne vertébrale. Alors que je ferme les yeux, me laissant envahir par la douceur de toutes ces sensations que je n'ai connues qu'avec lui, il glisse ses deux mains sous mon pull, à même ma peau. Un tremblement me saisit, mon sourire redouble. Il attrape mon vêtement et le retire d'un geste lent, mais empreint de fièvre. Je lève les bras sans résister, perds l'élastique qui retenait mes cheveux au passage et me retrouve en bustier de dentelle noire contre lui.

– Tu veux que je ferme le bureau ?

Je me vois mal reculer au point où j'en suis, mais j'apprécie sa demande de consentement dans les règles. Alors je n'hésite pas plus.

– Oui.

Il se détache de moi pour verrouiller la porte, nous isolant du monde extérieur. Lorsqu'il se retourne, la lumière déclinante m'empêche presque de voir son expression enjôleuse. Mon cerveau, pas tout à fait en veille, prend le pas sur mon corps en émoi.

– Tu as des préservatifs ?

– Dans mon bureau.

Que peut-il bien faire avec des préservatifs dans son bureau, au juste ? Voilà que je cogite à nouveau sur son cas.

– Vraiment ?

– Ne t'emballe pas, m'avertit-il en s'approchant du meuble et en allumant sa lampe.

La lumière tamisée éclaire son regard sûr et confiant. Il ouvre le tiroir et prend une protection.

– Depuis que je sais qu'Alaska Wick vient à Londres, j'ai des préservatifs avec moi, explique-t-il.

Je mordille ma lèvre, piquée par la curiosité. Il revient vers moi à pas de loup.

– Parce que tu savais qu'on en arriverait là ?

Son bras enlace le bas de mon dos avec empressement.

– Bien sûr, grogne-t-il. Ça fait un mois que je pense à toi tous les jours et que j'imagine des stratégies pour t'attirer jusqu'ici.

Séduite par ses paroles, je lui accorde un sourire apprivoisé.

– Et c'est ton meilleur plan ?

Il penche un peu la tête sur le côté.

– J'aimais assez l'idée du cours particulier, mais le verre de whisky me satisfait jusque-là.

Jay affiche ses merveilleuses fossettes et je me mets à rire, conquise.

Son baiser clôt le temps des paroles. Ses lèvres s'appliquent enfin sur les miennes, les goûtent et abattent tous mes doutes. Je ne sais pas comment j'ai fait pour le détester un mois durant. Je noue mes bras autour de son cou tout en me hissant sur la pointe des pieds. Tout mon corps se plaque contre le sien, enfin ! Son contact me fait chavirer et m'arrache un gémissement. Ses mains se pressent sur ma peau, caressent la dentelle de mon sous-vêtement et s'enfoncent dans mes cheveux. Il en profite pour approfondir notre baiser et me maintenir tout contre lui. Lorsque ma langue valse avec la sienne, mes doigts s'enhardissent, ils lissent lentement sa barbe courte et remontent dans sa chevelure. Je pourrai redessiner son visage sans mal, il hante mes pensées et chaque relief s'imprime sous mon toucher.

Jasper abandonne ma bouche. Je trépigne un peu, mais j'en profite pour reprendre mon souffle. J'ai déjà la tête qui tourne et une envie irrépressible de sourire. Il faut que je le déshabille, son pull est définitivement de trop ! Mais dès que je me lance dans cette tâche vitale, il me fait pivoter et je me retrouve à nouveau dos contre lui. Cette position lui a apparemment plu. Elle le laisse plus libre de ses caresses et il s'empresse de suivre la courbe de mes seins puis de mon ventre. Mon désir pour lui n'a pas tari, il est aussi intense que la première fois. Mon cœur et ma respiration s'apprêtent à courir un sprint. J'ai envie de lui, mais aussi de lui plaire et de lui donner du plaisir comme lui a si bien su m'en donner. Je décide donc de risquer une question que je me suis bien gardée de poser auparavant.

– De quoi as-tu envie ?

Jasper pose son menton sur mon épaule et continue son manège avec une indiscipline parfaitement excitante. Ses deux mains s'introduisent dans mon jean.

– De quoi j'ai envie ? reprend-il, occupé mais réactif.

Je me frotte avec tendresse contre sa joue et le fais sourire par la même occasion.

– De toi, finit-il par dire.

C'est beaucoup trop facile comme réponse. Je veux protester, mais il déboutonne mon jean, baisse la fermeture Éclair et envoie sa main droite dans une exploration bien profonde. Lorsque son index écarte les replis humides de mon intimité, je ne peux retenir un soupir. Sa main gauche se faufile sous mon bustier et emprisonne un sein, et ses dents capturent le lobe de mon oreille. Cette attaque multiple me surprend à un tel point que je resserre mes genoux pour m'empêcher de défaillir. Et puis, subitement, il se retire et recule, me laissant presque essoufflée. Je jette un œil derrière moi : Jasper ôte son pull. Il ne porte qu'un tee-shirt moulant à souhait dessous, tee-shirt qui disparaît aussitôt. Je ne me lasserai jamais du spectacle de son torse, découpé au ciseau de sculpteur.

Je ne suis pas des plus discrètes dans mon observation, je me retourne même pour améliorer mon angle de vue. Sa stature m'impressionne. Je ne sais pas pourquoi, mais le désir de lui plaire commence à évoluer. En fait, je veux suivre ce qu'il me dit de faire. Sa figure d'autorité traverse à nouveau mes pensées. Bon sang… Je fantasme sur sa qualité de professeur, sur le pouvoir et la protection qu'il représente. Ai-je un réel problème avec ça ? Mon éternel besoin de me sentir en sécurité peut-être. Une chose est sûre, je ne peux pas lui demander de vive voix d'entrer dans ce jeu.

Je m'approche de lui pour déposer des baisers sur sa peau. Je respire son parfum, ambré comme au premier jour. Il me prend dans ses bras et cet instant de tendresse me conforte dans mes propres désirs. J'apprends enfin à savoir ce dont j'ai besoin et envie. Mes lèvres remontent doucement de sa poitrine jusqu'à son cou et quémandent un baiser que Jasper m'accorde. Il encadre mon visage pour m'embrasser avec un peu plus de fougue, ravivant la fièvre qui nous avait saisis un instant plus tôt. Au moment où nous reprenons notre souffle, je tente une approche.

– Dis-moi ce que je dois faire pour toi…

Il s'interrompt, mais ses yeux clairs ne me quittent pas, cherchant à comprendre le sens de mes paroles. Je n'y lis ni moquerie ni condescendance. Il tente vraiment de savoir ce que je désire.

– Tu veux que je dirige ? reformule-t-il alors.

Son idée de cours privé n'est pas dénuée d'intérêt. Le sexe et moi, OK, mais le plaisir… C'est une chose encore bien incertaine. Je hoche la tête avec un frisson nouveau. Ses lèvres esquissent un demi-sourire charmé.

– Je vais te donner une leçon.

Jackpot ! Il dépose un rapide baiser sur les miennes avant de se redresser.

– Déshabille-toi.

Je m'apprête à retirer mon bustier, mais il m'arrête de manière soudaine.

– Non ! Garde-le.

Je lui souris en retour. La lingerie lui plaît. Je note. Je retire très vite mon jean, mon slip et mes bottines. Je me réjouis de constater que je suis à nouveau très humide. Lorsque je lève les yeux, il est nu lui aussi.

– Viens.

Je m'avance vers lui et il guide ma main sur son membre. Je pose mon front contre lui et le caresse doucement. Je ressens tous les frissons qui le parcourent à chaque fois que ma main se resserre sur lui. Il enroule ses doigts dans mes cheveux et son souffle s'accélère. Ses veines charrient son sang de plus en plus vite, juste là, sous sa peau. Je perçois presque le battement de son cœur. Son sexe devient si dur que je me presse contre lui, les jambes tremblantes. J'attise son désir et le mien se déchaîne en retour. Si bien que je m'impatiente.

– Et maintenant ? soufflé-je, la gorge nouée, les tempes douloureuses.

Jasper attrape un préservatif pour l'enfiler.

– Je vais t'apprendre à avoir deux orgasmes.

Je ne peux retenir un sourire ravi. Je pensais à son plaisir, mais lui ne pense qu'au mien. Il me prend la main, m'attire devant son bureau et se poste derrière moi. Son membre ferme contre mes fesses me déroute… et décuple mon ardeur. La patience n'est décidément pas mon fort.

– Penche-toi en avant, me glisse-t-il à l'oreille.

Le cœur tambourinant, je m'accoude au bureau. Ce n'est pas une position que j'apprécie en général, je me sens bien trop exposée ainsi. Mais là, je dois dire que tout mon corps est enthousiaste. J'en ai le souffle coupé. Et lorsque Jay lisse ma colonne vertébrale, je me cambre un peu plus. Il dirige son sexe à l'entrée du mien et s'introduit avec douceur. Lorsqu'il me pénètre plus profondément, je comprends tout l'intérêt érotique de la position. Jasper s'empare de mes hanches et réitère son coup de reins avec plus de vigueur, m'arrachant des gémissements aigus à chaque fois que nos deux corps se rencontrent. Je m'affaisse peu à peu sur la table, écrasée par les vagues montantes qu'il provoque à chaque assaut. Il accélère puis ralentit, le rythme irrégulier comble toutes mes attentes et je ne sais même plus ce que je préfère. Il finit par s'arrêter et j'entends son souffle agité.

Faire des pauses repousse à première vue l'orgasme masculin, plus prompt que celui des femmes. Je me redresse pour rejoindre ses lèvres, mais Jasper m'assène une claque sur une fesse en guise d'avertissement.

– Je n'ai pas dit que tu pouvais.

L'éveil de nouvelles sensations, loin d'être déplaisantes, me fait reprendre ma place. Les fourmillements provoqués me semblent bien trop bons pour être refusés. Jay me pénètre à nouveau et reprend ses manœuvres. Cette petite pause m'a rendue encore plus sensible. Je ne sais même pas comment c'est possible. L'envie devient trop forte et ma main descend entre mes jambes pour titiller mon point de jouissance. Jasper l'attrape aussitôt, me refusant ce soulagement.

– Attends, pas tout de suite…

Il ralentit sensiblement et se retire une nouvelle fois, puis très lentement, il entame un va-et-vient tout en me redressant. La pénétration provoque la cambrure de mon dos, mais l'angle change et offre d'autres sensations. Il se penche vers moi pour m'embrasser.

– Tes lèvres me manquent, on va changer de position.

Je lui fais à nouveau face et constate qu'il est recouvert d'une fine couche de sueur. Sa peau glisse sous mes doigts d'une manière parfaitement sensuelle. Il me soulève et m'assoit sur le bureau. Lui aussi s'impatiente. Il replie mes jambes sur ses hanches et réintroduit son membre en moi. Je tente de bouger avec lui, mais mes muscles se tendent trop pour m'obéir davantage. Je ne participe plus qu'à ses baisers, mon corps, lui, se laisse aller et cède aux longues vagues de plaisir qui le frappent les unes après les autres. Cet orgasme, plus diffus et plus intense que la dernière fois, me sonne plusieurs secondes. Mes plaintes, que je ne maîtrise plus du tout, accompagnent la jouissance de Jasper qui me garde tout contre lui jusqu'à ce qu'il s'immobilise. Le temps se suspend et nous laisse planer, puis il reprend son cours.

Seules nos respirations emportées perturbent le silence paisible autour de nous.

– Ça va ? me demande-t-il à voix basse.

– Oui, dis-je en m'accrochant à ses épaules, satisfaite.

Il se retire avec douceur, me prend dans ses bras et me soulève. Je me blottis contre lui. Je ne veux pas quitter sa peau. J'ai encore du désir pour lui, même après cette expérience inouïe. Il s'installe sur l'ottomane et m'assoit sur ses genoux. D'un bras solide, il me maintient contre lui, et d'une autre main plus aventureuse, il se dirige vers mon entrejambe. Dès que son pouce chatouille mon clitoris, je tressaille.

– Je te dois un deuxième orgasme.

Bon sang, je suis encore si sensible ! Le petit bouton, privé de caresse un instant, durcit. Jay m'allonge sur l'ottomane et, en me surplombant, le stimule avec un plaisir qu'il ne dissimule pas. J'étais pourtant engourdie, mais tout se ravive. À bout de forces et de nouveau émoustillée, je laisse échapper des gémissements. L'orgasme ne se fait pas attendre, plus vif et saisissant que le précédent. Je me retrouve au bord des larmes, agitée de tremblements.

Jasper se lève pour se débarrasser du préservatif. Il revient avec le plaid, s'allonge à mes côtés et nous enfouit dessous. Je me calme lentement et finis par me lover contre lui sans un mot, abattue par le sommeil.

10

Cocktail au British Museum

Sa main va et vient le long de mon dos quand je sors de ma somnolence, le nez dans son cou. J'essaie de ne pas trop bouger pour ne pas perdre cette sensation-là, son corps contre le mien, loin de toute querelle. Une aventure entre nous est impossible, mais le sexe, de temps en temps, ce n'est pas trop insensé ? Je ne sais si je trouverai avec quelqu'un d'autre ce qu'il me fait découvrir.

Je finis par me tortiller pour me retourner. Il se plaque contre mon dos, enserre ma taille, et sa joue se retrouve sur ma tempe. Dans son enclave, je m'aperçois que je ne me suis pas sentie aussi apaisée depuis des années. Son poignet tatoué est juste sous mon nez. Je le lisse d'une caresse en liant ensuite mes doigts aux siens. C'est ça. Il est comme un tatouage qui recouvre toute ma peau. Il m'a marquée de son empreinte.

Jasper se redresse. J'ai peur qu'il ne se relève, mais c'est pour mieux déposer ses lèvres dans mon cou. Lui comme moi, on sait que le premier mot sonnera la fin des ébats et le retour à la réalité. Lorsqu'il s'accoude au-dessus de moi et que je pivote pour lui faire face, ses yeux sont d'une infinie douceur. Personne ne m'avait regardée comme ça encore. Je passe ma main sur son visage, fascinée par cet homme que je peine pourtant à comprendre.

Il se penche pour m'embrasser. Son baiser est trop sérieux pour être innocent. Son pouce suit la courbe de ma pommette et vient ensuite pincer le lobe de mon oreille tandis que sa langue renoue avec la mienne. Mon cœur fait une brusque embardée. Jasper ne peut pas me faire ça… Il ne peut pas ranimer tout mon corps en un baiser… Et pourtant, il se faufile entre mes jambes et pèse de tout son poids sur moi, prêt à nous offrir un second round.

Mais je repense au cocktail, et je ne peux vraiment pas faire ça à Joan. Elle tient à ce que je sois là pour rencontrer ses collègues. Je ne dois pas lui faire faux bond. Je ne sais même pas ce que je fais avec Jasper. Mon plaisir personnel doit-il passer avant la relation de confiance et d'attachement profond qui existe entre Joan et moi ? Dois-je persévérer dans cette folie ? Ce qui est certain, c'est que rien de bon ne peut en découler.

Déchirée entre le désir de rester ici et le devoir de rejoindre Joan, je puise dans mon courage pour le repousser.

– Attends, on n'a plus le temps.

Il commence par grogner, peu emballé, mais finit par se relever pour me libérer. Engourdie, je m'extrais de l'ottomane avec peu d'entrain et beaucoup de honte. Quand je pense que je couche avec le pire ennemi de Joan et que je la rejoins maintenant comme si de rien n'était… Une fois debout, loin de lui, je me sens vraiment nue. Jasper s'assoit sur la banquette, peu motivé. Je rassemble mes vêtements et m'habille en deux, trois mouvements. La pièce est beaucoup plus sombre, le soleil s'est couché, seule la lampe du bureau est allumée.

– On se retrouve tout à l'heure pour partager un verre ? propose Jasper sans me quitter des yeux.

Ce serait provoquer Joan bien inutilement. D'un autre côté, je ne pourrai pas l'ignorer. Je vais m'enfoncer dans le mensonge si je continue sur cette voie.

– Oui, dis-je d'un ton hésitant. Joan veut me présenter des chercheurs, mais j'aurai peut-être un peu de temps.

L'art de noyer le poisson.

Jasper affiche un mince sourire crispé et acquiesce. Après

tout, je ne connais pas ses intentions à long terme. Je ne sais pas comment lui faire comprendre qu'on devrait peut-être faire profil bas en public et passer du bon temps en secret, à l'occasion.

En enfilant mon manteau, je réfléchis à toute vitesse à ce que je vais dire. Jay, lui, n'a pas bougé.

– Hum. C'était chouette.

Même moi, je trouve ma phrase ridicule. Jasper relève des yeux assez surpris et désabusés. Il finit par afficher un large sourire en retenant difficilement un rire, puis il se lève lui aussi pour s'habiller.

– Oui, Alaska, c'était chouette.

Une bouffée de chagrin subit remonte dans ma gorge. Comment je peux dire un truc pareil… Je me dirige péniblement jusqu'à la porte pour la déverrouiller.

– À ce soir.

– À ce soir, réplique-t-il seulement.

Je referme derrière moi et presse le pas dans le couloir, l'estomac noué. Je ne sais pas qui je blesse le plus dans cette histoire : Joan, lui ou moi.

***

Le British Museum, vaste et noble musée de Londres, me paraît tout sauf chaleureux. Sa façade à fronton et aux colonnes sombres et austères n'invite pas vraiment à en franchir l'entrée. Après mon égarement volontaire dans les bras de Jay, j'ai retrouvé Cassie à l'hôtel, plantée devant ses robes, en plein dilemme. Nous nous sommes préparées et nous sommes sorties en envoyant un texto à Susan pour lui donner rendez-vous à l'entrée du musée.

– Tu crois que j'aurais dû choisir l'aubergine ? doute à nouveau Cassie.

– La rouge est parfaite, elle attire l'œil, c'est toi-même qui l'as dit.

Cassie grimace en m'accordant le point.

– C'est facile pour toi, tu peux porter la fameuse petite robe noire sans problème, ça te va bien au teint.

Je secoue la tête en souriant. On trépigne en gardant nos mains bien au chaud dans nos manteaux. Le coup de coude de mon amie me fait lever les yeux de mes chaussures. Elle désigne un petit groupe d'invités qui s'approchent de l'esplanade et des quelques marches à gravir pour atteindre l'entrée du musée. Jasper est parmi eux, dans un beau costume trois-pièces bleu sombre, sans manteau évidemment. Ses cheveux ont un effet décoiffé qui sublime son côté audacieux. Il est entouré de ses collègues de Londres et ne ralentit pas en nous voyant, nous adressant un signe de la main et un sourire poli.

C'est ce que je voulais, après tout. Mais je ne peux pas m'empêcher de le suivre du regard jusqu'à ce qu'il disparaisse, indécise au possible.

– Cet homme est bien trop sexy pour être honnête, glisse Cassie à mon oreille.

Je sursaute, puis grommelle.

– Il doit avoir un défaut gros comme le poing pour être célibataire, ajoute mon amie en secouant la tête.

– Et Will ? dis-je pour changer de sujet.

Cassie grimace en soupirant, l'air vraiment embêté.

– Je crois que ma curiosité me perdra ! Cette discussion au café… J'aurais vraiment dû la fermer !

– Que s'est-il passé quand je suis partie ?

– Rien de plus, grogne-t-elle. On a échangé quelques banalités, je n'ai pas su quoi lui dire et je ne lui ai même pas demandé s'il venait ce soir.

Je lui souris en papillonnant des paupières.

– Il te plaît.

– Je l'ai trouvé un peu suffisant.

– Bien sûr.

– Sa vision de Jasper diffère pas mal de celle de Joan, ajoute-t-elle.

Je hausse les épaules. La douleur de Joan n'est pas feinte et elle n'est pas sans raison. Je ne sais pas trop quoi penser de tout ça. Je ne connais pas assez Jasper pour l'accuser ou le blanchir de quoi que ce soit. Je sais qu'il m'attire, et c'est tout.

Susan nous interrompt en débarquant à pas rapides, un grand sourire aux lèvres.

– Bonsoir !

Notre amie anglaise dévoile une magnifique robe bleu roi, plutôt courte, sous une simple veste. Elle semble ravie. Qui ne le serait pas après un après-midi crapuleux… On ne l'a pas revue de la journée, on se doute bien que son amant y est pour beaucoup.

– Vous êtes superbes, les filles, nous dit-elle avant de nous entraîner à l'intérieur.

Nous déposons nos manteaux au vestiaire et accédons, à l'arrière, à l'immense place couverte qui nous fait lever les yeux avec admiration. Le département d'archéologie égyptienne est juste à gauche, un long tapis rouge nous y amène.

– Vous n'avez pas l'impression de faire votre entrée dans la société ? s'emballe Cassie.

– Tu as trop lu Jane Austen, commenté-je, amusée par sa réflexion.

– Ça ne me gênerait pas de trouver M. Darcy au bout du tapis.

– Et toi, Susan ? Ton Darcy sera là ?

– Probablement, répond-elle en rosissant.

Lorsque nous approchons de la grande arche qui ouvre le département, nous ralentissons, impressionnées par le monde et par les statues gigantesques de pharaons qui nous accueillent. Des serveurs portent des plateaux de petits-fours et de coupes de champagne, et slaloment entre les invités sur leur trente-et-un. J'aperçois Joan un peu plus loin, dans une combinaison noire aux manches courtes en plumetis. Elle a accroché une broche en forme de scarabée rouge des plus spectaculaires contre son cœur. La classe de cette femme m'épatera toujours. Son aura protectrice m'attire aussitôt. En me comportant comme l'étudiante dévouée que je suis, je rachèterai peut-être ma faute. Cassie et Susan me suivent tout en attrapant un verre au passage. Joan nous interpelle avec un grand sourire.

– Aly, Cassie, Susan, venez, je vais vous présenter de très bons collègues et amis de New York, Berlin et Cambridge.

Les chercheurs nous saluent et échangent quelques paroles avec chacune d'entre nous. Joan a même inclus Susan d'office. Lorsqu'il s'agit d'étudiant, il n'y a plus de rivalité qui tienne. Du coup, la culpabilité me ronge un peu plus. Je n'ose même pas chercher Jasper du regard alors que je bous de le voir.

– Aly, prononce Joan en m'entraînant quelques pas plus loin, près d'une imposante reine d'Égypte en grès, debout et couronnée. Je te présente Agatha Shaw, de l'université d'Édimbourg, une traductrice experte du *Livre des morts*. Je lui ai beaucoup parlé de tes travaux.

La femme, âgée d'une cinquantaine d'années, a tout de l'égyptologue passionnée et beaucoup trop sérieuse dans la vie. Petite, les cheveux blonds courts et des lunettes rondes sur le nez, elle me serre la main avec un air très aimable et intéressé.

– J'ai beaucoup aimé vos deux articles dans la revue de Boston.

Je rougis et bafouille un « merci » en même temps. Je ne pensais pas qu'ils étaient lus à ce point.

– C'est bien de voir qu'il y a une relève féminine, ajoute-t-elle avant de boire une gorgée de champagne.

– Oui, les dernières nominations à la tête des départements d'université sont essentiellement masculines, approuve Joan.

Ah, elle ne perd pas le nord.

– D'abord, Jasper Henstridge ici, et maintenant ce Pierre Lamigre à Paris, dit Agatha avec une pointe de regret. On ne peut pas leur reprocher leurs recherches, mais ils sont bien trop inexpérimentés pour de tels postes. C'est cela qui a causé tant de tort il y a quelques années, avec cette histoire de prise d'otages.

Ce n'est pas dit avec haine ni colère, mais avec regret. Joan acquiesce en serrant son verre entre ses doigts.

– Je sais que tu as été touchée personnellement, Joan, mais il faut se dire qu'il ne refera pas une telle erreur avec son statut de directeur de département et de chantier, la rassure Agatha.

– Oui, j'aurais préféré une punition plutôt qu'une récompense, réplique-t-elle.

– Je suis désolée, ma chère, compatit Agatha avec une sincérité amicale.

J'ignorais qu'il y avait d'autres chercheurs qui se positionnaient contre Jasper. Ou du moins, qui ne lui accordaient pas une confiance débordante. Peut-être pas pour les mêmes raisons : Agatha semble lui reprocher sa jeunesse plus qu'autre chose.

– Vous pensez quoi de Pierre Lamigre ? demandé-je alors, plus curieuse de ce personnage-là.

Les expressions de mes deux compagnes se détendent.

– C'est un bon chercheur et un grand séducteur, réplique Agatha. Ce qui fait de lui un homme en qui on ne peut absolument pas avoir confiance.

Je lui souris en retour. Je l'aime bien, cette Agatha.

– Il allait régulièrement à Boston il y a quelques années, non ? interroge-t-elle.

– Oui, c'est vrai, il travaillait souvent à la bibliothèque, répond Joan avant de soupirer. Non seulement je dois collaborer avec Henstridge à Louxor, mais en plus Pierre sera dans le coin lui aussi.

Agatha affiche un sourire affectueux mêlé d'une pointe moqueuse, comme seule une amie peut se le permettre.

– Oh, qu'est-ce qui ne tournerait pas rond, alors ?

Joan se détend et rit. Agatha continue :

– Pour parler d'autre chose, tu as pu voir l'expert que je t'ai recommandé ?

Ma mentor attrape mon bras presque aussitôt.

– Tu veux bien demander à Jasper de nous rejoindre pour discuter ?

Si c'est une requête de Joan, je veux bien lui rendre ce service.

– Oui, je reviens.

Joan me remercie et retourne à sa discussion égyptologique avec Agatha. Je m'éloigne, le cœur battant. Les salles sont vastes et s'enchaînent sur tout un niveau tant la collection du British Museum est importante. Je vadrouille donc entre les vitrines et les statues, à la recherche de Jasper. Je laisse traîner mon oreille ici et là, beaucoup de langues s'entremêlent, mais l'anglais domine, embelli d'accents tous plus exotiques les uns que les autres. *« Je n'ai qu'à me rendre dans un musée pour parcourir le monde. »* C'est une chose que disait souvent mon père. Je comprends enfin ses paroles. Je m'arrête devant une vitrine qui expose une majestueuse parure d'or et de perles de verre. Je reste quelques secondes époustouflée par son état de conservation. Ça me rappelle que je peux rassurer Susan au sujet des bracelets qu'elle veut étudier à Louxor.

Je me remets en marche et aperçois Cassie en pleine discussion avec Nathan. Elle doit vraiment se demander si Will viendra ou non. Mais s'il a déjà du mal à aller sur le campus, je doute de sa présence ici. Jasper apparaît enfin un peu plus loin, près d'un alignement de sarcophages dressés aux couleurs éclatantes. Susan est à ses côtés et sourit de toutes ses dents, les joues rouges. Cette vision déclenche une avalanche de questions dans ma tête. Et si c'était bien Jasper l'amant secret de Susan ? Après tout, on n'a aucune assurance que les messages qu'elle a reçus ce matin soient ceux de son amant… C'était peut-être autre chose. Une bonne nouvelle familiale ou professionnelle par exemple. Seule la jalousie de Nathan nous a mises sur la piste de l'amant ce matin.

J'ai la sensation d'être aussi pâle qu'un zombie lorsque je m'arrête devant eux. Mes yeux vont et viennent de l'un à l'autre avec l'acuité d'un détective. J'aimerais être Sherlock Holmes, là, maintenant, et pouvoir déceler le vrai du faux en un seul regard. Mais je me contente de nager désespérément dans un océan de points d'interrogation.

– Bonsoir, dis-je, tendue.

– Aly, répond Jasper, imperturbable.

Bon sang, j'espère que je ne l'ai pas découragé à ce point. J'aime mon prénom dans sa bouche et ce « Aly » me semble bien trop impersonnel…

– Jasper était en train de me dire que tu avais réussi à convaincre Joan pour les clés de la réserve de la maison de fouilles, se réjouit Susan.

OK, ça explique la bonne humeur.

– C'est génial, je vais enfin pouvoir étudier les bracelets. Merci, Aly.

Je jette un œil sur Jasper, perdue entre mes sombres pensées et la légèreté de Susan. Il se contente d'un demi-sourire assez habituel et qui m'égare un peu plus.

– Je rends à César ce qui est à César, ajoute-t-il alors comme une énième banalité au cours d'une discussion barbante.

– Euh… De rien, dis-je à Susan, embarrassée par le ton de Jasper vers qui je me tourne. Joan veut te parler.

Jasper lève les yeux au ciel, peu motivé. Il avale cul sec sa coupe de champagne et la dépose au passage sur le plateau d'un serveur.

– Merci, Alaska, dit-il en passant une main discrète au bas de mon dos pour me contourner.

Cette attention, après la froideur qu'il m'a témoignée, me donne envie de l'agripper en arrière et de le secouer pour savoir ce qu'il cherche. Je m'échine à ne pas rougir en ressentant encore la pression de sa main qui s'est attardée sur moi, mais c'est peine perdue. Dépitée, je regarde Susan en espérant qu'elle n'interprète rien dans mon comportement ni dans celui de son directeur. Dès que nos yeux se croisent, elle se racle la gorge et sourit. Il faut absolument que je nie tout en bloc, maintenant, avant de paniquer pour de bon !

– Je n'ai pas fait ça pour lui, mais pour toi, assuré-je, persuadée qu'il a pu lui raconter tout et n'importe quoi au sujet de cette réunion.

Susan acquiesce rapidement.

– Oui, je n'en doute pas.

Puis elle attrape mon bras.

– Ne t'en fais pas, Jasper trouble beaucoup d'étudiantes, lance-t-elle à voix basse en m'entraînant avec elle.

Je blêmis à l'idée qu'elle m'associe à un troupeau de groupies sans cervelle. Ou qu'elle se sente menacée par moi… ? Je pourrais lui demander si elle couche avec lui ou pas. Est-ce qu'elle entretient une relation avec lui ? J'ai tellement envie de croire en Jasper. Il ne m'a pas donné de raison directe de douter, d'ailleurs, mais sa réputation auprès de Joan sème le doute.

– Viens, je vais te présenter quelqu'un, enchaîne Susan.

– Qui ?

– Mon Darcy.

11

Sookie

Mon cœur fait un bond. Donc, ce n'est pas Jasper ! Plus de doute possible. Le soulagement me submerge et je la suis, plus détendue. On revient sur nos pas, parmi les colosses de pierre. Cassie parle toujours avec Nathan un peu plus loin. J'en profite pour interroger Susan à propos de Will.

– Le frère de Nathan ne vient pas ce soir ?

– Non, ce genre de soirée ne le branche pas trop. Et puis…

Elle semble gênée.

– Ne le prends pas mal, mais je crois qu'il redoute de croiser Joan.

– Joan ne le blesserait jamais, répliqué-je, incrédule.

– Pas volontairement, mais elle en veut encore beaucoup à Jasper.

Je l'arrête avec gravité.

– Si tu revois Will, dis-lui que jamais Joan ne s'en prendrait à lui.

Susan acquiesce et tente de me rassurer.

– J'en suis sûre, moi aussi, mais il la craint quand même, peut-être plus par ce qu'elle représente ou par les mauvais souvenirs qu'elle peut éveiller.

Je ne suis pas totalement convaincue et Susan s'en aperçoit tout de suite.

– Je lui passerai ton message, c'est promis.

On se remet en marche. L'angoisse m'accapare à nouveau. Je n'ai pas envie que les étudiants de Jasper aient une image négative de Joan. Celle-ci lui en veut à lui, en particulier, en qualité de « responsable », mais jamais elle ne ferait de mal à l'un de ses élèves. Je suis Susan sans faire plus attention au groupe devant lequel nous nous arrêtons, bien trop préoccupée par ce que je pourrais faire pour apaiser au moins ces inquiétudes-là. Susan tapote le bras d'un homme qui nous tourne le dos mais qui démontre déjà son élégance dans un costume bordeaux et une chemise charbon. Il a les cheveux courts poivre et sel et une carrure plutôt avantageuse.

– Pierre ? l'interpelle Susan.

J'écarquille les paupières avant même qu'il nous fasse face. Pierre Lamigre ! Susan sort avec Pierre Lamigre… Pourquoi Cassie n'est pas là quand il le faut !

L'homme d'une quarantaine d'années pivote et dévoile un séduisant visage de rapace, des yeux bleus et une mâchoire carrée. Il réveille aussitôt une émotion oubliée qui me tord brutalement les entrailles. Je l'ai déjà vu. Je le connais. Mais pas sous ce nom. Je me pétrifie tandis qu'il me regarde, figé lui aussi. Mais, peu à peu, ses lèvres se pincent et forment un sourire qui me terrifie.

– Pierre, je te présente Aly Wick.

Plus aucun mot ne peut franchir mes lèvres. Mon sang déserte mon visage, je suis hébétée, sans voix. La bouche de Pierre se déforme et fait apparaître ses dents qui me semblent bien menaçantes.

– Aly Wick, dit-il en me tendant la main. Enchanté.

Sa voix réenclenche ma respiration jusque-là interrompue. Une force invisible, motivée par la volonté de masquer la révulsion qu'il m'inspire, me pousse à tendre la main à mon tour. Son contact me fiche un puissant haut-le-cœur et m'empêche de le saluer de vive voix.

– Aly, je te présente Pierre, il vient d'être nommé directeur du département d'égyptologie de l'université de Paris.

Ses doigts resserrent les miens et m'attirent à lui pour une bise à la française. Je me laisse faire et m'aperçois en bougeant que tout mon corps est raide. J'essaie de retrouver son nom, mais il ne me revient pas. L'ai-je déjà su ? Je ne suis même pas sûre d'en avoir entendu un jusqu'à maintenant. Je reprends ma main d'un geste sec, mais tente tout de même de sourire.

– Boston ? C'est cela ? demande-t-il sur un ton jubilatoire.

J'acquiesce vaguement.

– Oui, c'est une élève de Joan Bates, confirme Susan.

Je décide, pour ne pas sombrer, de me focaliser sur mon amie. Susan est envoûtée par cet homme, ça crève les yeux. Elle ne regarde que lui et pose sa main sur son bras avec un attachement qu'elle ne tente pas de cacher. Il réplique en couvrant sa main de la sienne, plus pour marquer son territoire que pour démontrer son affection réciproque.

– Bien, se réjouit-il. On devrait se recroiser à Louxor pour les fouilles, alors ?

– Il faut croire, dis-je tout bas.

Je le savais bien que je ne voulais pas aller à Londres ni en Égypte ! La pire des catastrophes qui pouvait m'arriver est en train de se dérouler là, sous mes yeux, sans que je puisse rien faire. Ce n'est pas Jasper, le manipulateur, le tortionnaire, le sale type sadique et sûr de lui, c'est cet homme-là, devant moi ! Ce Pierre qui devient soudain incontournable ! Si seulement j'avais su qui il était avant !

Il relâche Susan et fait un pas vers moi en feignant l'inquiétude.

– Tu veux que j'aille te chercher un verre, Aly ? Tu es bien pâle.

– Oui, c'est vrai, confirme alors Susan. Ça va ?

J'inspire profondément et me dis qu'il ne me reste qu'une seule solution : fuir.

– Oui, ça va, la fatigue, prétexté-je avec un sourire incertain. Je vais vous laisser, Cassie doit me chercher. Ravie d'avoir fait votre connaissance.

Je ne sais pas où j'ai puisé de telles phrases, mais cet automatisme me rend bien service sur le coup. Je salue Susan en me disant qu'elle mérite tellement mieux que cette crapule sans nom et m'éloigne sans vraiment savoir où aller. Tout ce dont j'ai besoin maintenant, c'est d'un coin calme pour me reprendre. Au lieu de chercher du côté de Joan ou de Cassie, je me dirige vers une petite pièce attenante et déserte et me colle au mur dès que je suis loin des regards.

Je passe mes mains sur mon visage enfiévré. Comment est-ce possible ! Quelle était la probabilité pour qu'une telle chose se produise ! Lui ! Ici ! Dans ce milieu ! Avec Susan ! Lui, avec qui Joan et Jasper sont forcés de se montrer conciliants ! Lui, qui m'a mise au supplice il y a quelques années seulement…

Je me penche en avant pour reprendre mon souffle et enrayer la panique qui me saisit. S'il parle, je tomberai plus bas que terre. Joan sera traînée dans la boue et Jasper n'éprouvera que dégoût pour ma personne. Quant à Cassie, Susan ou Nathan, ils se détourneront de moi.

Je me relève et fais quelques pas, les yeux brouillés de larmes brûlantes. Je m'aperçois seulement maintenant que je suis entourée de momies plus ou moins complètes. Les regards creux, les bouches ouvertes et les nez troués me poussent à relativiser. Ce spectacle pathétique devrait être bien plus déprimant que ma situation…

– Le hasard fait si bien les choses ! s'exclame la voix moqueuse de Pierre derrière moi.

La peur revient au galop. Il entre dans la salle avec une hardiesse et un aplomb insupportables. Quelle idée j'ai eue de m'isoler !

– Aly Wick. On ne s'est pas vus depuis combien de temps ? Trois ou quatre ans ?

– Cinq ans, réussis-je à répliquer en fermant les poings.

– Et comment tu t'appelais déjà à cette époque ? Ah oui, ça me revient, Sookie !

***

Cinq années auparavant

Je me rhabille, la gorge nouée et les muscles douloureux. La première fois a été si terrible que depuis, dans ces moments-là, je fixe un détail de mon environnement et me concentre entièrement dessus. J'ai parfois l'impression que mon esprit se désincarne et abandonne mon corps à sa besogne. Alors je vogue près d'une fissure étrange, qui ressemble à un sourire narquois, et parfois je vole avec un moucheron qui tourne en rond près d'une ampoule avant de se jeter dessus.

– Tiens, fait la voix derrière moi.

Il jette des billets sur le lit défait et attend que je les prenne. C'est un client habituel, un étranger de passage à Boston. Un homme brusque et sévère dans ses manières, qui aime par-dessus tout humilier l'autre. Mais il est régulier et il paie. C'est ce que je me répète dès que j'ai affaire à lui. Alors je tends la main et prends les billets avant de me rendre compte qu'il manque quelques dollars. Ça, ça n'était jamais arrivé jusque-là. Mon cœur accélère et mes yeux se battent contre des larmes bien trop récurrentes à mon goût. Je vais avoir la voix tremblotante, mais après ce qu'il m'a demandé de faire, je n'ai pas le choix. Alors qu'il enfile son manteau comme si de rien n'était, je fais un pas dans sa direction.

– Il manque dix dollars.

Il me fait face avec un rire sinistre.

– Non, mais tu crois quoi au juste, Sookie ? Tu pensais sérieusement demander plus que la dernière fois ?

Les larmes que je tente à tout prix de retenir roulent sur mes joues. J'aimerais tellement être plus forte que je ne le suis. Mais je place tout mon quota disponible pour m'agenouiller ou m'allonger avec un client. Pourtant, un nouveau sentiment s'empare de moi. Une sorte d'énergie du désespoir. Et je déterre un peu de courage pour répondre du haut de mes 18 ans.

– J'ai accepté de faire ce que vous vouliez pour le tarif que nous avions convenu.

Je me fais subitement l'effet d'une entrepreneuse face à un client avec un défaut de facture. Ma situation me semble on ne peut plus ridicule et absurde. L'homme, lui, ne s'en amuse pas du tout. La chambre d'hôtel rétrécit dès qu'il contourne le lit avec empressement.

– Tu penses vraiment être en position de réclamer quelque chose ? Si au moins tu feignais d'aimer ça !

Je recule, apeurée. Je fais déjà tout pour me plier aux souhaits des hommes, en appliquant quelques limites possibles. Mais éprouver du plaisir est une chose qui m'échappe totalement. Je simule une chose qui m'est inconnue et je pensais que ce serait crédible et suffisant. Car comment éprouver quoi que ce soit d'agréable dans cet acte violent où l'homme s'accapare mon corps sans me laisser le choix ?

Comme je ne dis rien, ni protestation, ni acceptation, il se précipite sur moi et attrape mon cou pour me plaquer sauvagement contre le mur. Je pousse un cri et resserre mes doigts sur son poignet pour tenter de me défaire de son emprise.

– Il n'y a vraiment rien de pire qu'une pute qui se plaint ! Contente-toi de ce que tu as ! rugit-il avant de lever la main.

Le coup m'envoie au sol. Je me recroqueville, paralysée, incapable de répliquer. Il fait demi-tour et claque la porte derrière lui. Je reste immobile, de peur qu'il revienne. J'attends un moment, le corps endolori, puis me relève, les billets toujours en main, et sors, terrorisée.

***

Si je dois supporter ce face-à-face, autant montrer le plus de fermeté possible et commencer par masquer le fait que je tremble comme une feuille. Je ne suis plus cette ado apeurée qui s'est prostituée. J'ai changé.

– Sookie n'existe pas, dis-je alors en soutenant son regard.

– *Plus*, corrige-t-il en posant ses mains sur sa taille pour me jauger de haut en bas.

Il se met à rire en secouant la tête. Le pire dans tout ça, c'est que j'ai l'impression qu'il vient de retrouver un ami qu'il n'a pas vu depuis des années, et non pas de tomber fortuitement sur une prostituée qu'il avait l'habitude de malmener par le passé. Je reste figée dans ma rage, l'estomac noué.

– C'est quand même une sacrée coïncidence ! J'ai enfin le poste et le chantier que je voulais, je n'ai même plus besoin de payer des filles perdues comme toi, je n'ai qu'à me baisser pour ramasser les étudiantes qui gravitent autour de moi. Comme la gentille Susan.

Son sourire cruel, je le connais bien malgré moi. Il doit se conduire autrement avec les étudiantes, c'est la seule consolation que je trouve. Même si je ne comprends pas ce que Susan peut bien voir en lui. Agatha le trouve objectivement séduisant, ça doit être ça ? Je ne nie pas son puissant pouvoir charismatique, c'est aussi grâce à ça que l'on gravit les échelons.

– Laisse Susan tranquille, dis-je en me redressant un peu.

– C'est elle qui vient à moi, réplique-t-il en haussant les épaules. Certaines femmes aiment qu'on les baise, d'autres, comme toi, sont tristes à mourir.

Bon sang ! La fureur me monte au nez. Pourtant, je suis incapable de rétorquer quoi que ce soit, de peur d'attirer l'attention et de révéler à l'ensemble du milieu mon passé. Pierre a l'avantage. Encore une fois. Il se met à faire quelques pas parmi les momies, mains dans les poches.

– Cette rencontre est peut-être providentielle, enchaîne-t-il sur un tout autre ton. Je n'obtiendrai rien de Susan, avec son obsession pour ces bijoux oubliés dans un coffre de votre maison de fouilles. Mais toi, Aly Wick, anciennement Sookie, tu me rendras bien ce service ?

Je ne me fais plus d'illusions sur la menace qui pèse à

présent sur mes épaules. Mais je ne comprends pas du tout ce qu'il attend de moi. Je pourrai juste esquisser une sortie en me moquant de ses intentions... Je pivote lentement et fais quelques pas.

– Tu veux un scandale ? lance-t-il d'une voix forte qui me fait tressaillir.

Je me glace sur place. Il me rejoint et se tient juste devant moi. Ses doigts agrippent mon épaule comme les serres d'un aigle. Je déglutis. Son contact est au-dessus de mes forces.

– Ne me force pas à colporter quelques chapitres pitoyables de ta vie.

Je tente de repousser sa main mais il la déporte sur mon cou d'une lourde caresse. Son visage à quelques centimètres du mien me terrifie un peu plus. Je me force à respirer calmement avant de reprendre.

– Que veux-tu de moi ?

– Je veux les bracelets.

Surprise, je ne peux m'empêcher de croiser son regard.

– Nous serons voisins de fouilles. Donc soit tu me ramènes les bracelets, soit je ruine ta carrière en exposant tous les détails de ton affligeante activité précédente.

J'écarquille les yeux. Les bracelets que Susan veut étudier ? Ceux qui sont conservés dans la maison de fouilles ? C'est un vol qu'il attend de moi ! Ou il nous traîne dans la boue, Joan et moi. Et je perdrai Jasper, définitivement. Je dois protester, c'est de la folie ! Mais je vois bien qu'il ne plaisante pas... Sa main remonte et son pouce lisse mes lèvres.

– Je ne suis pas contre une troisième possibilité, ajoute-t-il d'une voix plus basse. Tu peux aussi te donner à moi, avec un peu plus d'enthousiasme. En souvenir du temps passé.

Un haut-le-cœur me secoue à nouveau et mon bras repousse le sien. Il recule avec un large sourire conquis.

– Tu as le choix. Trois possibilités, c'est beaucoup !

Puis, avec un petit rire, il tourne les talons et rejoint les autres convives avec légèreté.

Je reste hagarde. Comment une telle chose est possible ?… Je fais quelques pas en espérant me réveiller de ce cauchemar. Je reviens dans la salle de réception. La soirée continue dans la plus grande normalité, alors que ma vie vient de basculer, à nouveau. J'avance et j'aperçois plus loin Joan et Jasper, rejoints par Pierre. Ils bavardent avec des sourires bienséants, tous les trois évoluant dans une dimension autre que la mienne. Une seule question envahit mon esprit et m'étouffe à présent.

Qui vais-je devoir trahir ?

III

QUI TRAHIR ?

12

Le tombeau piégé

Dix heures. Je relève la truelle de mon secteur et étire mes bras avant de me redresser. C'est la pause matinale sur le chantier. Le paysage égyptien est comme je l'espérais, sec, épuré, différent et magnifique. Nous travaillons sur un flanc de montagne aplani, dans la zone désertique. Alors que la rive est accueille la ville de Louxor, la rive ouest où nous sommes n'a que des champs, des petits villages, des sites touristiques désertés, des temples funéraires grandioses et des tombes à explorer. La maison de fouilles est encaissée entre les ruines, face aux cultures. C'est un endroit paisible et merveilleux, je dois le reconnaître. Avec ses toits-terrasses, sa grande cour surélevée, ouverte sur le paysage et ombragée grâce à trois gros figuiers, et ses murs épais en terre cuite recouverte d'enduit, elle offre un confort à la fois simple et poétique.

– Aly !

Cassie me fait signe. Je lui réponds d'un geste. Notre chantier de fouilles surplombe celui de Jasper, en contrebas. Si nous avons découvert des restes de structures qui devaient marquer des sépultures en surface, les fouilles anglaises ont repéré une tombe entière creusée dans la roche de la montagne. La nécropole des Nobles recèle encore bien des trésors, disait Joan hier.

– Tu es prête ? me demande mon amie en s'approchant.

Elle s'épanouit totalement ici. Cassie a toujours été sportive et aventurière. Les vingt minutes de marche qui séparent le chantier de la maison ne la font pas du tout peiner, alors qu'il fait trente degrés à l'ombre en cette mi-novembre. La première fois que je suis montée jusqu'ici, j'ai cru tourner de l'œil tant la chaleur, la sécheresse et la luminosité étaient intenses. Cassie, elle, se sent comme un poisson dans l'eau. Elle m'épate vraiment.

– Oui, j'arrive, réponds-je en posant mes outils.

Nous commençons le travail à sept heures du matin, du dimanche au jeudi. À dix heures, nous faisons une pause pour boire et manger un morceau, les ouvriers égyptiens en profitent pour siroter du thé très fort et très sucré, parfois parfumé à la cardamome, puis nous reprenons le travail jusqu'à ce que le soleil soit trop brutal pour continuer, vers quatorze heures. Nous rentrons alors à la maison de fouilles pour déjeuner, prendre une douche, faire une sieste, ou profiter des tables de la cour pour travailler sur notre thèse ou sur les données du chantier.

Retrouver une routine est plutôt confortable. Mais on vit constamment les uns sur les autres. Des amitiés se lient côté étudiants, mais les tensions s'amplifient côté directeurs. Et moi, j'évite Jasper avec l'impression de vivre sur un terrain miné. La présence de Pierre non loin d'ici et ses menaces m'ont convaincue de tout arrêter avec Jay. Il a bien tenté de me parler, mais je l'ai repoussé, prétextant que je n'avais pas le temps. Je suis Joan comme son ombre, me réfugie dans le travail, me répète chaque jour et chaque instant que je n'ai rien à faire avec Jasper et me tiens à cette résolution.

– C'est l'heure ! chantonne une autre de nos camarades en se joignant à nous.

À dix heures tapantes, notre petit groupe d'amies se rassemble au sommet d'une butte qui donne, juste en dessous, sur le chantier britannique. Car à dix heures, il y a spectacle. Je m'en passerais bien, mais je préfère masquer toutes mes angoisses en agissant comme les autres. Les filles s'assoient derrière des tas de sable pour ne pas être repérées, je reste debout un peu en retrait, mais toujours avec un point de vue.

– Le voilà ! chuchote l'une d'elles.

Les regards se dirigent tous vers le bas. Jasper s'éloigne de ses étudiants qui s'extraient de la tombe et les laisse s'éloigner. Tous les jours à dix heures, il attrape un seau d'eau, s'isole de son groupe, retire son tee-shirt et vide la moitié du seau sur lui. J'ai souvent l'impression que la scène se déroule au ralenti. L'eau ruisselle sur sa peau et déclenche les soupirs admiratifs de mes camarades. De mon côté, je suis toujours séduite, puis attristée. Que pourrait-il bien faire avec une fille comme moi ? Je ne peux pas coucher avec lui puis risquer qu'il découvre que j'ai fait le trottoir par le passé. Qu'est-ce qu'il penserait de moi ? Personne n'a envie de coucher avec une ancienne prostituée.

J'en viens même à d'autres pensées, au-delà de l'aventure sexuelle. Qu'ai-je à lui offrir de sérieux, avec mon histoire ? Ça le mettrait lui aussi au ban de la société. Nous n'avons aucun futur possible ensemble. Je peux encore le regarder de loin, mais plus ça va et plus ça devient difficile.

– J'aimerais être une petite goutte d'eau, soupire une camarade.

– Rho oui, confirme rêveusement une autre.

Jasper s'accroupit pour s'asperger le visage et se frotter les bras. J'imagine d'ici l'odeur suave de sa peau dorée par le soleil. Ses bras me manquent, ses baisers me manquent, tout me manque ! Il finit par vider le fond du seau sur ses cheveux avant de les ébouriffer.

– Oh non, c'est déjà terminé, geint la première.

Soudain, Jasper décide de regarder en hauteur, pile au niveau de notre cachette. Les filles sont tellement plus au taquet que moi derrière leur tas de sable qu'elles me laissent seule visible, étouffant un rire dans leurs mains. Cassie me fait signe de me baisser, mais je n'ai pas du tout anticipé cette situation-là. Je vois Jasper froncer les sourcils en m'apercevant, sourire et s'éloigner.

– C'est malin ! m'exclamé-je alors, dépitée. Je vais passer pour la voyeuse de service !

Les filles éclatent de rire devant ma contrariété. Cassie s'approche de moi, enlace mes épaules et m'entraîne avec elle, hilare. On rejoint Joan qui s'abrite sous un pan de toile qui offre un peu d'ombre à la photographe et aux dessinateurs du chantier. Elle est d'ailleurs en train d'examiner leurs travaux alors que l'ensemble de notre équipe descend pour rejoindre les tentes installées plus bas. C'est là que nous prenons habituellement notre collation et qu'aujourd'hui nous accueillons les Français.

Je ferais tout pour échapper à cette journée, mais Joan a besoin de moi. Elle a réussi à débloquer des fonds pour me payer en tant qu'assistante, puisque j'ai insisté auprès de Mani pour me mettre en congé sans solde au café, pour qu'il puisse embaucher une remplaçante. Il a accepté et a fini par s'enthousiasmer, content d'avoir un récit de ces fouilles à mon retour.

– Aly, Cassie, tout se passe bien sur votre secteur ? demande Joan en nous voyant arriver.

– Très bien, confirme Cassie.

– Aly, tu as eu le temps de faire les comptes prévisionnels pour la semaine prochaine ? J'aimerais donner l'enveloppe de livres égyptiennes au chef pour la cuisine.

– Oui, c'est bon, tout est prêt.

– Merci, me répond-elle avec un maigre sourire.

Elle semble énervée, ou fatiguée, et donc de mauvaise humeur. Mais qui ne le serait pas à sa place ? Joan doit interrompre le travail pour enchaîner les visites de chantier et perdre une demi-journée de fouilles. Elle remonte quelques mèches de cheveux qui s'échappent du chèche rouge qui recouvre sa tête – elle ne porte plus que ça et se rend ainsi très visible sur le chantier. À part cette distinction très marquée et colorée, tout le monde est vêtu à peu près de la même manière et dans des tons clairs : chaussures de sécurité, pantalon de toile, chemisier ou tee-shirt qui recouvre au moins les épaules, et chapeau de protection.

– Descendez, nous encourage-t-elle. Je vais mettre de l'ordre sur le chantier pour la visite.

– Laisse-moi faire, dis-je en sautant sur l'occasion. Il vaut mieux que tu sois en bas près des tentes pour accueillir la mission française avec Jasper.

La grimace de Joan était si attendue que j'ajoute l'argument imparable :

– Ça contentera le doyen de savoir que tu as pleinement participé.

Alors elle cède avec un soupir.

– Très bien.

Mon plan me semble parfait : je vais mettre de l'ordre sur le chantier pendant qu'ils prendront tous la collation, et lorsqu'ils remonteront, je descendrai manger un morceau. Et accessoirement, je manquerai la visite de Jasper, comme ça, je serai gagnante jusqu'au bout.

– Tu as besoin d'aide ? demande Cassie.

– Non, ça ira, ne t'en fais pas.

– Je viendrai te chercher pour la visite de la tombe tout à l'heure, me prévient-elle en levant un doigt autoritaire.

Zut ! Sans bonne raison pour refuser, j'acquiesce en me mettant au travail, alors qu'elles s'éloignent en discutant.

Enfin seule. Et loin de Pierre encore un moment. En étant constamment entourée, jusque dans les chambres que nous partageons, j'ai réalisé à quel point les moments de solitude me manquaient. Cela m'a aussi fait prendre conscience qu'entretenir un rôle en permanence est épuisant. Je dois sans cesse veiller à ne pas montrer que mon passé m'affecte, je dois effacer qui j'ai pu être. Au moins, à Boston, j'ai des moments à moi, pendant lesquels je peux cesser d'entretenir ce mensonge constant.

Avec Cassie, nous ne vivons pas l'une sur l'autre : il nous arrive de ne pas nous croiser plusieurs soirs d'affilée et j'ai toujours ma chambre pour passer du temps avec moi-même. Ici, nous dormons dans la même. Les douches, même en cabines, sont dans un espace commun. Nous mangeons ensemble, travaillons ensemble, sortons ensemble… Fatalement, tout le monde s'observe. J'essaie de ne pas être paranoïaque au point de me sentir surveillée, mais j'ai toujours peur que quelqu'un remarque que Jasper peut m'atteindre d'un regard. M'éloigner de lui me coûte, mais c'est devenu indispensable.

Au bout d'une petite heure durant laquelle je range les outils abandonnés, traîne un peu, profite du calme et observe les objets découverts, j'entends mes camarades remonter et décide de descendre pour manger quelque chose, en prenant un chemin différent afin de ne pas les croiser. Une fois en bas, j'attrape une bouteille d'eau fraîche et picore de la salade de concombres et de tomates, du pain égyptien et du fromage sec. Finalement, je remarque que j'angoisse plus vite seule qu'entourée. La situation devient vraiment paradoxale ! Avec mes camarades, un sujet de conversation détourne le fil de mes pensées, mais seule… Je n'ai plus qu'à ressasser la menace de Pierre.

Assise à table, au supplice, j'attends.

***

– Aly !

Je lève les yeux de mon assiette vide. Cassie m'appelle d'un peu plus haut. Je ne peux pas repousser ce moment plus longtemps. Avec l'impression de me rendre à l'échafaud, je la rejoins sur le chantier de Jasper où tout le monde s'est regroupé. Pierre discute avec l'une de ses élèves, en retrait, une écharpe de lin blanc autour du cou. En me voyant venir, il me fait un geste de la main avec un demi-sourire qui m'emplit d'effroi. Susan se tient plus loin et lui jette des regards restant sans réponse. Ils n'ont pas l'air de s'afficher au grand jour. J'ai bien pensé plusieurs fois à la prévenir, mais comment pourrait-elle me croire sans que je dévoile les circonstances de ma rencontre avec lui ? Est-ce que mon silence, alors que je *sais* que cet homme est nuisible, fait de moi une mauvaise amie ?

– Quelques rappels de sécurité, entame Jasper à l'entrée de la tombe. Il y a un puits à six mètres dans le couloir de l'entrée, on a disposé des planches dessus pour le traverser, mais ce n'est qu'un dispositif provisoire. Passez un par un pour ne pas risquer de tomber dans le piège, il doit bien faire trois mètres de profondeur, vous n'en ressortiriez pas vivants.

L'annonce fait frissonner tout le monde d'excitation. Seule Joan dodeline de la tête. Elle ne peut rien dire, mais je la soupçonne d'être jalouse de leur découverte.

– Certains passages sont étroits et la surface du sol n'est pas toujours égale, faites attention où vous posez les pieds. La tombe possède deux salles principales et des petites chapelles latérales, on se retrouve dans la première salle, ajoute-t-il en entrant.

J'attends que tout le monde entre pour rester en queue de cortège et ainsi éviter Pierre. Le plan me semble plutôt bon, là aussi. Le long couloir est en légère pente. Les échos des voix me parviennent dans une chaleur de plus en plus intense. Le passage du puits ralentit l'allure, mais semble enchanter tout le monde. Je m'engage prudemment dessus et me dis que l'anecdote plaira sans doute à Mani. La première salle est éclairée par quelques lampes disposées aux angles. Quatre gros piliers occupent une partie de l'espace. Le décor en relief peint est très abîmé. Jasper raconte qu'ils n'ont malheureusement pas retrouvé de mobilier important pour le moment, seulement des restes de poterie et des morceaux de bois qui devaient composer plusieurs meubles funéraires.

Alors que je me détends enfin, me tenant à l'écart à l'arrière du groupe, écoutant Jasper parler des découvertes, la voix de Pierre susurre quelques paroles à mon oreille, glaçant tout mon être.

– Comment une pute devient archéologue au juste ?

Je sens son souffle sur ma nuque. Mon cœur s'emballe. Je préfère ne pas répondre, avec un peu de chance, il n'insistera pas. En plus, je préférerais que Susan ne voie et n'interprète rien si jamais elle me surprenait en train de discuter seul à seul avec lui. Déjà son salut de tout à l'heure m'a embarrassée vis-à-vis d'elle, alors un tête-à-tête…

– Tu es vraiment un mystère pour moi, Sookie.

L'usage de ce pseudonyme m'alarme et je me décide enfin à lui faire face.

– Pardon, dit-il alors, ravi de constater que je réagis. Aly, c'est ça ?

– Laisse-moi tranquille.

– Allons, allons, je viens seulement m'enquérir des bracelets. Tu te doutes bien que j'ai autre chose à faire et j'apprécierais que tu ne me fasses pas attendre plus longtemps. Alors, tu as réfléchi ? Que vas-tu me céder ? Toi, ou les bracelets ?

Comme je refuse encore de me pencher sur la question, je cherche quoi répliquer pour repousser à nouveau ce dilemme impossible.

– Que comptes-tu faire de ces bracelets ? On s'apercevra bien qu'ils manquent.

– Ce n'est pas vraiment mon problème, ce n'est pas comme si c'était moi qui les sortais de la réserve, se moque-t-il. Mais ces bracelets ont de la valeur pour certains collectionneurs.

Il s'adonne bien au trafic d'antiquités, et de la manière la plus lâche possible. Il glisse subitement sa main dans la poche de mon pantalon, je tente de m'écarter, mais il attrape mon poignet avec force.

– Ne me pousse pas à bout. Tu sais que j'ai aussi une troisième option : ruiner ta carrière et celle de Bates par la même occasion. Ton temps est compté, préviens-moi quand tu auras pris une décision.

Pierre me relâche et s'éloigne. Écœurée par son contact et éprouvée par l'échange, je vérifie vite ma poche. Il a glissé son numéro de portable. Le mouvement devant moi attire mon attention. Je planque le petit papier au fond de ma poche et décide de ne plus rester à l'arrière du groupe pour éviter ce genre de confrontation. On traverse un second couloir avant d'arriver dans la chambre funéraire, elle aussi dans un piteux état. Je me fraie un passage pour me rapprocher de Jasper et de Joan.

– C'est là qu'on a découvert les tunnels de pilleurs qui expliqueraient bien le délabrement de la tombe, explique Jasper en montrant, à l'aide d'une lampe torche, des ouvertures noires dans les murs, si étroites qu'on est obligé de s'accroupir pour passer dedans. Voilà, vous êtes libres de faire un tour dans les deux salles. Jetez un œil sur les quelques formules du *Livre des morts* encore visibles sur le mur sud de l'entrée, je n'ai pas pris le temps d'en parler, elles sont plutôt classiques, mais bien conservées.

– Je vais de ce pas prendre des photos pour Agatha, me glisse Joan à l'oreille en retournant sur ses pas.

Les visiteurs se dispersent et observent plus en détail les murs encore décorés. Et moi qui misais sur Joan... Mais comme Pierre est aussi là-bas, je préfère rester ici. Je n'ai pas du tout envie de déambuler au milieu de tout le monde. La présence de Jasper à quelques pas de moi est bien trop rassurante pour que je m'amuse à quitter la pièce. Pourtant, je n'arrive pas à l'aborder directement. Pourquoi saborder tous mes efforts maintenant ? Je vais voguer dans son périmètre tout en le laissant discuter avec un archéologue.

Je m'approche de l'un des tunnels et m'agenouille devant pour vérifier si on en voit le fond. Les pilleurs ont vraiment dû trimer pour creuser jusque-là, leur galerie semble aller loin, mais je ne vois pas la lueur du jour transpercer.

Un rayon lumineux apparaît soudain et éclaire l'intérieur. J'ai un mouvement de recul. Jasper met un genou à terre près de moi, les cheveux en bataille. Son teint couleur bronze embellit encore davantage ses yeux clairs.

– Avec la lampe, c'est mieux, non ?

Ma gorge se noue d'émotion. Sa présence me rend un peu de force et me rassure. Pierre est un gouffre sombre qui aspire toute ma confiance et Jasper, lui, m'offre de la lumière.

– Regarde, dit-il en se penchant dans l'entrée du tunnel. J'ai pensé à toi en voyant ça.

Il passe sa main sur la paroi et retire la poussière. Une courte inscription gravée à la va-vite affleure sous ses doigts. À côté, une figurine debout, couronnée d'un disque et de deux cornes. Il lisse délicatement ses formes féminines, mises en valeur dans une robe fourreau.

– Elle a 3 000 ans, et depuis qu'on l'a découverte il y a trois jours, elle est sans fin.

Je ne peux m'empêcher de sourire. Son épaule près de la mienne, son odeur de soleil, le son de sa voix grave, tout chatouille mes sens. Il envoie valdinguer la moindre de mes résolutions avec une facilité déconcertante.

– Tu peux lire l'inscription ? me demande-t-il.

La petite dose de défi me plaît. Je m'approche, jusqu'à sentir son souffle près de ma joue, et décrypte la ligne.

– *« Hathor m'a mené ici. »*

– On peut faire de sacrées bêtises par amour, dit-il d'un air pensif.

Mon cœur exécute des bonds dignes des meilleurs acrobates. Je me sens presque fiévreuse maintenant. Parle-t-il à l'amante ou à l'étudiante ?

Hathor, déesse de l'amour, semble excuser le crime du pilleur. Je me demande si la déesse m'accordera la même indulgence si je dois m'emparer des bracelets. Je contemple le visage de Jasper près de moi. Suis-je capable de lui dérober les clés de la réserve et de le piéger, lui ? Jamais je ne pourrai faire une telle chose. Mais si je ne fais rien, est-ce qu'il voudra toujours m'approcher comme maintenant, en sachant que j'ai couché avec plusieurs hommes contre de l'argent ?

– Ça va ? me demande-t-il en se redressant.

Je hoche la tête, l'estomac noué. De son côté, il reprend ses distances.

– C'est Pierre ?

Sa question me glace. Il ne me laisse même pas le temps de balbutier.

– Je t'ai vue discuter avec lui tout à l'heure, dit-il à voix basse. Il semblait insistant.

Il évite mon regard sur le coup. Je déglutis. Il était évidemment le seul à nous faire face tout à l'heure et donc le seul à pouvoir voir ce qu'il se passait au fond de la première salle. J'hésite encore sur le ton de sa remarque. Me fait-il un reproche ? Ou est-il inquiet ?

– Euh… oui…

Je me creuse les méninges pour déterrer une bonne explication.

– Il voulait des renseignements sur notre chantier.

– Mmh.

Il ne semble absolument pas convaincu. Il pousse un soupir, plus préoccupé.

– Écoute, je sais qu'il tourne autour de Susan et ça ne me plaît pas vraiment. Il a plus ou moins la réputation de s'intéresser de trop près aux étudiantes et je n'ai pas très envie que tu sois la suivante.

Sa déclaration est plus inattendue encore. Il y a certes de l'inquiétude, mais aussi de la jalousie. Et il ne s'en cache pas vraiment. Même si nous sommes loin des regards, accroupis près d'un tunnel, tous les deux dans un coin. Je fronce les sourcils en me rendant compte de quelque chose.

– Mais toi, professeur, tu as bien couché avec moi, étudiante. Deux fois.

Ses joues se voilent d'embarras et il acquiesce en baissant le regard.

– C'est vrai, oui. J'espère que mon comportement n'est pas le même que celui de Pierre.

Son front se plisse sur la fin de sa réponse, la crainte semble s'emparer de lui.

– Est-ce que c'est pour ça que tu m'évites ? Est-ce que tu me considères comme lui ?

– Non ! Je sais que tu n'es pas comme lui.

– Alors pourquoi tu me repousses ?

Sa question, clairement posée, me laisse désarmée. Je n'ai pas envie de lui mentir, mais je ne peux que lui mentir si je formule une réponse.

– Tu me veux, tu t'éloignes… Qu'attends-tu de moi au juste ? relance-t-il.

Cette tombe est décidément parsemée de pièges. Après le puits et son risque de chute, après Pierre et ses menaces qui se précisent, voilà que Jasper veut parler sérieusement de ce que nous faisons sans que je puisse apporter de réponse sincère.

– Tout va bien ?

La voix salvatrice de Joan se fait entendre au-dessus de nous. Je me relève avec précipitation, contrairement à Jasper. Le regard de ma mentor va de lui à moi avec interrogation. Il faut dire qu'aucune effusion n'a jailli de notre discussion, le calme attire bien plus la méfiance naturelle de Joan que la tension.

– Oui, je lui montrais l'un des tunnels de pilleurs, réplique Jasper avec aplomb.

Il continue avant même qu'elle ne puisse répondre.

– Je vais à l'aéroport chercher Will, annonce-t-il sur un ton plus sévère. J'aimerais donc que tu gardes pour toi tes reproches habituels pendant quelques jours. Il a le courage de revenir, il prend beaucoup sur lui, je ne veux pas que tu évoques le drame, à aucun moment.

L'avertissement froid et sans concession de Jasper nous laisse, Joan et moi, muettes. Je ne m'attendais pas à une telle saturation de la part de Jasper et Joan ne pensait probablement pas qu'il pouvait finir par lui dire les choses d'une manière aussi limpide, alors qu'il a si souvent fui la confrontation à ce sujet. Sans rien ajouter, il s'éloigne en direction de la sortie. Je prends le bras de Joan qui est restée figée dans la colère et l'incrédulité.

– Je n'en ai jamais voulu à Will d'avoir survécu, s'agace-t-elle. Évidemment, j'aimerais qu'il me parle de ce qu'il s'est passé, mais il a toujours refusé de s'exprimer sur ça, je ne vais pas l'agresser pour autant.

– Je sais, la rassuré-je. Tu me montres les passages du *Livre des morts* ?

Joan finit par esquisser un maigre sourire, elle se détend un peu. Elle sait qu'elle peut compter sur moi et je suis persuadée qu'elle n'est pas cruelle au point de s'en prendre au frère de Nathan.

13

La rupture

En début d'après-midi, Will franchit l'entrée de la maison, appuyé sur sa canne, et pénètre dans la cour, le pas peu assuré. Ses camarades de Londres lui ont préparé un petit pot de bienvenue avec du karkadé glacé, de la bière fraîche et de quoi grignoter. Jasper reste à ses côtés avec bienveillance. Nathan, lui aussi près de Will, se réjouit de la décision de son frère. Ma voisine à moi, Cassie, trépigne. Depuis Londres, Will apparaît souvent dans nos discussions. Il lui a fait un de ces effets ! Elle ne s'en est pas remise. Ils ont même eu plusieurs échanges virtuels, si j'ai bien tout suivi.

– J'ai hâte de le revoir, me confie-t-elle alors qu'on s'approche lentement, le temps que ses camarades se dispersent.

– C'est sérieux, alors ?

Mon amie commence par hausser les épaules en se mordillant la lèvre avec nervosité.

– J'en sais rien, grimace-t-elle. On a seulement échangé sur Skype ces dernières semaines, alors que tu me connais, j'aime bien avoir quelqu'un en chair et en os à câliner. Mais ça ne m'a même pas gênée plus que ça. Enfin si, évidemment, mais de savoir qu'on allait se parler par webcams interposées, ça m'a suffi.

Elle a l'air de se rendre compte de ce fait étonnant seulement maintenant.

– Avec lui, c'est…

Elle se met même à chercher ses mots.

– Différent ? terminé-je sa phrase en hochant la tête.

– C'est ça, oui, confirme Cassie, embarrassée. C'est bête, hein ?

Je veux la rassurer et lui confirmer que non, ce n'est pas bête, loin de là. J'ai toujours considéré Jay comme quelqu'un de différent sans en comprendre véritablement les raisons. Mais comme c'est la première fois que je vois Cassie aussi perturbée et que je sais que cette conversation commence à la gêner, je décide de la taquiner pour la mettre plus à l'aise.

– Un peu, oui.

Je la vois sourire alors qu'elle me donne un coup d'épaule.

– J'espère qu'on aura du temps seuls, se contente-t-elle de dire.

Je ne doute pas que ses amis vont entourer Will pour qu'il se sente protégé tout au long de son séjour, Nathan le premier. Mais voit-il que son frère a la mâchoire crispée ? Il semble content d'avoir franchi ce pas, mais jette des coups d'œil un peu partout, comme s'il était à l'affût. On s'avance jusqu'à eux et je suis témoin d'un échange des plus mignons et bizarres entre Will et Cassie, qui restent silencieux et droits comme des piquets.

– T'en as mis du temps, finit par dire Cassie avant de sourire de toutes ses dents.

– J'avance moins vite que les autres, ironise-t-il en lui rendant son sourire.

Ils fonctionnent curieusement tous les deux, mais je comprends ce qu'il aime chez elle : elle ne le réduit pas à sa blessure, ils savent en plaisanter ensemble.

– T'as vu Susan ? m'interroge Nathan.

– Non, dis-je en regardant autour de moi.

Elle ne fait pas partie des camarades de Londres qui accueillent Will. Est-ce qu'elle est partie rejoindre Pierre ? Très probablement. Elle se réjouissait de ces fouilles pour le voir plus souvent. Mais je n'arrive toujours pas à comprendre ce coup de cœur-là. Que lui a-t-il promis ? Qu'a-t-il bien pu lui dire pour l'embobiner ?

– Je pense savoir où elle est, je reviens.

– Je viens avec toi, déclare Nathan en m'emboîtant le pas.

Rien ne pourrait plus me rassurer que de le savoir à mes côtés, mais je préférerais observer d'abord de loin et prendre Susan à part pour ne pas voir Pierre. Nathan ne pourrait pas comprendre que je n'ai pas forcément envie d'approcher cet homme même si ce n'est que pour prévenir Susan de l'arrivée de Will.

– Tu ne veux pas rester avec ton frère ?

– Je le laisse entre de bonnes mains, assure-t-il.

Les joues de Will sont rosées tandis que Cassie lui raconte avec emphase le début des fouilles. Je me demande même s'il n'est pas venu surtout pour elle…

On se met donc en route tous les deux.

– On va où alors ?

– Vers la mission française.

Je l'entends pester en pressant le pas alors que nous nous engageons sur la route. Les Français sont installés à un petit kilomètre, dans un hôtel au cœur d'un village.

– J'y pensais, mais je ne voulais pas le croire. Qu'est-ce qu'elle peut bien lui trouver ?

Je hausse les épaules. Je suis bien la dernière personne qui peut comprendre.

– C'est parce qu'il est directeur ? ronchonne-t-il. Parce qu'il a 40 ans ?

Un peu déroutée, je cherche quoi dire et je ne pense qu'à la phrase d'Emaline, le matin de ma première nuit avec Jasper, quand je lui demandais pourquoi lui. Sa réflexion était sensée sur le coup, mais j'ai l'impression qu'elle ne s'applique pas ici, sans savoir exactement pour quelles raisons. Je pense juste que ça pourrait apaiser Nathan.

– Il suffit parfois d'un rien.

Mon compagnon de marche se rembrunit et fourre ses mains dans ses poches.

– Qu'est-ce qui te plaît chez Susan ? demandé-je pour lui changer les idées.

Il soupire, mais ne nie rien. Il ne s'en est jamais vraiment caché. Sauf devant Susan.

– Elle est passionnée, sérieuse, lumineuse…

Il grogne plus qu'autre chose, désemparé par le cours des événements.

– Pourquoi tu ne lui dis rien ?

– Je ne fais pas le poids à côté de Pierre Lamigre ! En plus, elle ne m'a jamais regardé autrement que comme un ami.

Moi, je crois plutôt que Nathan serait la solution pour la sortir des griffes de Pierre. Je ne peux rien faire directement, mais lui ? Je l'arrête au bord de la route, près des ruines d'un temple.

– Nathan, cet homme est infect, c'est lui qui ne fait pas le poids à côté de toi, dis-je avec conviction.

Mon ami m'observe, les yeux ronds. Personne n'a dû lui dire encore qu'il pouvait très bien rivaliser avec n'importe quel homme. Ou peut-être son frère s'ils ont parlé de Susan entre eux. Mais j'en doute presque. Il semble vraiment surpris.

– Tu crois ?

– J'en suis certaine. Tu devrais lui faire comprendre qu'elle t'intéresse. Pierre sabotera lui-même cette histoire, ajouté-je à voix basse.

Je le vois serrer les poings. Nous faisons un pas pour reprendre la route, le village voisin apparaissant à l'horizon, quand des échos de voix se font entendre dans les ruines. On se fige au même moment. On dirait deux personnes qui s'engueulent. Je déglutis. Je reconnais l'accent français de Pierre, surtout lorsqu'il se met en colère. Alors je m'approche du haut mur qui nous barre la vue et décide de le contourner jusqu'à trouver un passage. Nathan me suit en silence, je pense qu'il a reconnu la voix de Susan, lui. On passe par-dessus de gros morceaux de colonnes abattues en s'accrochant à des trous dans le mur, puis on parvient à une ouverture qui éventre le temple. On s'accroupit derrière le reste de la paroi pour jeter un œil à l'intérieur.

Délabré, l'édifice conserve pourtant des reliefs et des couleurs éclatantes ici et là. Le sol est dégagé, mais par endroits, des tas de sable se forment au gré du vent. Les murs de la petite pièce centrale, qui devait abriter la divinité, ont été rognés par le temps et les hommes, il n'en reste plus qu'un mètre de hauteur. C'est là que nous apercevons les silhouettes de Susan et de Pierre. Elle, les bras croisés, le visage rougi de colère et de tristesse, lui, mains sur la taille, impatient. Nathan se redresse pour intervenir, mais je le retiens d'un geste. Il vaut mieux savoir ce qu'il en est avant de faire quoi que ce soit. Et je n'ai pas tellement envie de faire face à mon tortionnaire avec deux amis pour témoins.

– Je t'ai vu avec elle, tu ne vas pas nier ! s'exclame Susan.

– Je ne t'ai jamais rien promis ! s'énerve-t-il.

– Avec combien d'autres étudiantes tu couches au juste ?

Sur le coup, il se contente d'un mince sourire. Je prie le sort pour qu'il ne parle pas de moi. Je n'ai jamais été consentante entre ses bras, mais il pourrait très bien détourner l'histoire dans son sens.

– Je ne suis pas sûr que ça te regarde, à vrai dire, réplique-t-il froidement. Tu as eu ce que tu voulais et j'ai eu ce que je voulais, on peut passer à autre chose maintenant !

– Tu ne m'as approchée que pour coucher avec moi ! fulmine-t-elle.

– Oui ! Et franchement, j'ai fait le tour ! Si tu pouvais m'épargner cette scène, tu te rendrais service, lui assène-t-il.

Susan reste muette. Je sens tout mon corps se tendre. J'ai peur, alors que je suis à l'abri, mais cet homme me terrorise même de loin.

– Qu'est-ce que tu veux dire au juste ? hésite-t-elle.

– Je suis sûr que mes collègues seraient ravis de savoir

que tu es une gentille fille qui n'hésite pas à se déshabiller pour quelques avantages. Tu sais ce qu'on pense des filles comme toi, qui couchent avec des chercheurs reconnus dans le milieu ?

Il s'approche d'elle alors qu'elle s'est immobilisée.

– Qu'elles n'ont rien d'autre à offrir que leur cul pour réussir.

Susan écarquille les yeux.

– Réfléchis bien aux conséquences avant de l'ouvrir, achève-t-il en faisant demi-tour.

Pierre s'éloigne dans le temple, la laissant seule. Ma respiration s'est emballée, mais ce n'est rien comparé à celle de Nathan. Non seulement Pierre brise le cœur de Susan, mais en plus il la met face à une menace qu'elle, en tant qu'étudiante, peut difficilement contrer.

– Le salopard, tempête mon voisin en se redressant pour enjamber le mur et rejoindre Susan.

Elle a plongé son visage dans ses mains tremblantes et ne voit pas tout de suite que nous sommes là lorsque nous arrivons devant elle.

– Susan, ça va ? s'inquiète Nathan.

Elle efface ses larmes d'un revers de main, encore choquée.

– Oui, oui.

Nathan fouille les poches de son pantalon pour en sortir un paquet de mouchoirs et lui en proposer un. Susan bredouille un « merci ».

– Ce mec est la pire des enflures ! se scandalise Nathan. Tu avais raison, Aly !

Susan me regarde en reniflant.

– Tu le savais ? me demande-t-elle sans aucune suspicion apparente.

Mon cœur bondit douloureusement dans ma poitrine.

– J'ai entendu des choses, dis-je avec maladresse.

– Évidemment, on les entend moins que des ragots sur les étudiantes, s'agace-t-elle.

C'est ce qui me pend au nez à moi aussi. Et ce genre de bruits a vite fait de cataloguer une femme pour le restant de sa carrière dans un milieu mené par les hommes. Susan n'a plus qu'à oublier Pierre et à ne pas s'aviser de dire quoi que ce soit.

– Tu vaux mille fois mieux que cet abruti, continue Nathan en frottant le dos de Susan.

J'acquiesce, soulagée quelque part qu'elle ne soit plus sous son emprise, mais soucieuse à l'idée qu'une autre se jette dans le piège.

– Cet homme n'est pas correct, c'est mieux ainsi, dis-je pour la rassurer.

– Vous avez raison, répond-elle sans pouvoir contenir ses larmes.

– Rentrons, nous encourage Nathan.

Avant même de bouger, nous entendons des pas qui dérapent sur la surface de la pierre, près de nous, mais sans que nous puissions voir une silhouette. On reste immobiles avec la peur que Pierre soit encore dans les parages, mais plus aucun bruit ne nous parvient. Au bout d'une longue minute, Nathan prend le bras de Susan.

– C'est sûrement le fantôme de Matthew, pas de quoi s'alarmer, s'amuse-t-il pour détendre l'atmosphère.

Susan sourit enfin en levant les yeux au ciel.

– Le fantôme de Matthew ? relancé-je alors que nous nous mettons en route.

– Oui, c'est une légende locale qui circule parmi les étudiants de Londres, explique Nathan. Matthew Spear, l'archéologue qui a disparu pendant la prise d'otages, hanterait les ruines et les chantiers autour de la maison de fouilles.

Susan secoue la tête, essuie ses yeux humides et se détend.

– Je vous déconseille d'évoquer ça devant Jasper.

– Pourquoi ? interrogé-je, curieuse.

Je me souviens que Joan a parlé de cet archéologue à Londres, mais je n'en sais pas vraiment plus sur lui.

– Matthew et Jasper étaient collègues, mais Matthew était… Elle cherche ses mots.

– Lunatique ? propose Nathan.

– Oui, c'est tout à fait ça, approuve Susan. Il était instable. Je ne sais même pas comment il a atterri à l'université.

– On dit que le doyen a rendu un service au British Museum en l'embauchant, déclare Nathan en tendant la main pour nous aider, Susan et moi, à passer par-dessus le mur extérieur. C'est assez courant que les instituts se rendent service entre eux, officieusement. On échange un employé dont on ne sait pas quoi faire, contre des accords ou des accès privilégiés.

– On dit aussi que le doyen l'a mis dans les pattes de Jasper pour que Jasper garde un œil sur lui, ajoute Susan. Il n'a pas vraiment eu le choix.

– Ce serait cet esprit tortueux qui voguerait dans le coin, pour se venger de Jasper, fait Nathan avec emphase.

– Tout à l'heure, tu as dit qu'il avait disparu ? demandé-je en espérant enfin quelques éclaircissements sur cet événement.

– On n'a jamais retrouvé son corps, répond Nathan. Il a été exécuté un peu plus loin, ils ont dû se débarrasser du corps et abandonner les autres au Gebel Aram.

Mon ventre se noue à l'idée des corps abandonnés. Les cercueils sont revenus scellés par égard pour les familles. Des êtres humains criblés de balles et restés au soleil un ou deux jours n'offrent pas un spectacle tolérable.

– Le Gebel Aram ? dis-je pour détourner mon esprit de ces images.

– La montagne où tout s'est passé, indique Susan. C'est à plusieurs kilomètres d'ici, dans le désert.

– Ça n'a pas dû être facile pour la famille de Matthew.

– Si seulement il en avait une, grimace Susan.

– Il n'avait pas une cousine éloignée ? se remémore Nathan. Je crois qu'elle était là pour la cérémonie à l'université.

– Elle était là parce qu'elle était la parente la plus proche qui a hérité de ses affaires. Mais ça faisait des années qu'elle ne l'avait pas vu. Matthew vivait seul à Londres, il n'était pas du genre à socialiser. Du coup, il travaillait et faisait les choses en solitaire, si bien que le doyen a fini par le confier à Jasper pour qu'il le guide. J'ai cru comprendre que c'était surtout pour le surveiller et éviter qu'il ne fasse des bêtises comme cette fois où il a débarqué complètement ivre à une cérémonie de remise de diplômes.

– Oui ! s'exclame Nathan. Je me souviens de ça ! Il était porté sur la bouteille en plus du reste. Un vrai boulet.

Mes deux camarades n'ont pas très envie de lui passer la moindre chose.

– Pourtant, Jasper a tout fait pour l'aider, tempère Susan. À mon avis, il a dû penser que cette sortie au Gebel Aram allait le responsabiliser. Les mauvaises langues, elles, disent que Jasper a profité de la cohue de la prise d'otages pour l'abandonner et s'en débarrasser. Mais c'est ridicule.

Je fronce les sourcils. Ça me semble tellement à l'opposé de ce qu'il pourrait faire que je n'arrive pas à le croire, moi non plus. On marche en silence, puis la maison de fouilles apparaît et je suis aussitôt soulagée de revenir entre ces murs.

14

Une rencontre salvatrice

Vers dix-huit heures, tout le monde se rassemble dans la cour sous un soleil déclinant. On a décidé d'avancer le dîner pour ensuite entraîner Will sur l'un de ces bateaux illuminés qui sillonnent le Nil dans la soirée. Je m'aperçois seulement maintenant que je n'ai pas vu Joan de l'après-midi. Elle a vraiment pris l'avertissement de Jasper au sérieux et je m'en veux un peu de ne pas lui avoir tenu compagnie. Je m'approche de Cassie avec qui j'ai pu discuter de Susan et Pierre afin de ne pas l'exclure du sujet. Si je peux prévenir un maximum de filles de se tenir éloignées de lui, ce ne sera pas peine perdue non plus.

– Tu as vu Joan ?

– Je l'ai aperçue en début d'après-midi, elle se dirigeait vers le chantier, il me semble.

– On va la chercher ? Elle ne doit pas savoir qu'on a avancé l'heure du dîner.

Cassie accepte et nous nous éloignons. Après l'épisode avec Susan, j'ai l'impression d'être une bergère et de rassembler les brebis égarées. Nous traversons la route pour nous engager dans la partie désertique, direction le chantier.

– C'est fou cette histoire entre Susan et Pierre.

Cassie n'en revient toujours pas. Notre amie anglaise s'est faite discrète depuis que nous sommes revenus des ruines. Nathan est aux petits soins avec elle sans pouvoir s'empêcher de ruminer ce qu'il s'est passé.

– Le côté positif, c'est que Nathan peut enfin se confier à elle, dis-je alors.

– Il ne faudrait pas qu'il devienne son « garçon sparadrap », espère Cassie.

– Je ne suis pas sûre que ce soit le genre de Susan.

– C'est une sorte de relation nécessaire, bien indépendamment de la personne, tu sais.

Je hausse les épaules. J'espère juste à l'instant que Jay n'est pas une sorte d'« homme sparadrap », seulement là pour colmater toutes mes blessures et ensuite disparaître.

– Et Will ? reprends-je.

Je n'ai pas de réponse immédiate, Cassie semble hésitante.

– Il n'est pas tranquille, tu vois. Et moi, je n'arrive pas à imaginer ce qu'il a pu vivre il y a quatre ans.

Je lui offre un sourire compatissant.

– Je crois que ce qu'il aime chez toi, c'est ta capacité à relativiser, tu sais.

Ma phrase la rassure visiblement alors que je me demande de mon côté ce que Jasper a bien pu vivre, lui. Il ne semble pas autant affecté que Will. Est-il traumatisé ? Cache-t-il ce qu'il a réellement enduré ?

– Et toi ? reprend Cassie.

– Quoi, moi ?

– Tu n'as personne en vue ?

Le ton est parfaitement soupçonneux.

– Non, réfuté-je aussitôt.

À ma grande surprise, mon amie se contente de marmonner un « mmh ». Je presse le pas pour échapper à ce silence de plomb. Après avoir grimpé la pente, on arrive sur le chantier, plutôt étonnées de ne pas apercevoir Joan immédiatement. Je décide de l'appeler en l'imaginant bien émerger d'une fosse en cours de fouilles.

– Joan ?

Cassie attrape mon bras.

– Aly, là, regarde !

Je suis son doigt : elle désigne une paire de jambes allongées sur le sol, près de la table des dessinateurs, sous le pan de toile.

– Joan !

On se précipite sur le corps inconscient. Joan est d'une pâleur inhabituelle. Je le savais bien qu'elle se sentait mal ces derniers temps, mais elle n'a jamais voulu le reconnaître ! Je m'agenouille près d'elle pour tapoter sa joue.

– Joan, tu m'entends ? Joan !

Elle semble vraiment K.-O., ses paupières restent closes. Je pose mon index et mon majeur sur sa carotide avec une frayeur qui dépasse l'entendement. Son cœur bat encore, mais lentement, son souffle est ralenti.

– Je vais chercher de l'aide, décide Cassie en bondissant sur ses pieds pour détaler.

Je cherche des yeux une bouteille d'eau pour asperger son visage, mais je n'en vois pas près de moi et j'ai bien trop peur de la quitter pour inspecter le chantier. Je prends sa main et la serre dans la mienne, paniquée. Elle ne peut pas me faire ça ! Je ne la laisserai pas nous abandonner de cette manière !

– Je t'en prie, reviens, je te dois tant…

***

Cinq années auparavant

Je marche depuis de longues minutes au cœur de la nuit, mécaniquement, sans me retourner. Je veux mettre le plus de distance possible entre moi et cet hôtel dans lequel mon client vient de m'agresser. Je sens encore sa main autour de ma gorge et ma pommette est plus douloureuse que jamais. Chaque bruit derrière moi me pousse à accélérer. Mes doigts sont crispés sur les quelques dollars que j'ai gagnés. Seulement quarante. Ils vont tomber dans une cagnotte qui en compte quelques centaines, je suis encore si loin du but. Le désespoir s'empare de moi et j'écrase mes larmes, les yeux brouillés.

Je ne vois pas la silhouette apparaître devant moi, au détour d'une rue. Je lui fonce dessus violemment sans avoir pu ralentir mon allure. Nos deux corps se percutent, le choc envoyant mes billets et mon sac à terre. J'ai l'impression de revenir brusquement à moi et de remarquer combien ma respiration est saccadée. La personne face à moi est tout autant surprise, elle me dévisage d'abord avec suspicion, comme si elle hésitait sur mes intentions, puis avec inquiétude. Lorsque son nom surgit dans ma tête, je suis terrifiée. Le regard des autres est une chose que je n'arrive pas à affronter. Je me baisse pour ramasser mes affaires, tout en espérant qu'elle ne me reconnaisse pas à son tour.

– Je suis désolée, bredouillé-je.

Elle se baisse, elle aussi, pour m'aider à récolter les billets qui s'éparpillent.

– Non, c'est moi, dit-elle en se redressant et en me tendant les dollars.

Je les attrape d'un geste sec. Maquillée et vêtue comme je le suis, d'une minijupe et d'une veste qui masque à peine un top échancré, je me dis qu'il n'y a aucune chance que cette femme, toujours aussi impressionnante à mes yeux, puisse me reconnaître. Elle ne m'a vue qu'une seule fois dans sa vie.

– Tout va bien ? s'enquiert-elle.

Je hoche la tête en regardant le trottoir. Je n'ai plus qu'à la contourner et à continuer ma route. Mais elle pose sa main sur mon bras avec préoccupation. Je la repousse aussitôt. Je n'ai rien contre elle, au contraire, mais je ne veux pas qu'on me touche, mon corps s'y refuse. Je suis encore à vif. La femme recule d'un pas.

– On se connaît, je t'ai déjà vue, dit-elle alors.

J'ai du mal à comprendre ce qui me fait précisément fondre en larmes à l'instant. C'est un mélange de peur, de soulagement et d'humiliation.

– Joan, Joan Bates, continue-t-elle d'une voix posée et douce, tout en avançant à nouveau vers moi. Ma sœur est Emaline Shore, elle m'a fait venir au centre de rééducation pour parler de mon métier, tu t'en souviens ?

Si je m'en souviens ? Comment aurais-je pu oublier ! J'étais inconsolable et perdue dans ce centre. Blessée au plus profond de moi, incapable de guérir, je n'arrivais pas à oublier l'accident qui m'avait réduite à un fauteuil et arraché ma famille. Mes parents et ma sœur se sont envolés en quelques secondes. J'avais 15 ans et je me sentais seule au monde. Et puis un jour, Emaline, ma psychiatre, a rassemblé les quelques adolescents qui erraient dans le centre pour présenter sa sœur, archéologue à l'université. Joan est apparue dans ma vie. Elle nous a parlé de son métier et de sa passion, de l'Égypte et de ses mystères, du passé qui hantait nos pas aujourd'hui. Pour la première fois depuis des mois, je levais la tête de ma propre misère. Le futur m'a toujours paru insensé, cette quête du passé qui surgissait dans ma vie m'a semblé salvatrice.

En tentant d'endiguer mes larmes, j'acquiesce.

– Je me souviens de toi, tu posais les bonnes questions, tu sais, dit-elle en jetant un œil autour de nous. Il y a un café là, viens, je t'invite.

Personne ne m'attend au foyer pour jeunes. Et puisqu'elle a réussi à me tirer une première fois de mon apathie, je me dis que je ne perds rien à espérer un peu de réconfort maintenant. Alors je la suis jusqu'au café. On s'assoit près d'une fenêtre. Je n'ose pas retirer ma veste, je suis loin d'être à l'aise pour le moment. Joan ne m'a toujours pas questionnée sur mes contusions, mais je me prépare déjà à répondre. Je pourrais prétexter une agression à la sortie d'une boîte. Ça ne justifierait pas les quarante dollars qui sont comprimés dans ma main, mais mes blessures apparentes et ma tenue seraient expliquées.

– Bonsoir, je vous sers quoi ?

La voix du serveur me fait lever les yeux. Le badge indique « Mani ». Il nous observe sans aucun commentaire, comme si la situation était on ne peut plus normale, alors que j'ai tellement l'impression d'être souillée, des pieds à la tête.

– Que veux-tu, Alaska ?

Joan s'est souvenue de mon prénom. Je jette un œil craintif sur le serveur, mais il ne laisse absolument rien paraître.

– Un cappuccino, dis-je à voix basse.

– Et moi, un café, complète Joan.

Mani s'éloigne. Nous restons silencieuses, face à face. Je me décide finalement à ranger les billets dans mon sac et à retirer ma veste.

– J'aime bien cet endroit, il est proche de l'université, déclare Joan.

Je ne sais pas si je suis contente qu'elle ne me pose pas de questions ou si, au contraire, j'ai envie qu'elle s'inquiète davantage de mon état. Mani revient et dépose les deux boissons en nous souhaitant une bonne dégustation sur un ton curieusement monocorde.

– Je ne pensais pas que le coin pouvait être dangereux par contre, poursuit-elle en me scrutant. Que t'est-il arrivé ?

Après avoir bien répété une réponse type dans ma tête, je reste finalement sans voix.

– Je ne te pousserai pas à porter plainte ou à aller voir un médecin si tu n'en as pas envie, dit-elle pour me rassurer. Mais si tu veux en parler, je t'écoute.

Je n'ai plus parlé à Emaline depuis longtemps, je manque désespérément d'une personne de confiance dans mon entourage, et je n'ai pas envie de mentir à Joan Bates.

– Je…

Mon courage tente de s'échapper, alors je le retiens de toutes mes forces.

– Je me vends pour quelques dollars. Je veux m'inscrire à l'université, pour suivre vos cours, mais je n'ai plus de famille pour m'aider.

Je m'arrête là, angoissée. Je guette une réponse qui tarde. Joan a ouvert de grands yeux et s'est laissée tomber contre le dossier de sa chaise. Elle ne devait pas s'attendre à ça. Je repasse ma déclaration dans ma tête en regrettant immédiatement. Si ça se trouve, elle croit que je l'accuse de m'avoir conduite sur cette voie... Il faut que je la détrompe. C'est bien ma faute, ça a toujours été ma faute. J'ouvre la bouche pour la rassurer, mais elle me coupe.

– Je ne sais pas quoi dire, je suis atterrée.

L'indignation transparaît dans son ton. Elle soupire et attrape son portable.

– Que les étudiants en arrivent là pour payer l'université... marmonne-t-elle en composant un numéro avec précipitation.

Je la regarde faire, incertaine.

– Bonsoir, Norman ! s'exclame-t-elle avec un sourire crispé, comme si elle se tenait devant son interlocuteur. Je dois vous parler des demandes de bourses que j'ai déposées dans votre boîte aujourd'hui... Oui, je sais qu'il est vingt-trois heures... Je peux en revenir aux bourses ?... Non, ça ne peut pas attendre demain puisque la date limite est aujourd'hui et qu'il me reste encore une heure. Je rajoute une candidate, il n'y a pas douze demandes, mais treize. Je vous envoie le formulaire tout à l'heure... Je sais qu'il n'y a que dix bourses à la base, mais on n'est plus à trois près, Norman... Oui, l'archéologie est un secteur en péril et pourtant vous avez toujours autant d'étudiants qui s'inscrivent ! Et même des fortunés ! Les plus riches paient pour que nous donnions des bourses à ceux qui manquent de moyens... Je sais, mes idées socialistes vous choquent... Je ne veux pas vous couper, mais je dois remplir le formulaire. À demain et bonne fin de soirée !

Elle raccroche avec énergie alors que je demeure incrédule face à son comportement.

– Le doyen de l'université, explique-t-elle en tapotant son portable. Il finit toujours par abandonner, cet homme n'a aucune patience.

– … Une bourse ? finis-je par dire, encore perplexe. J'ai déjà essayé, mais je ne passais pas les tests, j'ai une année de lycée de retard à cause de mon accident.

– C'est parce que tu n'avais pas d'appui, mais je vais m'occuper de ton dossier, assure-t-elle.

Encore hébétée par ce retournement de situation et cette confiance tombée de nulle part, je n'ose pas protester. Et comme si elle lisait dans mes pensées, Joan reprend :

– Je me souviens très bien de notre rencontre au centre. Tu es intéressée, curieuse et appliquée. Si je ne croyais pas en toi, je ne forcerais pas la main du doyen.

Sa remarque m'emplit d'assurance, et pourtant, je ne doute absolument pas qu'elle m'aurait offert une autre solution si elle me jugeait incapable de suivre des études.

– Où vis-tu en ce moment ? enchaîne-t-elle.

J'ai l'impression que personne ne pourrait l'arrêter maintenant qu'elle est lancée.

– J'ai un lit dans un foyer pour jeunes.

Elle acquiesce tout en vidant sa tasse.

– J'ai une chambre de libre chez moi. Si ça te dit, on passe au foyer, tu prends tes affaires et je t'héberge en attendant que tu trouves quelque chose.

Je finis par accepter, encore médusée par ma chance. On ne repousse pas une telle fortune quand elle se présente ainsi ! J'entame mon cappuccino qui tiédit lentement et observe Joan s'occuper du formulaire. Elle semble plus résolue encore, focalisée sur sa mission, quand un sourire tendre se dessine sur ses lèvres à la notification d'un message.

– David, dit-elle en secouant la tête et en lui répondant. Mon neveu. Un passionné lui aussi. Il vient d'apprendre qu'il y aura un grand congrès d'égyptologie à Louxor l'année prochaine et insiste pour y aller…

Je l'écoute me parler de ce qui l'occupe dans la vie à cet instant et mon cœur se réchauffe. Je me surprends à sourire, alors que je pensais que cette expression m'avait quittée et ne reviendrait jamais.

***

Joan entrouvre les paupières. J'agite ma main au-dessus d'elle pour lui faire de l'air.

– Tu m'entends ? Joan ?

Elle tente péniblement de se redresser, mais ses bras tremblent sous l'effort.

– Reste tranquille, dis-je, soulagée.

Je passe mes mains sur mon visage pour effacer les quelques larmes de mes joues.

– Je vais bien, se défend-elle en grimaçant.

– Non, tu ne vas pas bien, tu as perdu connaissance ! insisté-je, agacée par son entêtement.

– Ce n'est que de la fatigue, la chaleur m'a tourné la tête.

Elle s'assoit sans oser se lever. J'ai envie de la secouer pour bien lui faire comprendre que s'éloigner seule, ce n'est déjà pas bien malin, mais que si en plus la chaleur l'affaiblit, c'est vraiment stupide ! Et Joan ne fait habituellement rien de stupide !

– Oh, c'est quoi ces gros yeux ? se moque-t-elle en apercevant mon air excédé.

– Je me suis inquiétée !

– C'est très gentil, mais tu le vois, je vais bien.

J'aspire de l'air pour pousser une beuglante et évacuer mon stress quand des bruits de pas nous interrompent. Cassie revient vers nous, accompagnée de Jasper.

– Il ne manquait plus que ça, marmonne Joan.

Cassie fait mine de ne pas avoir eu le choix et je veux bien la croire sur ce coup. Jasper s'accroupit près de nous, une bouteille d'eau, un soda sucré et une trousse de secours dans les mains.

– Que se passe-t-il ? demande-t-il en scrutant sa consœur.

– Rien qui te concerne, réplique Joan.

– C'était parfaitement imprudent de venir seule ici.

Elle lui jette un tel regard enflammé que je déglutis.

– Ne viens pas me donner des leçons de prudence ! Pas toi !

Elle s'empare du soda pour le boire et recouvrer quelques forces.

– Si nous devons travailler ensemble, il faut que nous puissions avoir un minimum de confiance l'un envers l'autre, insiste Jasper. Si tu ne te sens pas bien, évite de te mettre en danger !

Ses recommandations énoncées avec force me surprennent. Je crois qu'il est inquiet, en fait. Même Joan en reste muette. Jasper me lance un regard et inspire pour se calmer.

– Tes étudiants ont besoin de toi. Alors je vais te le demander une fois et espérer une réponse honnête. Ça va ?

Je fixe Joan en priant qu'elle mette sa fierté de côté au moins une fois. Livide, elle finit par acquiescer.

– Je vais bien, ce n'était qu'un coup de fatigue.

– Tu n'avais jamais fait de malaise avant, relève-t-il.

Je m'aperçois qu'il la soupçonne de mentir et que, contre toute attente, je partage son avis.

– Il faut un début à tout, soutient-elle.

– Très bien, concède-t-il en se relevant.

Il lui tend la main pour l'aider à se lever. Comme elle ne bouge pas, je ne peux pas m'empêcher de l'encourager.

– Joan, s'il te plaît.

Elle se rembrunit et accepte son aide. Jasper glisse alors le bras de Joan sur ses épaules et la prend par la taille pour la soutenir. Je les observe faire quelques pas tous les deux, à la fois rassurée et abasourdie par cette vision.

15

Le baiser scarabée

Une fois la nuit tombée et le dîner passé, toute la maison se rassemble dans la cour pour partir faire un tour de felouque sur le Nil. Joan s'est isolée tôt pour se reposer. Lorsque je rejoins Cassie, il ne manque plus que Will et Jasper. J'ai cru comprendre que Jay était encore indécis et qu'il n'avait pas très envie de nous accompagner, alors je me porte volontaire pour le lui demander de vive voix. Je veux aussi le remercier d'être venu aider Joan, malgré leur conflit. Je me sens redevable. Je m'approche de la rambarde qui clôt la cour et qui donne sur les champs. Il y a un petit escalier sur le côté qui permet de déambuler dans les cultures si l'envie nous prend. Je trouve les deux absents ici, isolés de tous.

– Comment tu te sens ? demande Jasper à son étudiant.

Je stoppe, laissant mon oreille traîner, mais préférant ne pas les interrompre tout de suite. Will commence par un soupir.

– Stressé, trop stressé même. Je ne sais pas comment tu fais pour être aussi détendu.

– Je suis tout sauf détendu, assure Jasper avec un mince sourire. J'angoisse tous les jours depuis que je suis là, tu sais.

– Tu sembles si sûr de toi, s'excuse presque Will.

– Je n'ai pas vraiment le choix, il faut surmonter ce qu'il s'est passé.

– Tu es retourné là-bas ?

Sa question reste en suspens.

– Au Gebel Aram ? ajoute Will.

– Non, finit par répondre Jasper. Je ne pense pas que ce soit une bonne idée.

Will approuve d'un hochement de tête. Je décide d'intervenir pour ne pas les écouter plus longtemps à leur insu. Savoir que Jasper est, malgré son assurance affichée, tourmenté par son passé et par des angoisses qu'il peut difficilement partager me trouble. Je descends les marches pour les rejoindre, ils se tournent tous les deux vers moi.

– On est tous prêts, il ne manque que vous.

– J'arrive, répond Will en tapotant le bras de Jasper avant de commencer à monter les marches.

Je lui cède le passage et m'étonne que son directeur ne suive pas. On échange un regard.

– Tu ne viens pas ?

– Non, allez-y. Je vais rester, réplique-t-il seulement.

La déception m'envahit.

– Hum, on aimerait te remercier d'avoir secouru Joan.

Impliquer les autres d'office m'évite de dire « je ». Je ne doute pas que mes camarades soient reconnaissants, mais je crois l'être deux fois plus, parce que c'est Joan et parce que c'est Jasper.

– Ce n'est rien, allez vous amuser, m'encourage-t-il.

Bon, il me force à le dire.

– Ça me ferait plaisir que tu viennes.

Jasper s'avance jusqu'à moi et pose sa main sur mon bras. Son contact réveille tout mon désir. Il n'est jamais tapi bien loin.

– Je te remercie, Alaska, mais je préfère rester ici. Vas-y, les autres doivent t'attendre.

Je n'ose pas le relancer. J'acquiesce et rejoins les autres, le cœur lourd. On sort tous de la maison pour suivre la route jusqu'au passage des minibus qui nous amèneront au bord du Nil. Je jette un coup d'œil derrière moi, où les lumières de la maison luisent discrètement. Jasper et Joan sont seuls.

Les autres sont heureux de cette sortie et l'enthousiasme jaillit des petits groupes avec des rires. Je sais que je ne vais pas participer à cette allégresse, je ne suis pas obligée de les suivre. J'attrape le bras de Cassie.

– Je vais rentrer, dis-je, convaincue que je n'ai rien à faire là.

– Quoi ? Mais pourquoi ? s'étonne-t-elle.

– Je n'ai pas envie de faire de la felouque, excuse-moi.

Je fais quelques pas, la voix de mon amie retentit derrière moi et m'arrête.

– Est-ce que tu veux t'occuper de Joan ? Ou de Jasper ?

Je pivote, surprise de l'entendre supposer cela. Cassie s'approche de moi, les bras croisés. Elle ne semble pas en colère, mais impatiente.

– Tu ne parles pas beaucoup, Aly, mais je ne suis pas aveugle.

Embêtée, je bredouille son prénom sans savoir où je vais.

– Cassie…

– Il ne te laisse pas indifférente, dit-elle avec plus de douceur. Je l'avais déjà remarqué à Londres, au British Museum. Je ne vais pas te faire la leçon, mais après ce qu'il s'est passé entre Susan et Pierre, je ne veux pas que des bruits courent sur toi.

Son amitié me semble plus forte que la mienne, je me sens honteuse de ne pas être plus sincère avec elle, et en même temps, je suis touchée.

– Cassie, il n'est pas comme Pierre.

Elle pousse un petit soupir. Je sais qu'elle ne le pense pas non plus, mais elle doit se dire que cette relation reste dangereuse pour moi à cause des ragots qui pourraient en découler.

– Je pensais ce que je te disais à Londres, sur le fait qu'il est trop sexy pour être honnête, continue-t-elle. Je ne veux pas que cet homme, si séduisant soit-il, te brise le cœur. Ce qui se produira très certainement.

– Comment peux-tu le savoir ?

– Nathan nous a dit qu'il était souvent sollicité et qu'il a eu de nombreuses conquêtes. Je n'ai pas envie qu'un jour tu te rendes compte que tu tiens à lui, et lui non.

La bienveillance et l'instinct protecteur de mon amie me troublent davantage. Mais avec Jasper, on n'a jamais envisagé les choses jusque-là. Pourtant, je ne souhaite pas tellement figurer sur sa liste de conquêtes aux côtés de toutes les autres.

– Je n'en suis pas là, Cassie, dis-je alors, frustrée de ne pas vraiment savoir ce que je fais avec lui.

Mais je dois rassurer mon amie. Je pose mes mains sur ses épaules pour partager avec elle mon tourment actuel.

– Sincèrement, je ne sais pas qui je rejoins ce soir, Joan ou Jasper. Ce que je sais, c'est que je n'ai pas le cœur à faire comme s'il ne se passait rien avec l'un comme avec l'autre.

La détresse latente de Jasper m'a bouleversée, mais la fatigue de Joan aussi.

– OK, concède Cassie. Vas-y. Mais reste prudente.

– Merci, dis-je avec un petit sourire.

Je la laisse monter dans un minibus et m'éloigne.

La maison est calme et silencieuse. Je m'arrête à l'entrée de la cour, Jasper est assis sur l'une des banquettes, attablé avec une bière, l'air pensif. Il n'est pas dans sa chambre. Je réalise que c'est peut-être ma seule chance de m'introduire dans la réserve pour prendre les bracelets, les donner à Pierre et espérer un point final à ce chantage. Je ne vois pas d'autres solutions pour que Jasper continue d'ignorer mon passé et pour que Joan ne souffre pas du scandale qui l'entachera forcément. Mais il y a deux paires de clés. Et le passage de la carte magnétique dans le coffre laissera l'empreinte du coupable. Joan ? Ou Jasper ? Qui dois-je trahir ? Est-ce que je suis plus capable d'entrer dans la chambre de Joan pour prendre ses clés pendant qu'elle dort ? Ou dans celle de Jasper alors qu'il est en bas, seul ?

– Alaska ?

L'appel vient du fond de la cour. Jasper m'a aperçue, il

me fait signe. Ai-je le temps de repousser encore ce choix insupportable ? J'hésite à le rejoindre. Mais j'ai envie de passer du temps avec lui, je veux me retrouver seule avec lui, j'en ai assez de l'éviter et de le malmener par la même occasion. Alors je m'approche de lui.

– Pourquoi tu n'es pas avec les autres ?

Je hausse les épaules.

– Je n'en avais pas envie.

– Tu veux m'aider à finir ? me demande-t-il en désignant sa bouteille.

Je prends place sur la banquette, près de lui. Mon cœur réagit déjà comme un fou. Je bois une rasade de bière fraîche. L'air est tiède. Le calme qui nous entoure me laisse seule face à mon désir criant pour lui. Je devrais refréner ce sentiment au plus profond de moi, mais je n'y arrive pas ce soir.

– Joan n'a rien mangé. J'ai appelé un médecin tout à l'heure, elle passera demain matin, m'informe Jasper. Je n'ai pas eu le choix.

Je ne le contredis pas, il ose ce que je ne peux faire et il a raison.

– Je comprends, dis-je alors en buvant une gorgée de plus avant de reposer la bière sur la table. Tu sais que ce n'est pas avec ça que tu vas te saouler ? ajouté-je pour parler d'autre chose.

Jasper hausse les sourcils et semble se détendre un peu. Son demi-sourire m'avait manqué.

– J'ai déjà eu une phase « alcools forts » qui m'a définitivement fait renoncer aux cuites.

Je lui souris en retour. Notre complicité m'a manqué, elle aussi.

– C'est pour ça que tu as les Rolling Stones tatoués sur le bras ?

Il rit avec plus de franchise.

– Exactement.

– J'ai écouté *Paint It Black* depuis, c'est quand même une

chanson d'alcool triste. « Je veux voir ton visage peint en noir, noir comme la nuit, noir comme le charbon, voir le soleil effacé du ciel », récité-je en me souvenant du passage d'où sont tirées les deux lignes de son tatouage.

Jasper penche la tête sur le côté.

– Ce n'était pas une période heureuse, confesse-t-il à voix basse.

J'aimerais qu'il me parle de ce temps-là, mais je serais bien hypocrite de demander des confidences. Il n'a pas l'air de vouloir trop s'étendre dessus de toute façon.

– Tu n'as jamais voulu te faire tatouer ? relance-t-il en s'accoudant au dossier.

Sa main atteint mon épaule et son index la frôle. Alors je me rapproche de lui. S'il veut me toucher, qu'il me touche ! Je sens son odeur ambrée et mes pensées dévient sur sa musculature au soleil, ce matin. Je frissonne malgré moi, m'éclaircis la gorge et reviens à sa question.

– J'y ai pensé un jour, je voulais me faire faire un petit scarabée.

– Pourquoi ?

– Parce que pour les Anciens, il symbolise la transformation, le changement.

Je le vois froncer les sourcils. J'essaie de me concentrer, mais son bras, qui s'étend à présent derrière moi, a tendance à s'affaisser. Sa main est à deux doigts de se poser sur moi.

– Pourquoi ce symbole ? tente-t-il de comprendre.

Est-ce que j'en dis trop sur moi ?

– Qui n'aurait pas envie de changer ? De devenir quelqu'un d'autre ?

– Je ne sais pas. Je n'ai pas tellement envie de t'échanger contre une autre personne.

Le petit sourire qui ponctue sa réponse me fait rougir avec force et rire par la même occasion. Voilà que je deviens nerveuse. Mon souffle se raccourcit. Il a l'air de m'apprécier telle que je suis. Ou du moins, telle qu'il me connaît. De quoi me convaincre de ne jamais le décevoir avec ma triste vérité. Son bras finit par m'enlacer pour de bon et nous nous rapprochons un peu plus.

Je songe à cette longue et éprouvante journée qui m'offre enfin ce moment de répit et le plaisir de sa compagnie. La situation de Susan qui le dérangeait tant ce matin me revient alors en tête. Je peux le rassurer à ce sujet.

– C'est terminé entre Susan et Pierre, je l'ai appris cet après-midi.

Il acquiesce, soulagé, puis rebondit.

– Et toi ?

C'est vrai que j'ai lâchement éludé la question en l'évitant. Je pensais en réchapper, mais non, il n'a pas oublié le face-à-face ambigu qu'il a aperçu dans la tombe.

– Jay, il ne se passera rien avec cet homme. Je suis désolée si tu as eu le sentiment d'être rejeté. Avant toi, je n'ai jamais vraiment apprécié la compagnie d'un homme, je ne sais pas toujours comment réagir.

Cet aveu me fait baisser les yeux. Je sens sa main se poser doucement sur ma joue, puis relever mon visage vers le sien. Il approche ses lèvres des miennes et dépose un baiser. Différent de tous les autres. Il n'est pas emporté, ni marqué par une pulsion, mais suave et caressant. Quand il pose sa main sur mon autre joue, je m'agrippe à son tee-shirt, séduite par sa lente progression. Il entrouvre la bouche et sa langue chatouille ma lèvre inférieure. Je mords la sienne en retour, provoquant un sourire au milieu de notre jeu. Mes mains remontent sur sa nuque alors que sa langue franchit la barrière de mes dents et s'enroule autour de la mienne.

Jay laisse échapper un grognement grave qui remue mes entrailles. Mon sang n'est plus qu'une guimauve coulante et chaude dans mes veines. Quel baiser ! Ce n'est pas notre premier, mais c'est tout comme ! Mon cœur s'emporte si brutalement qu'il en devient douloureux. Ce baiser est en train de me transformer. C'est un baiser scarabée. Celui qui renverse un monde pour en ouvrir un autre. Je comprends que les sentiments qui éclatent en moi comme des feux d'artifice sont incontrôlables et que je ne pourrai pas les chasser.

Lorsque Jay me relâche, il frotte avec douceur le bout de son nez contre le mien. Je tente de reprendre mon souffle, mais tout en moi disjoncte et m'empêche de relativiser la situation. J'ai les sens en pagaille. Je dois avoir de la fièvre, ce n'est pas possible !

– J'ai envie de toi, murmure-t-il, lui aussi essoufflé.

Je ne retiens pas un large sourire conquis.

– Moi aussi.

Jay se lève et me tend la main. Je me dépêche de l'attraper. Il m'attire à lui pour m'entraîner jusqu'à sa chambre. Avec celle de Joan, ce sont les deux seules pièces situées sur les toits-terrasses de la maison, accessibles depuis la cour par des escaliers extérieurs. Leurs chambres, qu'ils ne partagent avec personne, font également office de bureau et ont une petite salle de bains privée. Il y a peu de chance que quelqu'un nous surprenne ici. Jasper déverrouille la porte et se retient au dernier moment de l'ouvrir. Il m'offre une petite moue amusée et suspicieuse à la fois.

– J'ai encore une question, en fait.

Je hausse les sourcils, intriguée.

– Laquelle ?

– Ça fait longtemps que tu m'observes le matin, vers dix heures ?

Je me fige, interdite. Je le savais bien que ça me retomberait dessus ! Je bafouille une suite d'onomatopées avant de me racler la gorge en passant ma main dans mes cheveux, embêtée. Jasper, lui, allonge son sourire. Mais je décide de ne pas laisser passer.

– C'était un parfait hasard, ce matin ! soutiens-je en jouant la carte de l'assurance. Mais ça n'arrivera plus jamais, sache-le ! J'ai autre chose à faire en temps normal !

Il me ramène à lui d'une manière possessive tout en poussant sa porte.

– Dommage, ça m'a plu, susurre-t-il en reprenant ma bouche d'assaut et en claquant la porte derrière nous.

Je me pends à son cou pour prolonger notre baiser, ne lui laissant pas le temps d'allumer la lumière. Il me soulève, se retourne et me plaque contre la porte. Sa main cherche à tâtons l'interrupteur et l'actionne. L'éclairage est tamisé. J'abandonne sa bouche pour regarder autour de moi, en quête des possibilités qui s'offrent à nous. La chambre est petite, le bureau encombré et le lit étroit. Mais ça n'a pas l'air de ralentir Jasper qui mordille mon cou avec appétit. J'ai tellement envie de lui que je laisse très vite tomber ces considérations pour plonger mes mains dans ses cheveux. Son odeur est comme je l'avais espéré ce matin, pleine de soleil et de montagne ensablée. Mon désir pour lui devient violent.

Je décide donc de prendre les choses en main. Je tire sur sa chevelure pour le dégager de mon cou et pouvoir mordiller ses fossettes dès qu'elles apparaissent. Jasper me repose sur le sol et retire mon chemisier d'un geste emporté. J'attrape son tee-shirt pour l'enlever précipitamment. Nous nous débarrassons du reste de nos vêtements en quelques mouvements. J'ai l'impression que nous sommes deux allumettes craquées au même instant.

Jasper me soulève à nouveau, nous nous retrouvons peau contre peau. Il agrippe mes fesses. Je noue mes jambes autour de sa taille et m'écrase contre son corps à la fermeté d'athlète. Il mord mon cou sans attendre, je ne peux retenir des petits gémissements d'appréciation dont il se délecte sans s'en cacher. Mes ongles s'enfoncent dans ses omoplates, mais ce n'est pas suffisant pour le distraire de ses mordillements. Tout mon corps est en état d'alerte.

Quel délice de sentir notre peau en contact ! Il relâche mon cou pour faire rouler mes mamelons sous sa langue. Jasper, malgré un désir croissant qui l'endurcit et mon impatience flagrante, décide subitement de prendre son temps dans son exploration. Il dévore ma poitrine de baisers et je frissonne lorsque sa bouche s'égare sur la peau fine sous mes seins.

– Maintenant, chuchoté-je, toujours aussi pressée.

Il fait alors quelques pas et me dépose délicatement sur son lit. Haletante, je m'allonge, pleine de désir, et j'étends mes bras au-dessus de ma tête. J'ai hâte d'en arriver à l'orgasme et en même temps je veux que ça dure encore et encore... Jasper s'agenouille sur le lit, près de mes pieds, et dessine son chemin le long de mes jambes en abandonnant des baisers jusqu'au bas de mon ventre. La tension me gagne.

Lorsqu'il titille de la langue mon clitoris, je pousse un gémissement si profond qu'il me surprend moi-même. Il glisse deux doigts en moi tout en embrassant avec fougue le petit bouton de chair. La sensation est étourdissante. Il faut que je l'arrête. Je dois l'arrêter ! Je veux moi aussi le voir perdre ses moyens. L'entendre gémir d'extase. Mais j'ai du mal à faire obéir mon corps. Tout mon être est balayé par cette tempête. Mes doigts s'enfoncent dans ses cheveux et s'enroulent dans ses mèches, il laisse échapper un gémissement en guise de réponse. Mon entrejambe s'écorche sur ses joues, les petites piques de sa barbe réussissent à me tirer des larmes de plaisir. Je veux lui prodiguer toutes les caresses du monde, il accorde beaucoup, mais reçoit trop peu à mon goût. Je tente à nouveau de faire obéir mon corps, et ma voix parvient enfin à murmurer quelque chose.

– Arrête...

Je m'entends à peine, pourtant il recule aussitôt, surpris.

– Pourquoi ?

– Pas comme ça.

Jay m'accorde un sourire ardent. Il dépose un baiser sur mon genou et se lève. Sa peau est recouverte d'une fine pellicule de sueur qui témoigne de son état d'excitation. Je le regarde ouvrir le tiroir de son bureau, plonger la main jusqu'au fond et en sortir un préservatif. Cette pause m'excite un peu plus. Je serre le drap dans mes mains avec l'impression de sentir encore sa langue me lécher et s'introduire en moi. Jasper enfile la protection sans trembler et s'approche du lit.

– Attends.

Il s'arrête, debout près de moi. Je n'avais même pas remarqué qu'il était déjà aussi dur. Je m'agenouille, je veux lui retourner la faveur. Mes lèvres se posent timidement sur son pubis tandis que mes mains remontent le long de ses cuisses pour aller caresser ses fesses. Jay retient son souffle, son abdomen se soulève vite. Son membre s'affermit encore quand je le prends en bouche. La fellation, même avec le préservatif, fait soupirer mon partenaire de plaisir. Il glisse ses mains dans mes cheveux sans pour autant me brusquer. J'attrape la base de son sexe de ma main pour le caresser, et mes lèvres exercent une succion de plus en plus prononcée. Je ne pensais pas que je pouvais en tirer un quelconque plaisir à mon tour, mais à l'entendre gémir, je me sens moi-même devenir plus humide encore. Alors je fais tout pour le satisfaire. Comme il devient trop imposant pour le glisser entièrement dans ma bouche, je le lèche tout en longueur et resserre un peu ma main à chaque caresse.

Lorsque je sens mon corps hurler de désir, j'arrête et me relève pour me blottir contre Jay qui sourit, essoufflé.

– Oh, Alaska…

– Je te veux, maintenant, dis-je, la gorge nouée par l'urgence.

Il m'embrasse et acquiesce avant de jeter un œil sur le lit.

– En cuillère ?

Je me dépêche d'accepter et on s'allonge sur le côté, jambes repliées. Son corps est derrière moi, contre le mien. Il m'enlace et mordille le lobe de mon oreille. Son emprise sur moi me comble. Je me tortille pour l'encourager et il me pénètre d'un coup de reins plus ou moins contrôlé. Il m'arrache un cri de parfaite satisfaction. Son membre large et engorgé va et vient plusieurs fois. Jay dévore ma nuque de baisers, mais de mon côté, je ne suis plus capable de quoi que ce soit, à part m'abandonner au rythme endiablé qu'il impose. Mon corps ondule pour l'accompagner, mais je me laisse plus faire qu'autre chose.

Il se retire d'un coup, puis se réintroduit avec plus de délicatesse. Il gigote derrière moi, je comprends ce qu'il cherche, une pénétration plus profonde. Je me cambre pour lui offrir un meilleur angle. Il campe fermement ses mains sur mes hanches et reprend son rythme. Ces montagnes russes me grisent. Je resserre les cuisses sur lui alors qu'il s'aventure toujours plus loin. Les sensations s'intensifient. Je laisse à nouveau échapper des petits cris. Mais Jasper ralentit encore. Il se redresse, je roule sur le dos sans comprendre la raison de ce retrait. Jay en profite pour se faufiler entre mes jambes et s'étendre sur moi.

Le poids de son corps sur le mien me fait soupirer de contentement. Il m'embrasse, je longe tout son dos de mes mains jusqu'à ses fesses et les presse pour qu'il reprenne.

– Encore, finis-je par exiger entre deux baisers.

Mon corps est secoué de spasmes tant la pause me semble longue.

– Ça fait des semaines que j'ai envie de te faire l'amour, laisse-moi profiter de toi.

Je m'empourpre, ravie, et enroule mes bras autour de son cou pour d'autres baisers. Je remarque que jusqu'ici, on n'a couché ensemble que trois fois, sur trois mois. Intolérable est le premier mot qui surgit face à cette constatation. Mais je ne veux pas prolonger, je suis au bord de la délivrance. Au fur et à mesure de ses baisers et de ses lentes caresses, je me rends compte que je ne veux pas m'attarder parce que je culpabilise. Je ne sais pas si je mérite toutes ces attentions alors que j'étais une prostituée il n'y a pas si longtemps et que mon partenaire ne le sait pas.

– Encore, dis-je à nouveau, en espérant qu'il m'accorde ce souhait et me fasse oublier mes préoccupations.

Jasper finit par acquiescer. Il se réintroduit en moi, je griffe ses épaules de satisfaction. Il se met à bouger, je gémis sans discontinuer.

– Doucement, souffle-t-il en se retenant.

Je suis incapable de l'entendre. Je glisse une main entre mes jambes pour caresser mon clitoris.

– Viens avec moi, Alaska…

J'aimerais vraiment le contenter, mais il voit bien que je ne peux retarder davantage la jouissance. Alors il accélère un peu, provoquant un orgasme qui me frappe brutalement. Tous mes muscles se resserrent sur son membre, je me sens décoller du lit et planer quelques délicieux instants. Le souffle court, le cœur battant, je reprends peu à peu conscience. Jay s'est retiré, l'air amusé et frustré. Il est encore excité et fébrile. Vraiment, quelle mauvaise amante je fais…

– Désolée, m'empressé-je de dire.

– Ne le sois pas, répond-il avec un beau sourire. Tu as pris ton pied ?

Je me mets à rire en hochant la tête. Je jouis à chaque fois avec lui. Alors je décide de l'aider. Je me redresse, le forçant à en faire autant. Il se laisse faire, je crois qu'il sait très bien que je ne vais pas le laisser comme ça. On s'agenouille l'un en face de l'autre sur le lit, je m'approche de lui et retire délicatement le préservatif. Son torse se soulève avec un peu plus d'intensité. Sa peau est chaude et humide. Je glisse un bras sur sa taille, pose mon front dans son cou et m'empare de son sexe avec douceur. Il grogne à ce contact et me ramène un peu plus contre lui. Il campe ses deux mains caressantes au bas de mon dos. Il serait bien capable de ranimer ma flamme !

Nichée contre lui, je prends moi aussi du plaisir dans ce simple geste. Son sexe engorgé entre mes doigts, la peau si fine et douce de son membre dans ma paume, ses gémissements gutturaux qui s'accélèrent et son corps qui glisse contre le mien me bouleversent complètement. Je me mets à soupirer son prénom en me tortillant.

– Jay…

Il pose une main sur ma joue pour guider mes lèvres vers les siennes, il appuie ensuite son front sur le mien et se laisse aller, haletant. Son expression confuse me ravit.

– Tu aimes ?

Un sourire anime son visage alors qu'il garde les yeux fermés.

– C'est bon, Alaska…

J'exerce une pression croissante, il attrape alors ma lèvre inférieure et la mord en comprimant un premier cri. Il approfondit le baiser en jouissant, je le sens se déverser sur mon ventre et finis par lâcher son membre pour me pendre à son cou. Il s'avachit sur moi en ronronnant, encore bercé par son orgasme, et nous renverse tous les deux sur le lit sans quitter un seul instant ma bouche. J'ai envie de le garder contre moi toute la nuit et lui non plus ne veut pas me lâcher, je ne pensais pas que le sexe pouvait procurer une telle intimité.

16

Une décision impossible

Je sors la dernière de la salle de bains, vêtue de son tee-shirt. Jasper m'a devancée et s'allonge sur le dos. Je sais que je peux rester encore ici sans crainte. Cassie ne me vendra pas en racontant partout que je n'étais pas dans notre chambre lorsqu'elle reviendra. Alors je m'étends contre lui et sens sa peau au délicat parfum de bois de cèdre. Une douce chaleur flambe dans mon ventre. Je suis en train de me réjouir d'avoir utilisé son gel douche et d'avoir le même parfum que lui… Bon sang, moi qui me suis toujours un peu moquée des nanas qui craquent pour un rien sur un type de passage, voilà qu'une douche commune avec cet homme me remplit d'une plénitude jamais atteinte encore.

– Ça va ? chuchote-t-il.

Je hoche la tête en me blottissant contre son flanc. J'ai envie de discuter plus que de dormir. L'impression d'intimité que j'ai ressentie en faisant l'amour avec lui ne me quitte pas et me convainc de tenter une question qui me trotte dans la tête depuis que je le vois tous les jours, et que toutes les filles, et même quelques garçons, soupirent après lui. Je suis curieuse de savoir comment il en est arrivé à me raccompagner chez moi à Boston lorsque nous nous sommes rencontrés.

– Pourquoi moi ?

Je l'entends à peine contenir un rire et pourtant il ne répond pas tout de suite. C'est bon signe ou pas ? Et puis finalement, il se lance.

– La première chose qui m'a attiré chez toi, c'est la délicatesse dont tu as fait preuve en préparant un cappuccino. J'ai tout de suite vu que tu étais quelqu'un de déterminé et de diablement sexy.

Je lui réponds d'un rire, les joues rosies. Les seuls hommes que j'ai fréquentés, tous des clients, m'ont souvent justifié leur choix et tombaient toujours dans les mêmes banalités : « Tu sais que t'es mignonne ? » et autres « T'es jolie comme un cœur. » Savoir que Jasper a vu autre chose me rassure un peu plus sur ce que je fais avec lui.

– Et toi ?

Juste retour des choses. Je lui dis donc ce que j'ai toujours pensé et pense encore depuis que je l'ai vu au café.

– Tu es différent.

– C'est tout ?

Ça a peut-être plus de sens pour moi que pour lui.

– Ah oui, tu es beau aussi. Mais je ne crois pas que ce soit pertinent de te le rappeler, dis-je alors pour l'asticoter.

Son sourire s'allonge et sa main se faufile dans mon dos, sous le tee-shirt.

– J'aime bien quand tu me taquines.

Sur un nuage, je dépose un baiser dans son cou en guise de commentaire et reprends ma place.

– Différent de qui ? relance-t-il.

Le voilà bien curieux !

– De tous les autres hommes qui m'entourent.

Il ne répond rien de plus sur le coup.

– Tu vois quelqu'un ? m'interroge-t-il après une courte pause.

Surprise, je me redresse et m'accoude. J'ai l'impression qu'il vient de m'attraper brusquement par la cheville pour me ramener sur terre sans ménagement. Parle-t-il de Pierre ? Peut-il encore croire que je m'intéresse à ce type ? Et si jamais il apprenait que j'ai déjà couché avec lui ? Le mensonge et la nouvelle le feraient me haïr…

– Comment ça ? relevé-je, épouvantée d'avance.

– On ne se voit qu'une fois par mois, dit-il alors en tentant, il me semble, de choisir ses mots. Ce serait normal que tu voies quelqu'un d'autre le reste du temps.

Ou alors il essaie de m'annoncer que lui voit quelqu'un.

– Je ne vois personne d'autre, non, dis-je d'une voix refroidie. Et je ne couche avec personne d'autre si c'est ce que tu voulais savoir.

– Non, se dépêche-t-il de dire. Mon but n'est pas d'enquêter sur ta vie. Mais tu me plais, Alaska, et je ne vois personne de mon côté. Du coup… j'aimerais l'exclusivité.

Je reste sans voix alors que son regard ne m'a pas quittée. Mon esprit se scinde en deux. D'un côté, je suis très heureuse parce que, moi aussi, j'aimerais qu'il ne voie personne d'autre et que ça voudrait dire qu'on est plus ou moins ensemble. Mais de l'autre, je me rends compte que je ne peux pas accepter sans rien lui dire de moi, de mon passé, de ce que je subis avec Pierre… Ça signifie donc que je suis obligée de voler les bracelets pour les apporter à Pierre, que je suis obligée de violer la confiance de Joan ou de Jasper pour cela. Et comment une relation pourrait-elle bien se nouer au milieu de tout ça ? Quelque part, dans un coin de ma tête, j'avais fini par admettre que la meilleure solution était de voler la clé de Jasper. Parce que Joan m'a sauvé la vie, m'a sortie de ma misère et que je lui dois tout. Que dois-je à Jasper s'il n'est là que pour me redonner goût à la compagnie intime d'une autre personne ? S'il n'est qu'un « homme sparadrap » ? Sauf que je n'arrive plus à penser comme ça. Il n'est pas que ça. C'est évident à présent.

– Je suis en train de te mettre la pression, c'est ça ? s'amuse-t-il à moitié devant mon air totalement égaré.

Mon silence doit lui mettre la pression en retour.

– Euh… Je veux juste… réfléchir. Tu sais, avec Joan, nos deux universités…

Je sens très bien que ça ne tient plus debout, mais c'est ma meilleure défense à ce moment-là.

– Oui, dit-il en détournant les yeux. Je t'avoue que je ne songeais pas un seul instant à Joan.

Je me retrouve à nouveau plongée dans des centaines de questions et toutes me mènent à un même constat : il me plaît, mais c'est impossible. Peut-être devrais-je le laisser tomber… Seulement je n'en éprouve aucune envie. Alors, égoïstement, et repoussant cette solution pourtant sûre, je m'allonge contre lui.

– Tu me plais toi aussi, mais laisse-moi du temps, je te donnerai vite une réponse.

– Ça me va, me rassure-t-il en glissant un bras dans mon dos.

Nous restons silencieux un long moment. Il n'y a toujours pas de bruit dans la maison. Personne n'est rentré. C'est l'occasion parfaite de régler cette histoire… Cette pensée me torture. Mon cœur bat trop vite pour que je m'endorme. Jasper, lui, sombre peu à peu dans le sommeil. Son bras me relâche. Son souffle devient régulier. J'attends encore quelques instants, espérant de toutes mes forces que tout le monde revienne et envoie balader l'opportunité, mais il n'y a toujours pas un seul bruit à la ronde.

Je finis par me redresser doucement sans réveiller Jasper. Je retire son tee-shirt et me rhabille. La lueur blanche de la lune passe à travers le rideau, il fait sombre, et pourtant ma mémoire a inconsciemment gravé l'emplacement des clés de la réserve depuis que je suis entrée dans sa chambre. Je ne sais toujours pas ce que je dois faire, mais je m'en empare et sors sans regarder derrière moi. Lorsque je descends l'escalier extérieur, j'expulse de l'air comme si j'étais essoufflée. Je vais faire la pire erreur de ma vie, alors que j'avais déjà l'impression d'avoir enchaîné les plus terribles jusque-là. Le remords tente à tout prix de m'étouffer et me fait stopper dans la cour. Mon cœur pourrait exploser à tout moment.

Et si je prenais les clés de Joan ? Jasper essaie de se racheter auprès d'elle en prouvant qu'il est responsable. Si je le piège de cette manière, ce serait aussi l'abattre aux yeux de ses pairs. Alors que Joan a une volonté de fer, une rage de vaincre les obstacles. Elle trouvera peut-être quoi faire si on l'accuse d'être entrée dans la réserve. Mécaniquement, je monte un autre escalier pour rejoindre sa chambre. J'entre sans frapper. L'intérieur est le même que celui de Jasper, mais l'organisation du bureau est beaucoup plus hasardeuse ici. Joan est allongée et dort, la lampe de chevet allumée, un livre ouvert prêt à glisser sur le sol.

Je le prends pour le poser sur le bureau. Les clés sont pendues juste au-dessus. Je m'en saisis avant de baisser les yeux sur la table. Au milieu des papiers, j'aperçois une enveloppe avec des photos qui dépassent. La curiosité me mord. Ou alors je cherche à gagner du temps. Le fait est que je la prends délicatement pour regarder les quelques images : Emaline et Joan adolescentes, Joan et ses parents en train de visiter l'Égypte, David et elle posant fièrement devant les pyramides, et enfin une photo de groupe. Un Noël, le premier que je passais avec elle ; je suis là, à ses côtés, et David est avec sa mère près de nous. Je ne me doutais pas que Joan était sentimentale au point de voyager avec des photos de famille, et encore moins que je puisse en faire partie.

Que suis-je en train de faire ?...

Je range les photos dans l'enveloppe et la repose à sa place, puis je regarde autour de moi pour être sûre que Joan ne manque de rien. J'éteins la lampe et sors comme je suis entrée, à pas de loup. Je me retrouve avec les deux paires de clés entre les mains et une décision impossible à prendre. Alors je me remets en route en espérant que tout se décante subitement. Peut-être que je vais avoir la révélation une fois devant le coffre ?

Je fais un détour par ma chambre pour envoyer un message à Pierre sur son portable.

[Peut-on se voir ce soir ? Aly]

Il est plus de vingt-deux heures, avec un peu de chance, il dort déjà. Ou ne verra pas mon message tout de suite. Je pourrai juste lui dire qu'il a manqué l'unique opportunité qui s'est présentée à moi et que je ne peux plus rien faire… Alors que cette perspective m'emplit d'espoir, mon téléphone vibre.

[RDV dans les ruines
du temple voisin.]

Mes épaules s'affaissent. Il doit guetter des nouvelles depuis notre discussion dans la tombe.

J'atteins la porte de la réserve en quelques secondes. Toujours personne en vue. Je peux au moins m'introduire à l'intérieur et refermer derrière moi sans que personne ne le sache. Peu importe la clé que j'utilise pour cette première porte, elle ne laissera aucune trace. J'attrape une lampe de poche posée à l'entrée pour ne pas attirer l'attention avec les néons blancs qui éclairent habituellement l'espace. Je déverrouille la serrure, entre et referme derrière moi. La réserve est une vaste pièce avec plusieurs rangées d'étagères remplies de boîtes et de cagettes. Tout ce que l'on peut trouver, du moindre morceau de céramique à la perle de verre ou la pierre taillée, finit ici, en la possession des Antiquités égyptiennes et sous notre garde. Au fond de la réserve, il y a un gros coffre-fort pour les objets les plus précieux, comme les lapis-lazuli, les parures en métal et l'or.

Je me retrouve devant, démunie. Je n'ai toujours pas de solution. Dès que j'ai l'impression de faire un choix, tout mon être s'y refuse. Ce n'est pas seulement les trahir, c'est aussi les plonger dans des poursuites judiciaires loin de leur pays, avec la possibilité qu'ils fassent de la prison si injustement…

Je me torture l'esprit pour choisir Joan ou Jasper, alors qu'en fait je peux les épargner tous les deux. Je suis peut-être partie trop vite du principe que je ne devais pas céder mon corps à cet homme. Mais je l'ai déjà fait. Plusieurs fois. Il suffit que je débranche à nouveau mon cerveau et que je le laisse faire. Maintenant que Jasper m'a montré ce que signifiait réellement le plaisir, je serai peut-être plus à même de simuler quelque chose qui contentera Pierre.

Il faut que je regarde la vérité en face. Je ne peux livrer ni Jay, ni Joan, je n'ai pas d'alternatives, à part retrouver Pierre au temple et me livrer, moi. Si je me convaincs que je le fais pour sauver ces deux personnes importantes dans ma vie, j'y arriverai peut-être plus aisément. J'ai déjà l'impression de mieux accepter ce choix. Ce ne sera qu'un autre mauvais moment à passer, comme avant. Même si je me rends compte que si je fais ça, je dirai quand même adieu à Jay. Si je couche avec Pierre, je ne pourrai pas décemment revenir vers lui. Et même si je ne lui dis rien, comment pourrai-je seulement vivre avec ça ?

J'observe les deux paires de clés dans mes mains. Après toutes ces années à me réparer, à tenter d'oublier mon passé, voilà où j'en suis : prête à me jeter dans la gueule du loup.

IV

FACE AU PASSÉ

17

Tout s'enchaîne

Lorsque je me retrouve sur la route, il est vingt-deux heures quarante-deux. La lune éclaire discrètement mes pas. Je serre les poings et les mâchoires, et j'avance. Je tente de me remémorer comment j'ai pu forcer tant de fois mon corps à l'impossible par le passé. Comment j'ai bien pu le pousser à sortir la nuit, à monter dans une chambre d'hôtel avec un inconnu, à se dénuder, à s'allonger et à s'offrir. Emaline et Joan m'ont mis dans la tête qu'il était à moi et que moi seule pouvais en disposer. Elles me rendent la tâche bien plus difficile à présent. Je tente d'invoquer Sookie, mais cet alter ego dont je me servais auparavant semble bel et bien avoir disparu, me laissant seule.

Mon être ne s'apaise pas. Ma raison me dit que je n'ai pas le choix, mais mon corps refuse catégoriquement de se soumettre. J'ai glissé les deux paires de clés dans mes poches, j'ai refermé la réserve et je suis sortie. S'il y a bien une personne à sacrifier ici, c'est moi. Demain, tout ira mieux. Comme tous les matins que j'ai passés au foyer pour jeunes, à occulter ce que j'avais bien pu faire la veille. Demain, j'irai voir Jasper et je lui dirai qu'il vaut mieux arrêter là, tant que nous le pouvons. Puis je rejoindrai Cassie pour lui confirmer qu'elle avait raison, que je me suis attachée à lui et perdue ensuite. Je monterai sur le chantier et j'oublierai cette nuit.

J'ai cru ressentir quelque chose de spécial pour Jay en l'embrassant dans la cour un peu plus tôt, mais ce n'était qu'une impression. Je ne peux pas, je ne dois pas avoir de sentiments pour lui !

La vue des ruines du temple me fait l'effet d'une barre plantée dans l'estomac. J'aimerais faire demi-tour, mais je persiste. La pénombre m'aidera, je ne verrai pas distinctement Pierre. Je pourrai imaginer Jasper à sa place. Cette pensée me rassure un instant, avant de m'emplir de crainte. Pierre n'a jamais été quelqu'un de très caressant. Je ne sais pas comment il se conduisait avec Susan, mais c'était probablement mieux qu'avec la prostituée que j'étais. Puisqu'il payait, il avait le droit de faire ce qu'il voulait. Je n'ai pas très envie d'associer Jay à son comportement…

Lorsque j'atteins les ruines, je presse même le pas. Je sais que si je ralentis à nouveau, je ferai demi-tour. Il faut que j'aille jusqu'au bout. Pour Joan, pour Jasper. C'est pour eux que je le fais. Ce rappel me conforte dans ma décision. Je retrouve le chemin emprunté plus tôt dans la journée : les colonnes abattues, le trou dans le mur et la petite pièce arasée. Une silhouette semble déjà attendre là. Ma gorge se serre et mon cœur s'emballe. Pour Joan, pour Jasper. Un mauvais moment à passer, rien de plus.

Le rayon d'une lampe-torche se braque sur mes yeux alors que j'approche.

– J'ai failli attendre.

Éblouie quelques secondes, j'avance aveuglément jusqu'à la voix. Pierre retire la lumière de mon visage, pose la lampe par terre et croise les bras, impatient.

– Alors ? Où sont les bracelets ?

– À leur place.

Le silence plane quelques secondes autour de nous avant que Pierre éclate d'un rire incrédule. Son comportement imprévisible m'a toujours terrifiée. Mon corps ne m'obéit plus, je suis pétrifiée. Je tente d'humidifier ma bouche devenue sèche et de calmer ma respiration pour ne pas lui servir ma peur sur un plateau.

– Je n'aurais jamais parié sur ce choix !

Il fait un pas vers moi, tend le bras et passe lascivement sa main sur ma joue.

– Mais après tout, une pute reste une pute. J'ai toujours été sûr qu'au fond de toi, tu aimais ça.

C'est maintenant que je dois juste abandonner et me fixer sur un détail. Les étoiles peut-être ? Elles sont parasitées par la lune et ne brillent pas tellement cette nuit.

Pierre s'approche et pose ses mains sur ma taille. Impossible de songer à autre chose. Je n'arrive pas à détourner mon attention. Je ne sens que ce corps qui se colle au mien, ce souffle près de ma bouche et ces doigts qui s'agrippent à moi. Je ferme les yeux et tente de raffermir ma volonté alors qu'il embrasse lentement mon cou. Mais dès que mes paupières sont closes, c'est Jasper qui apparaît. Lui qui ne veut pas m'échanger contre une autre… Pourtant, à cet instant, tout ce que je voudrais, c'est être quelqu'un d'autre.

– Il me semblait que tu devais démontrer un peu plus d'enthousiasme.

Ce rappel à l'ordre me désespère. Je ne vais pas réussir à prétendre aimer ce qui va suivre. Je ne veux pas que cet homme me touche et ce refus devient violent. Chacun de ses baisers sur ma peau m'écœure. Tout ça, c'est à cause de Jasper ! Ou plutôt, grâce à lui ? Je n'arrive plus à ignorer ces attouchements comme avant, je n'arrive plus à m'enfermer dans une bulle imperméable et à ne plus rien ressentir. Lorsque je sens les mains de Pierre s'emparer de mes poignets, je tente de me dégager, mais il ne me lâche pas.

– Je vois. Tu veux corser un peu la chose ? Te faire désirer ?

– Je veux que tu me lâches ! réussis-je à m'exclamer.

Ma voix me surprend moi-même. Je l'ai rarement entendue aussi frappante et directe. Mon cœur s'y met lui aussi et bat la révolte.

Pierre saisit le col de mon chemisier d'un geste brutal et me plaque contre un pan de mur.

– Je déteste qu'on se moque de moi !

Cette fois, je n'hésite pas. Tandis que ma main gauche tente de desserrer son emprise, la droite lui griffe le visage. Il me relâche et recule d'un pas, s'immobilisant un quart de seconde avant de me gifler. La violence du coup m'envoie sur le sol. La peur s'insinue à nouveau en moi. Je veux bien me débattre, mais je suis seule ici, et il a suffisamment de force pour abuser de moi s'il le souhaite. Jusqu'où va-t-il aller ?

Il reste debout, le souffle emporté lui aussi.

– Très bien, déclare-t-il. Tu as choisi.

Nous restons immobiles quelques instants. Quand je finis par comprendre qu'il n'a pas l'intention de bouger, du moins pour le moment, je me relève et recule. Si je lui tourne le dos, il pourrait très bien me rattraper pour me piéger ou m'empêcher de fuir. Pourtant, il finit par prendre sa lampe-torche et par s'éloigner sans une seule parole de plus. Je reste paralysée quelques longues secondes, jusqu'à ce que la lueur disparaisse complètement. Puis, une fois que l'obscurité est à nouveau entière, je sors de la pièce, grimpe le pan de mur et me mets à escalader les restes de colonnes à toute vitesse. Une fois les obstacles passés, je cours jusqu'à la route avant de ralentir et de jeter des coups d'œil derrière moi pour être sûre qu'il ne me suit pas. Je m'arrête une seconde pour regarder l'ombre du temple dans la nuit. Pas un bruit ne se fait entendre, juste le martèlement de mon cœur dans ma poitrine.

Je finis par expirer le trop-plein d'air que mes poumons concentraient. Les larmes me montent aux yeux sans que je puisse les retenir. J'ai encore peur, mais je m'aperçois que je suis surtout soulagée. Je reprends mon chemin d'un pas rapide en espérant que toute cette vive émotion qui m'ébranle se calme avant que j'atteigne la maison. Je passe des mains tremblantes sur mes joues. J'ai trouvé la force de le repousser, je n'en reviens toujours pas !

Pierre avait la vigueur suffisante pour me faire plus de mal, mais je suppose que si la victime se débattait, il se retrouverait face à un esprit plus retors qui pourrait ne pas se taire ensuite. Il faudra qu'il comprenne un jour la notion de consentement, que la personne se débatte ou non. Je sens encore sa bouche sur ma peau et frissonne d'horreur… Que dois-je faire à présent ? Mon esprit se focalise sur cette question pour repousser l'agression que je viens de vivre. Je vais reposer les clés dans les deux chambres, prendre une douche et me coucher en espérant oublier. La maison de fouilles apparaît au bout de la route, je m'empresse.

Pierre va faire courir des bruits sur moi, ce sera ma parole contre la sienne. Les gens se poseront des questions légitimes. Une fille qui s'est prostituée réussit-elle en couchant ou en faisant ses preuves ? Il pourra très bien dire qu'il m'a accordé des privilèges contre quelques nuits. Et si on comprend que j'ai eu une aventure avec Jasper, je passerai pour une sacrée opportuniste ! On s'interrogera sur mes véritables capacités, on remettra en cause le jugement de Joan et on se dira qu'elle a décidément perdu la tête en faisant de moi son assistante sur le chantier…

L'angoisse me serre la poitrine. Je m'approche de la porte de la maison et pousse un battant. Je traverse le couloir pour entrer dans la cour et stoppe net. Tout le monde est revenu. Impossible de monter discrètement dans la chambre de Jasper pour reposer les clés maintenant ! Je plonge mes mains dans mes poches et constate avec stupeur qu'il me manque une paire de clés. Je n'en ai plus qu'une ! Celle de Joan, dans la poche droite. Celle de Jasper a disparu… Bon sang ! Elles ont dû tomber dans le temple, peut-être quand j'ai grimpé sur les colonnes, ou alors quand Pierre m'a envoyée au sol. Et je n'ai pas du tout le courage de rebrousser chemin. Mais si Jasper découvre qu'elles manquent, que vais-je faire ?

– Aly ?

Cassie m'a aperçue et s'avance vers moi en fronçant les sourcils. Je ne sais pas à quoi je ressemble, mais je dois être suffisamment ébranlée pour que mon amie s'en aperçoive.

– Tout va bien ?

Lorsqu'elle pose sa main sur mon bras, je me dégage vivement. Je ne veux pas qu'on me touche, mon corps s'y refuse.

– Aly ! Mais qu'est-ce qui t'arrive ?

Je cherche une explication, mais les clés manquantes parasitent mon cerveau. Tout en me creusant l'esprit, je ressens des picotements sur les avant-bras et me rends compte qu'ils sont écorchés. Le goût de sang dans ma bouche me vient d'un coin de lèvres fendillé. Alors, je me mets à balbutier la raison la plus bête qui me vient en tête.

– Je suis sortie et j'ai glissé dans le fossé de la route.

– Ne me prends pas pour une idiote ! s'enflamme Cassie.

Je ne me sens pas bien. J'ai envie de m'isoler et je fais tout pour contenir d'autres larmes. Je me sens tellement à vif que je préfère lever mes boucliers et répliquer avec force.

– Que veux-tu que je te dise ? Je suis stupidement tombée !

– Si tu étais seulement tombée, tu n'aurais pas cette tête-là ! Merde, Aly ! Pourquoi c'est si dur pour toi de me parler ? rugit-elle.

Ma respiration s'emporte à nouveau. Il ne manquait plus que cette attaque-là. Je n'ai pas assez d'énergie pour m'expliquer ce soir. Les cris de Cassie commencent à attirer l'attention sur nous, et tout ce que je désire, c'est me réfugier dans la chambre de Joan, loin des autres.

– Laisse-moi tranquille, rétorqué-je avec froideur.

Cassie croise les bras et me fixe. Je pensais juste essuyer une colère, je sais qu'elle est capable de hausser le ton, même si elle ne l'a encore jamais fait contre moi. Seulement voilà, dans ses yeux, je vois aussi qu'elle est blessée.

– OK, je te laisse tranquille, décide-t-elle. Pour de bon.

Elle pivote et s'éloigne. Je la suis du regard, incertaine.

Elle écarte Will et se dirige vers notre chambre. Susan et Nathan m'observent de loin, mais n'osent pas m'approcher. Je profite de ce temps mort pour me réfugier dans la chambre de Joan. J'ouvre la porte, la referme derrière moi, repose les clés là où elles étaient et fouille à nouveau mes poches. Vides. Désespérée, je me laisse glisser à terre près du lit de Joan, profondément endormie.

Quelle suite de catastrophes ! J'ai nourri la colère de Pierre, perdu les clés de la réserve de Jasper et je me suis violemment disputée avec Cassie, alors que jamais encore on n'en était arrivées là. J'avais bien senti qu'elle perdait patience face à mon silence, mais je ne fais que me protéger. Le comprendra-t-elle un jour ?

18

Le secret dévoilé

Quatre coups sur la porte me sortent d'un sommeil agité. Je grogne, grimace de douleur en bougeant, puis me redresse. J'ai dormi par terre, sur la natte tressée qui recouvre le sol. Les motifs se sont imprimés sur mon bras endolori. Quelle sale nuit ! Je me relève difficilement, j'ai mal partout. Joan dort encore. Je me frotte le visage et attrape sa montre sur le bureau. Six heures et demie. D'habitude, elle se lève avant tout le monde. On commence à sept heures ; à cinq heures et demie, Joan est déjà en bas, en train de siroter son café. Ça ne lui ressemble pas d'être encore au lit. Elle ne s'est sûrement pas encore remise de sa fatigue d'hier. Les coups se répètent. J'ouvre et tombe sur Jasper.

Je mets bien quelques secondes à me dire que je suis loin d'être présentable. Lui ne semble qu'à moitié surpris de me trouver là.

– Alaska.

– Jasper.

Il hausse les sourcils. Je suis encore tellement mortifiée pour ses clés que je préfère le laisser parler. Je ne sais pas pourquoi il est là, je ne vais prendre aucun risque.

– Est-ce que Joan est là ?

Je jette un œil dans la chambre, la silhouette de Joan se redresse avec difficulté.

– Oui.

Jasper s'écarte et une femme d'une cinquantaine d'années s'avance devant moi, un beau sourire aux lèvres, un voile bleu élégant coiffant ses cheveux, une mallette dans la main.

– Je te présente Aïda Masri, elle est médecin à Louxor.

– *Sabah el kheir*, me salue-t-elle.

J'utilise mes maigres connaissances d'égyptien pour lui répondre.

– *Sabah el nour.*

– Est-ce que je peux entrer ? enchaîne-t-elle dans un anglais teinté d'un léger accent.

Je regarde Joan derrière moi. Elle ne va pas du tout apprécier ça, mais en la voyant rester assise, encore pâle et un peu comateuse, je suis plutôt rassurée qu'un médecin soit là.

– Un instant, demandé-je en repoussant la porte.

Je m'approche de ma mentor pour au moins la prévenir.

– Joan, on a fait venir un médecin pour t'ausculter ce matin. Tu veux bien la laisser entrer ?

Autant ne pas dire que c'est une idée de Jasper. Elle relève des yeux surpris malgré l'évidente fatigue qui la harasse encore.

– Je n'ai pas besoin d'un médecin.

– Il est six heures et demie, et tu n'es toujours pas debout, lui fais-je remarquer.

Grande première, elle ne s'amuse pas à me répondre, elle se contente de soupirer et d'acquiescer. Joan qui ne débat pas jusqu'à avoir raison, voilà qui est véritablement inquiétant ! Je rouvre la porte, fais entrer Aïda et sors pour les laisser seules. Jasper est resté là. Il me scrute et j'ai peur de lire des reproches sur son visage.

– Bon, au moins je sais où tu as disparu cette nuit, dit-il d'un ton neutre.

De son point de vue, il ne s'est rien passé entre notre nuit d'amour et mon apparition ici, dans la chambre de Joan. Il ne sait pas pourquoi je me retrouve ici et je comprends qu'il ne le prenne pas forcément bien.

– Désolée, je m'inquiétais.

Il se contente de sourire, mais je le sens contrarié.

– Suis-moi, j'ai une annonce à faire.

Il descend les marches, je le suis sans grande motivation. J'aimerais avoir faim, mais je crois que mes crampes d'estomac sont plus dues à ma situation. Une fois dans la cour, je m'aperçois que tous les élèves et les archéologues de Londres et de Boston sont rassemblés. Certains boivent du café, mais tous sont déjà prêts pour la dernière journée de travail de la semaine. Le soleil commence déjà à chauffer, et comme tous les matins, on peut sentir le parfum des fleurs des frangipaniers plantés en bas dans les cultures. Cette odeur envoûtante qui embaume l'air m'apaise quelques instants.

– S'il vous plaît ! appelle Jasper au milieu de la cour.

Tous les regards se dirigent vers lui.

– Ce matin, j'ai constaté que la clé de la réserve et la carte magnétique du coffre avaient disparu de ma chambre, expose-t-il d'une voix posée et sévère.

Je me tasse sur moi-même.

– Si la personne qui s'est servie est parmi nous, je l'encourage à les rendre immédiatement. C'est un acte grave qui peut remettre en question notre présence ici.

Des murmures envahissent la cour, tout le monde semble inquiet.

– Les Antiquités égyptiennes nous confient la garde et l'étude d'une partie de leur patrimoine, si jamais des objets disparaissent, la maison de fouilles risque de fermer et les responsables de faire l'objet de poursuites judiciaires.

Alors qu'il balaie l'assistance, son regard s'attarde sur moi quelques secondes avant de scruter le sol.

– Si quelqu'un a quelque chose à me dire, il peut venir me parler sans crainte, ajoute-t-il.

Chacun jette des coups d'œil autour de soi, tentant de percer à jour le voleur. Honteuse, je m'écarte petit à petit de l'assemblée avec l'espoir de devenir invisible. Mais Jasper, une fois son discours passé, vient directement à moi.

– Alaska, est-ce que tu as vu quelque chose ?

Je crains tellement de décrypter du doute dans ses yeux que je les évite allègrement.

– Non, je ne voulais pas te réveiller quand je me suis levée, je suis sortie pour marcher un peu et je suis tombée sur le côté de la route, dis-je avec nervosité tout en exposant mes égratignures sur les bras. Les autres m'ont vue rentrer, tu pourras leur demander si tu veux.

– D'accord, répond Jay. Ne sois pas sur la défensive, je ne t'accuse de rien, je te fais confiance. Je suis seulement inquiet. Et puis, Joan va encore m'accuser d'être irresponsable et je ne pourrai même pas démentir.

Le poids de la culpabilité pèse encore plus sur mes épaules. Il doit bien exister une solution… Refaire un double ? Soudoyer quelqu'un pour me créer un alibi ? Rien de très réaliste, mais peut-être que je peux arranger la situation sans remettre les pieds dans les ruines du temple. J'ai des nausées rien qu'à l'idée de retourner sur le lieu de mon agression.

– Tu ne me contredis pas ? s'aperçoit-il avec un petit sourire.

Pour la première fois depuis que je l'ai quitté cette nuit, j'ai envie de sourire à mon tour. Même au milieu de tous ces obstacles, il me témoigne de la complicité. Je décide alors de poursuivre sur le même ton taquin.

– Non, Joan va t'anéantir, c'est certain.

Son visage se détend et ses deux fossettes reprennent leur place. Mon cœur se réchauffe un peu. Je dois sortir Jasper de là, il le faut !

Aïda redescend les escaliers qui mènent à la chambre de Joan. Elle semble préoccupée lorsqu'elle s'approche de nous. Pourtant, elle finit par nous sourire et par aborder la consultation d'une voix discrète.

– Mme Bates a beaucoup de chance, entame-t-elle sur un ton prudent. Son cancer est à un stade avancé et elle a tenu jusque-là, mais elle doit se ménager. Je lui ai injecté un fortifiant pour aujourd'hui. Cependant, il vaudrait mieux que vous gardiez un œil sur elle. Elle tient beaucoup à continuer les fouilles, mais la fatigue n'aide en rien ce genre de maladie.

– Merde, murmure Jasper en croisant les bras. Alaska, tu savais ?

Je secoue la tête, incrédule.

– Il y a une erreur, Joan n'a pas de cancer, répliqué-je alors. Je la connais.

Elle m'en aurait parlé, ce n'est pas une maladie anodine comme un rhume !

– Personne n'est au courant ? doute le médecin. C'est très imprudent. L'entourage doit savoir, surtout ici, loin de la famille et dans une activité telle que la vôtre.

– Joan ne m'a rien dit, non, répond Jasper.

Je les regarde discuter sans comprendre. Mais de quoi ils parlent, bon sang ? Joan ne peut pas être malade ! On ne cache pas un cancer comme ça !

– N'hésitez pas à me rappeler au besoin, conseille Aïda. Au deuxième malaise, on l'hospitalisera, qu'elle soit d'accord ou non.

Jasper approuve et la remercie. Dès que le médecin nous tourne le dos, je m'emporte à voix basse.

– C'est ridicule !

– Elle ne l'a dit à personne, tente de me calmer Jasper. Si tu réfléchis bien, elle a l'air fatigué depuis septembre.

J'ouvre la bouche pour protester, mais la referme aussitôt. C'est vrai. Je la trouve pâle et éreintée depuis plusieurs semaines.

– Alaska ? m'interroge Jasper en posant sa main sur mon épaule.

Une boule de fureur se coince dans ma gorge. Je ne sais pas pourquoi c'est la colère qui bouscule la douleur pour prendre toute la place.

***

On est tous montés sur le chantier avec du retard. Joan, qui a repris du poil de la bête, fait comme si tout allait bien. Elle ne doit absolument pas se douter que le médecin nous a révélé son état de santé. Elle nous a rassemblés pour nous rassurer sur son état, prétextant qu'elle avait été un peu surmenée, mais qu'elle allait faire attention, le tout avec une petite plaisanterie qui a détendu le groupe. Puis nous avons rejoint nos secteurs pour reprendre le travail. Cela fait deux ou trois heures que je racle avec une énergie de désespérée mon carré de fouille à la truelle, toujours très agacée par son comportement. J'ai voulu en parler avec Cassie en espérant qu'on puisse renouer, mais elle s'est détournée de moi avant même que je l'atteigne. J'ai ensuite pensé appeler Emaline, mais avec le décalage horaire, impossible de l'envisager ce matin.

Cette fois, j'en ai assez. Je le savais que c'était une mauvaise idée de venir jusqu'ici ! Mais il a fallu que Joan me traîne dans son sillage, en me faisant croire qu'elle tenait suffisamment à moi pour partager un peu d'elle, alors que c'est faux ! Joan Bates n'a besoin de personne ! Je suis venue ici à cause d'elle, je subis Pierre parce qu'elle m'a forcée à la suivre ! Tout ça pour gratter des dalles de pierre défoncées qui ont dû jadis former un sol…

– Aly, tu viens ? Il est dix heures !

La voix d'une de mes camarades m'interpelle. Je lève un regard assassin sur elles. Cassie n'est pas présente dans le petit groupe. Et moi, j'ai envie de hurler qu'elles feraient mieux d'arrêter de reluquer l'homme qui partage mes nuits, que je l'ai déjà vu entièrement nu et que je sais même quel goût il a ! Mais tout mon flot de paroles reste bloqué dans ma gorge.

– Non, me contenté-je de dire.

– Mais qu'est-ce qu'elles ont toutes les deux ? grognent-elles en s'éloignant.

Je m'acharne sur mes dalles tandis que les ouvriers qui travaillent avec moi se lèvent en me jetant des regards désolés. Ils doivent vraiment se demander ce que je fabrique. Moi-même, je n'en suis pas sûre. On ne trouve rien sur ce chantier depuis le début, ce sol bancal peut bien réceptionner toute ma frustration et ma rage !

– Aly ? Tout va bien ? me demande Joan en me rejoignant alors que le chantier se vide.

Je bondis sur mes pieds.

– Super, pourquoi ? répliqué-je brusquement.

Joan fronce le nez et croise les bras.

– Ces dalles ne t'ont rien fait.

Je ne sais pas comment gérer cette colère-là. Ce n'est pas une ennemie ou une personne qui m'indiffère. C'est une personne que j'aime. Qui me ment. Et qui me blesse.

– Tu m'en veux pour hier ? devine-t-elle aussitôt.

– Oui, je…

– Ce n'était qu'un malaise, insiste-t-elle en me coupant la parole.

Ce n'est pas vraiment ce que j'espérais. Bêtement, et parce que je suis fatiguée et bouleversée, je tape du pied, comme si j'étais une gamine piquant une colère. Je m'aperçois du ridicule de mon comportement tout en sentant les dalles bouger sous mes pieds. Oui, je suis une gamine, qui peste devant sa mère parce qu'elle ne lui donne pas ce qu'elle veut…

Je suis interrompue dans ma réflexion par le sol qui se dérobe sous moi, me précipitant dans un vide inattendu. Je me sens tomber une ou deux secondes avant de heurter un sol mou. Mon dos me réceptionne, mon souffle se coupe. Je suis sonnée un court instant. J'entends la voix de Joan m'appeler au-dessus de moi. J'ouvre les yeux en reprenant mon souffle. Je suis au fond d'un puits de trois ou quatre mètres.

– Aly ! Tout va bien ?!

Je me redresse. Le sable forme un matelas parfait pour ce genre de chute. Plus de peur que de mal.

– Oui, ça va !

– Ne bouge pas, on va descendre une échelle !

Joan disparaît de l'ouverture. Je grogne que, de toute façon, je ne peux pas aller bien loin. Je regarde autour de moi et aperçois une mince ouverture au ras du sol. Il doit y avoir un petit couloir enfoui qui mène à une chambre funéraire par là. Le sable a dû s'infiltrer au fil du temps à travers les interstices des dalles, ce qui explique qu'il ne remplisse pas complètement le puits. Lorsque les Égyptiens ne pouvaient pas creuser à l'horizontale, à flanc de montagne, comme la tombe découverte par Jasper, ils creusaient dans le sol, à la verticale. Je devrais m'exalter devant cette découverte inespérée et plutôt inattendue, mais je ne pense qu'à mes révélations intérieures sur la relation complexe qui me lie à Joan et au fait que je ne peux pas m'empêcher de lui en vouloir de m'avoir caché son cancer. Et s'il ne lui restait que peu de temps à vivre ? Je préférerais le passer avec elle et ne plus en perdre ailleurs si c'était le cas !

– Attention !

Je lève les yeux. Joan et un ouvrier font glisser une longue échelle. Lorsqu'elle touche le sol, je l'enfonce un peu dans le sable pour la stabiliser et grimpe les barreaux. Arrivée au dernier, j'attrape les mains tendues qui me hissent hors du trou. Une fois à la lumière, je m'époussette.

– Tu te rends compte de ce que tu viens de découvrir ?! s'exclame Joan, visiblement très heureuse de cet imprévu.

Comme elle voit que je ne réagis pas, elle reprend :

– Tu ne vas pas continuer à m'en vouloir pour ce malaise. On a un puits ! Avec une probable tombe au bout ! Et peut-être intacte ! Alors que celle de Londres, vraiment, tu as vu l'état… On ouvrira sûrement la chambre funéraire que l'année prochaine, mais rien que le puits…

L'entendre faire des projets à long terme devrait me rassurer, mais ça m'agace d'autant plus que, pour la première fois depuis que je la connais, nous ne sommes pas du tout en phase.

– Je t'ai retrouvée inconsciente sous l'abri des dessinateurs hier !

Son visage se fige et fait ressortir son côté émacié.

– Je te l'ai dit, ce n'était que de la fatigue, rappelle-t-elle d'un ton dur.

– Non, ce n'était pas que de la fatigue !

– Ça suffit ! s'écrie-t-elle. Reste en dehors de ça !

Je déglutis. Jamais encore elle n'avait haussé la voix comme ça avec moi. J'acquiesce difficilement. Je ne comprends toujours pas pourquoi elle me rejette ainsi. Si aujourd'hui elle me cache son cancer, c'est peut-être qu'elle me met au même niveau que tous les autres autour d'elle, alors que moi je l'ai toujours considérée à part.

Je fais demi-tour et m'éloigne sans un mot. Je décide de rentrer à la maison de fouilles et de me reposer. Je suis épuisée physiquement et moralement. Je pousse la porte de la chambre que je partage avec Cassie et me laisse choir sur mon lit. Je ne peux pas forcer Joan à se confier. Si elle ne veut pas m'en parler de vive voix, elle doit bien avoir une raison. Je ne sais pas laquelle, mais après tout, moi, je lui cache bien le fait que je couche avec Jasper. Alors comment pourrais-je exiger d'elle quoi que ce soit ?

Je me suis peut-être trop attachée à Joan. Je suis son élève et elle est ma professeure, rien de plus. Et peut-être qu'elle ne me dit rien de son cancer pour me tenir à l'écart de sa vie, parce qu'il est temps que je prenne plus d'indépendance vis-à-vis d'elle. Je dois la considérer pour ce qu'elle est : la femme qui m'a remise sur les rails, mais qui ne sera pas là, auprès de moi, toute ma vie.

19

Sous le frangipanier

Un bruit sec me sort du sommeil profond dans lequel j'ai plongé sans trop de difficultés. Je me redresse et aperçois Cassie en train de mettre de l'ordre dans ses affaires, le visage fermé. J'attrape mon portable, il est dix-neuf heures. J'ai dormi toute la journée ! Il doit déjà faire nuit et le dîner est probablement terminé. Mais j'étais si fatiguée que je n'ai pas pu lutter pour rester éveillée.

– Cassie, est-ce que tu sais si…

Elle pousse un bruyant soupir pour témoigner de son impatience, attrape son téléphone et sort en claquant la porte derrière elle. Je ne sais plus quel problème prendre en premier pour tenter de le résoudre. Cassie est encore en colère, mais elle s'apaisera bien un jour. J'espère.

Je me lève, enfile mes chaussures et sors. Nous sommes jeudi soir, le week-end commence. Certains vont visiter la région, d'autres sortent à Louxor, sur l'autre rive. Dans la cour, qui est plutôt désertée, il n'y a que quelques groupes qui occupent deux ou trois tables. J'aperçois Cassie près de Will et Nathan, et des camarades anglais et américains autour d'eux. Ils boivent des boissons fraîches et parlent avec beaucoup d'entrain. Je vais jusqu'à la cuisine sans leur accorder plus d'attention. Je chaparde de quoi manger et retourne m'installer à la place qu'occupait Jasper hier, à l'écart des autres, près de la rambarde qui donne sur les champs.

– Je peux m'asseoir ?

Susan me sourit.

– Bien sûr, dis-je sans savoir si j'ai vraiment envie de compagnie ce soir.

– Ça va ? me demande-t-elle une fois assise. Tu n'as pas l'air dans ton assiette.

Je ne peux pas lui dire pour Pierre, ni pour Jay, ni pour Joan. J'en ai assez de mentir depuis des jours, mais je n'ai pas le choix, alors je force un sourire et me mets à dévorer mon dîner pour éviter de parler.

– Et toi ? demandé-je entre deux bouchées.

Elle hausse les épaules sans chercher à creuser plus de mon côté.

– Je ne t'ai pas remerciée d'être venue me chercher hier.

Étonnée, je me redresse. Susan paraît embarrassée.

– J'imagine que tu dois penser que je n'ai pas été très maligne. Avec Pierre.

– Non, Susan, il a joué avec tes sentiments, et c'est lamentable de sa part.

Elle inspire lentement tout en hochant la tête. Elle doit vraiment se poser des questions sur elle-même et sur ce qui l'a conduite vers cet homme. Je peux comprendre tout ce cheminement de pensée. Susan pose sa main sur mon bras, touchée.

– Merci, Aly.

Cette attention me fait plaisir, j'ai l'impression de ne pas uniquement enchaîner les erreurs, mais de faire aussi quelque chose de bien. On se sourit.

– Quitte à choisir un archéologue confirmé, j'aurais vraiment dû me tourner vers Jasper, admet Susan avec une pointe de plaisanterie dans la voix.

Je me crispe alors que je mâchouillais ma bouchée, puis me dépêche d'avaler.

– Non, refusé-je. Jasper est…

Je ne sais pas du tout où je vais, mais je sais que je ne veux pas que Susan, la si belle et douce Susan, puisse s'intéresser à Jasper ! Vite, je dois lui trouver un terrible défaut…

– Tu vois… quoi !

Susan papillonne des paupières.

– Pas vraiment non, dit-elle avec un minuscule demi-sourire.

– Il est trop… sûr de lui, inventé-je avec une grimace.

En fait, il est vraiment très sûr de lui, de temps en temps, surtout au lit. Je trouve ça assez sexy.

– Mmh, Pierre l'est aussi, commente Susan. C'est ce qui a dû m'attirer chez lui.

OK, misons sur la qualité inverse !

– Ah, mais Jasper est sensible au fond. Enfin, je suppose.

Je déglutis. Parler de lui me fait remarquer qu'il me manque.

– Eh bien, c'est justement ce qui fait défaut chez Pierre, ajoute Susan avec une moue encore blessée.

Et zut ! Je vais jouer une autre carte.

– Tu ne veux pas te tourner vers un autre profil ? Comme un garçon gentil, dévoué, protecteur et drôle ?

Susan affiche un grand sourire.

– Tu ne serais pas en train de faire le portrait de Nathan ?

Parfait ! Elle le reconnaît sous ces traits, c'est sûr qu'il ne la laisse pas indifférente !

– J'en étais sûre, dit-elle alors.

– Oui, il est parfait.

– Vous êtes trop mignons tous les deux.

– C'est… Quoi ?

Je fronce les sourcils. Comment en est-elle arrivée là ?

– Toi et Nathan. Vous êtes venus me chercher tous les deux et il n'arrête pas de parler de toi.

– Non, réfuté-je, dépitée.

– Vous semblez bien proches pourtant, fait-elle remarquer, intriguée.

– Qui est proche ?

Jasper nous regarde avec l'air intrigué de la personne qui ne sait absolument pas de quoi on parle, mais qui souhaite s'intégrer à la conversation.

– Personne, coupé-je vite.

Il prend place près de moi, un dossier sous le bras.

– J'ai entendu dire que tu avais découvert l'entrée d'une tombe de la manière la plus improbable qui soit.

Susan confirme en riant. Je suis sûre que l'anecdote a fait le tour de la maison de fouilles.

– Oui, je tombe toujours à pic.

Jasper m'offre l'un de ses sourires craquants à souhait. Vraiment, Susan doit être aveugle pour croire que Nathan m'intéresse et ne pas voir que c'est Jasper qui m'attire plus que tout sur cette terre.

– Susan, tu peux nous laisser ? sollicite Jasper. Joan se repose et je dois parler logistique avec Alaska.

– Oui, bien sûr. À plus tard, Aly.

– À plus tard, Susan.

Je la regarde s'éloigner, soulagée qu'elle ne s'attarde pas auprès de nous.

– Tu veux qu'on parle logistique ? dis-je en repoussant mon assiette pour qu'il dépose son dossier sur la table.

– Non, je voulais qu'on soit seuls.

Je lui souris, mais je ne me sens pas aussi détendue qu'hier soir. D'ailleurs, lui aussi semble plus soucieux.

– Tu avais raison, Joan et moi on s'est copieusement engueulés une bonne heure dans la réserve, annonce-t-il. À la pause de midi, on a vérifié s'il ne manquait rien, mais tout est là, le coffre n'a pas été ouvert. Je ne comprends pas ce qui a bien pu se passer.

Je n'ai toujours pas de solution pour les clés manquantes et n'ose rien dire.

– C'était une erreur de revenir ici, soupire-t-il, tourmenté par cette histoire. C'était une mauvaise idée de reprendre le chantier.

– C'est n'importe quoi, l'interromps-je, le cœur lourd. Ta place est ici.

Il affiche un air peu convaincu. Je cherche quoi dire pour le rassurer.

– Regarde, dis-je alors en désignant la table de mes amis. Will est venu jusqu'ici, il n'est plus aussi tendu qu'hier, et c'est grâce à toi.

Je le vois pencher la tête sur le côté et hausser les sourcils.

– Je crois plutôt que c'est grâce à Cassie.

Je reporte mon attention sur la table et aperçois Cassie et Will se rapprocher et s'embrasser à pleine bouche. Finalement, ils ont sauté le pas tous les deux… Et je ne saurai rien de cette aventure, ni de leur premier baiser, ni des éventuels doutes de ma meilleure amie.

– Pourquoi tu n'es pas avec eux ?

– Je suis trop inquiète pour m'amuser.

– Ne t'en fais pas pour Joan, je me charge de la gestion de la maison, répond Jasper en posant la main sur le dossier. Ça allège son emploi du temps comme ça. Elle râle parce qu'elle n'est pas, je cite, « une chose fragile sans moyens », mais elle peut souffler quand même.

Je tente un maximum de ne pas sourire trop fort, émue par le soin particulier qu'il met à épargner Joan sans s'en vanter auprès d'elle.

– Elle est fidèle à elle-même, dis-je sans mesurer le reproche qui transparaît dans ma voix.

– Joan est quelqu'un de fier, déclare Jasper.

Je ne cherche même plus à le contredire sur ce point.

– Je suis monté la voir tout à l'heure, elle s'endormait sur son livre, continue-t-il d'une voix plus calme et basse. C'est là que j'ai remarqué qu'elle porte une perruque, elle glissait sur son front. Elle a dû faire une chimio l'été dernier.

Je déglutis avec difficulté. Les larmes me montent aux yeux, mais je les bloque en respirant profondément.

– Je suis désolé, Alaska. Je ne m'attendais pas à la trouver ainsi.

– Moi non plus, dis-je d'une voix enrouée.

Joan a toujours été un roc à mes yeux. La savoir aussi affaiblie me bouleverse.

– Je pensais qu'on était plus proches que cela.

– Tu sais… commence Jasper avant de se mordiller la lèvre en cherchant ses mots. Pour les Égyptiens de l'Antiquité, nommer les choses les rendait vivantes, réelles. Je suppose que c'est un peu la même chose dans ce cas-là.

– Tu veux dire que me parler de sa maladie la rendrait plus réelle ?

– Je suppose, oui.

J'acquiesce. Cette explication me réconforte et en même temps m'inquiète. Va-t-elle s'en sortir ? A-t-elle des chances de survivre ? Si elle ne me dit rien, est-ce parce qu'elle est condamnée et qu'elle ne veut pas vivre ses derniers instants au milieu des pleurs ?

Je soupire, fatiguée de ressasser toutes ces interrogations.

– Jay, je peux te poser une question ?

– Dis-moi.

– Ça te dérange que je sois étudiante alors que tu es professeur ?

Il fronce les sourcils.

– Est-ce que c'est un reproche ?

– Non, je t'assure que non. Nous ne sommes même pas de la même université. Mais je m'interroge… sur la profondeur d'une relation qui peut rapprocher deux personnes, malgré le fait qu'elles travaillent ensemble…

– Je n'ai jamais été attiré par une étudiante avant toi, je pense donc que ça n'a pas vraiment de rapport avec nos statuts de professeur et d'élève, réfute Jasper. C'est juste parce que c'est toi.

Je pose ma main sur sa cuisse, il lie ses doigts aux miens sans attendre. Cette caresse invisible aux yeux des autres me fait frémir. Je me dis que si Joan ne laisse rien paraître de sa maladie, ce n'est peut-être pas seulement à cause de notre lien hiérarchique. Jasper a sûrement raison, elle doit craindre de révéler cette faiblesse. Je tente de repousser mon inquiétude et remonte ma main le long de la cuisse de Jasper.

– J'ai envie de t'embrasser, murmuré-je.

Dans ses bras, j'oublie tout. Je veux à nouveau ressentir ce doux et chaud mélange de bonheur et d'excitation, comme hier.

– Je vais ranger le dossier. On peut se retrouver en bas ? Dans les champs ? m'invite-t-il.

J'acquiesce, et Jasper s'éloigne de son côté. J'en profite pour débarrasser mon coin de table, puis je passe par ma chambre et la salle de bains commune pour me rafraîchir. Mon cœur se déchaîne à l'idée de rejoindre Jay. Je n'ai envie que de sourire et de me blottir dans ses bras après cette trop longue journée. Lorsque je ressors, il y a moins de monde dans la cour et personne ne fait attention à moi. Je m'engage discrètement sur le petit escalier qui descend dans les cultures. La nuit fait remonter toutes les odeurs de la terre. Les ombres des palmiers ressemblent à des gros bouquets qui frémissent à chaque brise. Le fond de l'air est tiède dès que le soleil se couche.

– Alaska, par ici.

Je me retourne, il me fait signe de la main, sous un frangipanier. Je le rejoins d'un pas rapide, nos deux bouches se rencontrent presque immédiatement. J'enroule mes bras autour de son cou et me serre contre lui. Jasper me soulève pour approfondir notre baiser. Sa peau est chaude et l'odeur des arbres autour de nous me tourne déjà la tête. Je glisse ma main sur sa nuque, son épaule puis son torse, jusqu'à relever son tee-shirt pour frôler sa peau. Je m'attends à une réponse, mais il se contente de délicatement rouler sa langue autour de la mienne. Il n'a peut-être pas envie de plus ce soir. Je déplace ma main pour enlacer sa taille. Peut-être que si je me frotte un peu contre lui, il va s'enhardir. Je me tortille en laissant échapper des petites plaintes, mais ça ne le fait que sourire. Je pensais que la situation m'agacerait, en fait non. Je souris à mon tour.

Il encadre mon visage de ses mains et dépose des baisers sur mes yeux et sur mon nez.

– Mais qu'est-ce que tu fais ?

– Quoi, tu n'aimes pas la tendresse, Alaska Wick ? s'amuse-t-il.

Je dois reconnaître que chacun de nos baisers précédents a été le prélude à une intense séance de sexe. Mais on ne s'est encore jamais embrassés comme ça, en dehors d'une chambre ou d'un bureau. N'importe qui pourrait nous surprendre ici, c'est un baiser éphémère qui n'engage à rien. Le laisser maintenant embrasser chaque partie de mon visage, sa barbe me piquant ici et là, fait revenir en force la guimauve coulante et chaude dans mes veines, les chatouilles dans mon ventre et le battement puissant de mon cœur. J'ai encore envie de rire sans raison. Et lorsqu'il s'attaque au lobe de mes oreilles en me serrant contre lui, je me mets à respirer son odeur en espérant que ce câlin ne prenne pas fin.

C'est étrange, j'ai l'impression qu'avec lui, je me sens en sécurité. Je ne comprends même plus toutes les critiques que j'ai pu entendre sur lui. Tout ce que je vois de lui, c'est un instinct protecteur indéniable et une volonté de bien faire malgré les obstacles. Rien à voir avec le portrait que Joan m'en a fait pendant des années. Après l'avoir entendu parler avec Will hier et l'avoir vu douter de lui-même tout à l'heure, je me dis qu'il n'agit pas inconsidérément, et même qu'il se remet trop en question.

– À quoi tu penses ? chuchote-t-il.

– À toi. Je t'ai entendu parler avec Will hier.

Jay pose son front contre le mien avec un petit soupir.

– Et ?

Il ne semble pas en colère, mais il n'a pas vraiment envie d'en parler.

– Rien, je voulais juste te dire que je pensais à toi depuis. À ce que tu as pu vivre là-bas. Je trouve que tu as du courage de revenir ici et de faire tout ce que tu fais.

Je le sens se détendre, et mes lèvres viennent trouver son cou.

Je suis rassurée que mes paroles ne l'aient pas heurté, mais en même temps, un peu déçue que nous n'allions pas plus loin sur le sujet. Il apprécie chaque empreinte de mes lèvres sur sa peau, mais il ne manifeste toujours pas de désir plus ardent.

– C'est Will qui est courageux, déclare-t-il alors. Il est venu jusqu'ici, il a affronté sa peur. Moi, je fuis encore mon passé.

Je recule pour tenter de voir l'expression sur son visage. Son ton, lui, est bien grave.

– De quoi parles-tu ?

– Du Gebel Aram.

– Tu ne comptes pas y retourner ?

Après un court silence, il se détache de moi.

– Si, demain.

Sa décision m'interloque. Il veut se rendre dans cet endroit maudit seul ?

– Tu n'as rien à prouver, à personne.

– À moi-même, si.

– Venir jusque-là ne te suffit pas ? Comme à Will ?

– Will n'est pas responsable, lui ! s'exclame-t-il en me tournant le dos.

Il devient nerveux et ses paroles m'emplissent d'angoisse. Responsable ? De quoi parle-t-il ?!

– Je viens avec toi ! répliqué-je sur un coup de tête.

Jay pivote aussitôt.

– Joan ne nous le pardonnerait jamais, prévient-il.

– Joan ne décide pas tout de ma vie !

Par contre, je me rends compte que son tempérament a bel et bien déteint sur moi. Même dans la pénombre, j'aperçois le sourire de Jay, à la fois tendre et moqueur.

– Très bien. On partira à sept heures, conclut-il.

Je suis soulagée de faire cette virée avec lui demain, de pouvoir partager un tant soit peu son fardeau.

Jay s'éloigne de quelques pas, et je retiens un grognement en le voyant partir. Pas de sexe cette nuit ? J'espère qu'on ne va pas attendre le mois prochain…

– Je laisse ma porte ouverte, si tu veux me rejoindre, indique-t-il avant de grimper les marches de l'escalier ramenant dans la cour.

Je m'adosse au tronc d'un frangipanier avec un soupir. Je vais lui laisser un peu d'avance avant de me ruer dans sa chambre.

20

La vipère à cornes

À l'aube, j'entre discrètement dans ma chambre, mais elle est vide. Cassie n'a pas dormi là. Elle n'a pas dû vouloir me croiser. Ou alors elle est avec Will. Ce que j'espère bien plus. Je mets quelques affaires dans un sac à dos et sors dans la cour qui est plongée dans le silence.

Jasper me rejoint bientôt avec un petit sourire que je lui rends et les clés de la Jeep.

La maison de fouilles a toujours un véhicule prêt à partir dans le désert avec tout ce qu'il faut pour un bivouac improvisé. Mais seuls les directeurs peuvent autoriser sa sortie. Sans un mot, nous contournons la maison pour trouver la Jeep recouverte d'une pièce de tissu qui la protège des intempéries.

– J'ai laissé un mot à la place de la clé. Il vaut mieux dire qui part et où, m'indique Jay, le visage crispé.

J'acquiesce en silence. Il n'a pas envie que l'on puisse lui reprocher quoi que ce soit. J'essaie de me mettre dans la tête de ces étudiants d'il y a quatre ans, de David et même de ce collègue étrange, Matthew Spear. J'essaie d'imaginer ce qu'ils pensaient avant de partir et me dis que je n'aurais pas mis ma confiance ailleurs qu'en Jasper.

Il fait démarrer la Jeep et prend la route. Au réveil, on était encore alanguis par notre nuit, mais à présent, la tension pèse sur nos épaules. Les paysages défilent autour de nous, les villages, les sites archéologiques, les ruines, les cultures…

Et au bout d'une bonne demi-heure, on bifurque sur une route dans le désert.

– On en a bien pour trois heures, tu peux te rendormir si tu veux, me propose Jasper.

Au même instant, un nid-de-poule nous fait bondir.

– Je crois que ça ira.

– La route des oasis est plutôt bonne, là, me répond-il avec un demi-sourire. Mais lorsque nous prendrons la piste, ce sera autre chose.

Cela ne me fait pas peur, au contraire. Et passer une journée seule avec Jay me fait tellement plaisir que j'espère même un ralentissement du temps.

– Et si tu me parlais de tes années d'études plutôt ? lancé-je pour lui éviter de trop penser à notre destination.

Les yeux rivés sur la route, Jay me raconte ce qu'il a pu faire étudiant, les échecs comme les réussites, les bêtises, les déceptions, les découvertes… Il a parcouru l'Égypte pendant près de deux mois avec des amis, a campé dans le désert plusieurs nuits et a même fait du cheval sur les hauteurs d'Assouan. Deux heures défilent sans que nous nous en rendions compte. Une piste dans le sable, sans aucun panneau indicatif, apparaît sur la droite, et Jasper s'y engage, puis accélère. Il n'y a qu'à suivre les traces d'autres voitures qui se sont aventurées là, celles des Bédouins qui vivent dans les recoins de petites oasis méconnues.

La conduite devient un peu plus technique, il faut gravir des dunes et savoir les descendre sans enliser les pneus dans le sable. Mais Jay semble parfaitement à l'aise. Je m'accroche à la portière pour éviter de trop me cogner et laisse mon regard dériver sur l'horizon.

– On arrive, m'indique Jasper en pointant une montagne de taille moyenne.

Ses traits se crispent légèrement. Il jette des regards rapides dans son rétroviseur comme pour s'assurer que nous ne sommes pas suivis. Je préfère ne pas parler. Il doit songer à plein de choses en même temps et je sais qu'on n'a pas forcément envie d'échanger quand on est bouleversé. Plus on avance et plus je discerne la véritable forme de cette montagne : une sorte de V au sol, avec un pic au centre. Jasper bifurque sur un bord extérieur sans s'engouffrer dans la vallée encaissée.

La carrière finit par apparaître un peu plus loin. Il gare la Jeep près de l'entrée et coupe le moteur sans pour autant détacher sa ceinture. Je n'ose pas bouger. Je regarde l'endroit qui semble paisible et abandonné. C'est un gros demi-cercle creusé dans la montagne, baigné d'une lumière jaune intense. J'ouvre ma portière et décide de sortir pour voir le site de plus près. Mon mouvement semble pousser Jasper à me suivre. Il n'y a aucun bruit autour de nous. Je m'avance sur le site. Les anciens Égyptiens ont taillé la roche sur plusieurs niveaux, le dernier est bien à une vingtaine de mètres de hauteur.

– Tu sais de quand date l'exploitation de la pierre ici ? demandé-je en espérant qu'aiguiller la conversation l'aide à ne pas sombrer.

J'observe sa silhouette, habituellement si sûre d'elle, se tendre et se déplacer avec lenteur.

– Il y a une inscription sur une paroi là-bas, dit-il en m'entraînant avec lui.

J'ai du mal à imaginer ce qu'il peut ressentir dans ce lieu où il a vu mourir des compagnons de route. J'attrape sa main en espérant lui donner de la force. Ses doigts serrent immédiatement les miens et il m'accorde un mince sourire reconnaissant.

– Là, regarde.

Je lève les yeux et vois la figure souveraine de Ramsès II gravée sur la surface de la pierre, son nom écrit à côté, donnant sa bénédiction pour l'extraction de la pierre. Je comprends mieux pourquoi Jay était venu jusqu'ici, Ramsès II est son principal sujet de recherche.

– Il y a des inscriptions laissées par les ouvriers aussi, continue-t-il en inspectant les parois.

Je le suis sur quelques mètres, il s'arrête et s'accroupit. Je me baisse à mon tour et vois quelques mots esquissés par un ouvrier de l'Antiquité.

– *« Ineni, qu'il soit vivant à jamais »*, lis-je. Comment as-tu fait pour la repérer ? C'est écrit tout petit sur cette immense paroi.

– Je suis resté assis près de cette inscription pendant plusieurs jours.

Je déglutis. Il la regarde pensivement, le front plissé par le tourment. J'ouvre la bouche pour le rassurer, hésitant encore à lui en demander plus, mais il me devance.

– Will était juste là avec Abel, près de moi. David, Matthew et Wilhelm étaient de l'autre côté, indique-t-il.

Je regarde la direction, la paroi opposée est bien à trente mètres. David était là-bas. Jay n'a peut-être même pas eu vraiment de contact avec lui sur la fin.

– Les preneurs d'otages nous ont séparés dès le début, ils avaient peur qu'en nous gardant groupés, on organise une évasion, continue Jasper.

Il appuie son dos contre la pierre, je m'agenouille à ses côtés, pendue à ses lèvres. Je n'ai toujours pas lâché sa main.

– Eux, ils étaient à l'entrée de la carrière et là-haut, au-dessus de nous sur les derniers niveaux. Ils voulaient nous rappeler que le premier qui bougeait pouvait se faire abattre comme un animal dans un piège.

– C'est ce qu'il s'est passé ? demandé-je d'une petite voix.

Soudain, Jasper semble se souvenir que je suis près de lui, à son écoute. Je pense que les images vont plus vite dans sa tête, sans qu'il se rende compte que l'explication orale ne suit pas forcément. Il baisse la tête sans rien dire. Il n'a peut-être pas envie d'aller plus loin.

– Me retrouver ici, alors que tout est si calme à présent, c'est étrange.

Il me décoche enfin un sourire, sans pour autant masquer une blessure plus profonde.

– Je suis sûre que tu as fait tout ce que tu pouvais, dis-je en m'asseyant à ses côtés. Aucun d'entre vous ne pouvait prévoir qu'ils se mettraient à tirer sans raison.

Jay acquiesce tout en pinçant ses lèvres. J'ai l'impression qu'il ne souhaite pas commenter, peut-être parce qu'il se sent encore bien coupable.

– C'est vrai, personne ne le pouvait, finit-il tout de même par murmurer. Tu connaissais bien David ?

Sa question me surprend. Joan m'a toujours dit qu'il refusait d'en parler jusqu'à maintenant. Malheureusement, je ne suis pas la mieux placée pour parler de lui. Surtout sans révéler quelques zones de mon passé.

– Pas vraiment en fait. Il avait quelques années de plus que moi, on n'avait pas les mêmes cercles d'amis à l'université. Je l'ai croisé chez Joan de temps en temps, elle tenait beaucoup à lui, et lui à elle. Ils étaient très complices.

Je ne mens pas sur le fond de la question. Depuis le jour où Joan m'a recueillie et aidée, je n'ai croisé David qu'une dizaine de fois. J'entendais surtout beaucoup parler de lui. Mais comme il était le fils de ma psychiatre, je préférais ne pas tisser de plus amples liens avec lui. Je me souviens notamment de mon premier Noël avec Joan, qui a été son dernier à lui, quelques mois avant qu'il parte pour le congrès de Louxor.

– C'était un bon garçon, appuie Jasper en se relevant. Plein de curiosité et de passion pour ses études.

Je me redresse d'un même mouvement. Lui non plus n'a pas cherché à lâcher ma main. J'ai le cœur qui bat vite, je me sens fébrile. Sa nervosité doit se transmettre à moi.

– Matthew avait raison, je n'aurais pas dû les entraîner jusqu'ici. Mais j'étais déjà venu avec mes amis de l'université. On avait lu qu'une expédition britannique avait découvert cette carrière au XIXe siècle. Ils ont trouvé les restes d'un village d'ouvriers de l'autre côté, dans la vallée. Tu vois, les Britanniques ont même creusé des marches pour grimper jusqu'au dernier niveau.

J'aperçois l'escalier bancal un peu plus loin.

– Il n'y a que les fous qui viennent jusqu'ici, ajoute-t-il sur un ton désolé.

Je lui fais face sans le lâcher et pose ma seconde main sur sa joue.

– Tu es peut-être un peu fou, mais pas autant que tu le crois.

Il pose son front contre le mien avec un demi-sourire.

– Tu es sûre ? J'ai pourtant la sensation d'être observé depuis que nous sommes là.

Je n'ai pas cette impression, mais lui doit être entouré de fantômes et d'images de ces quelques jours passés ici. Alors je le prends dans mes bras pour lui assurer mon soutien.

– Il n'y a que toi et moi.

Je n'arrive pas à retenir mes lèvres et elles s'égarent un court instant dans son cou.

– Peut-être que tu es folle, toi aussi, murmure-t-il au creux de mon oreille.

Je souris sans répondre à voix haute. Je suis clairement folle de lui, ça ne fait aucun doute ! Je me blottis contre lui en espérant le réconforter. Il me serre dans ses bras d'une manière différente. Ce câlin n'est pas un préliminaire, il est seulement bourré de tendresse. Et même si j'ai, au fond, envie de lui, je m'aperçois que cette embrassade me suffit, comme cet interlude sous le frangipanier.

– Merci, Alaska.

– De rien, dis-je en m'enivrant de son odeur.

Je n'ai pas fait grand-chose, mais si au moins je peux le soutenir, je ne me sentirai pas si inutile que cela. Je me sépare de lui avec la volonté de lui changer les idées.

– Je vais chercher le thermos de café.

– Prends de quoi relever les inscriptions, me conseille-t-il. Pour ta thèse.

Je retourne près de la voiture, plutôt contente de la manière dont tournent les choses ici. J'attrape mon sac à dos et fouille la banquette arrière à la recherche du thermos.

– Alaska ?

L'écho de son appel se répercute dans la carrière.

– J'arrive ! dis-je en soulevant les couvertures pour retrouver le thermos.

– Aly ?

Je fronce les sourcils. Ça ne lui ressemble pas de m'appeler ainsi. Je repère le thermos au même moment, l'attrape et me redresse, intriguée. Je retourne auprès de Jasper qui se tient droit et immobile, les mains en l'air.

– Qu'est-ce qu'il y a ?

Il baisse les yeux sur son pied droit alors que je m'approche de lui.

– N'avance pas plus, me recommande-t-il avec un calme suspect.

Je grimace sans comprendre le problème avant de diriger mon regard vers le bas. Un petit serpent s'enroule lentement autour de sa cheville. Je fais un bond en arrière, surprise.

– Bon sang…

– Reste calme, c'est une vipère à cornes, ça peut être dangereux.

Autant Jay fait preuve d'un calme admirable, autant ma frousse me pousserait plutôt vers la panique.

– Je déteste les serpents.

– Tu as déjà eu affaire à eux ? me demande-t-il.

– Dans leur habitat naturel, oui.

– Le désert… ? hésite-t-il.

– Dans des zoos, derrière des vitres !

– D'accord. Écoute-moi et tout se passera bien, tente-t-il.

Je hoche la tête en tentant de me reprendre. La vipère beige clair, aux deux petites cornes juste au-dessus des yeux, s'est immobilisée et semble patienter.

– Je ne peux pas me baisser pour l'attraper, je risquerais de trop bouger. C'est toi qui vas devoir la saisir.

Je lui jette un tel regard qu'il se met à sourire, probablement pour contrebalancer mon expression apeurée.

– Ne t'inquiète pas comme ça.

– Qu'est-ce qu'il se passera si elle te mord ?

Il penche la tête tout en fixant la vipère.

– Je mourrai en quelques minutes.

J'essaie de déterminer s'il plaisante ou non, mais il a l'air très sérieux. Un frisson glacial remonte le long de mon échine. Je pose mon sac et le thermos, le corps raidi d'angoisse. J'essuie mes mains devenues moites sur mon pantalon et avance à petits pas. Je n'ai plus peur de ce petit reptile, mais plutôt de ce qu'il pourrait faire.

– Il va falloir que tu lui attrapes la tête dès qu'elle te tournera le dos. Si tu serres bien ta prise sous sa gueule et entre ses yeux, elle ne pourra pas mordre et son venin sortira dans le vide.

Je m'accroupis à un mètre d'elle et attends. La vipère semble reprendre le cours de sa vie en s'enroulant à nouveau autour de la jambe de Jasper. Lentement, elle se détourne de moi alors que mon cœur accélère à toute vitesse.

– Avance ton bras doucement d'abord, me conseille Jay à voix basse. Mais ensuite, n'hésite pas, attrape-la d'un geste vif.

Je dodeline de la tête, peu assurée.

– Alaska, regarde-moi.

Je lève les yeux. Il semble vraiment serein, lui.

– J'ai confiance en toi.

Je sens la sincérité dans sa voix, et j'acquiesce, convaincue que je peux le faire. La clarté de son regard me conforte dans ma mission. Je reviens à la vipère qui tourne derrière le mollet de Jasper. J'avance le bras et me dis que c'est quitte ou double.

– Maintenant, murmure Jasper.

D'un coup, j'attrape la tête de la vipère et réajuste ma prise sur elle alors que son corps se tord de surprise. Sa gueule s'ouvre, mais reste incapable de se refermer. Le venin jaillit. J'en tombe à la renverse, à la fois soulagée et incrédule. Dégagé, Jasper se baisse et la reprend avec délicatesse.

– Généralement, elles dorment dans le sable le jour, à la recherche de fraîcheur, commente-t-il. On a dû la déranger. Je vais la déposer un peu plus loin.

Il s'éloigne avec le serpent tandis que je reprends mon souffle. Lorsqu'il revient, il me tend la main pour m'aider à me relever, me prend dans ses bras et m'embrasse.

– Tu crois qu'il y en a d'autres ? demandé-je avec inquiétude.

– Il y a des chances. Grimpe là-haut, tu seras à l'abri. Et tu pourras admirer la vue, elle est à couper le souffle dans mes souvenirs. Je vais relever les inscriptions pour toi ici.

Je me détache de lui à contrecœur, prends mon sac à dos et me dirige vers les escaliers. Les marches sont plus ou moins bien taillées. Plus on monte et plus on voit les traces des outils des ouvriers qui se sont affairés ici. Quand j'arrive au dernier niveau, sur la crête, j'observe la carrière immense et la silhouette de Jasper, près des parois. La vue est bien comme dans son souvenir : magnifique. Le sommet de la montagne derrière moi, les dunes de sable au loin, et la moindre brise qui souffle, tout est merveilleux. Je m'avance vers le bord pour jeter un œil sur le fond vertigineux.

C'est à ce moment-là que j'entends des bruits derrière moi, comme du gravier foulé aux pieds. Je veux me retourner, mais subitement, un coup me pousse en avant. Je me sens basculer. Au dernier moment, mes doigts s'agrippent sur le rebord de la paroi comme les serres d'un rapace sur une proie et supportent tout mon poids.

– Jay… Jay !

Je serre les dents et tente d'affermir ma prise. Toutes mes pensées et ma force sont dirigées dans mes bras qui me soutiennent.

– Tiens bon !

La voix de Jasper me parvient au loin. J'essaie de remonter en posant mes pieds contre la paroi rocheuse pour me hisser. Je parviens à remonter un avant-bras, mais je reste dans une position bien trop précaire pour m'en sortir seule. Mes pieds glissent sur la pierre et les forces commencent à me manquer.

– J'arrive !

Jay surgit au-dessus de moi et attrape mon bras. Il me soulève et m'attire puissamment en arrière. Je me repose contre lui, les muscles endoloris et tremblants.

– Ça va ? Tu n'as rien ?

– Quelqu'un m'a poussée ! m'exclamé-je, la respiration saccadée.

Jasper scrute le paysage autour de nous sans voir personne.

– Je ne suis pas folle, je sais ce que j'ai senti, quelqu'un m'a poussée, insisté-je, encore troublée.

Jay n'ose pas me contredire. Il n'affiche pas un total scepticisme non plus, il avait bien l'impression qu'on nous observait tout à l'heure. Pourtant, son calme apparent m'apaise et je finis par penser que je me trompe peut-être. Peut-être que j'ai glissé et que ce n'était qu'une impression…

– Viens, partons d'ici, décide Jay. Je t'invite au Winter Palace, on boira un verre pour se détendre.

21

Me confier à lui

Le vieux palace anglais se dresse sur la rive ouest du Nil. Avec nos vêtements de fouilles et la poussière du désert qui nous recouvre, on détonne dès le hall d'entrée. Le luxe rétro me fait lever les yeux d'admiration.

– Tu es sûr qu'on peut entrer comme ça ? dis-je, embarrassée par ma tenue.

– Oui, ne t'en fais pas.

Le réceptionniste, impeccable avec son tarbouche sur la tête, dans son costume au pantalon noir et à la veste rouge, nous salue dans un premier temps avec une politesse tout en retenue. Puis son expression se fige et un large sourire se dessine sur ses lèvres.

– Jasper ! s'exclame-t-il en contournant le comptoir.

– Ahmed, se réjouit à son tour Jay.

Ils tombent dans les bras l'un de l'autre et échangent des nouvelles en arabe. Ils doivent se connaître depuis des années.

– Alaska, je te présente Ahmed. Ahmed, voici Alaska.

Le réceptionniste me serre la main, toujours aussi emballé.

– Ahmed était l'un des meilleurs étudiants de l'université du Caire, on a travaillé et voyagé ensemble, indique Jasper.

– Vous vous êtes reconverti ? demandé-je, curieuse.

– L'économie, m'explique-t-il seulement et sans perdre sa bonne humeur. Mais laissons ça, allez dans les jardins, commandez ce que vous voulez au bar, vous êtes mes invités !

Il retourne à sa place et décroche aussitôt son téléphone. Nous traversons le hall d'entrée pour passer de l'autre côté. J'aperçois la discrète plaque indiquant les toilettes.

– Excuse-moi, je te rejoins.

Jasper acquiesce et s'éloigne. J'entre dans la pièce tout en marbre et parfumée. Lorsque je sors de la cabine, je prends le temps de me frotter les bras et le visage pour retirer le gros de la poussière, puis j'entrouvre la porte et perçois la voix familière de Pierre dans le couloir. Je m'immobilise et jette un œil. Il est bien habillé dans son costume blanc. Il discute avec deux autres hommes tout aussi élégants. Ils marchent en direction du hall.

– Je suis désolé que cette affaire n'ait pas encore abouti, dit Pierre.

– Ce n'est pas pressé, nous savons attendre.

– Je reviendrai après New York, nous verrons bien.

Ses interlocuteurs hochent la tête et s'arrêtent à quelques mètres des toilettes. Impossible pour moi de sortir pour le moment.

– Excusez-nous, mais on se pose la question depuis le déjeuner, commence l'un des deux. Que vous est-il arrivé au juste ?

J'aperçois Pierre lisser sa joue griffée avec un sourire goguenard.

– Une petite tigresse qui le paiera tôt ou tard. C'est fou ce que certaines gamines sont capables de faire pour de l'argent.

Ses deux compagnons affichent le même sourire envieux et compréhensif. Mon cœur se serre douloureusement. Il commence déjà à faire courir des bruits sur mon compte. Ces choses prennent du temps, mais finissent toujours par se répandre. Jasper risque d'en entendre parler avant même que je puisse m'expliquer. Il a eu le courage d'aller jusqu'au Gebel Aram, je devrais pouvoir suivre son exemple et me confier à mon tour. Si je veux lui témoigner la même confiance qu'il m'accorde, je ne peux plus lui cacher ce qui m'a forgée.

Lorsque j'entends les voix s'éloigner, je sors pour rejoindre Jay dans les jardins du palace. Assis au comptoir de bois blanc d'un luxueux bar à l'ancienne, il me fait signe. Une piscine, des tables espacées et des plantes nous entourent. Les hauts arbres qui ferment les jardins nous coupent la vue extérieure sur la ville.

– Assieds-toi, j'ai commandé des jus de citron, m'invite Jasper.

Je prends place alors qu'il semble inspecter mes égratignures.

– Je crois que je vais avoir besoin d'un truc plus fort, dis-je en interpellant le barman pour lui commander un mojito.

Je me berçais d'illusions en pensant pouvoir m'en tirer sans rien lui dire. Mais en même temps, je me sens en sécurité avec lui. Si quelqu'un doit tout savoir de moi, c'est bien Jay. Je ne pourrai jamais me débarrasser de la peur de le perdre, mais je peux au moins être honnête avec lui. Une fois le mojito sous le nez, j'en bois deux grandes gorgées et laisse l'alcool réchauffer ma gorge.

– Ça va ? hésite Jasper.

– C'est moi qui ai pris tes clés, dis-je sans attendre plus.

D'abord surpris, il finit par hocher la tête. Je retiens mon souffle.

– Je ne voulais pas y croire, mais je ne voyais pas d'autre explication.

Je me mords l'intérieur des joues. Je m'attendais presque à plus de colère, mais il est plus résigné qu'autre chose. Comment organiser la suite de mes confidences à présent ?

– Je n'ai rien pris dans le coffre, je n'ai pas pu, continué-je, le cœur battant. Je n'avais pas le choix. Enfin, si…

Je m'interromps pour boire à nouveau.

– De quoi tu parles ? Pourquoi as-tu pris les clés ?

– Pierre voulait que je vole les bracelets qui sont conservés dans le coffre de la réserve.

Jasper se redresse, soufflé par la révélation.

– Quoi ?

– Jay, ce que j'ai à dire n'est pas facile, alors écoute-moi.

Cette fois, il est inquiet et me fixe en attendant la suite. J'inspire un grand coup. Il faut que j'aille à l'essentiel, comme lorsqu'on retire un pansement d'un geste sec. Je pose ma main sur mon épaule, là où se trouve ma cicatrice.

– Il y a huit ans, j'ai eu un grave accident de voiture, mes parents et ma sœur sont morts sur le coup et j'ai été hospitalisée. J'ai fait une dépression et je refusais de guérir. C'est Joan qui m'a sortie de là deux ans plus tard, en parlant de son métier au centre de rééducation dans lequel je me trouvais. J'ai décidé de suivre cette voie, mais l'université de Boston coûtait très cher. Comme mes parents n'étaient plus là, j'ai dû me prostituer. Je pensais rassembler suffisamment d'argent pour une inscription, mais en fait j'aurais pu mettre des mois et des mois pour seulement une année de cours. C'est Joan qui m'a à nouveau sortie de ce mauvais pas en me recueillant et en me donnant une bourse d'études quand elle a compris ce que je faisais.

À la fin, je me rends compte que j'ai récité ce que j'ai souvent répété dans ma tête au cas où je devrais un jour raconter les événements qui ont marqué ma vie. Jasper me scrute, médusé.

– Joan…

Je l'interromps presque aussitôt. J'ai besoin de tout lui dire, mais je ne veux pas qu'il interprète mal.

– Je lui dois tout. Elle m'a sauvée deux fois, je la considère comme un membre de ma famille.

Jasper acquiesce, attrape mon verre et boit une gorgée de mojito.

– OK. Je comprends. Mais…

– Le rapport avec les clés, le coupé-je à nouveau.

Le plus difficile est à venir.

– Pierre est un ancien client, j'ai couché plusieurs fois avec lui sans savoir qui il était, jusqu'à ce que je le retrouve à

Londres en octobre dernier. Il m'a aussi reconnue et m'a imposé un chantage : soit je volais les bracelets de la réserve pour lui, soit je couchais avec lui, soit il racontait mon passé à tout le monde. La nuit dernière, je pensais voler les bracelets, mais je ne voulais pas que Joan ou toi soyez accusés, alors je l'ai rejoint…

Je m'arrête là, la gorge nouée. Me remémorer ces épisodes est déjà douloureux, mais en parler à haute voix est une véritable épreuve.

– Mais je n'ai pas pu, je l'ai repoussé.

Jasper a eu un mouvement de recul dès le mot « client ». Ses mâchoires sont serrées. Il fait signe au barman.

– Je ne t'ai pas menti quand on s'est rencontrés, ajouté-je aussitôt. Je n'ai jamais éprouvé quoi que ce soit dans les bras d'un autre avant toi. Le sexe a toujours été un mécanisme désagréable, et Pierre…

– Monsieur ? coupe le barman.

– Servez-moi un whisky.

J'attends qu'il s'éloigne à nouveau pour reprendre. Je sens la panique me saisir brutalement. Jasper évite mon regard et ses traits se sont durcis. Dès que le barman tourne les talons, je m'empresse de raconter la suite.

– La dernière fois que j'ai couché avec lui, c'était il y a cinq ans. Et il a toujours été violent, hier soir n'a pas fait exception, mais…

Jay jette un regard sombre sur moi, tout en serrant les poings. Je ne sais plus quoi dire, alors je reste silencieuse, à guetter une réponse, mais rien ne vient. Je tente une interrogation.

– Est-ce que tu es… déçu ?

– Déçu ? reprend-il. Non, je suis furieux.

« Furieux ». Ce n'est pas la réaction que j'espérais. J'ai l'impression qu'on vient de m'asséner plusieurs coups dans le ventre. Je suis vraiment en train de le perdre à cause de ce passé dont je n'arrive pas à me défaire.

– Excuse-moi, je suis désolée, dis-je en faisant tout pour retenir des larmes de détresse.

– De quoi peux-tu bien être désolée ? relève immédiatement Jasper. Je suis furieux contre Pierre ! Cet homme a profité de toi et t'a agressée plusieurs fois, et même sous mon nez !

C'est à mon tour de l'observer, médusée.

– Je le briserai si je le croise à nouveau, ajoute-t-il en buvant son verre.

– Il n'en vaut pas la peine et il risque de faire plus de mal qu'autre chose si tu l'accuses. Il commence déjà à raconter ce que j'ai fait par le passé, il peut aussi s'en prendre à Susan.

Jasper passe une main sur son visage, il ne doit pas en revenir.

– As-tu des messages écrits de lui concernant les bracelets ?

– Non.

– Il faut le coincer là-dessus. Où sont les clés ?

– Je les ai perdues dans les ruines du temple voisin, réponds-je, penaude. Je n'avais pas envie d'y retourner après ce qu'il s'était passé.

– Tu as bien fait, j'irai jeter un œil, dit-il.

Je hoche la tête, à moitié soulagée et à moitié incrédule, mais je reste un peu en attente concernant l'autre part de mes confidences.

– Jay, est-ce que tu m'en veux ? J'ai couché avec plusieurs hommes contre de l'argent, je comprendrais si tu étais dégoûté…

Il se tourne enfin complètement face à moi et attrape mes mains.

– Alaska, s'il te plaît, arrête. Je ne vais pas prétendre comprendre ce que tu as pu vivre, mais je veux bien croire que ce n'était pas une période facile pour toi et j'ai plus ou moins envie de casser la gueule de chaque homme qui a pu te toucher. Mais jamais tu ne me dégoûteras. Jamais je ne te verrai autrement que comme la jeune femme brillante et courageuse que tu es.

Sa déclaration réchauffe tout mon être et je lutte à nouveau contre des larmes, mais de bonheur cette fois-ci.

– On prend tous des chemins parfois tortueux, ajoute-t-il. Cette période n'est qu'un épisode dans ta vie, mais elle ne détermine pas qui tu es.

Il porte une de mes mains à ses lèvres pour l'embrasser. Émue, je hoche la tête. Je ne pensais pas qu'un jour je tomberais sur un homme qui puisse penser ainsi. Comme je veux vraiment en finir avec les non-dits entre nous, je décide d'aborder un dernier sujet qui me semble inévitable.

– Il faut quand même que je te dise qu'après ma dernière expérience, j'ai fait plusieurs tests de dépistage qui se sont tous révélés négatifs. Comme, depuis toi, je n'avais plus eu de relation, je veux que tu saches que tu n'as rien à craindre.

Jay opine avec un mince sourire.

– Merci de me le dire. J'en ferai un en rentrant à Londres, moi aussi. Alaska, enchaîne-t-il sur un ton plus grave, j'espère que je ne t'ai pas blessée involontairement en te faisant des avances ou en faisant l'amour avec toi.

– Non, jamais. Je te l'ai dit, je ne savais pas ce qu'était véritablement le sexe avant toi. Je me contentais de m'allonger et de me déconnecter pour ne rien ressentir.

– Je suis désolé que tu aies dû subir ça, me dit-il avec une empathie marquée.

– Quand je t'ai vu dans ce café, en septembre, j'ai tout de suite eu du désir pour toi. Ça ne m'était jamais arrivé avant, avoué-je, contente de le dire.

– Je comprends mieux le « insatisfaite », répond-il avec un air un peu plus amusé.

Mon sourire s'allonge. Je me sens enfin plus légère.

– J'aime bien ce qu'on fait tous les deux, avoue-t-il. Mais j'espère que ce n'est pas que du sexe. J'ai souvent eu envie de traverser la cour de la maison ou les chantiers de fouilles pour te prendre dans mes bras au milieu de tout le monde.

Je saute de mon tabouret, il descend lui aussi du sien, j'attire son visage jusqu'au mien et il m'embrasse. C'est le raclement de gorge embarrassé du barman qui nous rappelle à l'ordre. Je ne peux m'empêcher d'en rire. Jasper me garde pourtant contre lui.

– J'ai envie de toi, chuchote-t-il. Mais je veux que tu saches qu'à chaque instant, même en pleine action, tu peux me dire non. Jamais je ne le prendrai mal ni ne t'en voudrai.

Ses paroles me chamboulent et je crois que j'avais besoin d'entendre ça.

– Merci, Jay.

– J'aimerais prendre une chambre ici. Qu'est-ce que tu en penses ? On pourrait commander quelque chose à manger et profiter de la clim jusqu'à demain ?

Je veux accepter tout de suite, mais une pensée m'en empêche. Si on ne rentre pas ce soir, Joan saura que notre sortie n'est pas innocente. Je voudrais dire à Jasper que ce n'est pas raisonnable, mais je n'arrive pas à oublier que Joan m'écarte elle aussi de sa vie.

– Moi aussi, j'en ai envie, dis-je alors.

– Mais ?

– Pas de mais, que des oui.

***

La chambre est somptueuse avec sa literie rouge grenat, ses panneaux de bois sombre ajourés et son éclairage tamisé. Jasper referme derrière nous alors que je n'ose pas aller plus loin dans la pièce. Tout mon corps est pourtant déjà en alerte. On a bien dit qu'on commanderait de quoi manger, mais j'ai surtout faim de lui maintenant. Je jette un œil sur la porte de la salle de bains et une idée se dessine plus clairement dans ma tête. Je retire mes chaussures avant de m'avancer un peu.

Les deux nuits précédentes que nous avons partagées, je m'excitais trop vite et jouissais avant lui. Je me dis que c'était finalement pour écourter le plaisir, comme si je ne le méritais pas. À présent, je me retrouve dans la situation inédite d'être avec un partenaire qui sait quasiment tout de moi et qui a quand même envie d'être là. Je veux faire durer un maximum ce moment. Je lui fais face et déboutonne mon chemisier. Jasper fronce les sourcils, comme si je le surprenais. Il était parti pour appeler Ahmed et commander le meilleur déjeuner de l'hôtel à déguster sur la terrasse privée de la chambre. Pourtant, la courbe que forment ses lèvres quand je retire les bretelles de mon soutien-gorge souligne à quel point il est captivé par ma proposition.

Je défais mes cheveux, enlève mon pantalon et pivote pour aller jusqu'à la salle de bains. Une fois dans l'encadrement de la porte, toujours en tournant le dos à Jasper, je baisse doucement mon slip et l'abandonne à mes pieds. J'entre dans la large cabine de douche transparente, au sol et au mur en marbre blanc veiné de noir, et allume l'eau. Des jets puissants surgissent. Jay apparaît de l'autre côté de la vitre. Il est encore habillé, mais commence à retirer ses vêtements dès qu'il me fait face. Je me mordille la lèvre avec impatience quand je le vois se défaire de son tee-shirt et finir de se dénuder avec des gestes mesurés.

Lorsqu'il entre dans la cabine de douche, cette retenue apparente est trahie par ses yeux assombris de désir et sa poitrine qui se soulève plus vite. Il se tient droit devant moi en laissant l'eau le recouvrir avant de passer ses mains dans ses cheveux. On a déjà pris une douche ensemble, mais une fois le sexe consommé, les choses étaient beaucoup moins charnelles qu'à cet instant précis. Je le dévore des yeux, il ne me quitte pas du regard non plus. Je verse une noix de gel douche dans le creux de ma main avec l'envie de le caresser partout. Ce trait qui traverse son puissant torse jusqu'à l'aine, les lignes courbes de ses épaules et la fermeté de ses fesses, j'explore tout ce que j'aime chez lui. Jay me laisse faire sans cacher le plaisir qu'il ressent. Lorsque je frôle son membre, il pose une main sur ma joue. Je le longe lentement, impatiente de le sentir en moi, et le regarde s'élargir à mesure que ma caresse s'intensifie.

– À mon tour, finit-il par souffler en m'arrêtant.

J'acquiesce, la gorge trop nouée pour parler. Dès qu'il pose ses mains sur moi, je ferme les yeux, fébrile. Il lisse mes épaules, passe doucement sur ma poitrine et s'arrête au creux de mes reins avant de s'accroupir. Le gel douche se dilue aussi vite que l'eau qui s'écoule, pourtant ça ne l'empêche pas de longer mes jambes et de remonter l'intérieur de mes cuisses. Ma respiration s'emporte, chaque partie de mon corps me semble si sensible que les gouttes d'eau de la douche me font l'effet de milliers d'étincelles qui s'échouent sur ma peau.

Jay m'emprisonne dans ses bras, son corps glissant s'écrase contre le mien, et sa bouche attrape ma lèvre inférieure. Il la mordille avec ardeur avant d'enrouler sa langue autour de la mienne. C'est à ce moment-là que je perds pied. Je m'appuie sur ses épaules et me laisse entraîner dans l'un de ses baisers qui me vrillent le cerveau. Jasper me soulève, je noue mes jambes autour de sa taille et il me plaque contre le marbre froid. La différence de température avec l'eau me fait frissonner. Mes doigts s'enfoncent dans ses cheveux tandis qu'il dévore mes seins de baisers et de morsures qui me font d'abord soupirer puis gémir.

Lorsqu'il glisse un doigt en moi, c'est un cri un peu plus prononcé qui franchit mes lèvres.

– Jay !

Il s'interrompt et me repose sur le sol de la douche.

– Sortons, décide-t-il en coupant l'eau.

Il a compris que je ne veux pas précipiter les choses. Il attrape une serviette de bain et la passe délicatement sur mes cheveux avant de la déposer sur mes épaules.

– De quoi as-tu envie ? Dis-moi.

De son côté, il s'essuie en deux trois mouvements empressés. Là, maintenant, j'ai surtout envie de lui donner du plaisir.

Je m'approche de lui pour le frôler sans me blottir contre lui. Il a plutôt aimé ce que je lui ai fait dans sa chambre, à la maison de fouilles, et ça l'a vraiment excité.

– Je veux te sucer.

Ses lèvres affichent un demi-sourire séduit qui fait apparaître ses fossettes sur ses joues.

– Moi, je veux te lécher.

Mon souffle se coupe un quart de seconde. Je m'empourpre de désir et d'impatience.

– Viens, dit-il en me prenant par la main.

On retourne dans la chambre, il me mène jusqu'au lit et va chercher son sac pour en sortir un préservatif. Je m'assois et le regarde enfiler la protection en me tortillant. J'ai hâte de sentir son membre épais entre mes jambes, mais je tente de calmer mes ardeurs. Je veux jouir avec lui avant tout. Lorsqu'il revient vers moi, il s'allonge sur le lit et me guide. Maladroitement, je comprends que nous nous apprêtons à faire un soixante-neuf lorsque je me retrouve à califourchon sur lui, mais en lui tournant le dos. Il m'attire en arrière pour que sa bouche embrasse mes petites lèvres déjà humides. Ce premier baiser intime tend tous mes muscles. Les mains à plat sur son abdomen, je ne trouve pas la force de me pencher en avant alors qu'il roule sa langue sur mon clitoris. Je profite de chaque frisson qui me secoue alors que sa langue douce et chaude entre en contact avec moi.

Ce n'est qu'au moment où je me fais la réflexion qu'il est terriblement doué, que je me décide enfin à lui donner du plaisir à mon tour. Je m'accoude de part et d'autre de son bassin, attrape son membre à la base et le suce d'abord lentement. Dès qu'il est dans ma bouche, Jay me relâche et laisse échapper un gémissement grave qui me contente au plus profond de moi. Alors, je m'applique. Le préservatif ultrafin me donne l'impression que la fine peau de son sexe est à nu. Si je fais d'abord preuve de douceur, je laisse mes dents l'érafler avec précaution.

– Alaska… C’est bon…

Il lui faut bien quelques instants à lui aussi pour reprendre le cunnilingus laissé en suspens. Nous sommes enfin synchronisés. Les sensations sont décuplées. Nous nous donnons du plaisir au même instant et ce partage me comble. Pourtant, je me force à m’arrêter quand je sens la tension culminer dans mon bas-ventre. Jasper me fait basculer sur le dos et s’allonge entre mes jambes. Les draps satinés glissent sous ma peau. Je me cambre, au comble de l’excitation. Jay ne perd pas une seconde, il attrape mes mains pour les maintenir au-dessus de ma tête et me pénètre d’un coup de reins puissant. Je laisse échapper un cri de pure satisfaction. Il se retire et recommence. Il s’enfonce presque entièrement en moi. Mes doigts se serrent sur la main qui retient les miennes. Je ferme les yeux, mon cœur martelant ma poitrine.

– Regarde-moi, me susurre-t-il.

Ses iris, presque noirs, cerclés d’un liseré bleu turquoise, sont juste au-dessus de moi. Il va et vient sur ce même rythme soutenu. Je mords ma lèvre pour me contenir un peu, mais laisse au fur et à mesure des plaintes franchir ma bouche. Je ne quitte pas ses yeux, il ne quitte pas les miens, on se laisse emporter quelques instants, et à nouveau, une tension folle s’empare de moi, mais visiblement pas de lui.

– Jay, arrête, soufflé-je. Arrête.

Il ralentit et se retire, le souffle court. Son corps est humide de sueur.

– Je veux jouir avec toi, dis-je alors.

Je ne comprends pas pourquoi j’en arrive là aussi vite. J’ai l’impression d’avoir tellement envie de lui que je dévore impatiemment chaque seconde, comme si je faisais face à une montagne de gourmandises. De son côté, il est très dur, plus encore que la première fois, mais son endurance me frappe à nouveau. Jay s’assoit et tend les bras derrière lui, me laissant la direction. Je m’installe à califourchon sur lui et commence par l’embrasser. Je dois me calmer un peu avant de continuer.

Dans cette position, je le sens à ma merci. Il ne peut pas me toucher sans tomber en arrière et tout son torse m'est offert. Je me frotte contre lui tout en mordillant son cou. Il s'impatiente, à en croire ses grognements, mais si je le mène maintenant au bord de la jouissance, il nous en faudra peu pour l'atteindre ensemble. Alors je décide de le parcourir de baisers et de mordillements, mes mains sont partout autour de lui et ma langue lèche tendrement les endroits sensibles. Je vois tout son corps se soulever de plus en plus vite. Il bascule la tête en arrière pour chercher de l'air tandis que je suce à nouveau le bout de son sexe tout en le caressant. Agenouillée entre ses jambes et penchée en avant, je repense à ce que nous avons fait dans son bureau de Londres et me dis que cette position-là l'avait forcé à faire des pauses tant elle lui plaisait. Je m'arrête et tends les bras devant moi.

– Prends-moi comme ça, dis-je en m'apercevant que ma respiration est saccadée.

Jay me regarde, je le force à interpréter les choses.

– Tu veux dire en levrette ?

– Oui, s'il te plaît.

Il me sourit, amusé par ma maladresse, mais je repère très bien le pétillement excité dans ses yeux. Il se relève et prend place derrière moi. Lorsqu'il me pénètre, je fais tout pour me retenir le plus possible, mais au bout de quelques secondes, je sens qu'il accélère, lui aussi prêt à jouir. Je resserre mes muscles sur son membre, il s'enfonce entièrement en moi et bouge avec fermeté tout en maintenant mes hanches contre lui. Je ne retiens plus rien et glisse sur mes avant-bras en gémissant. Je sens un orgasme venir, puissant et long, secondé par un pic saisissant lorsque les doigts de Jay font des cercles sur mon clitoris. La violence de la vague qui m'emporte contracte mes muscles sur son membre et le fait venir instantanément. On s'abandonne en même temps, ne maîtrisant plus aucun de nos mouvements.

Je m'affaisse, le souffle emporté, les tempes douloureuses.

Jay finit par se retirer et se laisser tomber près de moi, lui aussi sonné. Je mets bien plusieurs secondes à me retourner sur le dos, envahie par cette douce chaleur de contentement qui a tendance à m'enrober après chaque orgasme. Je n'ai même pas remarqué que Jay s'était levé. Ce n'est que lorsqu'il revient de la salle de bains, le visage heureux et encore un peu rouge, les cheveux toujours humides, que je me reconnecte à la réalité. Il s'allonge auprès de moi avec un soupir satisfait et je me blottis contre lui, ravie.

Mon estomac finit par réclamer la nourriture qu'il attendait, nous faisant rire tous les deux.

– Désolée, dis-je en croisant les bras sur mon ventre.

– On va reprendre des forces, me dit Jasper en attrapant le combiné. On a la chambre jusqu'à demain midi, il nous en faudra.

22

Le retour

Si jusque-là j'avais confiance en moi et en ce que nous faisions tous les deux avec Jasper, je perds en assurance au fur et à mesure que nous approchons de la maison de fouilles. Lorsque Jay gare la Jeep, mon cœur tambourine. Je sais que la confrontation avec Joan est inévitable, mais je la crains bien plus, maintenant qu'elle est imminente. J'aurais peut-être dû m'engueuler avec elle par téléphone pour éviter de la voir fulminer en face de moi…

– Tu es prête ? me demande Jay.

– Non, mais on n'a pas le choix, dis-je en défaisant ma ceinture pour sortir.

Jasper referme le véhicule et attrape ma main alors que je raffermis ma volonté. On s'avance ensemble jusqu'à l'entrée et on traverse le couloir qui débouche dans la cour intérieure. Si mes yeux cherchent automatiquement Joan, ceux de Jay remarquent bien plus vite l'attroupement. Il relâche ma main pour ne pas nous exposer trop brutalement à tout le monde. C'est le deuxième jour de repos et la maison est en général vide à cette heure-ci, chacun vaquant à ses occupations. Mais curieusement, la plupart des membres des deux missions de fouilles sont là, tous en cercle sans que je puisse voir ce qu'ils regardent dans un silence inquiétant.

J'aperçois Susan, un peu en retrait, et plutôt pâle, les bras croisés. Une angoisse sourde me saisit. Je m'approche d'elle en quelques pas.

– Susan, que se passe-t-il ?

Jay me suit, mais avec plus de prudence. Il fixe lui aussi le rassemblement avec une certaine crainte. Susan regarde Jasper et déglutit. Elle semble vraiment ébranlée.

– Il vient de se produire une chose assez inattendue, dit-elle en semblant bien choisir ses mots.

– Quoi ? demande immédiatement mon compagnon.

– Jasper, Matthew vient de réapparaître.

L'annonce me plonge d'abord dans l'incompréhension. Pendant quelques secondes, je me demande qui est Matthew. Mais le silence incrédule de Jasper ramène le nom dans ma mémoire. Le collègue de Jasper, l'archéologue disparu.

– Matthew Spear ? dis-je sans vraiment y croire.

Le visage défait de Susan et son léger hochement de tête finissent de confirmer l'évidence. Jay se détourne de nous pour pénétrer le cercle avec précipitation. Je le suis comme son ombre. Au centre de l'attention, Joan, les bras croisés, la mâchoire crispée, fait face à un homme au regard fuyant. C'est la première chose qui me frappe lorsque je le vois : le mouvement ininterrompu de ses yeux qui vont et viennent même s'il reste immobile. Son teint est marqué par le soleil, ses cheveux châtains sont en bataille et sa barbe est un peu longue. Pourtant, il semble avoir pris soin de lui, ses vêtements ne sont pas sales et il porte un sac à dos.

– Matthew ? appelle Jasper sans l'approcher de trop près.

L'homme tourne lentement son visage vers lui. Les deux hommes s'observent en silence. Je vois Will s'asseoir à l'arrière du groupe, il tremble comme une feuille. Cassie prend place près de lui en tenant sa main. Joan, elle, est tendue.

– Matthew ? réitère Jasper en faisant un pas vers lui. Où étais-tu ?

Après un second temps de silence, l'archéologue disparu semble soudain le reconnaître et tend le bras dans sa direction.

– Meurtrier ! s'exclame-t-il alors, les joues rouges de colère. Meurtrier !

Jasper recule d'un pas.

– Matthew, c'est moi, Jasper ! rappelle-t-il en tendant les mains devant lui.

– Je sais très bien qui tu es ! Tu nous as tous abandonnés là-bas ! Meurtrier !

Mon cœur se déchaîne lorsque je vois Jay pâlir à vue d'œil.

– Tu as voulu jouer au héros ! continue Matthew en le pointant du doigt. Tu as tenté de t'emparer d'une arme et ils nous ont tous tiré dessus en représailles !

– Tu ne sais pas ce que tu dis, finit par avancer Jasper avec calme.

– Je sais très bien ce que j'ai vu ! rugit Matthew. Ils ont commencé par abattre Wilhelm d'une balle dans la tête, j'ai tenté de m'interposer entre eux et David, mais ils l'ont quand même eu de plusieurs balles dans le dos, comme un chien !

Joan pose ses mains sur sa bouche, choquée. Je m'approche d'elle pour la soutenir. Tout son corps est parcouru de tremblements.

– J'ai eu la vie sauve uniquement parce que l'arme du terroriste s'est enrayée ! Pendant quatre ans, je me suis caché de peur qu'ils me retrouvent ! Et je finis par apprendre que, toi, tu es en vie ! Et que tu oses revenir ici ! Comme si de rien n'était !

Ses yeux sont injectés de sang. Les narines dilatées, les mâchoires serrées, il fixe Jasper avec une telle haine qu'il paralyse tout le monde. Jay reste silencieux, stupéfait. Joan finit par me repousser pour s'approcher de Matthew et le guider jusqu'à un banc pour qu'il s'assoie. Puis elle se tourne vers Jasper, le visage exsangue.

– Suis-moi, nous devons parler.

Il acquiesce. Elle semble se rendre compte que je suis là et ajoute avec plus de colère encore :

– Toi aussi, Aly !

Encore hébétée par la scène, j'avance d'un pas hésitant pour les suivre dans l'espace commun de la maison, échappant ainsi à l'observation du groupe.

– Joan, ce n'est pas ce que tu crois, entame immédiatement Jasper.

Il tente de mettre de l'assurance dans sa voix, mais il reste pourtant déstabilisé comme jamais je n'aurais cru le voir.

– Vraiment ! rugit-elle. Alors, dis-moi ce qu'il s'est passé ! Parle !

Jay se mure à nouveau dans le silence. Il semble vouloir esquisser une réponse, mais se ravise. Je tente de garder les idées claires et pense à ce qu'il m'a dit au Gebel Aram. Il n'a jamais dit comment s'étaient déroulées les exécutions, il se sent seulement « responsable ». Je ne sais plus quoi penser... A-t-il vraiment cru pouvoir s'emparer d'une arme, provoquant une vague de panique chez les pirates, les poussant à faire feu ? Le trouble qui me saisit m'empêche de repousser cette hypothèse. Est-ce que Will ne dit rien et le protège, lui, parce qu'il lui doit la vie ?

– Je ne peux rien dire, se désespère-t-il sans rien ajouter.

Joan laisse échapper un sanglot de souffrance et de colère.

– David a été abattu par ta faute ! accuse-t-elle en écumant de rage. Tu ne vas pas t'en tirer comme ça ! Assassin !

Je m'approche pour tenter de l'apaiser alors que sa respiration s'emporte.

– Joan, calme-toi.

Elle me repousse d'un geste brutal et semble se souvenir de ma présence. Elle se tourne à nouveau face à Jasper et le bouscule, désemparée.

– Tu couches avec mon élève en plus ! Espèce de salopard !

Elle a très bien compris pourquoi nous n'étions pas rentrés de la nuit et a dû me maudire toute la journée d'hier. Jay ne se défend pas, il n'ose rien dire, de peur d'attiser sa fureur.

– Joan, arrête, tenté-je d'une petite voix.

Elle tourne son regard vers moi.

– Tu vas devoir choisir, Aly ! Je n'accepterai pas que *toi*, que j'ai aidée et protégée comme ma propre fille, sois liée à cet homme, à ce meurtrier ! Soit tu me choisis, soit tu n'auras plus jamais ni mon soutien ni mon affection !

Les larmes aux yeux, le visage déformé par la douleur, elle attend une réponse. Je reste figée, incapable de parler ni de penser, mise au pied du mur.

V

UN CHOIX IMPOSSIBLE

23

Le gouffre

– C'était quoi déjà la vipère que tu as attrapée ? me demande Mani, toujours aussi fasciné par ce récit.

– Une vipère à cornes, rappelle Rosa en levant les yeux au ciel.

Mani ne commente pas, il se contente de tapoter son portable. Rosa, elle, prépare le cappuccino que je lui ai commandé.

– J'ai lu un article sur un homme mordu par ce genre de vipère, continue Mani. Il est arrivé à l'hôpital de Tunis avec un œdème gros comme le poing sur le bras, il était encore conscient, puis il a sombré dans un état second et il est mort d'un AVC quelques instants après. T'as vu à quoi tu as réchappé ?

Comme à son habitude, son ton ne démontre rien, ni incrédulité, ni inquiétude. Je hoche la tête en me disant que ce danger-là me paraît bien anodin à côté de tout ce qu'il s'est passé depuis.

Voilà trois semaines que les fouilles se sont terminées dans une ambiance des plus tendues. Des envoyés de l'ambassade anglaise du Caire sont venus chercher Matthew, Jasper les a accompagnés pour attester son identité et répondre aux multiples questions qui ont été soulevées. Plusieurs jours sont passés avant que Jay réapparaisse. Joan et lui n'ont plus été capables de communiquer et le calme qui régnait alors entre les deux équipes s'est effiloché. Acculée par Joan, je l'ai choisie parce qu'elle est la seule personne qui s'apparente à une mère pour moi, et j'ai quitté Jasper. Il ne m'a plus adressé la parole, je ne l'ai plus croisé le soir dans la cour, il n'a plus échangé avec les étudiants et les chercheurs de Boston.

Je me demande encore aujourd'hui comment j'ai fait pour voir le bout de ce chantier de fouilles. Chaque heure passée après notre retour du Winter Palace a été douloureuse. Plus de Jay, et Joan a été d'une froideur sans pareille. Elle m'en veut encore de lui avoir menti et caché mon aventure avec Jasper, je lui en veux encore de m'avoir imposé un tel choix, nous n'avons donc plus bavardé comme nous en avions l'habitude. J'ai fini par comprendre qu'elle avait rempli un gouffre béant en moi, creusé par la mort de mes parents.

Plusieurs fois, j'ai eu envie d'aller vers elle pour tenter de discuter, mais l'omniprésence de Matthew Spear auprès d'elle m'en empêche toujours. Après un passage par Londres pour régler sa « résurrection » aux yeux de l'administration, Joan l'a invité à Boston pour monter une nouvelle commission concernant la prise d'otages : ils veulent qu'elle reconnaisse la responsabilité de Jasper pour pouvoir intenter un procès avec son appui. Susan m'a écrit et m'a raconté que Jasper n'était plus que l'ombre de lui-même. Son doyen lui a pourtant apporté son soutien, mais Jay n'arrive pas à mettre cette histoire de côté. Will, lui, s'est enfermé chez lui plusieurs jours d'affilée. Et comme Cassie ne me parle plus, je ne sais pas comment il va.

Cette situation me torture. Quand je ne pense plus à Joan, je pense à Jasper, et quand je tente de ne plus penser à lui, je repense à Joan. Je n'ose pas demander le numéro de Jay à Susan, et lui envoyer un e-mail via sa boîte professionnelle me semble si impersonnel que je n'arrive pas à l'envisager. Plus le temps passe, et plus je me dis qu'il n'y a rien à faire, que je l'ai perdu définitivement, et cette conclusion me plonge dans le désespoir. Il me manque à chaque instant du jour, et doublement la nuit.

– Tiens, un cappuccino avec de la cannelle, me dit Rosa en posant le gobelet.

– Merci.

– Ça va, toi ? finit-elle par me demander. Tu n'as vraiment pas l'air dans ton assiette.

Je me force à répondre que je vais bien, que le froid qui a remplacé la chaleur égyptienne me perturbe encore, et que le boulot post-fouilles me prend la tête. Mais en vérité, je n'ai pas vécu une telle tempête intérieure depuis plusieurs années. Tant et si bien que, après plusieurs jours d'hésitation parce que j'ignore encore si elle sait pour le cancer de sa sœur et si je peux parler de Jasper avec elle sans la heurter, j'ai fini par appeler Emaline.

– Aly !

La voix qui m'interpelle est bien la sienne. Emaline me rejoint, un peu essoufflée. Elle est emmitouflée dans un long manteau gris clair et porte des bottes en feutrine noire brodées de fleurs. Ses longs cheveux bruns forment une natte complexe qui dépasse d'un bonnet vert dont la couleur se marie à merveille avec le rouge de ses lèvres. Joan est anguleuse et sévère, Emaline est tout en grâce et en rondeur.

– Excuse-moi, ils ont bloqué une rame de métro à cause de la neige.

– Ce n'est pas grave. Tiens, je t'ai pris un thé à emporter, dis-je en lui tendant un gobelet.

– Merci. On y va ?

Je hoche la tête avec empressement.

– À ce soir, Mani et Rosa, lancé-je avant de sortir.

Mes deux collègues me saluent avant de reprendre leur travail.

On se dirige jusqu'au campus en affrontant la neige avec prudence. Emaline respecte ce moment de silence que je n'ose briser. Je ne sais plus par où commencer. Alors, comme si elle lisait dans mes pensées, Emaline me pose une première question.

– Comment vis-tu ce retour à Boston ?

Je soupire en haussant les épaules.

– Je commence à me dire que je n'aurais jamais dû partir. Rien ne serait arrivé si j'étais restée ici.

– De quoi veux-tu parler exactement ?

Elle me jette un regard de côté. Joan a dû lui raconter le principal en ce qui concerne le retour de Matthew, mais que sait-elle d'autre ? Je bois une gorgée de ma boisson pour me donner du courage.

– Emaline, tu te souviens en septembre, quand je t'ai appelée après la nuit que j'ai passée avec un homme rencontré au café ?

Elle acquiesce avec un demi-sourire qui m'encourage.

– En fait, il s'agissait de… de Jasper Henstridge.

Emaline s'arrête et prononce un petit « oh » surpris.

– Je ne savais pas que c'était lui, je ne l'ai compris qu'après, me dépêché-je de dire.

Je me mordille la lèvre, embarrassée.

– Emaline, je suis désolée de te parler de lui, mais je ne sais pas quoi faire.

Ma psychiatre pose sa main sur mon épaule et m'adresse un sourire confiant.

– Ne t'en fais pas, Aly. J'ai fait mon deuil.

Ses paroles parviennent à m'arracher un sourire rassuré. Elle semble vraiment sereine, malgré tout ce qui se passe en ce moment au sujet de la prise d'otages.

– Je n'ai plus envie de vivre dans la rancœur et la colère, continue-t-elle. Que Jasper ait tenté de fuir ou qu'il n'ait rien fait, les coupables restent les preneurs d'otages. Je n'en veux pas à ce garçon.

La bienveillance et la générosité d'Emaline me touchent. Nous reprenons notre marche lentement.

– Je l'ai rencontré une fois, après le drame, me dit-elle d'une voix posée. Il tenait à me dire que David n'avait pas souffert, qu'il s'était comporté comme un jeune homme courageux.

Ma gorge se serre. C'est bien une chose que Jay pourrait dire.

– Et puis, Joan m'a dit que tu avais eu une aventure avec lui en Égypte, avoue-t-elle.

– Elle ne me le pardonnera pas, dis-je avec des reproches dans la voix.

– Joan est en colère, m'explique-t-elle. Mais cette colère lui passera un jour.

J'avais cru comprendre qu'Emaline était contre cette seconde commission, je commence à saisir pourquoi : elle n'a pas envie de ressentir à nouveau cette colère-là, elle ne veut pas rouvrir cette blessure. Elle doit laisser Joan se débrouiller seule sans chercher à se confronter à elle, mais sans la soutenir non plus.

– Parle-moi de ta relation avec lui. C'est assez nouveau pour toi finalement, enchaîne-t-elle.

– « Relation », c'est un bien grand mot, dis-je en baissant les yeux. C'était surtout sexuel, enfin je crois. Mais pas comme avec les autres, c'était toujours très… spécial. Au départ, je pensais que je devais le rejeter, mais je n'y suis pas arrivée. Je l'ai revu à Londres, puis en Égypte. On a passé des moments intimes tous les deux. Avec lui, je me sens enfin normale. Enfin, « sentais ». Maintenant que c'est fini, j'ai la sensation d'être une feuille de papier qu'on déchire lentement en petits morceaux et je ne peux pas m'empêcher de trouver ça ridicule. Ce n'est pas comme si on était un couple !

– Ce n'était peut-être pas si superficiel si tu souffres de la séparation encore aujourd'hui.

Je hausse les épaules. J'ai cette vague idée en tête depuis que des sentiments ont jailli en Égypte, mais l'entendre formulée par une tierce personne me trouble.

– Je ne saurai jamais vraiment ce que nous étions l'un pour l'autre à présent. Ce n'est pas comme si Boston et Londres allaient à nouveau collaborer, dis-je avec, encore, un profond agacement.

Je trouve insensé l'arrêt de la collaboration entre les deux universités, et cette demande de commission ridicule !

Will et Jasper ont déjà souffert de ce qui s'est passé. Pourquoi vouloir à tout prix déterrer cette histoire ! Et plus je pense à cela, plus je m'en veux. Parce que j'ai douté de lui. En entendant le récit de Matthew, en voyant l'intense douleur de Joan, j'ai douté de Jasper. Mais la bravade ne colle pas à son caractère, même s'il est aventureux et courageux. Peut-être a-t-il seulement voulu les protéger, peut-être qu'ils étaient menacés à cet instant-là… Même en pensant ainsi, je ne peux pas m'empêcher de me souvenir de son calme et de sa confiance lorsque la vipère mortelle s'enroulait autour de sa cheville. Quelqu'un qui fait preuve d'un tel sang-froid ne peut pas agir aussi inconsidérément.

– Rien n'est encore décidé, tu sais, déclare Emaline, me sortant de mes pensées. Il faut déjà que le gouvernement britannique et les deux universités acceptent de monter cette commission avec l'aide du gouvernement égyptien.

J'acquiesce en espérant que rien ne se fasse. J'aime Joan, mais je ne veux pas que cette histoire nous anéantisse tous.

– Je suis contente de te voir, finis-je par dire, soulagée de pouvoir enfin parler à quelqu'un. Avec Cassie, on ne s'est pas adressé la parole depuis un mois. On s'est déjà engueulées au point de se faire la tête, mais jamais plus d'une heure.

– Que s'est-il passé ? s'étonne Emaline.

– J'ai des secrets que je ne peux pas raconter, réponds-je avec un sourire dépité. Que penserait-elle de moi si elle savait que j'ai fait le trottoir ou que j'ai couché avec Pierre…

– Aly, à part moi, qui est au courant ? me demande Emaline avec sérieux.

J'inspire calmement.

– Joan et Jasper.

– Et comment l'ont-ils pris ?

– Joan m'a aidée…

Mes pensées filent plus vite que mes paroles et je m'aperçois que les personnes à qui j'ai raconté mon passé se sont toujours montrées bienveillantes.

– Jasper ne m'a pas jugée.

C'est en le disant que le gouffre en moi s'agrandit et qu'une bouffée de chagrin et de culpabilité m'envahit. Emaline pose sa main sur mon bras et nous restons un instant immobiles à l'entrée du campus.

– Crois-tu que Cassie réagirait autrement ?

Je secoue la tête. J'ai toujours eu peur d'être jugée, mais je dois bien admettre que Cassie n'est vraiment pas du genre à juger les autres.

– En tout cas, tu as quand même dit à ce garçon, avec qui c'était « surtout sexuel », la vérité sur ton passé… me fait-elle remarquer avec un sourire complice.

Je sens mes joues rougir. C'était l'homme parfait et je lui ai tourné le dos. Pour ma mentor.

– Pourquoi Joan ne m'a-t-elle rien dit ? demandé-je alors avec gravité.

– À propos de… ? hésite Emaline.

Peut-être que je vais le lui apprendre, je ne suis pas très sûre. Mais je ne peux pas ne pas en parler.

– De son cancer.

Le visage d'Emaline se fige, mais ne montre pas de surprise.

– Je suis désolée, Aly.

Je pivote en entendant la voix de Joan derrière moi. Elle s'approche de nous, sans croiser mon regard.

– Je ne sais pas avouer mes faiblesses, ajoute-t-elle. Je n'ai pas envie que le doyen ou mes confrères l'apprennent, ils seraient capables de me donner des conseils « pour mon bien », de m'écarter et de menacer le département.

Emaline lève aussitôt les yeux au ciel. Elle doit faire partie, avec Agatha et les médecins, de ceux qui ont tenté une approche « pour son bien », mais qui ont dû jeter l'éponge.

– Mais je ne voulais surtout pas que, toi, tu puisses me voir comme une personne affaiblie, avoue-t-elle avec plus de difficulté. Je suis là pour protéger mes élèves, pas pour les inquiéter ni les abandonner. Je suis désolée de t'avoir caché la vérité.

Je déglutis et lui souris, les yeux embués de larmes. Je sais très bien que ce n'est pas facile pour elle de me dire tout ça.

– Alors, où en es-tu ? demandé-je, après m'être éclairci la voix.

Joan, touchée elle aussi, accepte enfin d'en parler.

– C'est un cancer du sein, diagnostiqué au printemps dernier.

Emaline se rapproche de sa sœur, comme pour la soutenir par sa seule présence.

– J'ai suivi une chimio l'été dernier qui s'est révélée inefficace. À Londres, Agatha m'avait conseillé un expert que je suis allée voir juste avant notre réunion pour les fouilles. Il m'a appris que l'ablation était inévitable. C'est aussi pour ça que j'étais si… bouleversée, quand tu m'as retrouvée. J'ai trop longtemps repoussé cette solution, mais je n'ai plus le choix à présent, finit-elle avec un maigre sourire empli de crainte et d'émotion.

Emaline enlace les épaules de sa sœur et glisse quelques mots à voix basse :

– Tu fais bien, et garde ton énergie pour ça, recommande-t-elle.

Je sens qu'elle fait allusion à la commission, mais Joan lui adresse en guise de réponse un sourire à la fois tendre et retors, que seule sa sœur peut déclencher chez elle.

– Je vais vous laisser, enchaîne Emaline avant de m'enlacer à mon tour. Prends soin de toi, Aly. Et garde un œil sur mon impossible sœur pour moi, me chuchote-t-elle.

– Promis, et merci.

Elle s'éloigne avec un dernier signe de la main, nous abandonnant, Joan et moi, à un silence gêné.

– Je t'ai négligée, Aly, reconnaît finalement Joan. Mais je me disais que le congrès d'égyptologie de New York serait une belle occasion de passer du temps ensemble. Qu'en dis-tu ? Cassie peut venir, elle aussi.

L'annonce me surprend autant qu'elle me fait plaisir. Je ne demande que ça, retrouver sa confiance.

– Oui, ce serait super !

Ma réponse la fait sourire, j'ai presque l'impression que notre complicité est à nouveau là, pourtant l'inconnu de notre équation, ignoré de tous nos échanges, plane encore au-dessus de nous. On a eu une très courte et incendiaire dispute en Égypte à propos de Jasper durant laquelle elle m'a accusée d'être passée à l'ennemi. J'ai construit ma défense comme j'ai pu, mais elle a absolument tenu à conclure qu'il m'avait manipulée pour l'atteindre, elle, et je n'ai pas pu lui donner raison. Depuis, nous ne parlons plus du tout de lui et elle me tient à l'écart de ses affaires avec Matthew. Pourtant, je le croise de temps en temps à l'université et il me fait toujours aussi froid dans le dos. Malgré une prise en charge médicale pour s'assurer qu'il allait bien, ses yeux n'ont jamais cessé d'aller et venir rapidement, comme s'il était figé dans une bulle, quelque part au Gebel Aram. À chaque fois que je l'ai croisé, je l'ai vu marmonner des choses incompréhensibles et exécuter des gestes inattendus, comme faire tomber un objet à terre et le fixer intensément, la mâchoire serrée.

L'autre jour, j'ai entendu Joan expliquer à un collègue de Boston qu'après les dures épreuves qu'il avait traversées, il était encore déphasé. Que sa cousine l'avait accueilli à Londres au pied levé, mais avait bien vite repris le cours de sa vie, et que ce manque de soutien ne l'aidait pas. Qu'il avait, après tout, passé quatre années à se terrer dans les villages alentour, ou chez les Bédouins, toujours à redouter que les terroristes se cachent parmi eux, dans un état second provoqué par le choc des exécutions et qui s'était aggravé de mois en mois. Qu'en entendant des ouvriers parler du retour de Jasper en Égypte, il était sorti de sa torpeur pour rejoindre Louxor.

– Je te laisse annoncer la bonne nouvelle à Cassie, je dois finir de préparer mon intervention pour le congrès, me dit Joan avant de faire demi-tour.

Là, je reconnais un peu mieux ma mentor qui tente d'arranger les choses entre Cassie et moi. Elle a bien vu que nous nous évitions depuis les fouilles. C'est l'occasion parfaite pour briser la glace. Avec une motivation nouvelle, je marche en direction de la bibliothèque dans l'espoir de réparer notre amitié brisée.

***

– On va au Coin des pipelettes ?

Perplexe, Cassie lève les yeux de son ordinateur.

– Si c'est pour parler de la coloc, ça peut attendre ce soir, réplique-t-elle avec froideur avant de replonger dans son travail.

– Ce n'est pas pour parler de la coloc.

Ma réplique ne suffit même pas à lui faire à nouveau lever le nez de son clavier. Je tente l'humour. Cassie n'en a jamais manqué.

– J'ai de nouveaux arguments pour prouver qu'Obi-Wan n'est pas gay.

– Mmh, se contente-t-elle de marmonner.

Bon… Je préférerais vraiment me confier à l'écart de la grande salle de la bibliothèque. Alors que je pose ma main sur son poignet, elle tourne vers moi un visage marqué d'impatience.

– Je t'en prie, je dois te parler, insisté-je.

Elle fronce les sourcils, soupire et referme son ordinateur d'un geste sec.

– Très bien.

Elle se lève et on se perd dans le dédale des livres pour retrouver notre coin favori, trop longtemps laissé à l'abandon. Une fois contre l'étagère, Cassie croise les bras et me fixe.

– Je t'écoute.

La nervosité qu'elle provoque soudain chez moi fait remonter à la surface le discours tout prêt que j'ai sorti à Jasper au Winter Palace, et je me lance dans le récit de mon passé avec un peu moins d'appréhension que je le croyais. L'accident, la dépression, la prostitution, Pierre… je n'oublie rien. Au fur et à mesure de mes confidences, Cassie décroise les bras et ouvre des yeux ronds.

– Je suis désolée de ne pas t'avoir fait suffisamment confiance pour tout te confier, dis-je enfin. Je crois que je voulais surtout me protéger, moi, faire comme si je pouvais ignorer tout ça, mais j'ai fini par comprendre que c'est là et que je ne peux rien effacer.

Les mots de Jasper me reviennent en mémoire presque aussitôt. Ces événements font partie de mon histoire, mais ne me définissent pas. Cassie, toujours silencieuse, s'avance et me prend dans ses bras. Son geste réchauffe mon cœur.

– C'est moi qui suis désolée, me glisse-t-elle à l'oreille d'une voix émue. Jamais je n'aurais cru que tu avais vécu tout ça.

Je lui rends son accolade, heureuse de la retrouver. À force d'en parler, je me rends compte que ce passé me pèse moins. Cassie s'écarte et passe le revers de sa main sur ses joues.

– Je te comprends mieux, je dois dire, fait-elle avec un mince sourire. Et ça me donne un peu plus envie d'étrangler Pierre Lamigre. Au passage.

Je ne pensais pas qu'elle parviendrait à m'arracher un rire à ce sujet, mais si. Il est nerveux, certes, mais surtout plein de reconnaissance pour le soutien que Cassie m'apporte.

– En fait, j'ai autre chose à t'avouer, dis-je, avec plus de légèreté.

– Vraiment ? Parce que là, c'était déjà pas mal, commente-t-elle, fébrile.

– Tu sais, Jay, l'écrivain ?

– Tu veux dire le « meilleur coup de ta vie » ? L'Anglais canon qui…

Elle s'interrompt toute seule. Je crois qu'elle est en train de faire le lien.

– C'est Jasper, dit-elle exactement en même temps que moi.

Elle plaque ses mains sur sa bouche, comme électrifiée par la révélation.

– Nooon ! lâche-t-elle. C'est pour ça que tu étais bizarre dans l'amphi lors de la séance d'introduction pour l'échange ! Mais en fait, t'es vraiment avec lui ? Qu'est-ce qui s'est passé en Égypte quand tu es restée à la maison de fouilles pendant qu'on partait faire de la felouque ?

– On a passé la nuit ensemble.

Cassie se mordille les lèvres.

– Mais en Égypte… c'était différent, continué-je.

– Le sexe ?

– Le sexe a toujours été parfait, dis-je vite, le rouge aux joues. C'est juste que je me sens bien avec lui. Quand on est partis tous les deux dans le désert, je n'avais pas envie que la journée finisse. Il me comprend, a envie de passer du temps avec moi… Il me manque, soupiré-je.

– Je pensais que tu ne faisais que t'envoyer en l'air avec lui, mais en fait tu es am…

– Ne dis pas ça, la coupé-je précipitamment, en réprimant une vague d'émotion douloureuse. Je l'ai quitté, c'est terminé. Joan m'a demandé de choisir, j'ai choisi. Tu parles d'une décision ! marmonné-je.

Cassie n'ose pas aller plus loin.

– Tout ce que je peux faire maintenant, c'est guetter Joan avec son idée de commission, ajouté-je le cœur lourd. Tu as pu parler avec Will ?

– On s'appelle souvent, oui.

– Et ?

– Il est dévasté, répond seulement Cassie.

Voilà que je me mets à culpabiliser pour les agissements de Joan.

– Il doit venir au congrès de New York, je vais tenter de trouver des billets pour le week-end, annonce mon amie.

L'invitation de Joan me revient en mémoire et je me redresse.

– Laisse ! Joan nous embarque toutes les deux avec elle pour le congrès.

Le sourire de Cassie s'allonge et je la vois trépigner d'impatience.

– Trop bien ! J'ai hâte de le revoir.

Ses yeux se mettent à pétiller. Je me mets même à l'envier.

– T'en es où, toi, avec lui ? demandé-je alors.

Cassie commence par hausser les épaules, mais son sourire reste éclatant.

– C'est différent, me répond-elle sur un ton complice. Susan et Nathan devraient être là, eux aussi... Quand je pense que Susan était persuadée que tu craquais pour Nathan !

– Oh bon sang, j'espère qu'elle va le remarquer, il se donne pourtant du mal.

On se délecte à nouveau de la présence de l'autre et de nos taquineries. Elle me parle de ses derniers jours en Égypte, des câlins volés avec Will, du fait qu'ils n'ont pas encore couché ensemble, mais qu'elle trouve cette attente curieusement romantique. Je lui raconte à mon tour ce que j'ai pu vivre avec Jasper, la carrière dans le désert, l'après-midi au palace, et je finis à nouveau sur une moue attristée. Cassie pose sa main sur mon épaule.

– À t'entendre, je n'ai pas l'impression que cette histoire est terminée pour toi, déclare-t-elle sur un ton si sérieux qu'il m'étonne presque.

– Je n'ai pas vraiment pu m'expliquer avec lui.

– Il le faudrait, tu ne crois pas ? Il sera aussi au congrès, tu pourrais lui parler. S'il est vraiment l'homme que tu décris, il t'écoutera, non ?

Je grimace, peu sûre de moi sur ce coup-là. J'aimerais pouvoir m'expliquer, oui. Et il pourrait même me pardonner, sûrement. Mais je ne pense pas que ce serait suffisant. J'ai le sentiment d'avoir brûlé mes dernières cartouches. Je ne peux pas le jeter et le reprendre comme bon me semble… Est-ce que je *veux* le reconquérir ? Oui ! C'est l'évidence même ! Mais est-ce que je *peux* le reconquérir ? Voilà la véritable question.

24

Le comité de pression

New York. La ville qui ne dort jamais, avec ses gratte-ciel vertigineux et ses taxis jaunes, la ville qui me donne le tournis depuis que nous arpentons les longues avenues avec Cassie. On s'émerveille de tout, des décorations de Noël qui illuminent les rues, aux sirènes de Broadway avec leurs shows colorés. Dès qu'on est sorties de l'avion, on s'est lancées dans l'exploration de la Grosse Pomme épargnée par la neige pour le moment.

– Il est quatorze heures trente, annonce Cassie, un hot-dog à la main. Est-ce qu'il ne serait pas temps d'utiliser nos passes du congrès pour visiter le Met ?

La bouche pleine, je hoche la tête avec emballement. Le Metropolitan Museum n'est pas très loin, on se met en route à pied. Joan était censée venir avec nous, mais elle est bien trop occupée avec Matthew pour nous accorder du temps. Je termine mon en-cas en vérifiant que, cette fois-ci, je n'ai aucune tache et observe le visage heureux de mon amie. Elle échange de temps en temps des messages avec Will et me les lit tous avec un sourire brillant.

– Ils sont arrivés à l'aéroport, on va se retrouver ce soir.

– Et Jasper ? fais-je avec appréhension.

– Il n'a pas voyagé avec eux, me répond Cassie. Il est déjà à New York.

– On pourrait tomber sur lui au musée.

Cassie attrape mon bras pour m'arrêter.

– Quoi ?

– Je vérifie que tu es présentable.

Le ton léger de mon amie n'arrange pas ma nervosité. Je me mets à rougir et mon cœur se déchaîne. Et si je tombais vraiment sur lui ? Là ? Au détour d'un couloir du musée ? Ou au coin de la rue ?

– Je lui dis quoi si je le vois ? Je n'ai aucune idée de ce que je dois faire !

Ma panique ne fait qu'amplifier le sourire de mon amie. Il faut dire qu'on n'a jamais vraiment géré ce genre de situation ensemble. Et visiblement, Cassie ne voit pas le côté dramatique d'une rencontre fortuite avec Jasper.

– Tu le sauras une fois que tu seras devant lui, m'affirme-t-elle.

Soudain, ses yeux s'écarquillent alors qu'ils se fixent au-dessus de mon épaule. J'ai un haut-le-cœur. Il est derrière moi, c'est sûr !

Je pivote avec précipitation et entends Cassie ricaner. Je me retourne vers elle, furieuse.

– C'est vraiment pas drôle !

– Détends-toi ! J'expulse ta nervosité, m'explique-t-elle en me massant les épaules. Tu n'as pas à te mettre dans tous ces états pour un plan cul, si bon soit-il.

Ah, je vois où elle veut en venir. J'ouvre la bouche pour répliquer avant de la refermer. Qu'est-ce que j'attends de lui ? Je ne veux même pas reconnaître moi-même les sentiments que j'éprouve. Il m'a dit en Égypte qu'il espérait que ce n'était pas que du sexe. Mais suis-je capable de lui donner autre chose ? Surtout maintenant. Après avoir choisi Joan et lui avoir tourné le dos.

– Aly, reprend plus doucement Cassie, je sais que réduire Jay à un plan cul, c'est sécurisant parce que, comme ça, tu n'as pas à t'impliquer dans une relation. Je comprends que tu sois coincée entre Joan et lui, et je comprends même que tu l'aies choisie, elle. Mais c'est vraiment ce que tu veux ?

Je me remets en route, les épaules basses.
– Et si je veux les deux ?
Cassie grimace.
– Vu ce qu'il se passe en ce moment, ça risque d'être compliqué.
– Pourquoi est-ce que je devrais choisir ? m'agacé-je. C'est vrai ! Ça devrait être plutôt comme… présenter le garçon avec qui tu sors à tes parents qui, bien sûr, le détesteraient, mais qui finiraient par le trouver adorable après l'avoir torturé !
J'accélère tout en m'énervant. Cassie presse le pas, elle aussi.
– Peut-être que Joan finira par le trouver adorable lorsqu'il sera derrière les barreaux.
Je lui jette un regard noir qui lui fait lever les mains en signe de reddition.
– OK, trop tôt pour ce genre de plaisanterie.
Je me renfrogne.
– Tu crois qu'elle pourrait le trouver adorable un jour ? grogné-je, abattue par l'impossibilité de la situation.
– Joan Bates ? Trouver Jasper Henstridge adorable ? relève Cassie avec une moue dubitative.
– Ouais. C'est ridicule.
Si je ne peux pas me défaire de Joan, il faut que je trouve le moyen de me défaire de Jasper. Ou de vivre une idylle secrète loin de tout le monde. En supposant que Jasper accepte de me pardonner et que Joan reste présente à mes côtés quoi qu'il en soit. Très, très peu probable.
– En même temps, on ne présente pas son plan cul à ses parents, finit par me dire Cassie.
– Arrête, tu sais que ce n'est pas qu'un plan cul, marmonné-je.
Cassie ralentit. Je me tourne vers elle, elle s'immobilise.
– Tu devrais peut-être le lui dire alors, tu ne crois pas ?
Je soupire.
– Ça mènerait à quoi ?

– Tu pourrais le laisser réfléchir avec toi.

– Peut-être, oui.

Cassie insuffle beaucoup trop d'espoir en moi…

– Bon, ça tombe bien parce qu'il est derrière toi.

Je cligne des yeux avec un sourire amusé.

– Tu ne m'auras pas deux fois, tu sais.

Cassie me fait tourner sur moi-même sans un mot. Une large vitrine décorée de grosses étoiles dorées et de livres s'étend sous mes yeux. Une magnifique librairie sur trois étages. Près d'un sapin de Noël, au milieu de la vitrine, une grande pancarte annonce la venue de Jasper Henstridge pour signer son nouveau livre, *Ramsès II, le dieu-roi*.

– C'est Will qui m'a dit que Jasper serait là, dit Cassie.

Mon estomac se noue durement.

– Tu devrais peut-être entrer, me pousse mon amie.

J'acquiesce, tendue. On pousse les battants et le souffle chaud du chauffage nous saisit dès qu'on passe le portique antivol. Je retire mon écharpe, enlève mon bonnet, fourre le tout dans mon *tote bag* en scrutant les alentours. Les libraires, coiffés de bonnets de père Noël, des piles de livres sur les bras, se fraient un passage entre les rayons et une foule compacte de clients. Au milieu de l'agitation, j'aperçois une table consacrée aux nouveautés, attrape un des livres de Jasper et regarde, émue, le résultat de son travail qu'il peinait à finir au café, le jour de notre rencontre. La couverture bleu lapis profond, l'élégance du titre doré, l'odeur de l'encre fraîche sur le papier, tout lui ressemble.

– Il dédicace au fond, dans l'espace de rencontre, m'indique Cassie. Je vais jeter un œil aux beaux-livres. On se retrouve tout à l'heure ?

– Oui, à tout de suite.

Elle m'adresse un dernier sourire d'encouragement et s'éloigne.

Je slalome parmi les clients, le cœur battant à tout rompre et la boule au ventre. Je paie le livre à la caisse et grimpe les trois marches qui mènent au lieu de signature, bondé de monde. Je m'engage dans la file et piétine avec angoisse. Je cherche quoi lui dire, peu persuadée que la technique du « Je saurai quoi dire une fois devant lui » de Cassie soit véritablement efficace. J'avance de plus en plus et finis par l'apercevoir, assis à une table, entouré de libraires qui gèrent la signature. Il porte un costume bleu nuit sans cravate qui le rend irrésistible à mes yeux autant qu'à ceux du public. Les lecteurs ont tous un large sourire en l'approchant, parfois avec des gloussements. Il leur sourit à son tour, mais avec plus de retenue. Il semble plutôt fatigué et soucieux.

Lorsqu'il n'y a plus qu'une personne devant moi, je suis à deux doigts d'abandonner. J'ai peur de ce qu'il pourrait me dire. Il serait parfaitement en droit de m'envoyer paître et je ne sais pas si j'aurai le courage d'affronter ça maintenant. Je tortille le livre entre mes doigts et reste figée à quelques pas derrière la ligne d'attente, lorsque le lecteur devant moi s'en va. N'ayant personne sous les yeux, Jasper profite de la pause pour boire une gorgée du café posé près de lui. Ce geste si anodin pour tous ravive tant de souvenirs en moi que je suis vraiment prête à faire demi-tour. Me contenter de tous ces souvenirs, c'est peut-être pas si mal après tout, c'est inoffensif.

– C'est à votre tour, insiste la femme derrière moi.

J'avance comme un robot, en tendant le livre devant moi. Jasper repose son café, attrape le livre et reprend son stylo avant de lever les yeux. On se regarde en silence une poignée de secondes. Je me sens blêmir, lui ne bouge pas d'un pouce.

– Bonjour, finis-je par dire d'une petite voix.

– À quel nom ? demande-t-il mécaniquement.

– Jay, entamé-je alors d'une voix tremblante, je suis désolée.

Ces premiers mots me semblent ridicules et insuffisants, mais je ne sais pas quoi dire d'autre sur le coup.

– Pour quoi ? réplique-t-il en affichant un sourire de façade qui ne veut rien dire.

– Pour ce qu'il s'est passé en Égypte, dis-je alors, peu convaincue que ce soit la bonne réponse.

Il pose la pointe du stylo sur le papier et signe.

– Je ne peux pas te reprocher d'avoir choisi la femme qui t'a toujours protégée. Au moins, tu as été claire.

Il referme le bouquin. J'ai envie de m'exclamer que rien n'a été plus obscur à mes yeux que ce choix imposé, mais il me tend déjà le livre, toujours avec le même sourire poli, celui qu'on peut sortir à n'importe qui et dans n'importe quelle circonstance.

– Ce n'est pas ce que je…

– Puisqu'on est forcément appelés à évoluer dans les mêmes cercles, me coupe-t-il, autant laisser tout ça derrière nous. On a passé du bon temps, mais on ne sera jamais du même côté.

J'attrape le livre, défaite par cette conclusion. Je veux tout de même insister, mais il perd même son sourire impersonnel pour conclure cet échange.

– À bientôt, Aly.

Entendre mon surnom dans sa bouche est si douloureux. C'est comme s'il me reniait. Comme s'il voulait m'effacer de la réalité en ignorant mon nom. Il se tourne vers la personne derrière moi et reprend une attitude plus chaleureuse. Je reste prostrée un instant, et c'est finalement un libraire qui m'encourage à partir pour libérer la place. Je m'éloigne et me réfugie dans un rayon déserté pour tenter de ravaler mes larmes. J'ouvre le livre : il n'a fait qu'apposer sa signature.

Pourtant, mon regard est attiré par une ligne imprimée juste au-dessus. La dédicace du livre est écrite en hiéroglyphes, je la décrypte vite en butant sur le premier mot avant de me rendre compte qu'il est phonétique :

À Alaska, capable de réchauffer n'importe quel cœur.

Je la relis plusieurs fois, pensant d'abord que ma vue me joue des tours, puis je me dépêche de trouver une explication logique : il a rendu son manuscrit avant les fouilles, donc il n'a peut-être pas eu le temps de demander à la retirer… Et il est à présent obligé de l'avoir sous les yeux à chaque signature. Ou il l'a laissée délibérément ? Et là, je me berce d'illusions. Dans tous les cas, je ne peux pas juste partir. Je dois lui parler, même si je dois bousculer les libraires et les clients, même si je dois être plaquée au sol par la sécurité.

Je fais demi-tour et retourne dans l'espace de rencontre. Je franchis les quelques mètres qui nous séparent quand un attroupement se forme devant la table de Jasper. Je vois les visages des libraires se déformer lorsque subitement l'une des personnes du groupe face à eux lève un pot de peinture et en jette le contenu sur Jasper.

– Meurtrier ! s'exclament les manifestants en chœur. Justice pour les victimes ! Justice !

La foule, d'abord figée, commence à s'agiter. Certains déguerpissent, apeurés, d'autres regardent le spectacle, à la fois choqués et happés par l'événement. Des agents de sécurité écartent les clients pour atteindre l'espace et disperser le groupe qui continue de hurler. Jasper, immobile, recouvert de rouge, est tiré en arrière par les libraires pour être escorté jusqu'à la sortie en sécurité. Effarée, j'observe la scène sans savoir quoi faire. Cassie, attirée par l'agitation, me rejoint, elle aussi inquiète.

– Qu'est-ce qui se passe ?

– Ils ont jeté de la peinture rouge sur Jasper, dis-je, encore frappée par la violence de la scène.

– Merde, murmure Cassie. C'est probablement le comité de pression auquel Joan a fait appel.

– Quoi ? De quoi tu parles ?

Mon amie semble embêtée. On s'écarte pour se diriger vers la sortie.

– C'est une sorte d'organisme qui met une pression publique sur les personnes qui devraient, selon ses membres, comparaître devant la justice. Joan espère qu'ils vont le pousser dans ses derniers retranchements et le faire céder.

– Oh, bon sang ! m'exclamé-je en posant les mains sur ma tête. C'est n'importe quoi !

– Will m'a dit qu'ils étaient très inquiets à Londres de cette demande de commission et de ces menaces. Et à Boston, j'ai aussi entendu dire que Joan a perdu la tête pour s'acharner comme ça.

L'angoisse me gagne sur tous les fronts.

– Personne n'a jamais persuadé Joan de rien, dis-je, désespérée.

– Elle voit Matthew à l'hôtel en ce moment, se rappelle Cassie.

– Allons voir ce qu'ils disent, me décidé-je.

***

Avec Cassie, on colle notre oreille contre la porte du salon privé de l'hôtel dans lequel Matthew et Joan discutent. Je ne sais pas trop ce que je cherche à cet instant, mais j'espère trouver des arguments à exposer à Joan pour tenter de la dissuader dans son entreprise.

– Il ne contredit même pas les faits, s'agace Joan. C'est donc un aveu de culpabilité !

– Oui, il est coupable, approuve Matthew. Il a toujours été coupable. J'ai hâte de le voir me supplier au tribunal !

– Il faut commencer par la commission. Nous devrions avoir la réponse demain.

– On pourrait avoir sa condamnation à mort ?

Un silence suit.

– Matthew, ça ne serait pas du tout approprié à la situation. Je veux seulement qu'il reconnaisse sa culpabilité et qu'il l'assume devant un tribunal, pour mise en danger de la vie d'autrui et pour avoir entraîné la mort de plusieurs personnes.

– Oh, il a tiré avec l'arme qu'il a prise à un terroriste !

– Quoi ? Tu n'as jamais parlé de ça avant.

– Mais ça me revient maintenant ! Il a tiré autour de lui, si ça se trouve, il a touché l'un d'entre nous…

– Matthew, s'impatiente alors Joan, il faut énoncer les faits, et non pas des hypothèses ! C'est très important de dire la vérité ! Tu me comprends ?

Matthew met un peu de temps à répondre.

– Oui, oui. Les faits me reviendront peut-être plus clairement.

– Tu ne peux pas certifier qu'il a pris une arme et tiré, et ce n'est pas dans ta déposition, ça ne nous sera d'aucune aide, seul Will pourrait corroborer ou démentir.

Le ton de Joan est si rationnel à côté de celui de Matthew que je me demande encore pourquoi elle lui accorde sa confiance. Au bout de quelques secondes, on entend une chaise racler le sol et se renverser.

– Mais ce garçon est de mèche avec Jasper ! rugit Matthew. Ils ont toujours cherché à m'exclure de l'université ! On ne peut pas lui faire confiance !

– Calme-toi ! gronde Joan. Je te l'ai dit ! Will est le seul qui puisse confirmer ce qu'il s'est passé… si toutefois il veut bien parler. Pour le moment, il ne s'est pas encore exprimé. Attendons. Reprends-toi maintenant, dit-elle plus posément. Reste tranquille ce soir, profite de l'hôtel.

– Oui, oui, répète-t-il.

Les pas se rapprochent de la porte, on s'éloigne vite pour se planquer derrière une banquette. Joan passe près de nous sans nous voir. Avec Cassie, on échange un regard très inquiet. En silence, on décide de jeter un œil dans la pièce puisque Matthew y est resté. Il tourne en rond en marmonnant. Même s'il n'a plus de barbe, que ses cheveux ont été coupés et qu'il est vêtu d'un costume plutôt simple, il me paraît toujours aussi paumé.

– Profiter de l'hôtel, rester ici… Je ne veux pas retourner dans ce trou, j'y retournerai pas, je reste ici, je profite de l'hôtel…

Il se fige, observe la seconde chaise, s'en saisit aussitôt et l'envoie contre le mur d'un geste puissant.

– Je reste ici ! Je ne retournerai pas dans ce trou ! hurle-t-il.

Prise de frissons, je décampe, suivie de près par Cassie.

– Il est complètement fou, chuchote-t-elle alors que nous remontons dans notre chambre.

– Tu dois prévenir Will, dis-je en approuvant. Qu'il ne soit pas pris au dépourvu.

– Oui, on doit se voir à la soirée d'inauguration du congrès tout à l'heure.

On ouvre la porte de notre chambre, je m'effondre sur mon lit en pressant le livre de Jasper contre moi. Je dois absolument lui parler, moi aussi. Il sera là ce soir, je ne le lâcherai pas tant qu'on n'aura pas discuté.

25

Les bruits qui courent

Bon, c'est plus facile à dire qu'à faire. J'observe Jasper en serrant mon verre entre mes doigts, tentant de trouver la bonne occasion pour l'aborder. La soirée d'inauguration du congrès d'égyptologie réunit à peu près les mêmes chercheurs et étudiants que le cocktail au British Museum. J'ai même aperçu Agatha qui discutait avec Joan un peu à l'écart, peut-être pour prendre des nouvelles de sa santé. Pierre est là lui aussi, fatalement. Il est venu avec trois étudiants, qui restent dans leur coin, mais qui discutent à voix haute en français au milieu des voix basses de rigueur dans un tel rassemblement.

– Les Serpentards de la discipline, glisse Cassie à mon oreille.

– Je croyais que c'était Boston, les Serpentards, moi, ajoute une troisième voix.

Will attrape la main de mon amie et entre dans son jeu sans difficulté. Cette dernière le jauge avec un air hautain.

– Venant d'un Poufsouffle, c'est hilarant !

Il l'embrasse pour la faire taire avant de me saluer. Malgré tout le tourment qui les entoure, Jasper et lui, il fait bonne figure à cet instant, sûrement grâce à la blague de Cassie. Susan et Nathan se joignent à nous. Heureuse de les revoir, je quitte mon point d'observation pour échanger avec eux. Tout le monde est très élégant dans cette salle de réception au cinquantième étage d'un gratte-ciel. Des serveurs circulent avec des plateaux de petits-fours et trois barmen versent du champagne ou du vin à la demande, derrière un beau comptoir.

– Ta robe est superbe, me complimente Susan.

J'ai réussi à dénicher une robe fourreau noire dont la jupe commence juste sous la poitrine, seules deux larges bretelles recouvrent mes seins. L'inspiration égyptienne indéniable m'a fait craquer. Je me suis aussi dit qu'elle serait parfaite pour attirer Jay, mais je n'avais pas prévu que lui serait beaucoup plus occupé par les verres d'alcool. Je lui jette un nouveau coup d'œil : il écoute le discours d'un collègue, la mine sombre. La peinture rouge a disparu, mais je suis sûre qu'il la sent sur lui. Moi, je la vois encore. Il termine le fond de son verre et le pose sur le plateau plein de petits-fours d'un serveur en en commandant un autre. L'homme le fusille d'un regard froid et doit répliquer que ce n'est pas son travail et qu'il peut se déplacer lui-même jusqu'au bar. Le collègue de Jasper fronce les sourcils et le regarde s'éloigner sans un mot.

J'en ai le cœur retourné. Je songe encore à ses confidences dans la cour de la maison de fouilles, quand il disait avoir connu une période durant laquelle il buvait beaucoup, juste après la prise d'otages. Toute cette histoire doit le replonger dans ce temps qu'il pensait révolu. Je peux tenter de l'aborder, maintenant qu'il est seul au bar, mais une phrase dans la discussion de mes amis attire mon attention.

– Cet acharnement pour obtenir une deuxième commission est honteux, soutient Nathan.

Cassie prend le bras de Will pour lui confirmer son soutien. Ils échangent un regard, elle a dû lui parler un peu plus tôt des intentions de Joan et Matthew, mais je ne sais pas ce qu'il envisage. Il semble toujours aussi perturbé par le sujet. Pourtant, il serait bien le seul à pouvoir tout faire cesser.

– Le doyen de notre université fulmine, ajoute Susan. Il a confié la direction du département à Jasper et voilà qu'on déterre cette histoire…

– Le doyen ne le lâchera pas, appuie Nathan. Il doit le soutenir deux fois plus à présent. Et même nier tous les bruits qui courent sur Jasper : il aurait soi-disant tenté de se débarrasser de Matthew en profitant de la prise d'otages.

– Tout ceci est ridicule, confirme sobrement Will.

– Tu n'as pas peur d'être impliqué dans cette histoire ? demandé-je alors d'une petite voix.

– Si on m'impose un témoignage, je témoignerai, mais je ne ferai rien volontairement.

– Même pour sauver Jasper ?

Ma question crée une certaine tension dans le groupe. Seul Nathan observe son frère comme s'il connaissait déjà sa réponse, bien trop habitué à ses dérobades. Will baisse les yeux, la mâchoire serrée.

– Jasper sait déjà ce que je pense, finit-il par répondre. Oublier est la meilleure chose à faire.

C'est toujours ce que je me suis tuée à faire, mais plus je me débats avec mes tentatives d'oubli, plus mon passé revient. Pourtant, je n'ose pas lui exposer cette fatalité. Joan ne parvient pas à oublier, elle se battra jusqu'à ce qu'elle trouve la réponse qu'elle cherche dans tout ça. Jasper ne sera jamais en paix jusque-là, ni même Will.

– Voilà la jeune femme dont je te parlais plus tôt, intervient une voix plus que familière.

Pierre s'invite dans notre cercle et je sens Susan se tendre à côté de moi. Elle doit croire qu'il parle d'elle, mais je sais très bien, dès la première seconde, que c'est de moi qu'il s'agit. J'avais espéré qu'il laisse tomber, qu'il passe à autre chose, mais le voilà, avec un mince sourire cruel. Son collègue me regarde de bas en haut avec un air railleur qui me fait regretter mon choix de tenue.

– Tu peux nous en dire plus sur tes tarifs actuels ? enchaîne Pierre en me fixant.

Nathan et Will froncent les sourcils, l'air confus. Susan semble effrayée, et Cassie furieuse. Quant à moi, je suis pétrifiée par l'humiliation. A-t-il déjà parlé de ça partout autour de lui ? Commence-t-il à peine ? Combien de temps encore vais-je paraître crédible aux yeux de mes pairs ? Que vont penser mes amis, à qui je n'ai rien dit ? Que va penser Susan ?

– Il paraît que tu suces comme une reine, déclare son collègue.

– Sookie, il faut savoir payer de sa personne, tu feras bien un prix à mon ami ? ajoute Pierre.

Peut-être grisé, son ami se met à rire.

Exposée aux regards de tous, je baisse le mien, saisie par une colère soudaine. Je n'ai plus envie d'avoir peur de lui. J'ai déjà réussi à le repousser une fois, je sens que je le pourrai à nouveau. Ce n'est pas comme si j'avais quelque chose à perdre à présent.

Le bruit de la gifle me fait tressaillir.

– Sale porc ! s'exclame Cassie.

Le comparse semble à la fois confus et hébété, mais Pierre s'en amuse presque.

– Vous faites un prix de groupe, les filles ?

Je m'attends à une réplique vigoureuse de Cassie, mais c'est Susan qui s'avance à son tour. La gifle qu'elle assène à Pierre est si violente qu'il en perd l'équilibre et recule. Will et Nathan ouvrent de gros yeux et Cassie pousse un cri de joie en guise de soutien. La discrétion n'est plus de mise, et Susan pointe un index accusateur sur Pierre alors que tout le monde nous regarde avec stupéfaction.

– Tu devrais avoir honte !

Cassie nous attrape toutes les deux par les épaules et nous entraîne plus loin, après avoir lancé un sourire triomphant aux deux hommes.

Je suis la seule à regarder derrière moi. Pierre s'est redressé et m'adresse un regard d'une telle intensité et d'une telle férocité, que je sais parfaitement qu'il n'oubliera pas de sitôt cette humiliation. Il n'en a pas fini et sa vengeance sera bien plus dure que ce qu'il vient de m'infliger. En regardant autour de moi, l'appréhension me gagne. Beaucoup s'amusent des gifles publiques, mais d'autres me jettent des coups d'œil emplis de pitié. « C'est elle, la pauvre fille qui s'est vendue pour en arriver là. » La nouvelle se répand déjà comme une traînée de poudre. Je croise les bras en souhaitant enfiler mon gilet au plus vite pour dérober cette robe inappropriée aux regards de tout le monde.

Cassie félicite encore Susan pour sa réaction, cette dernière ne peut que se réjouir de ce retournement de situation. Elle a agi la première, à présent chaque tentative de Pierre à son encontre sera vaine. On pensera qu'il est pathétique de faire courir le bruit qu'elle lui a cédé pour faire avancer sa carrière, seulement parce qu'elle l'a giflé publiquement au cocktail de New York. Mais moi, je n'aurai pas cette aubaine. Il a déjà distillé son poison. Je n'ose même pas lever les yeux sur Nathan et Will pour savoir ce qu'ils pensent. Je cherche Jasper, mais je n'arrive pas à l'apercevoir. L'avoir mis au courant avant cela est ma seule satisfaction de la soirée.

– Allons ailleurs, propose Susan, ragaillardie. Cette soirée est ennuyeuse à mourir.

– Bonne idée, oui, approuve Nathan.

– Ça vous dérange si Jasper vient ? demande Will. Lui aussi tourne en rond et ça lui changera les idées.

On approuve tous. Cela me donnera peut-être l'occasion de lui parler plus facilement… Dans l'ascenseur, j'attends que quelqu'un brise la glace à propos de ce qu'a balancé Pierre, mais personne ne le fait. On se retrouve dans un silence si pénétrant qu'on pourrait presque entendre les cœurs battre. Jasper a accepté de nous suivre et se retrouve au milieu de nous, le visage toujours aussi fermé.

– Vous savez où vous voulez aller ? finit-il par demander.

– Tu connais mieux New York que nous, répond Will. T'as une adresse en tête ?

– J'allais au Maze quand j'étudiais des textes au Met, il existe peut-être encore, répond-il avec, enfin, un mince sourire nostalgique.

Je me demande à quoi il pouvait ressembler lorsqu'il était étudiant. Il devait faire des ravages, c'est certain. Son insouciance, avant le drame qui l'a secoué, devait être belle à voir. Et si moi, de mon côté, j'avais eu une adolescence normale, est-ce qu'on serait tombés l'un sur l'autre ? Le « ding » de l'ascenseur me ramène au présent.

– Ce n'est pas très loin, mais on va prendre un taxi, décide Jasper pour éviter de fatiguer Will.

Une fois dans la rue, il hèle le premier qui se présente.

– Je vais monter devant.

Il nous laisse nous installer à l'arrière et la solution est très vite trouvée. Will prend Cassie sur ses genoux, je passe au milieu et laisse Nathan offrir les siens à une Susan un peu gênée, mais amusée. Ce qui fait que, durant les cinq minutes du trajet, je suis bloquée entre deux feux : d'un côté, Cassie et Will se murmurent quelques tendresses, et de l'autre, Nathan a enfin l'ouverture attendue pour flirter avec Susan qui se laisse aller. Jasper échange avec le conducteur, toujours en m'ignorant totalement.

Le Maze est bel et bien là, dans une rue peu fréquentée, avec son panneau lumineux rouge sang sur lequel les quatre lettres du nom forment un labyrinthe.

– Tu y venais souvent ? demande Nathan en fixant les deux videurs baraqués devant l'entrée et les quelques dizaines de personnes qui attendent derrière un cordon.

– Assez oui. C'était le meilleur endroit pour emballer.

Au même moment, une femme au corps de déesse dans sa mini-robe dorée, à la démarche chaloupée et aux yeux de chat, lui accorde un tel sourire qu'il la suit des yeux jusqu'à l'entrée qui s'ouvre miraculeusement pour elle.

– Ça l'est encore, commente-t-il alors.

Je me mets à bouillir intérieurement.

Qu'il m'ignore pour me punir, soit. Mais qu'il se rabatte sur la première venue en ma présence…

– On va devoir attendre, nous aussi ? s'enquiert Nathan.

– Non, les videurs n'ont pas changé eux non plus, sourit Jasper en passant à côté de la file d'attente.

On le suit et, après deux ou trois *checks* complices, on entre tous.

– Nathan, prévient alors Jasper en s'arrêtant au vestiaire pour retirer son manteau et sa veste, Susan a dû s'asseoir sur tes genoux dans le taxi, le moins que tu puisses faire à présent, c'est l'inviter à danser.

– C'est vrai que tu me dois une danse maintenant, confirme Susan.

Nathan est si heureux qu'il s'empourpre et balbutie une réponse qui fait rire Susan. Ils s'éloignent tous les deux. Cassie, je pense, voit une opportunité de me laisser seule avec Jay. Elle pose son manteau et attrape le bras de Will.

– On danse aussi ? Je te promets d'être douce, s'amuse-t-elle.

– Je vais prendre le risque, réplique-t-il. Au pire, j'aurai deux cannes.

– Ah, je l'aime, ce garçon ! lâche-t-elle, avec un sourire qui pourrait faire frémir n'importe quel allergique aux sentiments.

– Quoi ? reprend Will, surpris.

Cassie se redresse et nie en bloc.

– Quoi quoi ? J'ai rien dit !

– Si, t'as dit…

– Bon, allez, hein, l'interrompt-elle nerveusement, on va danser. À tout à l'heure, Aly.

Et ils s'éloignent tous les deux, me laissant seule avec Jay. Il semble plus perplexe que moi devant ce couple, mais ne fait aucun commentaire. Le silence retombe entre nous.

– Jay, est-ce que tu…

– À plus tard, me coupe-t-il avant de tourner les talons.

Le large espace offre des coins pour s'asseoir, et d'autres pour danser. Le comptoir est un immense carré central lumineux. Il y a tant de monde que je perds vite de vue Jasper dans le dédale. Pourtant, je tente de suivre la direction qu'il a prise en me frayant un passage au milieu des danseurs. Au bout d'un long moment ponctué de bousculades, je crois avoir fait deux fois le tour du bar sans avoir pu mettre la main sur lui. J'ai bien croisé Cassie et Will, enlacés, se balançant lentement sur le rythme pourtant enfiévré de la musique, s'embrassant avec encore plus de passion qu'avant, et Susan et Nathan, un peu plus loin, s'amusant plus qu'autre chose, mais avec une complicité nouvelle.

Découragée, je décide de m'installer au comptoir sur un tabouret en espérant apercevoir Jasper. Sans succès. Je reste assise un moment, le ventre noué. Je ne sais plus ce qui me désempare le plus : le fait que mes amis se fichent totalement de ce qu'a dit Pierre, ou que Jasper n'ait plus du tout envie de me parler.

– Hé, intervient Susan, essoufflée.

Je feins un maigre sourire.

– Je voulais juste te dire que tu n'as pas à t'inquiéter avec nous. Que ce soit vrai ou faux ce qu'a lancé Pierre, aucun d'entre nous ne te jugera.

– Même si tout est vrai ? demandé-je dans un souffle.

Susan pose sa main sur la mienne.

– Même si tout est vrai.

Je me sens plus légère, tout à coup. J'ai l'impression qu'on vient de m'enlever un poids énorme.

Elle se mordille la lèvre, plus embêtée.

– Tu sais, j'ai mis du temps à me rendre compte que l'homme que j'admirais et que je pensais aimer n'était en fait qu'un type ignoble. Savoir maintenant ce que tu as vécu, qu'il a profité de toi… Je ne sais vraiment pas ce que j'ai pu lui trouver et je suis désolée. Si ça se trouve, j'aurais pu…

– Arrête, Susan, la coupé-je. Tu ne pouvais rien savoir. C'est moi qui suis embarrassée.

– Ni moi, ni Cassie, ni Will, ni Nathan ne te diront quoi que ce soit à ce sujet, m'assure-t-elle. Tu n'as que des amis ici.

Touchée, j'acquiesce.

– De toute façon, le premier qui l'ouvre, il s'en prend une, ajoute-t-elle.

Elle m'arrache un rire timide. J'ignore encore les conséquences de sa gifle, mais elle était belle à voir sur le coup.

– Je peux te poser une question ? enchaîne-t-elle.

– Oui, bien sûr.

– Quand tu me parlais d'un « garçon gentil, dévoué, protecteur et drôle », Nathan, en somme, tu pensais à nous deux, en fait ?

– Oui, j'avoue. T'en penses quoi ?

Elle hausse les épaules.

– Eh bien, qu'il est gentil, dévoué, protecteur et drôle.

Ses joues ont rosi, il ne la laisse plus indifférente. Je lui souris, un peu plus détendue.

Soudain, ses yeux se fixent sur un point dans la foule.

– Tiens, même Jasper a l'air heureux !

Je suis son regard et l'aperçois enfin. La femme à la robe dorée est avec lui, près de lui. Ce n'est plus vraiment de la danse à ce stade, elle l'allume en se frottant contre lui et en annonçant très clairement ses intentions. Ma jalousie revient au galop. Je me retiens d'aller l'attraper par les cheveux pour la tirer en arrière.

– On ne l'a plus vu avec quelqu'un depuis septembre alors qu'il a quand même une sacrée réputation de tombeur, continue Susan.

Sa remarque me fait grimacer. Et je constate que la femme à la robe dorée n'est pas la seule à se montrer entreprenante. Les mains de Jay s'égarent bas dans le dos de sa partenaire. Il lui murmure même quelque chose à l'oreille. Je serre les poings, la colère et le chagrin s'engouffrent en moi. Si sa volonté est de me blesser, il y parvient très bien. Mais peut-être qu'il s'en fout, qu'avec ou sans moi dans le coin, il en serait là. Il tourne la page.

Nathan nous rejoint avec deux verres et nous les tend, en m'adressant un sourire de soutien. Je le remercie à demi-mot, toujours perdue dans mes pensées.

– On y retourne, Susan ?

Elle avale cul sec le contenu de son verre et attrape le bras de Nathan.

– Allons-y !

Je profite de ma solitude pour siroter le mien. L'alcool brûle tout sur son passage et je sens mes épaules s'affaisser. À défaut de reconquérir Jay, il faudrait au moins que je lui parle de Matthew.

– Mais qu'est-ce que t'attends ? me lance Cassie en surgissant de nulle part. Si tu ne fais rien, ils vont se rouler une pelle dans deux minutes max !

– Susan m'a dit qu'il avait l'air heureux.

– Mais n'écoute pas Susan, elle a mis des mois à remarquer Nathan !

Elle me tire de mon tabouret pour me pousser vers Jasper.

– Cassie, t'as entendu Pierre, t'as vu le regard de certains ? Je peux lui épargner ça. Il n'a pas besoin d'être avec la fille qui « couchait pour payer l'université ».

– Qu'est-ce que je t'ai dit sur les décisions qui se prennent à deux ? En plus, il savait déjà tout ça en Égypte d'après ce que tu m'as dit.

Je le regarde faire rire sa partenaire de danse alors qu'elle enroule ses bras autour de son cou. Cassie me bouscule à nouveau.

– Cette nana est une « femme sparadrap », c'est sûr qu'il tente de t'oublier avec la première venue, ce ne sera jamais plus. Alors, dépêche-toi de l'arracher de lui et fais-le saigner !

Je jette un œil perplexe sur mon amie qui dodeline de la tête.

– Tu m'as comprise, grogne-t-elle.

Alors que je fais quelques pas timides vers Jasper, il se détache soudain de la femme et s'éloigne en direction du comptoir. Il me fuit, même sans m'avoir vue. Je me mords la langue et décide de le suivre encore une fois. Je ne réfléchis même plus à une approche. Si déjà il m'accorde plus de dix secondes d'attention, ce sera une victoire. Le barman lui tend sa commande, seulement un verre. Pour elle ou pour lui ? Je pose les mains à plat sur le comptoir, il avale sa consommation sans attendre et me jette un regard impatient.

– Elle a un nom, cette fille ? dis-je sans pouvoir refréner un ton trop offensif.

– Je ne pense pas que ça te regarde, réplique-t-il sèchement.

– OK, alors discutons d'autre chose.

Jasper finit par se tourner face à moi.

– Qu'est-ce que tu veux au juste ? Qu'attends-tu de moi ?

– Je voudrais qu'on parle de ce qu'il s'est passé en Égypte…

– Tu n'es pas vraiment en position d'exiger quoi que ce soit ! m'interrompt-il, toujours autant sur les nerfs.

Je ne connaissais pas encore cette expression de colère aveugle sur son visage. Ses yeux ont un reflet dur et ses traits sont tirés.

– Pourquoi, Jay ? m'agacé-je, un peu perdue face à ce comportement.

– Parce que tu m'as tourné le dos, Aly ! rugit-il.

– Alaska, corrigé-je.

Ma réponse est dictée par le désespoir de le voir changer d'attitude avec moi, mais il réplique avec un soupir :

– *Jasper*.

26

Contre lui

Je ne sais pas quelle heure il est, mais je suis encore sur ce tabouret, au Maze. Mes amis sont venus me saluer avant de partir. Cassie a insisté pour que je rentre avec eux, inquiète de me laisser là, mais j'ai décidé de rester. Jasper a laissé tomber la fille à la robe dorée, s'est trouvé une place au bar, un peu plus loin, et boit, seul. Lorsque, enfin, il se lève, il tangue, paie ses consommations et se dirige jusqu'au vestiaire. Je lui laisse un peu d'avance, prends vite mes affaires à mon tour et sors. Il marche le long du trottoir d'un pas hésitant. Je le suis à quelques mètres. Il s'arrête et pivote, je m'immobilise.

– T'es encore là ? Prends un taxi, va à l'hôtel ! me lance-t-il.

– Je veux juste m'assurer que tu rentres bien, dis-je posément. Et puis, après ce qu'il s'est passé à la librairie… je m'inquiète pour toi.

Il s'avance vers moi.

– Si t'es vraiment inquiète, tu ne crois pas que tu devrais parler avec ta chère Joan ? C'est elle qui commande, après tout ! Elle refuse même de signer une déclaration officielle de perte des clés de la réserve, parce que ça me dédouanerait ! Alors que c'est sa précieuse protégée qui les a volées et perdues !

Je sais qu'il veut me décourager et me forcer à rentrer, mais il n'est pas en état de rester seul. Comme je ne bouge pas, il soupire, me tourne le dos et fait encore quelques pas quand une voix, de l'autre côté de la rue, l'interpelle. Mon cœur bondit quand je reconnais Matthew. Il n'est pas resté à l'hôtel comme Joan le lui avait conseillé.

– Le Maze ! T'es toujours allé au Maze pour lever des filles quand tu étudiais ! C'est ce que tu racontais ! dit-il en me désignant.

Il ne me reconnaît même pas. Jasper s'est immobilisé. Les deux hommes se scrutent et la tension qui règne m'atteint brusquement. Aucun d'eux n'a la tête sur les épaules, ils risquent de foncer tête baissée dans l'affrontement !

– Je savais que je te trouverais là, ajoute Matthew en approchant.

– Reste où tu es ! prévient Jasper.

Si jusque-là Jay était déphasé parce qu'enivré, je me rends vite compte qu'il devient lucide en présence de Matthew. Lucide et furieux.

– Sinon quoi ? le provoque Matthew.

Dès qu'il est à sa portée, Jay l'attrape par le col et le plaque violemment contre le mur d'un immeuble. Matthew part dans un grand éclat de rire.

– Tu ne pourras pas cacher très longtemps ta véritable nature ! s'exclame-t-il.

– La ferme ! s'agace Jasper. Tu mens ! T'as toujours menti ! Qu'as-tu fait pendant quatre ans, hein ? Tu t'es terré après avoir abandonné les deux étudiants que je t'avais confiés !

Le visage de Matthew se referme aussitôt.

– *Tu* nous as entraînés dans ce cauchemar ! rétorque-t-il. C'est toi qui as provoqué tout ça ! Tu les as laissés mourir seuls ! Et tu vas payer !

Jasper le bouscule à nouveau.

– J'ai promis à Will que j'endosserais tout, mais je ne te laisserai pas m'accuser de tes propres fautes !

De quoi parlent-ils tous les deux ! Quelles fautes ? Alors que Jasper semble prêt à frapper Matthew, j'agrippe son bras et le tire en arrière.

– Arrête, lâche-le, Jasper.

– Tu devrais écouter la fille que tu sautes, conseille Matthew avec un sourire insensé.

Jasper parvient à le relâcher malgré son désir flagrant d'aller plus loin. Mais Matthew n'en a pas fini. Il réduit l'écart entre eux et me bouscule au passage pour atteindre Jay. Je tombe sur le goudron en retenant un cri de surprise. Ma chute semble étonner mon agresseur, il ne doit pas mesurer la violence de ses gestes. Jasper réplique en l'envoyant contre le mur. Je me relève pour tenter à nouveau de les séparer, mais Jay se contente de rester devant lui.

– Ne t'approche plus d'elle. Si tu la touches encore, je ferai en sorte que tu disparaisses pour de bon.

Comme Matthew fait mine de ne pas comprendre, même si, cette fois, il semble abandonner l'attaque physique, Jasper avance d'un pas, ce qui le fait sursauter.

– Je suis sûr que c'est toi qui l'as poussée du haut de la carrière, au Gebel Aram !

Un frisson remonte le long de ma colonne vertébrale. Je n'y avais pas pensé, mais ça ne pouvait être que lui. Il semble remettre les événements en ordre dans sa tête et sa mémoire me paraît vraiment trop endommagée pour que son témoignage tienne la route. Comment Joan peut-elle se compromettre avec ce type, est-ce qu'elle est si désespérée que cela ? Est-ce que son cancer lui fait considérer cette deuxième commission comme une dernière chance ?

Jasper attrape mon bras sans ménagement et m'entraîne avec lui d'un pas rapide. On marche en silence un long moment. Puis, après avoir tourné dans une rue calme, bordée d'anciens immeubles en briques rouges, il s'arrête devant les quelques marches menant à l'entrée de l'un d'eux. Il me relâche et regarde la route.

– Je vais t'appeler un taxi.

Je regarde autour de moi sans comprendre pourquoi on s'arrête précisément ici, ni pourquoi il tient encore à m'appeler un taxi.

– Tu m'as traînée là pour me renvoyer ?

– Pour être honnête, je ne sais absolument pas ce que je fais avec toi, réplique-t-il, impatient. Je te demande de partir et tu restes. Si je te mets dans un taxi de force, tu vas peut-être finir par disparaître.

Il me jette un regard de côté et se mord la lèvre avant de continuer.

– J'ai entendu les bruits pendant la soirée, est-ce que tu as croisé d'autres clients ? À part Pierre ? Combien de collègues ont couché avec toi ?

Je serre les poings, heurtée pour de bon. Je le bouscule avec hargne, il recule de plusieurs pas, j'avance pour lui asséner des coups sur la poitrine. Je sais qu'il cherche à me blesser pour me faire partir, mais c'est plus qu'une pique lancée cette fois. Si on parvient à surmonter tout ça, me balancera-t-il mon passé à chaque dispute ? Que je le veuille ou non, ce passé sera toujours là, entre nous.

– Espèce de salaud ! Je t'interdis de me dire ça !

Une boule obstrue ma gorge et des larmes de rage roulent sur mes joues. Jasper agrippe mes bras pour m'immobiliser. Je me débats furieusement.

– Je ne sais plus ce que je dis, excuse-moi, ajoute-t-il aussitôt. Pardon, pardon.

– Tu n'as pas le droit !

Il raffermit son emprise.

– Je déteste que d'autres aient pu te toucher comme ça.

Je parviens à le repousser, blessée et en colère.

– Moi aussi, je déteste que d'autres te touchent ! Qu'est-ce que tu crois ! ? Qu'aurais-je pu ressentir d'autre en te voyant avec cette fille ce soir ?

Sa froideur a disparu, il me regarde, les yeux brillants, lui aussi abattu par le chagrin. Je tente de reprendre mon souffle. Je n'avais jamais eu de relation avant lui, et s'il y a bien une chose dont je suis sûre, c'est que je ne veux pas qu'on se fasse souffrir de la sorte.

D'une voix tremblotante, je tente de reprendre le fil de la discussion :

– Si tu veux qu'on en finisse définitivement, dis-le-moi. Je ne viendrai plus à toi, je te laisserai. Je voulais juste que tu saches que je regrette, que je regretterai toujours de t'avoir quitté.

J'attends une réponse, mais il semble déconcerté par ma déclaration. Il ne dit rien. Je n'ai peut-être plus rien à faire ici. Je m'éloigne pour attraper un taxi, le cœur plus lourd que jamais.

– Alaska.

Je m'arrête.

– Reste, s'il te plaît.

Je lui refais face, il est déjà près de moi.

– J'ai cru que tu doutais de moi. Que tu croyais que j'étais coupable d'avoir provoqué les exécutions au Gebel Aram. Je me fous de l'opinion des autres et je subirai toutes les commissions possibles, mais je veux que toi, tu me croies.

Je déglutis. Il a repris son sérieux, mais le ton de sa voix ne cache pas sa détresse.

– Pourquoi moi ? Tu devrais vouloir convaincre le monde entier.

Il tend la main pour passer une mèche de mes cheveux derrière mon oreille. Je pose ma main sur la sienne pour la garder sur ma joue. Ce contact fait fondre le reste de ma colère.

– Parce que ton avis compte, parce que je tiens à toi.

L'émotion me fait renifler, je réponds en balbutiant plus qu'autre chose.

– Bien sûr que je te crois.

Jasper plaque ses lèvres au goût sucré sur les miennes. Ce n'est qu'un seul baiser, court, mais fort. Qui me fait taire et finit d'adoucir notre échange.

– Pardon, dit-il. Je crois que je suis encore un peu saoul. Et en même temps, j'en avais très envie.

Je lui souris en retour. Je crois que j'en avais besoin, moi aussi.

– Viens, allons dormir un peu.

Il prend ma main et m'entraîne avec lui dans l'immeuble juste à côté. Je comprends enfin pourquoi nous nous sommes arrêtés à cet endroit : il loge ici. On grimpe les six étages avant d'arriver devant une porte. Nous ne sommes pas dans un hôtel. Je guette le moindre de ses gestes. Il sort des clés de sa poche pour déverrouiller la porte.

– C'est chez toi ?

– Je l'ai acheté quand j'étais étudiant. Ma famille a les moyens, ajoute-t-il en apercevant mes sourcils arqués.

Je le suis, intimidée. Il se contente de me guider dans sa chambre et d'allumer une lampe de chevet. Le mobilier, très épuré, est en bois sombre tandis que les murs sont peints d'une couleur taupe plutôt claire. Sur la commode, le moulage d'un buste de Ramsès II évoque ses centres d'intérêt. Des plaids syriens sont posés sur une chaise et me rappellent notre escapade dans son bureau de Londres.

– La salle de bains est juste là si tu en as besoin.

J'enlève mes talons et mon manteau, passe brièvement dans la salle de bains et reviens dans la chambre. Jasper dort déjà, sur la couette. J'attrape l'un des plaids, le déplie et le pose sur lui avant de m'allonger sous la couverture à ses côtés. J'ai le cœur qui bat trop fort pour dormir : j'éteins la lumière et reste allongée un long moment avant de trouver le sommeil.

***

L'odeur du café et la lumière matinale me font ouvrir les yeux. Je m'étire et me redresse, encore fatiguée. Jasper s'est levé, le plaid est replié sur la chaise. Je cours me rafraîchir dans la salle de bains avant de passer dans l'autre pièce. L'appartement n'est apparemment composé que de deux pièces : la chambre et le salon prolongé par une cuisine avec un îlot. Les fenêtres, plutôt hautes, courent tout le long des murs sans interruption, offrant une lumière intense et une vue magnifique sur la ville. Je suis happée un court instant par New York.

– Tu as bien dormi ?

La voix de Jasper me fait tressaillir.

– Oui.

Il semble gêné, encore plus que moi. Je m'avance jusqu'à l'îlot et il me tend une tasse de cappuccino.

– Il ne sera jamais aussi bon que le tien, dit-il seulement.

Je ne remarque qu'à cet instant qu'il est prêt à partir. Il a pris une douche et son parfum ambré est pénétrant. Il a enfilé une chemise blanche impeccable et un gilet sans manches bleu nuit, assorti au pantalon. Son élégance m'intimide et m'attire en même temps. Je n'ai pas tellement envie de le voir prendre sa veste posée près de lui et s'en aller. On réussit enfin à se parler, je suis enfin seule avec lui, tout m'incite à lui refuser un départ précipité. Je trempe mes lèvres dans mon cappuccino, le café est serré. Ce n'est pourtant pas le breuvage qui provoque un battement rapide de mon cœur, mais bien Jasper qui guette ma réaction. Son regard braqué sur moi m'avait manqué.

– Il est bon, dis-je alors avec un demi-sourire.

On devrait vraiment parler, mais le fil de mes pensées est parasité par les boutons de ses vêtements, par ses doigts qui tapotent le granit de l'îlot et par ses lèvres qui s'étirent très discrètement. J'ai l'impression que je ne suis pas la seule à avoir remarqué cette électricité dans l'air entre nous deux. Un mois nous sépare de cette nuit de sexe à Louxor… On dit souvent que faire l'amour après une dispute rabiboche les deux partis, je me dis qu'il ne nous manquerait que ça pour qu'on puisse enfin se sentir à nouveau « nous ».

– Je n'ai pas montré mon meilleur visage hier soir, finit-il par dire.

Sa déclaration me sort de mes pensées.

– J'ai dit des choses que je n'aurais jamais dû dire et j'en suis sincèrement désolé. J'ai essayé de t'oublier, mais je n'y arrive pas.

Ses yeux ne me quittent pas, et je reste trop surprise pour répliquer tout de suite. Il jette un œil sur sa montre et se redresse.

– Le petit déjeuner du congrès va commencer, des étudiants doivent présenter des kakémonos avant les interventions dans l'auditorium…

Mince, il m'échappe à nouveau ! Je repose ma tasse et décide de passer à la vitesse supérieure en commençant par retirer mon gilet pour dévoiler ma robe, mon atout passé à la trappe. Alors qu'il m'expose le programme tout en attrapant sa veste, son regard turquoise s'attarde soudain sur mon décolleté. Sa voix ralentit et il repose sa veste sans même s'en rendre compte.

– Moi non plus, je n'ai pas réussi à t'oublier, dis-je alors en contournant l'îlot central.

Une fois devant lui, j'attrape ses mains et les pose sur mes joues avant de les faire glisser le long des deux larges bretelles. J'ai aussi compris que ses craintes exprimées hier, sous les effets de l'ivresse, concernaient surtout mon indécision à son égard.

– Tu m'as demandé l'exclusivité en Égypte, elle est tienne depuis le soir où on s'est embrassés la première fois. Personne ne me touchera jamais comme tu me touches maintenant.

Je guide ses mains jusqu'au bas de mon dos, puis j'enroule mes bras autour de son cou. Je ne porte aucune lingerie autre qu'un slip en dentelle, sentir son corps si chaud contre moi satisfait un premier désir.

– Je suis à toi, alors laisse-moi réchauffer ton cœur.

Ses deux fossettes apparaissent aux coins de ses lèvres et je souris à mon tour. Je repense à la dédicace de son livre, qui va apparaître dans des milliers d'exemplaires, dont certains seront dans des bibliothèques pour des centaines d'années encore. Il m'a offert, à la manière des Anciens, une part d'éternité, comme toutes ces phrases que je récolte ici et là, sur les parois d'un tunnel de pilleur ou d'une carrière perdue.

Jasper m'embrasse d'une manière tout à fait entreprenante, me penchant en arrière par la même occasion, les mains fermement campées dans mon dos. J'ai bien l'intention de le retenir chez lui, alors je passe mes mains dans ses cheveux et les caresse. Il se redresse et me ramène d'un geste ferme contre lui sans interrompre le baiser. Dès que nos bouches se séparent, toujours assoiffées l'une de l'autre, je profite de la seconde de répit.

– Et les kakémonos ?

– On s'en fout, des kakémonos.

On titube jusqu'au salon, lèvres contre lèvres, je finis par m'appuyer sur le dossier d'une banquette. Je le relâche, le souffle court.

– J'ai refait un test et je prends la pilule, réussis-je à dire.

– Moi aussi, j'ai fait un test et il est négatif, je n'ai couché avec personne depuis toi et ne veux que toi.

Je lui souris sans contenir une bouffée d'excitation.

Mon opération reconquête commence plutôt bien…

– Cette robe, grogne-t-il, son front posé contre le mien.

Ses mains se baladent le long de mes bras jusqu'aux épaules pour ensuite frôler les bretelles. Il a très bien compris que je n'ai pas de soutien-gorge. Alors, sans se presser, il glisse ses doigts sous chaque bretelle et effleure ma peau. Arrivé à la pointe de mes seins, il étreint leur galbe entre ses paumes, exerce une pression appuyée sur mes mamelons, me forçant à aspirer de l'air avec plus de violence, puis ses mains remontent et abaissent les bretelles. Il défait la fermeture Éclair et aide la robe à chuter à mes pieds. Mon string de dentelle rouge ne le laisse décidément pas de marbre.

Le voir vêtu ainsi, et me savoir nue devant lui, fait remonter mon fantasme du professeur. J'ai très envie qu'il mène la danse. Quelque part, je veux aussi qu'il sache que je me livre à lui sans condition. Aussi, je choisis bien les termes de ma requête.

– À défaut d'écouter tes élèves faire leurs présentations, tu devrais me donner une leçon.

Le sourire fauve qu'il affiche me fait frissonner. Son regard, attardé un peu plus bas, revient tester le mien.

– Tu veux quelque chose d'un peu plus… *kinky* ?

Je hoche la tête avec impatience. Je ne veux pas venir trop vite et je sens qu'il faut déjà que je me refrène. De son index, Jay crochète l'élastique de mon sous-vêtement et l'attire jusqu'à lui d'un geste possessif et autoritaire.

– Pour commencer, tu ne quitteras pas ce string.

– Et ?

Le demi-sourire de Jay s'étire, il se penche sur moi et me glisse quelques mots à l'oreille tandis que son odeur aux puissantes notes d'ambre me vrille la tête.

– Ne m'interromps pas.

Il ponctue sa phrase d'une simple tape sur mes fesses qui me fait sursauter et m'émoustille. Je sens un afflux de sang inonder mon visage et je suis obligée de déglutir pour tenter de calmer ma nervosité qui grimpe en flèche. Jasper attrape ma main pour m'emmener dans la chambre. Il s'assoit sur le lit, me fait pivoter et m'entraîne contre lui. Il me serre entre ses jambes et respire mes cheveux, son souffle sur ma nuque. Le fait de ne plus avoir de contact visuel avec lui me rend fébrile. Je ne sais pas à quoi m'attendre et je me sens un peu à l'étroit, assise contre lui de cette manière, mais l'excitation qui en résulte est fabuleuse ! Du bout des doigts, il frôle mes cuisses, déclenchant des frissons dans tout mon corps.

Son menton se pose sur mon épaule et sa courte barbe pique ma peau.

– Cambre-toi, commande sa voix au creux de mon oreille.

Je m'exécute et je le sens rapprocher son entrejambe de moi.

– Bouge maintenant, ajoute-t-il d'une voix rauque.

Je pose mes mains sur ses cuisses, et à l'aide de mes jambes, je frotte mes fesses contre lui en me mordant la lèvre pour ne pas déjà gémir. Son membre durcit sous l'effet de mes mouvements, je me sens devenir tout humide à mon tour. Les soupirs satisfaits de mon amant derrière moi me font deviner son plaisir. Et subitement, il attrape mes mains et les plonge avec les siennes dans mon string. Il m'emprisonne dans ses bras et mes doigts se confondent avec les siens dans une caresse beaucoup plus intime. Mon clitoris est mis à l'épreuve par les cercles que nous traçons dessus. Je lâche un gémissement et laisse ma tête tomber en arrière, sur son épaule.

– Tu te souviens de ta première leçon ? susurre-t-il sans s'interrompre.

Tout mon corps se tend et je sais déjà qu'il m'échappe.

– Non, pas tout de suite, réussis-je à dire en espérant repousser le moment fatidique.

Mais impossible de sortir de la délicieuse prison dans laquelle Jasper me maintient.

– Laisse-toi aller, m'encourage-t-il.

Je sais qu'il veut provoquer un premier orgasme et qu'il me réserve une suite, je me souviens très bien de sa leçon dans son bureau, mais je n'arrive pas à me défaire de l'idée que venir à deux, c'est mieux. Je me laisse quand même porter par les vagues houleuses du plaisir en repliant mes jambes. Son désir à lui prend de plus en plus forme contre mes fesses. Cette double attente provoque une première tension qui m'arrache un cri. Jay retire ses mains.

– Continue, m'ordonne-t-il.

Je me caresse plus doucement en espérant ralentir, mais il en profite pour rouler mes mamelons entre ses doigts tout en mordillant mon cou. Puis, d'un geste délicat, il tourne mon visage près du sien pour m'embrasser. Il enroule sa langue autour de la mienne et repart prendre d'assaut mon intimité. Sans chasser mes mains, il reprend sa place dans mon string et entame une caresse bien plus vigoureuse que la première. Mon corps se tend plusieurs fois de suite. Je suis obligée d'abandonner son baiser pour respirer alors que je me mets à jouir violemment. Je ferme les yeux, secouée par des convulsions vives et rapides.

Lorsque Jasper sent que je m'immobilise, il retire ses mains. Je suis encore assommée et j'ai du mal à me redresser alors qu'il tente de se relever. Les jambes tremblantes, je m'allonge sur le lit, encore pleine d'un désir à moitié consommé. Je veux le sentir en moi plus que jamais. Je le regarde, il ne me quitte pas des yeux lui non plus alors qu'il retire ses vêtements, un sourire impatient aux lèvres. Son membre se tient droit et frémissant.

Une fois nu, il grimpe sur le lit et s'assoit, je prends place sur lui. Il me serre contre son corps brûlant avant d'encadrer mon visage de ses mains et de les glisser dans mes cheveux tout en déposant des baisers de plus en plus longs sur mes lèvres. J'attrape son sexe et le caresse en retour.

– Quel est l'objet de la leçon, monsieur le professeur ? finis-je par demander d'un ton provocateur.

Sans un mot, il prend mes deux mains et les réunit dans mon dos avant de les glisser sous l'élastique de mon sous-vêtement.

– Leçon numéro deux : exploiter l'accessoire.

Ses fossettes m'enchantent et je commence par mordiller mes lèvres avant de finalement sourire jusqu'aux oreilles. Jasper écarte la ficelle du string, la confie à mes doigts qui la retiennent, et guide son sexe à l'entrée du mien. Avec douceur, il me pénètre en plusieurs fois avant de s'insérer entièrement en moi. Mes mains étant hors jeu, je me laisse porter par son rythme. Il tient fermement mes hanches et me soulève, je bouge à mon tour pour l'accompagner. Je ne sens plus d'urgence, enfin ! Et Jay n'est pas pressé non plus. Je peux profiter des sensations qui nous envahissent. Il finit même par relâcher mes hanches pour joindre ses doigts aux miens dans mon dos et pour m'embrasser. Le moment est si tendre qu'on ralentit. Je bouge le bassin en gardant son membre en moi et je m'applique à resserrer mes muscles sur lui pour lui procurer encore plus de plaisir.

Les gémissements rauques de Jay me comblent de joie. Coucher avec un seul homme, chercher la satisfaction commune et le plaisir d'un simple baiser au milieu d'une expérience brûlante, voilà enfin quelque chose que j'apprends et que j'apprécie avec lui. Après un long baiser, il me mord la lèvre inférieure avec ardeur, attrape mes fesses, me soulève et me ramène à lui avec plus de vigueur. Je suis si mouillée que la pénétration est vive et sans entrave. Mon cœur s'emballe à nouveau. Lorsqu'il se met à gémir avec plus de force, il ralentit et nous reprenons notre souffle quelques secondes.

– Encore, réclamé-je avec impatience.

– Retire-toi, me dit-il.

Je me retrouve agenouillée sur son lit, contrainte, presque punie. Jasper se déplace derrière moi et me penche en avant. Je pose ma tête sur la couverture, finalement ravie de la position choisie, les mains toujours entravées dans le dos, la ficelle de mon string entre les doigts. Mon amant reprend la pénétration. Il s'introduit dans son entièreté, se retire et réitère le mouvement plusieurs fois, déchaînant un plaisir de frustration que je ne connaissais pas encore. J'ai envie de réclamer plus dès qu'il se retire, mais sa longue et puissante pénétration suivante me coupe dans mon élan à chaque fois.

– Encore ? s'amuse-t-il après s'être arrêté.

Je retiens un rire.

– Oui, encore !

Il applique de nouveau sa leçon, mais cette fois, au bout

d'une dizaine de va-et-vient, je joue la mauvaise élève et proteste.

– Jay, plus fort !

Ce qui me vaut une autre tape sur la fesse. Je décide de rouler sur le dos pour lui faire face. On se regarde, entre la provocation du jeu et l'envie de se sauter dessus. Son torse puissant est parcouru de fines perles de sueur. Cette vue fait fondre littéralement ma protestation. J'envoie la pointe de mon pied en émissaire sur sa cuisse jusqu'à l'aine.

– Pardon, dis-je avec une petite moue.

– Tu es indisciplinée, constate-t-il.

Je ne peux pas m'empêcher de rire.

– C'est pour ça que tu es là, à me faire l'amour, alors que tu devrais être au congrès.

Il me sourit en attrapant mes chevilles avec délicatesse. Il lisse mes mollets puis mes cuisses, provoquant des vagues de frissons qui me font remarquer que je suis très sensible.

Jasper saisit mon sous-vêtement et l'enlève, me libérant enfin les mains.

– Conclusion de cette leçon : toujours se débarrasser de l'accessoire à la fin.

Il le jette par terre et s'allonge sur moi. Le poids de son corps sur le mien me rend fébrile. Mes seins froissés sous son torse m'envoient des milliers de frissons. Bon sang ! J'espère qu'il va vite reprendre. Je replie mes jambes pour lui offrir mon intimité sans résistance et pose mes mains sur ses fesses, prête à l'aider. Jasper relève un peu plus mes jambes et m'embrasse en me pénétrant. Je me cambre contre lui alors qu'il donne des coups de reins fermes et nerveux. Je relâche sa bouche pour laisser échapper des plaintes saccadées. Au milieu de ces sensations brutales, je l'entends gémir à son tour et nos deux corps se tendent à l'extrême. Il se déverse en moi alors que tous mes muscles se resserrent sur lui. Les jambes crispées autour de son corps, j'ai les larmes aux yeux.

Lorsque tout s'arrête, il s'est affaissé contre moi, son membre toujours en moi. Mon visage contre sa gorge, je sens ses veines charrier son sang à la même vitesse que les miennes. Nos deux cœurs sont à l'unisson.

27

C'est lui

Allongée contre lui, la tête sur son épaule, je laisse ma main aller et venir sur son torse.

La neige s'est mise à tomber dehors, Jay a le regard rivé sur les fenêtres… et une main caressante dans mon dos. Cet instant est si parfait que je n'ai pas tellement envie de l'interrompre pour discuter. Pourtant, la situation de Jasper est assez inquiétante pour me sortir de ce voluptueux abandon.

– Jay, je suis désolée pour les clés de la réserve. Je ne pensais pas que cette histoire pouvait encore te porter préjudice aujourd'hui.

– Ne t'en fais pas pour ça. Je n'ai pas mis la main dessus, mais je suis sûr qu'un archéologue les retrouvera dans deux mille ans.

Je souris, mais ne peux m'empêcher d'être inquiète de son ton si détaché.

– Je n'arrive pas à croire que Joan suive en aveugle Matthew. Il est fou, il divague complètement, dis-je alors.

– Joan est aux abois, conclut Jasper.

Je le trouve bien trop serein. Je m'accoude près de lui pour l'interroger d'un ton plus sérieux.

– Jay, est-ce que tu as tout dit à propos du dénouement de la prise d'otages ?

Il fronce les sourcils, intrigué.

– Pourquoi tu me demandes ça ?

– Si tu ne démens pas les propos de Matthew, comment tu te défendras de ses attaques ? Joan dit que ton silence confirme les accusations. Moi, je te crois, je sais que jamais tu ne mettrais la vie de tes étudiants en danger, ça ne te ressemble pas. Mais si jamais…

Je m'interromps pour bien choisir mes mots.

– Si jamais tu as pensé bien faire et que ça a entraîné ces événements malheureux, ça ne t'incrimine pas pour autant.

– Mais de quoi tu parles ? grimace-t-il.

– Hier, tu as dit que tu avais promis à Will que tu endosserais tout. De quoi voulais-tu parler ?

Jasper pousse un soupir en fixant le plafond. Il semble soudain plus contrit. Il compresse ses mâchoires avant de répondre à voix basse.

– Je m'en veux d'avoir survécu et d'avoir perdu des étudiants. Tout cet effroyable désastre est de ma faute. Peut-être que j'ai envie d'être puni pour ça, au fond.

La culpabilité liée au syndrome du survivant, je la connais bien. Je pose ma main sur sa joue et tourne son visage vers moi avec douceur.

– Tout serait plus facile pour tout le monde si j'y étais resté, continue-t-il. Joan ne se focaliserait pas sur cette commission, Matthew ne nourrirait plus sa folie…

– Et Will y serait resté, le coupé-je pour le dissuader de penser ainsi.

– Je n'ai sauvé qu'un étudiant sur quatre, Alaska, me rappelle-t-il, une dureté à couper le souffle dans la voix.

Je dessine des cercles près de son œil avec mon pouce en espérant que ce simple geste le réconforte un peu.

– Moi aussi, je suis le quart restant. On était quatre dans ma famille. Chaque année à son anniversaire, je me demande à quoi ma petite sœur aurait pu ressembler. Elle n'est plus qu'une image figée aujourd'hui, alors qu'elle était si pleine de vie… Quand on a pris la voiture ce soir-là, elle n'arrêtait pas de chanter en boucle la même comptine. Ça me rendait folle. Je me souviens de m'être engueulée avec mon père, mais je ne sais même plus pourquoi exactement. Sûrement une bêtise sans importance…

Le souvenir reprend un peu plus forme dans ma tête et je déglutis, subitement émue.

– Et pourtant, c'est parce que je m'acharnais qu'il a détourné les yeux de la route… Il n'a pas vu l'autre véhicule qui nous a heurtés de plein fouet. Je me suis réveillée à l'hôpital, seule. Les médecins ont mis deux semaines à me dire la vérité parce que j'étais trop faible, que ma famille avait disparu en un claquement de doigts. Moi aussi, j'ai culpabilisé, tellement, tous les jours ! Je voulais les rejoindre, je ne comprenais pas ce que je faisais encore là. Il y avait forcément une erreur ! Alors, j'ai fait une longue dépression, j'ai cru que je ne m'en sortirais jamais. Et puis Joan est arrivée, elle m'a fait comprendre que ma vie comptait.

La main de Jay se pose sur mon visage et je remarque que tous mes muscles sont crispés. Il exécute les mêmes cercles sur ma joue, tout en restant à mon écoute. Il me sort ainsi de ce souvenir opaque et boueux dans lequel je m'enlise si aisément que je l'évite autant que possible.

– Jay, ta vie aussi est importante, tu ne peux pas regretter de ne pas être mort avec les autres. Will, Susan, Nathan et tous tes élèves comptent sur toi ! Et moi, je ne t'aurais jamais connu sinon ! Je suis heureuse que tu sois là, de t'avoir rencontré et d'être auprès de toi. Je te promets que je ne te quitterai plus jamais.

Il finit par sourire, mais il reste touché, son regard ne peut masquer son émotion.

– On ne m'avait encore jamais dit ça, finit-il par avouer, un peu gêné.

Je me penche sur lui pour embrasser ses lèvres.

– Moi aussi, je suis heureux que tu sois là, reprend-il.

Je souris à mon tour et il me bascule sur le dos pour me surplomber.

– Penser que j'aurais pu ne pas te connaître, ça me semble absurde.

Il s'affaisse sur moi pour déposer des baisers dans mon cou.

– Tu fais quoi pour les fêtes, Alaska Wick ?

– J'ai déjà quelque chose de prévu, dis-je sur un ton embêté.

Jay se redresse, à la fois déçu et curieux.

– Je vois quelqu'un en ce moment, un Anglais canon qui…

La chatouille qu'il m'assène me coupe dans mon élan et j'éclate de rire.

– Du sexe une fois par mois, ce n'est vraiment pas sérieux, assure-t-il avec un grognement. Tu pourrais me rejoindre ici pour quelques jours ? Je pourrais t'emmener dîner et tenter de te discipliner la nuit.

Je hoche la tête, un large sourire aux lèvres, emballée par l'idée. Je l'attire contre moi, prête pour un second round, quand il relève la tête pour vérifier l'heure.

– Merde ! s'exclame-t-il avant de bondir du lit. Je dois prendre la parole dans une demi-heure !

***

Main dans la main, on déboule dans l'entrée de l'immeuble qui accueille le congrès. La neige recouvre peu à peu les trottoirs, mais les taxis circulent encore, à notre plus grand soulagement. On prend l'escalator pour atteindre l'étage de l'auditorium. Je grimpe une marche au-dessus de Jasper pour l'embrasser et trébuche au bout de l'escalier mécanique, bien trop occupée à mordiller ses lèvres. Avec un rire, on se rattrape tous les deux. On arrive dans le grand hall desservant l'auditorium, où sont exposés les kakémonos des étudiants. L'endroit est désert. J'en profite pour retenir Jasper qui tente pourtant de se presser alors qu'il a une bonne dizaine de minutes de retard. Mais il ne se fait pas vraiment prier et me reprend dans ses bras tout en me grondant à voix basse. Jasper

Henstridge est à moi, je peux bien profiter de ma brillante reconquête encore un instant ! Juste un baiser et je consens à me séparer de lui. Et alors qu'on finit par se convaincre d'y aller, je remarque une silhouette, un peu à l'écart.

Joan nous fixe, interdite. Jasper, qui me tient toujours la main, s'immobilise lui aussi. Mon cœur se serre, mais je sais très bien que je ne vais pas reculer.

– Vas-y, Jay, dis-je.

Il acquiesce et se penche pour m'embrasser.

– À tout à l'heure.

Il s'éloigne sans un regard pour Joan, pousse les battants de l'auditorium et disparaît derrière. Je reste seule face à ma mentor. Elle semble plus fatiguée que jamais. Ce n'est plus la grande et terrible Joan Bates qui se dresse devant moi. Son regard est brouillé, ses cernes creusés, son corps me semble bien fragile. Je la connais pourtant, mais cette lueur blessée et désespérée dans ses yeux m'est totalement inconnue.

– Je ne pourrai pas t'en empêcher ? demande-t-elle d'une voix résignée.

Je secoue la tête. Son absence de colère me déstabilise, comme si elle n'avait plus assez de force pour cela.

– Joan, est-ce que moi, je peux te dissuader de poursuivre sur cette voie ? Matthew n'a plus toute sa tête, tu dois t'en rendre compte !

Tout son corps se tend devant moi, je la vois déglutir, les yeux humides.

– Cet homme m'a attaquée en Égypte, au Gebel Aram, et il a agressé Jasper hier soir, rien de bon ne peut venir de lui. C'est de la folie de se fier à son jugement !

Joan affiche un air surpris qui disparaît aussitôt, comme si le comportement de Matthew n'était pas si inattendu. Elle finit par soupirer.

– Je sais, admet-elle en détournant le regard. La commission vient d'être refusée et je n'obtiendrai jamais aucun procès pour la mort de David.

Cette fois, ce sont des larmes de colère qui roulent sur ses joues. Ma gorge se noue, je perçois très bien l'impuissance qu'elle doit ressentir.

– Je trouve tout ceci très injuste, ajoute-t-elle en passant une main tremblante sur son visage.

Je hoche la tête, le cœur serré.

– Oui, c'est injuste. Tout comme ton obsession d'accuser Jasper. Tu ne crois pas qu'il est temps de baisser les armes ? Si seulement tu apprenais à le connaître un peu mieux…

Je guette sa réaction avec un peu d'espoir. Mais Joan est enfermée dans son chagrin.

– C'est donc lui que tu choisis.

Je veux la convaincre qu'ils pourraient très bien s'entendre tous les deux, quand nous apercevons, au même moment, Matthew surgir de l'escalator. Il avale l'espace qui le sépare de la porte de l'auditorium en quelques enjambées. Je le regarde, un nœud dans l'estomac. Il ne nous accorde même pas la moindre attention, il se contente d'avancer. Ce n'est que lorsqu'il plaque une main sur un des battants que j'identifie ce qu'il tient dans l'autre : une arme. Une fraction de seconde, mon esprit s'attache au détail de son index posé sur la détente.

Le battant se referme et va et vient une ou deux fois d'avant en arrière. Deux coups de feu retentissent dans la salle.

VI

À L'UNISSON

28

Une colère aveugle

Je ne peux pas m'empêcher de faire les cent pas dans la salle d'attente des urgences. Joan s'est assise, la tête en arrière, contre le mur, les yeux fermés. Les deux coups de feu se répètent en un écho infini dans ma tête. Tout s'est passé très vite : la fuite de Matthew, la panique dans l'auditorium, la police et les ambulances bouclant le secteur, l'évacuation précipitée de Jasper…

J'ai dit à la police que je ne m'attendais pas à ce que Matthew soit capable d'un tel acte. Mais au fond de moi, je savais qu'il pouvait perdre la tête. Après tout, même si je n'en ai aucune preuve tangible, il a bien essayé de me tuer au Gebel Aram… J'aurais dû être sur mes gardes. J'aurais dû arrêter Matthew, au lieu de rester paralysée. J'aurais dû le suivre au moment où j'ai vu l'arme dans sa main…

– Assieds-toi, finit par me dire Joan sans ouvrir les yeux.

Il n'y a plus que nous deux ici. Cassie, Will, Nathan et Susan sont partis. La police, après nous avoir interrogées, nous a bien conseillé de rentrer et d'attendre, mais j'ai refusé. Je veux être là. Je ne sais rien de l'état de Jasper, seulement qu'il a été touché. Je ne partirai pas tant que je ne saurai pas s'il a bien la vie sauve. Joan a décidé de rester, elle aussi, après avoir livré le même témoignage aux forces de l'ordre. Bien sûr, Matthew était perturbé, mais jamais elle n'aurait imaginé qu'il puisse prendre une arme et tirer sur Jasper…

– Aly, assieds-toi, répète-t-elle en se redressant.

Je pousse un soupir pour lui faire comprendre que je ne suis pas d'humeur.

– Jamais je n'ai voulu tout ça, déclare-t-elle comme pour m'apaiser.

– Mais c'est arrivé, parce que tu as entretenu sa haine et ses illusions, répliqué-je abruptement.

Joan blêmit et reste silencieuse une longue minute.

– C'est vrai, finit-elle par reconnaître à demi-voix. Ma colère était aveugle.

– « Aveugle », oui, c'est le mot.

– Aly…

– Je tiens à cet homme ! m'agacé-je. Et tu fais tout pour le détruire ! Matthew a réussi à s'échapper, il peut être à des milliers de kilomètres, comme il peut revenir ici pour achever Jasper !

– Je ne pensais pas qu'il en arriverait là, à prendre une arme et à tirer sur Jasper, insiste Joan, confuse.

Je m'arrête enfin. Je sais que Joan a soif de vérité et qu'elle est restée dans l'attente jusqu'à la réapparition de Matthew. Mais j'ai aussi l'impression qu'elle se rend finalement compte de son propre comportement depuis quelques années, sans oser y croire. Les solides raisons qui la poussaient à s'acharner contre Jasper viennent de s'effondrer. À présent, il n'y a plus qu'elle face à un deuil ignoré depuis trop longtemps.

– Il faut que tu acceptes la disparition de David, dis-je d'une voix plus douce. Comme, moi, j'ai accepté celle de ma famille, et comme Emaline a accepté celle de son fils.

– Je sais, dit-elle en baissant les yeux. Mais je n'y arrive pas.

Sa voix s'enroue et ses yeux s'embuent de larmes qu'elle peine à contenir.

– Parce que c'est moi qui ai éveillé cette passion du métier chez David. Moi qui l'ai entraîné sur cette voie. Moi qui l'ai autorisé à partir pour le congrès de Louxor. Je crois que j'avais besoin d'un coupable pour ne pas reconnaître qu'en vérité… c'est moi qui suis coupable.

Elle plaque une main sur sa bouche, secouée de sanglots. Je m'assois près d'elle pour la réconforter. Reconnaître cela, pour elle, c'est déjà énorme.

– Les vrais coupables sont les terroristes, ce n'est pas toi, ni Jasper, dis-je en passant ma main dans son dos. Jasper a aidé Will à surmonter sa peur, il t'a même aidée, toi, pendant les fouilles.

Au milieu de ses larmes, Joan me jette un regard troublé.

– Joan, Jasper sait pour ton cancer, c'est le médecin de Louxor qui le lui a dit. Il s'est débrouillé pour t'aider dans tes tâches malgré tes protestations.

Ma mentor s'étonne rarement, mais ce que je lui apprends la laisse bouche bée. Elle renifle et tente d'écraser ses larmes. Prise de frissons, elle se frotte les bras, encore sous le coup de tout ce qu'elle assimile. Je crois qu'elle cède enfin et qu'il ne sera plus question de rivalité aveugle avec Jasper.

– Je m'en veux beaucoup, avoue-t-elle, toujours d'une voix éteinte. Avec ma maladie, j'ai cru que c'était ma dernière chance d'avoir enfin un coupable, un procès, quelqu'un à blâmer avant de mourir. J'ai foncé tête baissée.

Je pose ma main sur son bras.

– Je t'interdis de penser comme ça ! Tu as encore une chance de t'en sortir ! Peut-être que l'opération va tout changer !

Délicatement, sa main rejoint la mienne. Mon cœur se serre au contact de sa peau froide et tremblante. Elle a dû se sentir bien seule dans ce face-à-face avec la maladie. Et je me sens coupable à mon tour de ne pas avoir forcé le dialogue.

– J'ai besoin de toi, dis-je alors. Ça m'arrangerait que tu restes en vie, ajouté-je avec un mince sourire ému.

Joan sourit à son tour, les yeux toujours aussi humides. Elle finit par hocher la tête.

– Je ferai ce que je peux, déclare-t-elle.

Des éclats de voix dans le couloir nous font lever les yeux. Jasper marche vers nous d'un pas rapide, suivi de près par une infirmière qui semble aux abois.

– Le médecin est absolument contre une sortie précipitée !

– Je vais bien ! proteste Jasper.

– Vous devez signer une décharge !

Je me lève et cours vers lui sans lui laisser le temps d'arriver. Je me jette à son cou sans vraiment faire attention à son bras en écharpe, ce qui fait rouspéter l'infirmière à nos côtés.

– J'ai eu si peur, soufflé-je.

– Ce n'est rien, une seule balle m'a éraflé, me rassure Jasper en déposant un baiser sur ma tempe.

– Signez la décharge si vous voulez partir ! insiste l'infirmière en lui tendant un papier.

Je me détache de mon compagnon qui se dépêche de se débarrasser de son écharpe avant de signer. L'infirmière ne peut pas s'empêcher de lui rappeler que même bénigne, une blessure est une blessure et qu'il ne faudra pas qu'il vienne se plaindre. Jasper l'ignore et se dirige vers Joan en me tenant la main, plutôt nerveux. Elle le regarde venir sans se lever, affaiblie par toutes ces émotions.

– Où est Matthew ? interroge-t-il alors.

Surprise par la question, Joan reste sans voix.

– Il a fui, il est introuvable, réponds-je à sa place.

Jasper hoche la tête, les traits fermés.

– Alors, je sais où il est, il se terre là où tout a commencé. Je pars pour l'Égypte. Il a dû trouver un moyen de partir là-bas, j'en suis sûr et certain.

Je réprime un haut-le-cœur.

– Tu es fou !

– L'extrader mettra des mois, voire des années ! Je n'ai pas envie qu'il mette en danger la vie de qui que ce soit ! Il faut l'arrêter maintenant. Je peux peut-être tenter de lui parler pour qu'il se rende, il pourrait m'écouter. Ce n'est pas pour rien que le doyen me l'a refourgué à l'université et sur les chantiers.

– Je viens avec toi, dis-je avec fermeté.

Ce n'est pas la main de Jasper qui attrape mon bras avec inquiétude, mais celle de Joan.

– Hors de question !

Elle n'est pas en colère, mais semble terrifiée.

– La dernière fois que j'ai confié quelqu'un à Jasper, il n'est jamais revenu.

Je veux protester, mais Jasper, à bout de nerfs, me coupe l'herbe sous le pied.

– Ce n'est pas ce que tu crois, lance-t-il, exaspéré. Rien ne s'est passé comme tu le penses ! Rien ne s'est passé comme Matthew l'a raconté !

– Alors, dis-moi ! s'exclame-t-elle.

– C'était David !

Joan a un mouvement de recul. Jasper passe une main sur son visage. Leur colère semble être retombée d'un coup. Je les observe, les yeux ronds. Je ne m'attendais pas à ce que le nom de David surgisse ! Je pressentais bien que Jasper ne disait pas toute la vérité, mais j'espérais presque qu'il n'aille jamais plus loin.

– C'est David qui a tout déclenché, reprend plus calmement Jasper. Il a paniqué, il a voulu s'enfuir, alors les preneurs d'otages ont tiré. Matthew nous a abandonnés sans se retourner, je n'ai pu sauver que Will, même s'il a été touché à la jambe.

Le visage de Joan se décompose. Jasper s'assoit à ses côtés, ébranlé.

– Je suis désolé, Joan. David... n'était qu'un gamin effrayé, comme l'était Will. C'est pour cette raison qu'on a toujours voulu préserver sa mémoire, en épargnant les reproches que certains auraient pu lui faire ou faire à sa famille. Ni Will ni moi ne lui en voulons et ce ne sera jamais le cas.

Il jette un œil sur sa consœur qui a blêmi au fur et à mesure de ses confidences.

– Il n'a pas souffert, ajoute-t-il à voix basse. Il n'a pas eu le temps de se rendre compte de ce qu'il se passait.

Joan acquiesce, mais semble toujours sous le choc.

Jasper conserve le silence un moment avant de se relever. Je garde un œil inquiet sur Joan, j'hésite à la laisser seule. Mais je ne vais pas laisser Jasper partir de son côté. J'enverrai un message à Emaline pour la prévenir. J'attrape la main de Jay, mais Joan me retient une nouvelle fois.

– Attends.

Elle se relève et me prend dans ses bras. Ce contact inhabituel me saisit. Je lui rends son embrassade, le cœur battant.

– Tu sais que je t'ai toujours considérée comme ma fille, me dit-elle alors.

Cette reconnaissance-là me comble dans mes espérances les plus profondes. J'ai eu si peur de la vouloir comme une mère et de finalement être déçue.

– Oui, murmuré-je, émue.

– Alors, je te supplie d'être prudente et de me revenir.

Je lui souris en déglutissant.

– C'est promis.

29

La tombe du chef

Être dans la carrière du Gebel Aram me semble si étrange… On a quitté New York, alors que la ville se recouvrait peu à peu d'une épaisse couche de neige, et on se retrouve sur le sable, près d'une montagne plongée dans le silence, dans la fraîcheur de décembre. Jasper n'hésite plus cette fois en descendant de voiture. Je sors de la Jeep en même temps que lui. Il n'a pas dit grand-chose pendant le trajet. Frôler la mort, risquer sa vie à nouveau… je comprends qu'il soit tourmenté. À Louxor, on est passés par la maison de fouilles sans prendre le temps de rencontrer l'intendant qui s'en occupe en notre absence. Jasper a laissé un message pour dire qu'il empruntait la Jeep et on a roulé jusqu'ici.

– Matthew ! appelle Jay en scrutant les alentours. Matthew !

Sa voix rebondit sur les parois de la carrière.

– Tu crois qu'il est là ? dis-je avec hésitation.

– Il se cache ici, j'en suis sûr, me répond-il en attrapant son sac à dos. On va s'installer là-haut, là où il t'a poussée. Il doit avoir une cachette dans le coin.

Je prends mon sac et le suis. Mes bottines de ville s'enfoncent dans le sable. J'ai pris les vêtements que j'ai pu, un jean, un haut à manches longues, et un manteau de ville à larges poches. Je ne me sens donc pas du tout à l'aise. Jasper a eu un plus large choix, et ses chaussures montantes et renforcées sont un bien meilleur atout pour grimper les marches inégales de la carrière.

Une fois au sommet, on observe notre environnement avec l'espoir, et la peur, d'apercevoir Matthew. Mais il n'y a rien. Pas une trace de vie. Je pose mon sac et m'assois sans quitter le paysage des yeux. Jasper grimace en faisant glisser son sac de son épaule. Sa blessure a beau être légère, il ramène souvent le bras touché contre lui.

– Tu penses que tu peux le raisonner ? demandé-je avec de l'appréhension dans la voix.

– Je peux essayer.

Il est tendu depuis qu'il est sorti des urgences. Je me redresse et me rapproche de lui pour l'enlacer, préoccupée par son état d'esprit.

– Ça va ? Tu es sûr ?

Il finit par me sourire.

– Oui, ça va.

Il profite de ma proximité pour déposer un baiser sur mes lèvres.

– Tout ira bien, ne t'en fais pas.

J'aimerais lui dire que je l'espère, mais je retiens cette réponse et me contente d'acquiescer.

– Je vais faire du café, dis-je en attrapant mon sac pour sortir le nécessaire.

Puisque nous sommes partis avec la Jeep de la maison de fouilles, j'ai pris un petit réchaud avec moi. Je pose la cafetière sur le feu et guette les bruits qui m'entourent. La dernière fois que nous sommes venus ici, je n'ai vraiment pas entendu Matthew s'approcher. Il doit très bien connaître cette montagne. J'imagine même qu'il doit pouvoir rester caché sans bouger derrière n'importe quelle pierre pendant des heures… Je secoue la tête pour revenir sur terre. C'est un homme malade, pas un ninja.

Je jette un œil sur mon compagnon qui s'est éloigné de quelques mètres, le regard perdu à l'horizon. Joan a lâché prise, Jasper emprunte le même chemin. Il a enfin osé dire la vérité sur David, et à présent, il veut en finir avec ce drame qui le hante depuis quatre ans. Je le regarde, le cœur serré. Je ne veux pas qu'il souffre. Je voudrais pouvoir le protéger de toute menace comme lui a protégé la mémoire de David malgré tous les obstacles.

Jay intercepte mon regard et esquisse un sourire. Il se fige rapidement. Des bruits de gravier glissant se font entendre derrière moi. Cette fois, j'ai le temps de me retourner. Matthew descend un pan de la montagne dans notre direction, un revolver à la main, différent de celui qu'il avait à New York. Je sais qu'il n'hésitera pas à tirer comme il n'a pas hésité une seule seconde dans l'auditorium, alors je recule en tentant de garder tout mon sang-froid.

– Matthew, appelle d'une voix calme Jasper tout en s'approchant. Discutons.

– Discuter de quoi ?! rétorque-t-il. Je n'ai rien à te dire !

– Tu n'as tué personne, tu peux encore t'en sortir, insiste Jay. Je t'aiderai. On va rentrer à Londres ensemble et on expliquera tout.

– Expliquer quoi ? Comment j'ai abandonné David et Wilhelm à une mort certaine tandis que toi, tu sauvais Will ? raille Matthew.

– Personne ne peut t'en vouloir d'avoir fui.

Matthew se met à rire tout en avançant.

– Tu as dû rentrer en héros ! Un survivant sans une seule égratignure !

– J'ai seulement eu de la chance, déclare Jasper.

Je retiens mon souffle alors que Matthew s'approche de moi, m'attendant à ce qu'il m'interpelle aussi, mais il ne me jette pas un regard, complètement focalisé sur Jay.

– C'est moi qui suis chanceux. Maintenant que tu es là, tu vas pouvoir expérimenter ce que j'ai vécu ici, je vais te laisser ma place et prendre la tienne…

Il me dépasse, toujours en m'ignorant. Je regarde le réchaud à mes pieds. Peut-être que je pourrais m'en saisir et l'assommer avec ? Ou me jeter sur lui et tenter de le plaquer au sol ? L'option du réchaud est une meilleure idée… Un coup franc et direct peut l'assommer quelques secondes sans lui laisser le temps de réagir. Je me baisse lentement pour attraper mon arme, mais ce simple mouvement retient aussitôt l'attention de Matthew. Il pivote vers moi et agrippe le col de mon manteau pour m'attirer à lui. Jasper marque un mouvement de panique, mais n'avance pas plus. Matthew plaque le canon de son revolver sur ma tempe tout en enroulant son bras autour de mon cou.

– Ne bouge pas ! prévient-il, nerveux. Je te descends si tu fais un geste !

Impossible de savoir à qui il s'adresse ! Jasper lève les mains pour bien signifier qu'il ne fera rien, et je reste pétrifiée, les doigts refermés sur le bras de mon agresseur.

– Allez, Jasper, l'encourage-t-il. Viens, passe devant.

Il me tire en arrière pour laisser un écart entre lui et Jay.

– Monte, je vais te montrer le trou dans lequel je me suis terré pendant des jours après la prise d'otages.

Il le pousse sur un petit chemin improvisé à flanc de montagne tout en me maintenant contre lui. On grimpe pendant de longues minutes. J'entends Matthew marmonner des paroles incompréhensibles et parfois aboyer pour que nous avancions plus vite. J'ai surtout peur qu'à chaque dérapage, il appuie sur la détente et tire. Tour à tour, je perds et reprends espoir. J'essaie d'imaginer ce qu'il prévoit : peut-être qu'il va baisser la garde, peut-être qu'il va juste abandonner, peut-être qu'il va nous exécuter dans un coin perdu…

Une fois sur la crête, il nous fait descendre dans la petite vallée encaissée. La surface est si friable que nous glissons plus qu'autre chose. Le bras serré de Matthew m'étrangle plus violemment encore. Lorsqu'on arrive enfin en bas, je suis soulagée de pouvoir souffler même s'il ne relâche pas sa prise. Mon cœur bat toujours plus vite. Jasper nous fait face et me lance un regard inquiet. Je hoche discrètement la tête pour lui signifier que je vais bien.

– Les ouvriers qui exploitaient la carrière ont vraiment tout prévu pour vivre dans le coin. Tu vois les morceaux de murs, là ? On dirait les restes d'un temple, tu crois pas ? dit Matthew en décollant le canon de son arme de ma tempe pour désigner un amas de pierres à quelques mètres.

Le sable a envahi la vallée et seules quelques ruines semblent émerger de ces vagues immobiles.

– C'est possible, répond Jasper en avançant dans leur direction. Cette zone n'a jamais été fouillée.

– Non, et elle n'est pas près de l'être, se réjouit Matthew. C'est pour ça qu'on ne te retrouvera pas de sitôt ! Personne ne m'a jamais trouvé ici !

– Que comptes-tu faire précisément ? demande Jasper sur un ton neutre, comme pour montrer qu'il n'est pas affecté par les menaces de son ancien collègue.

– C'est un peu plus loin, avance !

On se remet en route.

– Tu sais que tu es recherché, continue Jasper. Tu ne pourras pas fuir éternellement.

– Fuir, non, mais je suis plutôt bon pour me cacher.

On traverse l'étroite vallée pour atteindre l'autre flanc de montagne. De gros rochers ont dévalé les pentes et les éboulements semblent fréquents. Ce côté-là paraît moins stable. Je cherche encore à comprendre où veut en venir Matthew. Il s'est arrêté au bout de quelques pas et semble excité par son idée, si vague soit-elle pour nous.

– Tu ne la vois pas, hein ?

– Non, finit par répondre Jasper, un peu dubitatif. De quoi tu parles ?

– Regarde, entre les deux roches, là.

Jasper se décale un peu, Matthew aussi. J'aperçois alors une ouverture à moitié masquée par un éboulement.

– Une tombe ? s'aperçoit Jasper.

– Oui ! C'est là que tu vas finir !

Jay se retourne pour nous faire face.

– Tu veux que j'entre là ?

– Oui ! Tu as très bien entendu !

– Alors, laisse partir Alaska.

J'ouvre de gros yeux. Je veux protester avec force, pas du tout rassurée à l'idée de les laisser seuls, mais Matthew me resserre soudain contre lui.

– Si je la laisse partir, elle dira où tu es, refuse Matthew en abaissant son arme.

– Elle ne dira rien et elle va le promettre.

Hors de question que je parte ! Matthew est bien trop imprévisible, il pourrait très bien abattre Jasper dès que j'aurais le dos tourné ! Je ne veux pas quitter Jay et l'imaginer mort, seul, dans un coin isolé… Je ne veux pas chercher son cadavre dans quelques jours, ni recevoir un cercueil scellé… Je profite plutôt du revolver baissé et tente de me débattre plus violemment en espérant tomber au sol avec lui, mais Matthew me projette par terre d'un geste brusque et tend à nouveau son bras armé sur moi.

– Alaska ! s'exclame Jasper.

– Entrez ! Tous les deux ! s'énerve Matthew.

Excédé, il tire, nous saisissant de stupeur au même moment. Je pousse un cri en fermant les yeux et peine à les rouvrir, la peur au ventre. Jasper s'est figé. Mais il n'est pas touché. Matthew a visé juste à côté de lui.

– Entrez ! répète-t-il.

Jay cède et entre dans le couloir de la tombe. Matthew me saisit brutalement par le bras pour me relever et me pousser dans le passage. Je rejoins Jasper et attrape sa main.

– T'es folle, murmure-t-il. Tu aurais pu t'en sortir.

– M'en sortir sans toi ? Je ne vois pas l'intérêt, grogné-je à voix basse.

– Tu es aussi butée que Joan.

– Il faudra t'y faire !

Le couloir débouche sur une salle dévastée. Il ne reste rien du mobilier funéraire et les parois semblent s'effriter au fil du temps. Des fissures lézardent le plafond du couloir jusqu'ici.

– Comment trouves-tu ta dernière demeure ? lance Matthew en restant dans le couloir, devant l'entrée de la salle.

Sa silhouette se découpe dans la lumière du jour qui jaillit au bout.

– Pas très sûre, répond Jasper. Tu as vu les fissures ? On ferait mieux de sortir.

Matthew lève le revolver et tire. Instinctivement, Jasper protège ma tête de ses bras, et on se baisse tous les deux. Le silence qui suit est entrecoupé par nos respirations rapides. On finit par se redresser. La pierre du tombeau est si friable qu'au lieu de ricocher, la balle s'est enfoncée dedans, provoquant une onde de choc dans le plafond du couloir d'entrée. Des éclats de roche et de la poussière tombent, les fissures s'écartent subitement. Matthew n'a pas l'air de se rendre compte de l'imminence de la catastrophe alors que je fixe les parois avec une crainte grandissante.

– Reculons, murmure Jasper.

Il m'entraîne avec lui contre le mur du fond, là où la pierre semble plus résistante.

– Matthew, cet endroit n'est pas solide, rappelle-t-il d'une voix grave.

– La ferme ! hurle l'archéologue, incapable de détourner les yeux de son adversaire.

– Je t'en prie, ne tire pas une nouvelle fois, tout risque de s'effondrer sur nous, insiste pourtant Jasper.

Je serre sa chemise dans ma main pour le prier de se taire. Ce qu'il dit ne fait qu'exciter Matthew qui se met à tirer plusieurs fois en l'air.

– Tu vas enfin comprendre ce que j'ai vécu ici !

Des morceaux du plafond se mettent à tomber ici et là. Mon cœur bat à vive allure. J'observe la salle comme si une solution inespérée allait se présenter d'un claquement de doigts. Mais je ne vois qu'une ouverture vers une autre salle sur le côté. Un « trou », Matthew a trouvé le mot juste. S'il continue, s'il nous barre la route même une minute de plus, nous finirons tous enfouis sous la montagne ! La panique me serre la gorge. Je tente de capter le regard de Matthew, il reste insaisissable. Peut-être qu'il ne cherche que cela, en finir ici avec Jasper, mais aussi avec lui-même, et moi je ne suis qu'un dommage collatéral. Matthew a passé quatre ans avec pour unique but de détruire celui qu'il considère comme le seul responsable de ses malheurs. Une fois Jasper mort, il ne restera plus qu'un vide abyssal en lui s'il survit. Il n'a plus rien à perdre.

– Pitié, dis-je alors, en comptant sur le peu d'humanité qu'il doit avoir en lui.

Après tout, lorsqu'il m'a repoussée à New York, devant le Maze, il semblait surpris de son propre comportement.

– Sortons d'ici, tous les trois, proposé-je.

Matthew finit par se concentrer sur moi, le regard fixe cette fois. Puis il abaisse son bras pour me tenir en joue. Il va nous abattre, il n'y a aucune chance qu'on s'en sorte.

Une secousse plus forte fait trembler la tombe. La partie du plafond au-dessus du couloir commence alors à s'effondrer. Matthew se retourne, comme saisi par la terreur. En une seconde, il disparaît sous la pierre. Jasper me plaque au sol et s'allonge sur moi tandis qu'un énorme nuage de poussière jaillit autour de nous.

***

Je me mets à genoux en toussant pour expulser tout ce qui s'est infiltré dans mes poumons. Le noir est total, le silence presque complet. Nous sommes coincés dans un espace clos et restreint, avec un volume d'oxygène limité. Je ne parviens pas à me calmer, mon souffle se coupe avant de reprendre brutalement.

– Jay ?

Soudain, la lumière de son portable se braque sur moi et me fait plisser les yeux.

– Désolé, dit-il en baissant sa lampe improvisée. Ça va ? Tu n'as rien ?

– On est coincés, dis-je d'une voix effarée. On ne s'en sortira pas…

Jasper me frotte le bras.

– Respire, reprends-toi, j'ai besoin de toi.

Il fait à nouveau preuve d'un sang-froid que je ne peux qu'admirer. Je tente de reprendre mon souffle avant de me relever. Jasper, une fois debout, observe l'effondrement. La moitié de la salle a disparu. Impossible de se frayer un chemin de sortie par là. Il se tourne vers les murs restants pour les étudier.

– Tu ne remarques rien ?

Sa question me semble tellement hors de propos que je rechigne d'abord à répondre. Je tiens à peine sur mes pieds, complètement paniquée par l'amas de pierres qui recouvre l'entrée.

– Quand nous sommes entrés, tu as vu l'état de la tombe ? relance Jasper en examinant de plus près les décors très abîmés qui ont dû, jadis, recouvrir les murs.

– Complètement dévastée, finis-je par dire.

– Elle a dû être pillée à maintes reprises, me dit-il avec un regard complice.

Je fronce les sourcils.

– Tu penses à des tunnels de pilleurs ?

Si des hommes ont voulu piller la tombe à l'époque où celle-ci était surveillée, ils ne pouvaient pas passer par l'entrée principale. Il y a peut-être une autre sortie ! L'espoir me saisit soudain, avant de retomber en flèche :

– Mais si la tombe a été pillée à notre époque, réalisé-je, alors les voleurs n'ont pas eu besoin de creuser de tunnel, ils ont pu directement s'introduire dans la tombe par l'entrée, comme l'a fait Matthew.

– Regarde de plus près.

Je m'approche de lui, happée malgré moi par l'énigme. Il ne reste vraiment pas grand-chose des peintures, les enduits sont très abîmés ou tombés. Pourtant, un pan entier reste intact, malgré des couleurs un peu passées. On y voit le défunt, assis devant une table d'offrandes. Un ensemble de petits personnages lui apporte des victuailles, des animaux ou des boissons. Ce n'est pas la tombe d'un roi, mais probablement celle d'un notable, peut-être le chef du village des ouvriers qui travaillaient dans la carrière.

– Tu peux me dire son nom ? me demande Jasper.

Je cherche le nom des yeux dans toutes les inscriptions qui commentent la scène, mais à chaque endroit où il devrait se trouver, un trou le remplace.

– Il a été effacé, remarqué-je.

– L'intrus qui a effacé le nom du défunt devait avoir une raison tout à fait personnelle. Il devait le connaître pour le priver ainsi de toute éternité dans l'au-delà.

Jasper se dirige vers le passage qui donne sur une seconde pièce. Je le talonne pour voir ce qui s'y cache. Des débris jonchent le sol : des morceaux de poterie, des restes de meubles en bois, une ou deux grosses perles de pâte de verre… Au milieu trône un sarcophage en pierre dont le couvercle a été renversé sur le côté et brisé. Je me penche au-dessus, même le défunt a disparu.

– Qui pourrait bien lui en vouloir à ce point ? m'interrogé-je devant cet anéantissement organisé.

– Tout le monde en veut à son patron, répond Jasper en haussant les épaules. Tu n'as jamais lu le papyrus de la Grève ? Il relate le premier conflit entre des ouvriers et des fonctionnaires d'État que le monde a connu. N'importe quel ouvrier de la carrière a pu s'introduire ici, piller la tombe et effacer le nom du mort sans passer par l'entrée principale. Il a forcément creusé un tunnel quelque part…

Ces anecdotes m'aident à oublier ma détresse et m'arrachent même un sourire. Il s'accroupit contre un mur.

– Là !

Je le rejoins. Mon sourire redouble : un tunnel débouche dans la pièce. Il me semble plus étroit que ceux que j'ai déjà vus, on ne peut s'y glisser qu'à quatre pattes. Jasper se dépêche d'introduire un bras à l'intérieur.

– Je sens de l'air, se réjouit-il. Et si le tunnel a été creusé par des ouvriers, avec un peu de chance, ils ont fait du bon boulot.

Alors que je sens enfin l'espoir renaître, le plafond de la première salle finit de s'écrouler, provoquant un autre nuage de poussière. On se couvre le visage par prudence en attendant de pouvoir à nouveau respirer comme il faut.

– Ne perdons pas de temps, dit Jasper d'un ton égal.

– Comment tu fais pour rester aussi calme ! m'exclamé-je.

Son flegme me déroute. On est accroupis près du tunnel et il ne semble pas apeuré par la situation. Je ne sais toujours pas si on peut s'en sortir, ou si on va y rester aussi lamentablement que Matthew.

Jay semble d'abord surpris par ma remarque, puis il pose sa main sur mon épaule. La lumière blanche et crue de son portable éclaire subitement ses yeux turquoise.

– Tu es là et tu me regardes, explique-t-il sur un ton léger. Si j'étais seul, crois-moi, je serais effondré et larmoyant.

Hébétée, je finis par rire sans comprendre pourquoi. Peut-être parce que je suis amusée par l'idée qu'il vient de m'inspirer, parce que je ne pourrai jamais l'imaginer pleurnichant. Il est l'incarnation même de la force.

– Je te promets que je vais te sortir de là, ajoute-t-il avec confiance.

Alors je hoche la tête, convaincue. Ragaillardie, je l'embrasse en espérant puiser un maximum de courage en lui.

– Tu as le goût de poussière, murmure-t-il avec un sourire.

– Ça devrait te plaire, t'es archéologue, répliqué-je avant de m'engager dans le tunnel la première.

Je l'entends me suivre tout en retenant un rire. Je suis donc dans un tunnel de pilleurs, à quatre pattes, espérant atteindre la sortie en vie. Mani ne me croira jamais. Si je m'en sors, je lui raconterai tout dans les détails. Soudain, un gros bruit sourd derrière nous m'arrête.

– La tombe s'effondre complètement, constate Jasper. Couvre-toi le visage et avance. Le cœur de la montagne est plus solide, mais si c'est une réaction en chaîne, le tunnel risque lui aussi de tomber.

J'acquiesce, remonte mon haut sur mon nez et me presse. L'espace semble s'agrandir. Les pilleurs ont probablement expédié le travail au fur et à mesure… Mais au bout de quelques mètres, un pan de plafond tombé sur le sol obstrue la moitié du passage. Je rampe en fermant les yeux pour ne pas me décourager. L'étroitesse du boyau me force à me tortiller, mais je passe.

– Jay, ça va aller ?

Jasper doit faire plus d'efforts, mais finit aussi par y arriver. Il grimace en se tenant le bras quelques secondes.

– C'est bon, finit-il par dire. Est-ce que tu sens toujours l'air ?

– Oui.

Je le laisse souffler une seconde avant de me remettre en route. Le tunnel me semble plus solide et il grimpe de plus en plus. Il s'élargit aussi et me permet de me redresser. Une autre secousse nous surprend. Elle est lointaine, mais sa menace est bien réelle. Je n'attends pas que Jasper me relance, j'accélère en sentant de plus en plus l'air sur mon visage. Le bruit de la roche qui se déchire et s'effondre ne s'interrompt plus.

Je me presse, encore et encore, et aperçois enfin un minuscule trou de lumière au bout.

– On y est !

Un éboulement a obstrué en partie l'entrée. Je tente de repousser la grosse pierre, sans succès. Jasper se faufile à mes côtés pour m'aider à pousser. Nos forces combinées la bougent enfin. On crée un espace suffisant pour passer et on s'extirpe du tunnel, en se laissant glisser dans la pente alors qu'un énorme fracas souffle un monstrueux jet de poussière derrière nous.

30

Un havre dans le désert

Je reste allongée, face au ciel, le sourire aux lèvres et les poumons ravis. Le soleil chauffe ma peau, une brise de décembre soulève doucement mes cheveux. Jamais encore je n'avais été aussi heureuse d'être dehors, au grand air. La silhouette de Jasper apparaît au-dessus de moi et me tend la main. Je la saisis et me relève avant de tomber dans ses bras.

– Tu n'as rien ?

– Des courbatures et des égratignures, mais à part ça… Et toi ? Ton bras ?

– Ça va.

Je me détache de lui pour m'en assurer. Il a de la poussière jusque sur les cils. Le reste d'adrénaline et le soulagement total que je ressens me font rire. Je le serre à nouveau contre moi, tellement rassurée de le savoir entier, sain et sauf. On reste bien quelques minutes enlacés l'un contre l'autre avant de nous mettre en route.

Il faut descendre la pente jusqu'au bout et contourner la montagne pour rejoindre la carrière. Le soleil baisse lentement. On prend tout de même le temps de remonter les marches pour récupérer nos sacs et le réchaud, que nous mettons ensuite dans le coffre. Jasper me donne une petite bouteille d'eau que je vide en quelques secondes, puis il attrape un gros bidon d'eau pour nous laver les mains et le visage. La tension redescend petit à petit, et nous laissons derrière nous ce sombre épisode pour nous concentrer sur un autre problème : où dormir ce soir ? Il serait plus judicieux de camper ici, mais aucun de nous n'a envie de rester dans cet endroit.

– On s'arrêtera dans le désert, me propose Jasper. Il faut être plus expérimenté que moi pour prendre la piste de nuit. Profitons du jour tant qu'il y en a.

Je ne peux que l'approuver, pressée de quitter les lieux. On roule en silence pendant une petite demi-heure avant de s'arrêter, alors que le soleil rase l'horizon. Je crois que nous partageons le même abattement. J'étais euphorique il y a à peine une ou deux heures, à la sortie du tunnel, et voilà que je me sens cafardeuse et rompue de fatigue. J'ai l'impression qu'on se force vraiment à sortir de la voiture et à installer un campement de fortune. Il y a de quoi faire un feu de camp pour une nuit, des matelas plats à dérouler et de grosses couvertures en laine. Dès que le soleil disparaît, la chute de température est vertigineuse. J'enfile un pull sur mon haut avant de remettre mon manteau.

Jasper attise les flammes et nous réchauffons une soupe lyophilisée. Je m'assois près de lui sur les matelas avec la trousse de secours. Le crépitement du feu et la myriade d'étoiles dans le ciel m'apaisent.

– Fais voir ton bras.

Jasper libère son bras de tout vêtement avec des gestes lents. Son pansement a un peu bougé, j'ai au moins de quoi le changer. Je défais doucement le bandage pour découvrir la blessure.

– Ce sont des points de suture, réalisé-je en fronçant les sourcils.

– Trois, il me semble.

– Tu as rampé dans un tunnel avec trois points de suture ?

– On n'avait pas le choix, me rappelle-t-il avec un sourire.

– T'as vraiment de la chance, dis-je, rassurée de voir la suture intacte.

– Bien sûr que j'ai de la chance, tu es là.

Ses fossettes et son petit regard de côté reviennent me troubler. Les joues rougies, je soupire quand même pour manifester ma préoccupation.

– Foutu charme, grommelé-je.

– Allons, c'est pour ça que tu m'aimes bien.

L'expression me laisse un peu désarmée. Je passe de l'eau oxygénée sur sa blessure avec une rudesse involontaire qui le fait grimacer. Nerveuse, je réfléchis vite à une réplique.

– On fera quoi demain ?

– On va s'arrêter à Hermonthis, c'est le poste de police le plus proche, répond Jasper, loin de se démonter par l'interruption de notre flirt.

Il marque une pause.

– On doit dire que Matthew a disparu, reprend-il.

Jay semble bien plus affecté que je le croyais. Je refais son bandage avec douceur.

– Il nous aurait tués, dis-je à voix basse, comme si j'essayais de m'en convaincre moi aussi.

– Oui, on n'aurait rien pu faire pour lui, approuve-t-il en fixant le feu. Il a une sépulture, en quelque sorte, c'est mieux qu'une vie d'errance.

Je l'aide à remettre ses vêtements. Jasper nous sert une grosse tasse de soupe à chacun, qu'on savoure en silence, la nourriture réchauffant nos estomacs.

Au bout d'un moment, je pose ma tête sur son épaule, réconfortée. J'aimerais qu'on reprenne la conversation que j'ai mise en suspens.

– Je ne sais pas ce que j'aurais fait s'il t'était arrivé quelque chose, dis-je alors.

Jasper dépose un baiser sur mon front.

– Moi non plus.

Il ne va pas plus loin. Après tout, c'est moi qui l'ai interrompu tout à l'heure. C'est à mon tour d'aller vers lui. Je retire mes bottines et m'assois à califourchon sur ses genoux. La nuit est déjà très fraîche. Le feu est un apport de chaleur, mais je pense surtout que nos deux corps enlacés seront bien plus efficaces. Je l'embrasse, et en un baiser, ma fatigue fait place à un désir plus impétueux que jamais. Jasper me serre dans ses bras pour mieux attirer ma langue dans sa bouche. Le moindre mordillement de lèvres m'embrase.

– Il n'y a pas que du sexe et des mensonges entre nous, susurré-je, le cœur battant.

Je lui tends à nouveau une perche, j'espère qu'il va la saisir. Jay sourit en secouant la tête.

– Non, dit-il en appuyant son front contre le mien.

Il passe délicatement ses mains dans mes cheveux et chatouille mes oreilles. Alors je glisse mes doigts dans le col de sa chemise, défais le premier bouton, et caresse la naissance de ses épaules. Il dépose un baiser sur mes lèvres avec un grognement grave qui me fait frissonner.

– Je t'aime, Alaska.

Impossible de retenir un sourire radieux et comblé. Je pose mes mains sur les siennes, émue. Il mordille sa lèvre inférieure tout en affichant un air sûr de lui et heureux. Je suis certaine qu'il connaît d'avance ma réponse. Je frotte le bout de mon nez contre le sien avant de me jeter à l'eau.

– Je t'aime, Jay.

Il m'embrasse en m'enlaçant, je me love tout contre lui. Sa langue s'enroule autour de la mienne dans une danse sensuelle. Son corps me semble torride dans la fraîcheur de la nuit. Alors que mes pensées sont uniquement tournées vers ce baiser, l'une d'elles espère qu'il y en aura des millions d'autres encore. Jasper finit par s'écarter, mais dépose encore ses lèvres sur les miennes, tout en en capturant une de temps en temps. Puis il plonge dans mon cou pour respirer l'odeur de mes cheveux. Son souffle au creux de mon épaule m'excite davantage. Je n'ai pas du tout envie de me passer de lui, pas même une poignée de jours.

– Jay, si tu me le demandes, je quitterai Boston pour être avec toi à Londres.

Il abandonne mon cou pour me regarder, un air hésitant sur le visage.

– Je ne peux pas te demander ce sacrifice.

– Il faudra bien en faire un si on veut être ensemble.

– Alaska, tu as beaucoup donné pour être là où tu es.

– Mais tu ne vas pas quitter ton poste à l'université de Londres.

Jasper commence par hausser les épaules.

– Ce n'est qu'un poste.

Je n'ai pas l'impression que cette solution soit juste ni satisfaisante.

– Mais… et tes étudiants ?

Jay reprend sa place dans mon cou. Un long frisson parcourt ma colonne vertébrale alors qu'il dépose un baiser sous mon oreille. Mon corps est déjà fébrile.

– Je parlerai avec mon doyen, peut-être que je peux rassembler mes heures de cours.

– Je verrai ce que je peux faire avec Joan, dis-je à mon tour.

Il acquiesce avant de me mordiller la peau du cou. Profiter de l'instant présent est peut-être la meilleure chose à faire, maintenant que nous sommes en sécurité tous les deux, et bien vivants.

– Je peux te faire l'amour maintenant ? grogne-t-il en glissant ses mains sous mon pull.

– Oui, s'il te plaît…

– « S'il te plaît », s'amuse-t-il en étouffant un rire.

– Tes leçons portent leurs fruits, dis-je simplement en mordant le lobe de son oreille.

– Pas trop vite, j'espère.

Je fonds sur ses lèvres avec un rire. Les mains de Jasper remontent le long de mon dos et se heurtent à l'obstacle du soutien-gorge sans en venir à bout.

– Sur le devant, dis-je en guise d'indice.

Son demi-sourire, d'abord surpris, puis charmé, me fait

vraiment plaisir. Je me détache de lui pour le laisser faire. Sans relever mon pull, sa main effleure mon ventre et remonte sur mon buste. Il ne trouve pas d'agrafe, mais un ruban noué. Jay s'humidifie les lèvres avec un air appréciateur, avant de défaire le nœud et de libérer ma poitrine. La lenteur de ses gestes attise mon désir.

– C'est un choix curieux pour le désert, me taquine-t-il en saisissant mes seins au creux de ses paumes.

Je retiens un gémissement.

– Il fait partie de ma panoplie citadine, j'avais de grands projets.

– On va tâcher de rattraper ça, déclare-t-il.

Il mordille la pointe de mes seins avec appétit. Elles durcissent sous sa langue. Il se met à les sucer avec plus d'application pendant que ses mains déboutonnent mon jean et se glissent sur mes fesses. Je ferme les yeux en profitant de toutes les sensations qu'il éveille à la perfection en moi, puis décide de me dérober. Je dois vraiment repousser l'orgasme le plus possible et m'occuper d'abord de lui.

D'une main autoritaire, je l'allonge sur le matelas, puis je baisse son jean et son boxer suffisamment pour libérer son membre. Pourtant, je m'intéresse d'abord aux deux lignes de l'aine en y déposant mes lèvres. Jasper frissonne. Apparemment, les terminaisons nerveuses sont aussi sensibles ici que sur n'importe quelle autre zone érogène. Lorsque je suis le sillon du bout de la langue, j'entends mon amant soupirer et je sens son sexe, près de ma joue, se tendre. Je décide donc de m'en occuper au plus vite et commence par le caresser avec une grande douceur.

La peau très fine se tend au fur et à mesure que le muscle s'engorge. Lorsque je le glisse dans ma bouche, Jasper gémit de satisfaction. Avec une succion de plus en plus marquée, ma bouche va et vient lentement. Je veux prendre mon temps alors je m'interromps par moments pour une simple caresse, et parfois pour le lécher comme une friandise. J'attaque un petit mordillement, appréciant de plus en plus cette gâterie qui me permet d'exercer un contrôle total sur mon partenaire, quand Jasper encadre mon visage pour me relever.

– Quoi ?

– Arrête, ou je ne tiendrai pas, avoue-t-il, essoufflé.

Je souris tout en me mordant la langue, bien trop satisfaite pour m'en cacher. Il se redresse pour m'embrasser. Le froid est saisissant autour de nous, mais je brûle vraiment de le sentir en moi.

– À mon tour, décide-t-il en m'allongeant.

Il retire mon pantalon et ma culotte en un tour de main. Malgré le feu et mon envie de Jay, j'ai la chair de poule. La différence de température entre ses mains chaudes et la bise de décembre m'émoustille. Il dépose ses lèvres sur mes cuisses tout en repliant mes jambes et s'attarde de plus en plus lorsqu'il se rapproche de mon intimité. Cet art de la lenteur me rend folle à chaque fois. J'ai très envie qu'il aille plus vite et en même temps que ça dure des heures. Lorsqu'il finit avec une jambe, il s'attaque à l'autre. Je me mords la lèvre de frustration tout en souriant, débordante de désir pour lui.

– Ça va, tu n'as pas trop froid ?

Je souffle des volutes de buée, mes pieds sont gelés, mais mon entrejambe est une véritable bouillotte.

– Un peu.

Jasper attrape une couverture et la déploie au-dessus de nous avant d'embrasser mes petites lèvres humides. Mes doigts serrent violemment la couverture. Il glisse sa langue en moi et dessine des cercles autour de mon clitoris avec son pouce. J'aspire de l'air et me retiens de crier. On est peut-être dans le désert, mais la piste est juste là. Quelqu'un peut passer. Le bout de sa langue change de cible et titille mon bouton de plaisir. Je me cambre, toujours en retenant des gémissements qui ne demandent qu'à sortir. Il introduit un doigt en moi, puis deux, et prend un rythme assez régulier.

Je me relâche par instants avant de me tendre complètement. Lorsqu'il ajoute un troisième doigt, je me dis qu'il vaut mieux arrêter là.

– Jay… Jay…

Il fait d'abord la sourde oreille, puis finit par émerger de la couverture face à moi, allongé sur mon corps réchauffé. C'est à ce moment-là que la nudité me manque, sa peau contre ma peau, cette sensation enivrante… Se retrouver engoncés dans nos vêtements, quelle calamité ! Je m'apprête à lui souffler l'idée, mais il me devance.

– On pourrait au moins retirer quelques couches, non ?

Je hoche la tête avec entrain. Jay se redresse, quitte ses chaussures, son jean, son boxer et sa veste, je me défais de mon manteau et de mon pull à toute vitesse. Il reprend sa place contre moi tout en ramenant la couverture sur nous. Je sens enfin la chaleur de sa peau à travers sa chemise, son parfum un peu plus discret et sa propre odeur qui me fait tourner la tête. Aussi fébrile que moi, il me pénètre d'un coup de reins. Autant j'aime sa douceur, autant dans le feu de l'action, sa puissance et sa fermeté me comblent. Il prend un rythme brusque et intense tout en plongeant dans mon cou. Enivrée, j'étouffe mes plaintes sur son épaule. Mes mains agrippent ses fesses et mes ongles les griffent dès qu'il est au plus profond de moi. Jay finit par s'immobiliser et nos deux souffles se confondent quelques secondes.

– Pourquoi tu te retiens comme ça ? finit-il par remarquer en s'accoudant au-dessus de moi.

– Euh… Pour ne pas faire trop de bruit, dis-je en m'empourprant.

Il a une seconde d'hésitation avant de sourire plus franchement.

– Mais on est tout seuls au milieu du désert.

– Et si quelqu'un passe ?

Mon embarras le fait rire. Il me pénètre avec tout autant de fougue que tout à l'heure.

– Détends-toi, murmure-t-il. Personne ne viendra, à part nous.

Amusée, j'enlace son cou pour attirer ses lèvres à moi. Nos baisers, pleins de sourires, me semblent encore plus complices qu'avant. Le sexe devient différent, j'ai envie d'échanger davantage avec lui, d'avoir plus de contact qu'au début.

– On change de position ?

Jasper accepte et se redresse. Il s'assoit et me ramène sur lui avec la couverture autour de nous. On a la même idée ! Je m'installe à califourchon sans pour autant le reprendre en moi. Je commence par une caresse en l'embrassant. Son sexe est encore mouillé et glisse entre mes doigts. Il en profite pour titiller mon clitoris en douceur, seulement pour attiser un peu plus mon désir. Je mords ma lèvre pour retenir à nouveau un cri, avant de me rappeler les paroles de Jasper. Je positionne alors son sexe à l'entrée du mien pour le réintroduire en moi et commence à bouger. Il agrippe mes fesses pour m'aider à accélérer, puis relâche son emprise et me laisse maîtresse de la vitesse. Cette fois, je ne tais plus mes plaintes et me laisse aller tout en déposant des baisers sur ses lèvres lorsque les choses ralentissent. Dès que le rythme s'accélère, en revanche, je resserre volontairement mes muscles sur lui pour accroître notre plaisir.

– C'est bon, soupire-t-il. Alaska, ça te dit d'essayer quelque chose ?

Je suis tendue, proche de la délivrance, tout mon corps est nerveux, et pourtant j'accepte.

– Oui, quoi ?

Nous nous immobilisons. Sans un mot, il humidifie son doigt près de mon sexe et le glisse entre mes fesses jusqu'à l'autre orifice. Je retiens mon souffle sur le coup, surprise. J'ai toujours refusé la pénétration anale avec mes clients, mais j'ai confiance en Jasper et en ce qu'il peut me faire découvrir.

– Arrête-moi si tu ne veux pas, insiste-t-il en me regardant dans les yeux.

J'acquiesce en déglutissant. La sensation est nouvelle et douce. Ce n'est qu'une caresse de plus, et pourtant si sensible que je me raccroche aux épaules de Jay au fur et à mesure qu'il enfonce et ressort son doigt. Il me donne envie de bouger le bassin à nouveau. Je l'entends grogner quand je reprends.

– Ça va, ça te plaît ? me demande-t-il d'une voix rauque.

– Oui, ne t'arrête pas, ne t'arrête pas…

Son sexe me semble plus dur encore. Je décide donc d'aller et venir avec force. Le plaisir est subitement décuplé. J'ai l'impression que Jay vient d'actionner un autre interrupteur avec son doigt. Je me laisse porter par toutes les sensations familières et nouvelles, et enfin je ne me retiens plus. Gémir, l'embrasser, fermer les yeux, accélérer, ralentir, tout devient instinctif. Il laisse sa main libre me parcourir, masser un sein, claquer le haut de ma cuisse et rouler autour de mon clitoris. Lorsqu'il ajoute un deuxième doigt dans mon orifice, tout mon corps se tend. Je me resserre sur lui avec un cri qu'il partage. On bouge de façon saccadée pour épuiser le puissant orgasme qui nous saisit. Je plane quelques secondes en constatant, au milieu des secousses, que jamais encore ça n'avait été aussi bon.

Lorsque tout s'arrête, je suis essoufflée. Jasper m'enlace contre lui, aussi assommé que moi, le cœur encore fébrile. Je me retire de lui et me laisse tomber sur le matelas, comblée. Il me rejoint, un large sourire aux lèvres. On observe les étoiles un court instant en tentant de calmer notre respiration.

– C'était…

– Fantastique, dis-je en me blottissant contre son flanc.

– Oui, c'est le mot, approuve-t-il.

On devrait être fatigués, épuisés même, mais je sais d'avance que je ne vais pas dormir.

– J'adore te sentir presque nue contre moi, me dit Jay. Mais on risque de mourir de froid si on ne se rhabille pas.

Je commence en effet à sentir le froid à travers la lourde couverture. Je veux encore conserver la tiédeur agréable de sa peau contre la mienne, mais le désert est de plus en plus glacial. On se rhabille, les muscles endoloris, puis on se recouche et je m'empresse de me lover contre lui. Jay laisse sa main caresser mes cheveux et glisser sur ma nuque. Aucun de nous ne trouve le sommeil. Je l'observe, si heureuse d'être auprès de lui que mon désir revient au galop.

– Et si j'ai encore envie de toi ? dis-je en calant mon nez dans son cou.

– Je prendrai le temps de te déculotter, ne t'en fais pas.

Je me mets à rire et mordille sa peau, résolue à le prendre au mot.

31

La machination

Après être passés au poste de police d'Hermonthis, nous avons déposé la Jeep à la maison de fouilles et salué l'intendant qui venait tout juste de se lever. Nous sommes ensuite partis directement à l'aéroport de Louxor. On est encore poussiéreux, plutôt fatigués, mais soulagés de rentrer. Je bois mon deuxième café, assise sur une banquette, trépignant d'impatience en songeant à mon siège inclinable dans l'avion. Il est presque midi et je ressens encore tout le poids de la journée d'hier et de la nuit. J'ai hâte de me laisser porter par un sommeil réparateur à présent. Je n'ai aucun regret au sujet de notre nuit d'amour à la belle étoile, mais depuis ce matin, je me traîne plus qu'autre chose. Jasper me rejoint, lui aussi un café entre les doigts.

– Notre avion est annoncé, tu viens ?

J'attrape sa main, mon sac sur l'épaule. On marche dans le couloir en terminant notre boisson, puis on s'arrête devant un panneau pour vérifier la porte d'embarquement avant de passer le contrôle. Le hasard programme un vol pour Boston et un autre pour Londres juste après celui de New York.

– Tu vas devoir retourner à Londres très bientôt, réalisé-je alors.

J'appréhende déjà la séparation.

– Je vais devoir, oui. Mais je vais d'abord rester à New York jusqu'au Nouvel An si tu as envie de prolonger ton séjour avec moi.

Deux semaines avec lui, c'est toujours ça. J'acquiesce avec un sourire.

– Ta famille ne va pas te manquer ?

– Mon père et ma mère ont l'habitude de me savoir loin. Je passerai les voir plus tard, en janvier.

Je me demande vraiment comment sont ses parents, pour avoir fait un garçon comme Jasper. On se remet en route.

– Est-ce que tu leur ressembles ?

Jay retient un rire, mais affiche ses fossettes.

– Tu le constateras par toi-même quand tu les verras !

Il a l'intention de me présenter à sa famille dans un futur proche, voilà qui est complètement nouveau pour moi !

– Et je serai surprise ?

– Si tu me vois comme un gentil retraité qui vit dans un cottage de l'Oxfordshire avec une passion débordante pour les potagers, non.

Je me mets à rire, j'ai hâte de les rencontrer.

– C'est adorable.

Jay s'apprête à répondre quand un passant me bouscule brusquement en me dépassant. Je prends appui sur Jasper et retiens un juron. Ce n'est qu'en comprenant qu'il s'agit de Pierre que je me fige. Il me jette un regard froid sans s'arrêter. Jay fait un pas, mais je l'empêche tout de suite d'aller plus loin.

– Non, laisse-le.

– Il ne va pas s'en sortir comme ça ! s'agace Jay.

– Il ne me fait plus peur à présent.

Et je n'en suis presque pas étonnée. Je ne vois plus aucune raison de me sentir menacée par cet homme. Jasper reprend ma main et nous nous rendons au contrôle de sécurité. Je pose mon sac dans un bac, mon manteau dans un autre, puis passe le portail de détection. Une fois de l'autre côté, j'attends mes affaires, mais le tapis roulant est à l'arrêt. Deux agents sont penchés sur leur écran et discutent à voix basse. Jasper passe sur la file voisine et me rejoint.

– Tout va bien ?

Je hausse les épaules. Je ne vois pas ce que j'ai bien pu laisser d'interdit dans mon sac.

– Venez par ici, mademoiselle, invite l'un des agents en me faisant signe pour qu'on s'écarte de la file.

Il prend les deux bacs et les pose sur une table derrière le poste de contrôle.

– Que se passe-t-il ? demandé-je, avec une pointe d'inquiétude.

Il se met à fouiller les poches de mon manteau avec des gants et en ressort un objet brillant. Je reconnais aussitôt l'un des bracelets en or massif que Susan étudie. Bracelet normalement enfermé dans la réserve de la maison de fouilles. L'agent l'observe avec suspicion. Il pourrait s'agir d'un faux, d'un souvenir acheté à Louxor, mais il ne semble pas dupe.

– Pouvez-vous m'expliquer l'origine de cet objet ?

– Je ne comprends pas ce qu'il fait là, dis-je d'une voix hésitante.

Jasper finit par s'approcher.

– Quel est le problème ?

– Je voudrais savoir d'où vient cet objet, répète l'agent.

Je reste sans voix, réalisant soudain qu'il n'a pu arriver ici que d'une seule manière : Pierre l'a glissé dans ma poche en me bousculant. Je me souviens qu'il avait parlé de son retour à Louxor après New York, c'était programmé. Mais forcément, il devait savoir qu'on serait là, nous aussi. Il a dû suivre nos mouvements, ne digérant toujours pas l'affront qu'il a subi au cocktail. Et quoi de mieux pour se débarrasser de moi que de m'accuser de ses crimes !

– C'est Pierre qui a le double des clés, c'est sûr, affirmé-je à Jasper. Il allait souvent dans les ruines du temple, il a dû les retrouver…

Deux policiers et un douanier viennent se mêler à l'affaire. Jay suit mon raisonnement.

– Écoutez, c'est une erreur, quelqu'un l'a piégée. C'est un objet qui était conservé dans la réserve de notre maison de fouilles, nous sommes archéologues, répond Jasper avec calme. On a dû le glisser dans sa poche avant le contrôle.

– Je suis désolé, répond l'agent. Mais vous allez devoir suivre mes collègues pour vous expliquer avec l'inspecteur.

– Notre avion part dans une heure, tente tout de même Jasper.

– Oubliez l'avion, vous ferez une déposition, puis l'inspecteur vous recevra, explique l'un des policiers. Veuillez nous suivre.

***

On attend dans le bureau de l'inspecteur depuis plusieurs heures à présent. Notre avion est parti, personne n'est venu nous en dire plus, on ne peut que prendre notre mal en patience. J'observe la couleur jaune défraîchie des murs, le ventilateur qui tourne lentement, le portrait présidentiel accroché derrière le fauteuil de l'inspecteur, avec deux drapeaux égyptiens de part et d'autre… Rien ne calme mon impatience croissante.

– Je pourrais étrangler Pierre, grogné-je encore furieuse du piège qu'il nous a tendu.

– J'aurais pu l'étrangler tout à l'heure, confirme Jasper alors que la porte s'ouvre.

– Étrangler qui ? relève l'inspecteur en claquant le battant derrière lui.

Je me redresse, à la fois surprise et pressée d'en finir.

– Le véritable coupable du vol, réplique Jasper qui, lui aussi, a perdu patience.

L'inspecteur prend place et pose une chemise cartonnée sur sa table de travail avec une tranquillité désarmante.

– C'est plutôt à moi de déterminer qui est le véritable coupable, se contente-t-il d'assurer avec un léger sourire.

Vêtu d'un costume gris souris bien coupé, il est plutôt bel homme avec ses yeux noirs, son nez busqué et son teint cuivré. La quarantaine, il a tout d'un homme sûr de lui et parfaitement conscient de ses capacités. Je ne pense pas qu'il laissera passer le moindre détail et l'appréhension me gagne. L'inspecteur se laisse aller contre le dossier de son fauteuil et nous observe d'un œil perçant.

– Vous avez prévenu nos ambassades ? vérifie Jasper.

– Oui, bien sûr. En attendant, j'ai lu votre déposition et j'ai interrogé l'intendant de votre maison de fouilles. Reprenons les choses dans l'ordre, entame-t-il en attrapant nos passeports. Monsieur Henstridge, britannique, et mademoiselle Wick, américaine. Vous passez le contrôle aux alentours de midi et on découvre que vous transportez, dans la poche d'un manteau, un bracelet en or massif.

Il examine le bijou enfermé dans un sachet en plastique transparent.

– XVIIIe dynastie, je dirais. Inestimable. Sa place est dans un musée, ajoute-t-il en le reposant religieusement.

C'est bien notre veine qu'il s'y connaisse à ce point.

– Vous affirmez donc, reprend-il, qu'un Français, Pierre Lamigre, vous a piégés en le glissant dans la poche de mademoiselle quand il vous a bousculée dans un couloir de l'aéroport. J'oublie quelque chose ?

Le ton dubitatif ne nous échappe pas et je sens que Jasper se retient de répliquer avec force.

– Non, dis-je alors le plus paisiblement possible.

– Mmh. Rappelez-moi votre profession ? demande-t-il sans cacher son sarcasme.

– Nous sommes archéologues, répond Jasper avec un soupir.

– Et êtes-vous au courant que l'archéologie, ce n'est pas entrer dans une réserve la nuit pour se servir et repartir sans prévenir ?

– Oui, nous sommes au courant !

– Alors, expliquez-moi pourquoi c'est votre nom qui apparaît dans l'historique d'ouverture du coffre de votre maison de fouilles, ouverture qui a eu lieu la nuit dernière, vers trois heures du matin.

Son ton est devenu plus incisif. Je passe mes mains sur mon visage, désespérée. Cette histoire de clés ne peut pas aller jusque-là !

– Parce que ces clés ont été égarées, explique avec plus de difficulté Jasper.

L'inspecteur semble en attendre plus. Il lève les mains, feignant la surprise.

– C'est tout ?

– Normalement, ma collègue Joan Bates, qui est aussi directrice de chantier dans la même maison de fouilles, aurait dû remplir un formulaire de perte puisque c'est elle qui avait demandé ce double et qui en avait la responsabilité auprès du service des Antiquités.

– Pourquoi votre consœur ne l'a pas fait, alors ?

– Il faudrait le lui demander, rétorque froidement Jasper.

– Peut-être qu'elle savait très bien que vous les aviez encore, suppose l'inspecteur.

Je ne peux pas laisser Jay endosser une telle chose, alors je me redresse pour prendre la parole.

– C'est moi qui ai volé les clés de Jasper, lancé-je.

Mon voisin me jette un regard suppliant pour m'inciter à me taire.

– Ah, un rebondissement, semble s'amuser l'inspecteur en prenant un stylo pour noter ma déclaration sur un carnet. Je vous écoute.

– Je les ai prises avec l'intention de voler ce bracelet pour le compte de Pierre Lamigre qui l'a glissé dans ma poche tout à l'heure.

L'inspecteur fronce les sourcils.

– Donc, vous avez volé le bracelet ?

Un frisson glacial me saisit.

– Non ! J'ai refusé, j'ai perdu les clés dans les ruines d'un temple quand je lui ai expliqué que je ne le ferai pas. Il a dû les retrouver et les utiliser cette nuit. C'est pour ça qu'il nous a piégés aujourd'hui !

Je préfère ne pas évoquer la prostitution, mais sans ce point, même moi j'ai du mal à trouver mes dires crédibles. Pourquoi Pierre volerait le bracelet pour me le refourguer ensuite parce que je refusais de le subtiliser ? Ça n'a aucun sens !

– Ne l'écoutez pas, intervient Jasper. Alaska est une étudiante qui cherche seulement à me couvrir.

L'inspecteur jette son stylo sur le bureau, agacé.

– Vous croyez vraiment que j'ai du temps à perdre ? Dites-moi plutôt où vous étiez hier, depuis le moment où vous avez pris la Jeep et le moment où vous l'avez rendue. Aucun hôtel du coin ne vous a enregistrés ! Vous avez très bien pu revenir à la maison de fouilles vers trois heures du matin, vous servir et faire mine de revenir plus tard pour saluer l'intendant !

– Nous sommes partis chercher un archéologue au Gebel Aram, déclare Jasper qui, visiblement, décide de rester le plus vague possible.

– Vous êtes partis chercher un archéologue, répète l'inspecteur, circonspect.

– Oui, Matthew Spear. Il a ouvert le feu dans un auditorium à New York, vous en avez sûrement entendu parler.

Le policier cligne des paupières.

– Il y a des fusillades tous les jours en Amérique.

Jasper approuve d'un grognement avant de reprendre le fil de son récit.

– Nous avons retrouvé Matthew, mais il a disparu sous un éboulement accidentel, nous avons repris la Jeep et nous avons campé dans le désert la nuit. Au matin, nous sommes d'abord allés au bureau de police le plus proche pour déclarer la disparition de ce collègue, puis nous sommes rentrés à la maison de fouilles pour rendre la voiture. Il devait être neuf heures.

– Quel poste de police et à quelle heure ? demande l'inspecteur en reprenant son stylo.

– Celui d'Hermonthis, vers sept heures et demie, je crois.

– C'est à une quinzaine de kilomètres de la maison de fouilles. Ça vous laisse largement le temps de vous servir dans la réserve à trois heures du matin, puis d'aller à Hermonthis pour vous créer un alibi. Où avez-vous dormi cette nuit ? interroge-t-il à nouveau plus durement.

Les battements de mon cœur accélèrent. Comment pourrait-on se défendre contre cette logique implacable ?

– Je vous l'ai dit, nous avons campé dans le désert et nous avons regardé les étoiles, répond Jay sur un ton sarcastique.

L'inspecteur esquisse un demi-sourire un peu amusé et impatient à la fois.

– Vous regardez souvent les étoiles avec vos étudiantes, monsieur Henstridge ?

La conversation me glace de plus en plus.

– Pas tellement en fait, répond Jay sans sourciller.

Je finis donc par m'éclaircir la voix pour rappeler ma présence. L'inspecteur se redresse et reprend ses notes.

– Bon ! Nous avons un archéologue diabolique, un archéologue disparu et deux archéologues qui regardent les étoiles…

Il nous scrute tous les deux avec une bonne dose de perplexité. Jasper hausse les épaules.

– Que voulez-vous, c'est un métier qui présente de multiples facettes.

Sa provocation fait soupirer l'inspecteur qui se lève de son fauteuil et appelle ses subordonnés.

– Je vais vérifier quelques points et vous laisser réfléchir au calme.

– Dans un hôtel ? demandé-je, aspirant au repos.

L'inspecteur se met à rire en nous laissant entre les mains des agents.

***

À défaut d'un lit confortable, je suis allongée sur une couchette dans une cellule du commissariat de l'aéroport. Jasper est installé dans la cellule juste en face de la mienne. Les grilles qui nous enferment permettent de nous voir et de nous parler. La fin d'après-midi passe sans qu'on nous en dise plus. J'ai réussi à dormir un moment, mais d'un sommeil bien trop léger pour qu'il dure.

– Ça va ? Tu tiens le coup ? me demande Jay, lui aussi allongé, les bras croisés sous la tête.

– Ouais. Curieusement. Après avoir survécu à l'éboulement d'une tombe, une cellule de prison, ce n'est pas si terrible, ça va.

– C'est vrai que jusqu'ici, on est plutôt chanceux.

Je me mets à sourire, puis à rire.

– Quoi ?

– « Nous avons regardé les étoiles », dis-je, de plus en plus amusée par son impertinence.

Elle nous coûtera cher, mais vu mon état de nervosité, je trouve son comportement plutôt drôle.

– Si on s'en sort, je t'emmènerai à Assouan, on se baignera dans le Nil, on boira des cocktails sur la terrasse de l'hôtel, on dormira dans une chambre climatisée…

Ces projets m'enchanteraient si je n'étais pas restée focalisée sur le début de sa phrase.

– Tu crois qu'on pourrait ne pas s'en sortir ?

Jasper ne me répond pas tout de suite. Je m'apprête à le relancer quand on entend la porte du couloir des cellules s'ouvrir. Deux policiers entrent avec un nouveau plateau-repas.

– J'en conclus qu'on passe la nuit ici ? demande Jasper en s'approchant de la grille.

Les agents glissent les plateaux dans les fentes prévues à cet effet. Jasper réitère sa demande en arabe et l'un d'eux finit par répondre un « oui » que je comprends. Je les regarde sortir de là avec envie.

– Et nos ambassades ?

– Ils dépêcheront sûrement quelqu'un demain, me répond Jasper. Mange un morceau, dors un peu. Tout s'arrangera, tu verras.

***

Le bruit métallique de la porte me réveille brusquement. Je me redresse, encore désorientée. Deux voix distinctes approchent. Je me frotte les yeux et me lève. Je ne sais même pas quelle heure il est. Jasper est debout lui aussi, il se tient près de la grille. Lorsque les deux visiteurs arrivent à notre niveau, je m'agrippe aux barreaux, folle de joie.

– Joan !

Elle est bel et bien là, en chair et en os, à discuter en arabe avec l'un des agents du poste. Elle a l'air d'avoir repris du poil de la bête. Ses yeux sont cernés, mais elle se tient droite. Elle ne porte plus de perruque, mais un beau turban rouge, comme une reine de Saba.

– Bon ! fait-elle en nous regardant. J'ai rencontré le charmant inspecteur qui m'a appelée hier pour enquêter sur deux archéologues qui auraient dérobé un bracelet de grande valeur et qui auraient, bêtement, tenté de passer le contrôle de l'aéroport avec.

Je ne peux pas m'empêcher de sourire en entendant son ton sarcastique. Jasper, lui, semble davantage aux aguets. Joan ouvre le porte-documents qu'elle tient à la main et sort un papier.

– J'ai donc pris le premier avion avec un formulaire rempli et daté de novembre pour déclarer la perte du double des clés au service des Antiquités. J'ai expliqué à l'inspecteur que j'avais malencontreusement oublié de le déposer puisque je venais de faire un malaise causé par mon cancer à ce moment-là.

Elle m'accorde un petit sourire en coin en disant cela et un rire amusé m'échappe. Elle vient de comprendre que son cancer pouvait être une arme et qu'elle pourrait l'utiliser à son avantage. Jasper finit par se détendre, lui aussi soulagé. Que Joan falsifie un document officiel pour le sortir de ce traquenard, c'est tout de même une grande première !

– Avant de partir pour Louxor, j'ai discuté avec tes étudiants, continue Joan en se tournant vers Jasper. Susan m'a parlé de sa relation avec Pierre, elle m'a dit qu'il était intéressé par les bracelets de la réserve et par la façon dont on pouvait y accéder. Il savait pour nos jeux de clés. Alors je me suis dit qu'il devait forcément avoir des contacts sur place pour vendre les bijoux sans les sortir lui-même du territoire. Après un café, Nour a accepté d'appeler les grands hôtels de la ville pour savoir si Pierre y était passé en novembre et avec qui.

Je me souviens alors de sa rencontre avec deux hommes au Winter Palace et veux confirmer son hypothèse, mais Jasper prend la parole avant moi.

– Nour ?

– Oui, l'inspecteur, réplique Joan en évitant soigneusement de croiser son regard.

Jasper et moi échangeons un sourire à la fois surpris et complice. Je commence à très bien imaginer le tableau : Joan jouant de son charme obstiné, plus confiante que jamais, et l'inspecteur la séduisant par sa sagacité.

– Figure-toi que le réceptionniste du Winter Palace, un certain Ahmed, quand il a appris que Jasper Henstridge était accusé de complicité de vol, a fouillé les registres date après date pour sortir la réservation d'une table au nom de Pierre Lamigre, trois couverts exactement, les deux autres étant des collectionneurs suisses plutôt connus dans le milieu. Interpol va pouvoir ouvrir une enquête pour le détournement organisé d'objets archéologiques.

Elle termine là son récit, tel Hercule Poirot à la fin de toute enquête, avec le même plaisir de l'affaire résolue.

– On peut sortir alors ? demandé-je, pleine de reconnaissance.

– Oui, répond-elle en faisant un signe au policier pour qu'il ouvre ma cellule.

J'en sors avec joie et attends de pouvoir serrer Jay dans mes bras. Mais lorsque le policier s'apprête à ouvrir la deuxième cellule, ma mentor l'interrompt.

– Joan ! protesté-je, stupéfaite.

Jasper soupire en tournant sur lui-même.

– Je n'ai pas terminé, reprend-elle avec un calme déroutant.

Elle s'avance vers la grille pour faire face à son adversaire de toujours. Je crains encore plus la situation à présent qu'elle a si bien embobiné l'inspecteur pour le mettre dans sa poche. Je serre les poings, prête à rugir pour la contrer.

– Jasper, commence-t-elle avec un ton cérémonieux, je tiens à m'excuser pour ce que j'ai fait et provoqué. Je t'ai accusé à tort et je m'en veux beaucoup d'avoir suivi aveuglément Matthew.

Jay est stupéfait. Il observe Joan avec un reste de suspicion, mais aussi beaucoup d'incrédulité. Je pose une main sur ma bouche pour ne pas lâcher une exclamation de surprise. Joan m'avait déjà confessé à New York qu'elle s'était trompée, mais je ne m'attendais pas à des excuses dans les formes, présentées à Jasper. Face à ce silence, ma mentor décide de continuer.

– Je voudrais te demander quelque chose.

Jay hoche la tête, mais ne dit rien. Je crois qu'il attend un retournement de situation.

– Je voudrais que tu continues de garder pour toi les derniers actes de David, formule-t-elle d'une voix émue. Ma sœur est une force de la nature, qui a su faire son deuil avec bien plus de courage et de sagesse que moi, mais je ne veux pas la blesser avec cette histoire. Ce serait inutile.

– Bien sûr, oui, finit par répondre Jay, touché par ses paroles.

Joan lui offre un sourire reconnaissant auquel peu ont droit.

– J'admire vraiment la force qu'il t'a fallu pour maintenir ta version et accepter les accusations sans fléchir. Mais je te remercie de m'avoir finalement dit la vérité. Je crois que j'avais besoin de savoir, plus que tout.

Jasper arrive enfin à décrocher un sourire, un peu gêné.

– Je comprends, dit-il en acquiesçant.

Je retiens toute mon émotion pour ne pas interrompre ce moment-là, mais je ne pensais vraiment pas voir ce jour arriver !

– Bien. Maintenant que ces choses indispensables sont dites, passons à un autre sujet.

– Quel autre sujet ? dis-je en fronçant les sourcils.

Joan tend un index menaçant vers Jasper. Tout son visage passe de la bienveillance à l'avertissement.

– Si tu t'avises de blesser Aly d'une quelconque manière, je me chargerai personnellement de ton compte !

– Joan ! m'exclamé-je à nouveau, soufflée par son culot.

– Une seconde, demoiselle, je n'ai toujours pas terminé, coupe-t-elle avant de reprendre son face-à-face. Ne crois pas que tu pourras te conduire avec elle comme avec n'importe quelle conquête. Un mot d'elle, un seul, et je viens te chercher à Londres moi-même pour t'éviscérer. Est-ce que c'est clair ?

Loin de se démonter, Jasper se met à sourire, les lèvres pincées, comme s'il contenait un rire.

– Est-ce que c'est ta manière d'approuver notre relation ?

– Tout à fait, réplique-t-elle sur le même ton.

– Très bien, je prends note. Merci, Joan. Sincèrement.

Ils finissent tous les deux détendus. Joan se tourne vers moi, plus sereine.

– Tu as quelque chose à ajouter ?

– Non, non, me dépêché-je de dire en levant les deux mains.

Elle autorise donc l'ouverture de la cellule. Jasper me prend dans ses bras, je me pends à son cou, le cœur plus léger que jamais. Quand je dirai à Cassie que Joan a fini par trouver Jasper adorable, en quelque sorte, alors qu'il était derrière les barreaux, elle ne me croira pas. Je peine moi-même à réaliser que j'obtiens ce que j'ai ardemment souhaité : les deux.

32

Neuf mois plus tard

– Ta remplaçante étudie l'archéologie, elle aussi, mais elle n'a pas encore rampé dans un tunnel de pilleurs, semble regretter Mani.

– Elle pourra toujours se glisser aventureusement sous les tables pour laver le sol, complète Rosa avec une pointe d'humour.

J'observe mes deux collègues, le cœur serré.

– Vous allez me manquer, dis-je alors en les embrassant tous les deux.

– Ça passera, tu pars à Londres avec un canon, m'assure Rosa, pourtant émue.

– On pourra dire que c'est grâce au café que vous vous êtes rencontrés, ajoute Mani. Ça pourrait devenir un lieu de rencontre incontournable près du campus.

– Ça pourrait, oui, confirmé-je. On se revoit au printemps de toute façon, ce n'est pas comme si c'était des adieux.

– Oui, soutient Rosa en acquiesçant.

Je les prends une dernière fois dans mes bras et sors du café en reniflant. Il fallait que je démissionne, je ne pouvais pas imposer mon nouveau rythme de vie à Mani plus longtemps. Après notre séjour à New York, Jasper a dû rentrer à Londres en janvier et nous sommes restés séparés plus d'un mois. J'ai repris le travail, mais avec peu d'entrain. Joan a fini par avoir pitié de nous et m'a signé un ordre de mission de deux mois au British Museum à Londres. Je me suis remise en congé sans solde pour partir. Lorsque je suis revenue, Jasper a dû attendre les partiels de fin d'année pour pouvoir me rejoindre. On a passé l'été à Boston, à organiser l'année universitaire qui arrivait pour trouver la meilleure solution.

Nous passerons finalement le premier semestre à Londres – Joan m'a assuré un nouvel ordre de mission –, puis le second à Boston. Jasper a pu réunir tous ses cours en début d'année, après avoir certifié qu'il sera joignable et qu'il se déplacera au besoin pour assurer ses fonctions de directeur. Ce n'est que temporaire, le temps que je finisse mes études et que nous sachions où vivre. Comme je ne veux pas demander plusieurs mois de congé sans solde à Mani, c'est avec une profonde tristesse que je quitte ce job d'appoint qui m'a tant rendu service. J'essaie de surmonter ce sentiment en approchant du campus.

Le soleil de ce début de mois de septembre est au rendez-vous et l'air est doux. Aujourd'hui, c'est le premier jour de l'échange entre Boston et Londres. Après l'échec de la commission, les deux universités ont pris la décision de réitérer l'expérience. Mes amis de Londres passent donc à nouveau quelques jours à Boston.

Cassie me fait signe de loin. Avec Will, ils ont dû faire pas mal de sacrifices, eux aussi. Mais comme Jasper et Joan se ressemblent beaucoup, Jay a envoyé Will à l'université de Boston pendant un semestre et il s'est installé chez nous. Il est même resté. Parce que Will, qui a eu tant de mal à sortir à Londres, a découvert qu'au bras de Cassie, ici, il se sentait plutôt bien. Il a donc quitté l'université de Londres pour s'inscrire à Boston. Autant dire que le changement de directeur de recherche a été toute une affaire, il a fallu de longues discussions et des mises au point précises entre Jasper et Joan pour le transfert de cet élève-là entre eux.

– Alors, Mani a pleuré ? me demande aussitôt Cassie.

– Presque, j'étais à ça de le voir craquer, dis-je en finissant par en sourire.

Cassie enlace mes épaules et nous nous baladons sur les pelouses du campus. Je profite de notre tête-à-tête pour fouiller ma poche et en ressortir mes clés de l'appartement.

– Tiens. C'est officiellement ton appartement et celui de Will à présent.

Mon amie saisit les clés avec un soupir.

– Notre coloc va me manquer.

– À moi aussi. Mais comme ça, tu pourras enfin regarder la télé toute nue.

Cassie se met à rire.

– Will n'est pas tout à fait convaincu encore !

– Sa pudeur britannique finira par tomber, réponds-je avec assurance.

Elle me donne un coup de coude en guise de commentaire. Sa présence va me manquer, même si je sais qu'on se reverra dans six mois. Mais ne plus la côtoyer tous les jours va me sembler bien étrange.

– Je ne risque plus de tomber sur Jasper le matin, alors que je suis encore en tee-shirt et culotte avec une tête de déterrée, se réjouit Cassie.

La situation me fait encore rire. L'été dernier, Jasper a pris l'habitude de venir chez nous. Mais comme Cassie ne se sentait pas forcément à l'aise, il a cherché une location près du campus où j'ai plus ou moins fini par habiter.

– Tu sais, il t'apprécie vraiment, la rassuré-je tout de même.

Si moi, je suis habituée à tutoyer Jasper Henstridge, Cassie voit surtout le professeur et le directeur de département. Se montrer familière avec lui n'a pas toujours été simple.

– Je n'en doute pas, il est suffisamment à l'aise avec moi pour que vous vous tripotiez H24 sur notre canapé, que je sois là ou non, me taquine-t-elle. Tu ne m'as d'ailleurs jamais rien raconté de croustillant sur vous deux, à part « le sexe est parfait ».

Comme j'hésite franchement, Cassie se colle à moi pour tendre l'oreille.

– Allez, quoi, je le répéterai à personne.

Je réfléchis. Avec Jasper, on est si complices et je me sens si bien avec lui, qu'on tente souvent de nouvelles choses, même si parfois, un missionnaire bien exécuté nous fait prendre notre pied sans qu'on ait besoin d'aller plus loin. Je dois tout de même songer à quelle anecdote raconter parmi toutes les croustillantes expériences que nous avons vécues. Je me sens rougir à l'avance, au point où j'imagine très bien de la vapeur sortir de mes oreilles.

– Eh bien, je ne te cache pas que ça nous arrive de jouer au professeur et à l'étudiante.

– Hin, hin, pratique, approuve Cassie.

Oui. On en est à la leçon vingt-trois et il me tarde de recevoir la vingt-quatrième.

– Et toi, est-ce que ça va avec Will ?

Cassie hoche la tête avec un grand sourire. Après l'épreuve qu'il a vécue, Will n'avait plus eu de relations sexuelles jusqu'à Cassie. Ils ont dû surmonter quelques incidents avant d'enfin se sentir au diapason. Si au début mon amie ne m'en avait pas parlé, elle a fini par aborder le sujet il y a quelques semaines, quand elle s'est rendu compte que nous allions devoir abandonner notre Coin des pipelettes.

– Ça va très bien même, m'assure Cassie en baissant les yeux avec un sourire confiant.

– Tant mieux.

On aperçoit Will en grande conversation avec Nathan. Ce départ libérateur de Londres a en quelque sorte détendu leur relation. Loin de son frère, Will ne doit plus ressentir le besoin oppressant de le protéger en taisant ce qu'il s'est véritablement passé pendant la prise d'otages, et Nathan ne ressent plus le poids de l'immobilisme de son grand frère. Ils se retrouvent donc avec plus de plaisir lorsqu'ils en ont l'occasion. Dès qu'on arrive près d'eux, Nathan nous interpelle.

– On va demander à Cassie et Aly.

– Demander quoi ? relève Cassie avec curiosité.

– Joan veut que je réunisse toute une bibliographie sur l'obscur pharaon Sheshonq IV, répond avec perplexité Will, qui doit sortir d'une première entrevue avec sa nouvelle directrice de recherche. Est-ce que c'est normal ou est-ce que c'est un bizutage ?

– Un bizutage, répond-on en chœur, Cassie et moi.

Mon amie tapote même son bras avec compassion.

– Bienvenue à Boston.

Nathan ne manque pas de se moquer gentiment de son frère en pouffant.

– Que fait Jasper avec ses nouveaux élèves ? Il leur donne du boulot, lui aussi ? demandé-je avec curiosité.

– Il les invite à boire une pinte au pub, répond Will, déconfit.

– Ne t'en fais pas, le rassuré-je. Je dois voir Joan, moi aussi. Elle m'a réservé quelques travaux pour m'occuper à Londres.

– On t'emmènera boire des pintes avec Susan alors, me rassure Nathan.

Je pars peut-être de Boston en laissant Cassie et Will, mais je retrouverai Nathan et Susan à Londres.

– Où est-elle au fait ? s'enquiert Cassie.

– Elle arrive, répond Nathan. Elle voulait vérifier un bouquin à la bibliothèque.

Je croise le regard de Cassie au même moment. Il y a un an, Susan tombait sur notre très cher Coin des pipelettes en cherchant un livre… Elle a été la moins surprise du groupe côté anglais lorsque je lui ai appris que j'étais avec Jasper. Elle avait déjà plus ou moins vu qu'il m'avait tapé dans l'œil sans pour autant penser que nous pourrions être un couple.

– La voilà, dit Nathan en l'apercevant de loin.

Il a l'air toujours aussi dingue d'elle. Susan s'est laissé séduire et ils forment à présent l'exemple parfait des amis-amants. Elle n'est pas prête à s'engager, mais apprécie de passer du temps seule avec lui. Nathan ferait tout pour elle, et il a accepté cet accord sans protester, bien trop content d'avancer, même si ce n'est pas à l'allure qu'il espérait. Susan dépose un baiser sur sa joue en arrivant. Elle ne l'admet pas encore, mais elle rayonne quand Nathan est là.

– Tu as trouvé ce que tu voulais ? lui demandé-je.

– Oui, je n'ai toujours pas repéré le rayon des parures du premier coup, mais au moins, je ne suis pas allée jusqu'à votre Coin des pipelettes.

– Dis, Aly, reprend ensuite Nathan sur un ton hésitant. Avec Susan, on se demandait si, quand tu seras installée à Londres, tu pouvais nous inviter.

Je fronce les sourcils devant les visages figés de mes amis.

– Chez Jasper, vous voulez dire ?

Ils acquiescent. C'est vrai que durant ma mission au British Museum, je les ai souvent vus tous les deux, on est beaucoup sortis, mais jamais on ne s'est retrouvés chez Jasper. Ça ne m'est même jamais venu à l'idée de les convier chez lui, parce que, techniquement, ce n'est pas chez moi. Je me demande alors ce qu'il en sera pendant six mois. Est-ce que ce sera « chez lui » ou « chez nous » ?

– Personne n'a jamais mis les pieds chez lui, même pas Will, explique Nathan.

– C'est vrai, confirme son frère. Le mystère est complet de ce côté-là. On ne sait même pas dans quel quartier il habite.

– Whitechapel, dis-je alors.

Les épaules de Nathan s'affaissent alors qu'il saisit son portefeuille pour sortir un billet. Susan tend la main pour le lui prendre des doigts avec triomphe.

– Comme si Jasper était du genre à vivre à Chelsea, s'amuse-t-elle.

Avec Cassie, on se sent encore perdues dans ces spéculations géographiques. Il va falloir que je révise ma carte de Londres. Je jette un œil à ma montre et tressaille.

– Il faut que j'y aille, on se retrouve dans l'amphi tout à l'heure ?

Mes amis me saluent et je file au département des études anciennes. Quitter Joan, voilà un autre challenge.

Après notre retour d'Égypte, on a vraiment renoué toutes les deux. J'ai pu parler de mes projets, elle a pu partager ses appréhensions sur le chemin qui lui restait à faire pour accepter la mort de David. Elle a pris soin d'elle et a même engagé une suppléante. L'ablation du sein a été une épreuve terrible. Son arrêt de travail et l'inactivité qui a suivi ne l'ont pas aidée. Alors, Emaline lui a conseillé le cabinet Dashwood et Anderson à Chicago, tenu par deux consœurs et amies. Elles ont inventé la TAP, la thérapie adaptée et personnalisée. Avec Joan, il fallait trouver des thérapeutes prêtes à se conformer à la patiente, et non l'inverse… Pourtant, ça n'a pas duré. Joan reste Joan. Elle s'est impatientée au bout de deux semaines et est rentrée à Boston, même si, manifestement, cette microthérapie a eu son petit effet : elle est revenue plus battante que jamais. Elle a même pris la décision de refuser la reconstruction mammaire. Marcher tête haute dans les couloirs de l'université, un haut moulant les conséquences de son cancer et les cheveux ras, a été le point culminant de son retour. Tous les étudiants la surnomment l'« Amazone » depuis la rentrée. Le doyen, impressionné, a même organisé un pot pour l'accueillir et il s'est immanquablement retrouvé piégé dans des discussions budgétaires.

Lorsque j'arrive devant la porte de son bureau, j'entends sa voix et celle de Jasper. Je ne frappe pas tout de suite, juste pour profiter du ton détendu de leur discussion, et souris sans même les voir. C'est vrai que j'ai un peu de mal à quitter Boston, mais dès que je pense à Jay et à ce futur qui s'ouvre devant nous, mon cœur s'emballe. À la fin de l'échange, dans quelques jours, je partirai avec lui pour Londres et j'ai hâte de commencer cette nouvelle aventure. Finalement, je frappe deux coups et pousse la porte.

– … elle l'a suivi et elle s'est retrouvée sur l'île aux Bananes de Louxor en un claquement de doigts ! termine Joan avant qu'ils éclatent de rire tous les deux.

Ils sont assis de part et d'autre du bureau de Joan, un verre de whisky à la main. Je l'avais prédite, cette bonne entente, dans le cas d'une réconciliation. Ils s'apprécient de plus en plus et se découvrent même des passions communes.

– Ah, entre, Aly, viens ! m'invite Joan en sortant un troisième verre.

Je m'approche et prends place près de Jay. Il a enfilé un beau costume trois-pièces bleu marine que j'ai presque réussi à retirer au petit déjeuner. Il me gronde lorsque mes mains se perdent sous ses vêtements, mais il a pourtant le même comportement le soir dès que j'enfile un débardeur. Je devrais le lui faire remarquer plus souvent. En attendant, son allure impeccable et son regard baladeur me rendent toute chose. Vivement ce soir !

– On fête quelque chose ? réussis-je à dire après m'être éclairci la voix.

– L'arrestation de Pierre, confirme Joan en versant du whisky dans mon verre.

La nouvelle inattendue me sort de mes pensées indécentes.

– Vraiment ?

– Il a été arrêté à la sortie d'un restaurant à Paris alors qu'il rencontrait un revendeur, raconte Jasper.

– S'il n'avait pas cherché à te piéger, il ne se serait peut-être rien passé, suppose Joan en trinquant.

Je me mets à rire sans oser y croire. Pierre Lamigre enfin mis hors circuit ! Bon sang, j'ai hâte de le dire à Susan. Plusieurs mois après son chantage et mon agression, j'ai perdu la raison pour laquelle il a pu me terroriser à l'époque.

– Ça a été sa première véritable erreur, confirme Jasper. J'imagine que le trône de l'université de Paris est à prendre.

– La guerre est ouverte, acquiesce Joan. En parlant des devoirs du guerrier… enchaîne-t-elle en se baissant pour attraper une pile de dossiers et la poser sous mon nez. Quelques travaux pour que tu n'oublies pas Boston. J'ai fait une demande de passe illimité au British Museum pour toi, tu risques de t'y installer définitivement.

Son grand sourire force le mien en retour, mais ma moue peu emballée demeure. Je tourne un regard implorant vers Jay, mais il se dépêche de repousser ma supplique.

– Ne me regarde pas comme ça, j'ai déjà promis à Joan que je n'interviendrai pas.

– Oh, à quoi bon sortir avec toi ? grogné-je en soupesant mon tas de dossiers.

Son sourire en coin et ses yeux turquoise me soutenant que je sais très bien pourquoi je suis avec lui suffisent à me déconcentrer et je suis incapable de poursuivre ma tentative de corruption.

– Très bien ! Ça va ajouter du poids dans ma valise, mais je prends le tout.

– Brave Aly, commente Joan avec complicité.

Elle se lève et prend ses affaires.

– Je vais chercher Brooklyn et aller à l'amphi. Elle a dû se perdre dans la bibliothèque.

Son adjointe s'appelle Brooklyn. Après Alaska, Brooklyn. Même moi, j'ai ri. Je suis sûre qu'elle l'a choisie parce qu'elle a le nom de son whisky préféré.

On se retrouve donc tous les deux, Jasper et moi.

– Tu sais que, du coup, il y aura plus de travail et moins de débardeurs le soir ? dis-je en tentant vainement ma chance.

– Je me contenterai de l'étudiante sérieuse, s'amuse Jasper. Elle finira tout aussi nue dans mes bras que l'indisciplinée.

Je me voile de rouge en secouant la tête. Je m'approche de lui pour m'asseoir sur ses genoux et l'embrasser. Il se redresse et glisse ses mains dans mes cheveux. J'ai envie de lui, je crois que ça ne cessera jamais.

– Et si on manquait la séance à l'amphi ? proposé-je en enlaçant sa taille.

– C'est pourtant ma seule chance de passer pour un vrai professeur devant toi.

– Eh bien, je me contenterai du professeur débauché.

Il m'embrasse en guise de réponse et se met à mordiller mes lèvres avant d'attraper ma langue. Quand il commence ses baisers de cette manière, je sais qu'il n'a pas très envie de s'arrêter ensuite. Je me laisse aller, plutôt satisfaite de déboutonner son gilet, quand la porte du bureau s'ouvre en grand, nous faisant sursauter.

– Joan ? appelle l'intruse.

Brooklyn est une jeune femme très jolie, avec ses cheveux noirs et ses yeux en amande. Elle est aussi rudement mise à l'épreuve par Joan, même si elle s'en sort plutôt bien. Essoufflée, elle regarde partout dans le bureau sans vraiment faire attention à nous.

– Elle est partie te chercher à la bibliothèque, dis-je en me relevant.

Brooklyn pousse un soupir découragé.

– Merci, Aly, répond-elle en refermant la porte.

Jasper s'est levé lui aussi. Tant pis pour notre pause crapuleuse ! Il prend quand même ma main et m'entraîne avec lui dans le couloir. On est sûrement déjà en retard, mais il ne semble pas vraiment pressé pour autant.

– Jay, je pourrai faire venir des amis chez toi, à Londres ? finis-je par demander.

– Bien sûr, ce sera chez nous, tu sais.

– Même s'il s'agit de Susan et Nathan ?

– Oui, pourquoi cette question ?

– Parce que visiblement, personne ne sait où tu habites.

– Je vois, dit-il avec un sourire. Personne ne me l'a demandé.

Il y aura toujours un écart entre lui et les autres. Il faudra que je me fasse à cette distance naturelle entre lui, professeur, et Susan et Nathan, ses étudiants. Mais je suis quand même rassurée, ce sera « chez nous ». On arrive devant l'amphi qui doit être à nouveau plein à craquer, exactement comme l'année dernière. Jasper me retient par la main, je lui fais face avec un sourire. Moi non plus, je n'ai pas très envie d'entrer.

– Si Joan ne t'avait pas poussée à devenir son assistante pour les fouilles, il y a un an, dans cet amphithéâtre, je n'en serais pas là.

– Tu n'en serais pas où ? demandé-je, intriguée.

– À te poser cette question, répond-il en sortant un petit écrin de sa poche de veste.

Une vive émotion s'empare de moi et m'obstrue la gorge. Il ouvre la boîte et un beau diamant aux teintes bleutées apparaît, monté sur un anneau d'or blanc.

– Alaska, tu es la femme que j'ai toujours attendue et j'ai la chance de t'avoir trouvée. Ce diamant est la première pierre de notre « chez-nous », peu importe l'endroit tant que nous sommes ensemble.

Il marque une pause, comme pour guetter ma réaction. Ma poitrine a du mal à contenir un cœur qui la frappe sauvagement et mes poumons se gonflent plus vite encore. J'ai l'impression de piaffer, et pourtant je demeure immobile. Un large sourire se dessine sur mes lèvres et semble répondre d'avance à la question qu'il va poser.

– Alaska…

– Oui !

Fin

Extrait
My Last Chance
Sonia Eska

1

Cruz

L'aéroport est bondé. Malgré le service de sécurité qui encadre l'équipe pour notre retour des Championnats du monde, nous piétinons, freinés par les dizaines de journalistes et de voyageurs qui barrent le passage. Je m'efface quand un abruti manque de me faire manger la mousse noire de son micro et laisse Casey seul devant les objectifs pour répondre aux questions sous le regard acéré de notre attachée de presse.

Mon écran affiche trois appels en absence et un message vocal. Une nuée de frissons glacés sillonne ma colonne à l'instant où l'un des deux numéros me fait l'effet d'un violent uppercut. Le souffle court, je relance l'appel sans même écouter mon répondeur. Rien à foutre, il ou elle répétera ! Je dois boucher mon oreille libre pour mieux entendre lorsque, après deux tonalités, l'infirmière de garde décroche.

– Cruz Riveira, m'annoncé-je sèchement. Est-ce qu'elle va bien ?

Putain, je tremble et un début de nausée me tord le bide.

– Celia a été transportée à l'Herald Hospital dans la nuit, explique-t-elle avec peine.

– Est-ce qu'elle va bien ? aboyé-je.

Son silence me glace le sang.

– Est-ce qu'elle va bien ? répété-je d'une voix sortie d'outre-tombe.

– Nous n'avons pas encore de retour, monsieur Riveira, mais je suis sûre qu'elle est entre de bonnes mains.

Je n'attends pas qu'elle continue son couplet sur l'efficacité des équipes médicales et raccroche sans la saluer. Ma bouche est si sèche que je ne suis pas certain qu'elle m'aurait compris de toute façon. Et puis, je m'en fous ! Avant d'écarter de mon chemin les quelques personnes qui font barrage, je tombe sur le regard inquiet d'Aria, la nana de Casey. Je suppose qu'elle a entendu en dépit du brouhaha ambiant, notre proximité fait qu'elle avait presque l'oreille collée à mon portable.

Elle ouvre la bouche aussi rapidement qu'elle la referme sans avoir laissé échapper une seule syllabe. Je ne m'emmerde pas à en faire autant et repousse la foule devant moi jusqu'à trouver Edge.

– Je dois partir, le préviens-je froidement.

Je n'argumente pas. En une œillade, il comprend.

– Donne-moi de ses nouvelles, conclut-il.

J'acquiesce et me fonds dans cette marée humaine. Il ne me faut qu'une minute avant de respirer l'air pollué des abords de l'aéroport et seulement une autre pour me planter face à la rangée de taxis. Si je m'écoutais, je dégagerais les deux couples qui s'installent déjà à l'arrière des premiers véhicules. Putain, si elle… Merde, non, je ne veux pas y penser ! Elle m'a juré qu'elle enterrerait le monde entier !

Abuelita, por favor[1]…

Mes muscles sont dangereusement raides quand un taxi stationne enfin devant moi. Le conducteur n'a pas

1. « Mamie, s'il te plaît… »

le temps de sortir de sa caisse que je suis déjà sur la banquette arrière, le nez sur l'écran de mon téléphone où charge la page d'info de l'hôpital.

– Herald Hospital ! éructé-je au chauffeur en cliquant sur les coordonnées téléphoniques pour lancer l'appel.

Le jeunot derrière son volant pianote trop lentement sur son GPS et, immédiatement, un voile rouge me tombe sur les yeux. Une première tonalité m'agresse le tympan et l'autre con ne démarre toujours pas. Je sens monter en moi l'envie dingue de lui faire avaler ses dents avant de prendre les commandes. Je jure que s'il n'a pas bougé son taxi dans cinq secondes, il pissera le sang sur l'asphalte !

Une mélodie détestable claironne dans mon téléphone quand la portière à côté de moi s'ouvre brusquement. Casey saute sur la banquette, m'oblige à glisser de l'autre côté et fronce les sourcils gravement.

– Je t'accompagne.

Je le fixe tandis qu'il attache sa ceinture et pointe la mienne du menton. Je ne me bats pas. De toute façon, il ne me laissera pas y aller seul. Il sait combien Celia compte pour moi, même si je ne crois pas avoir déjà crié tout l'amour que je lui porte à quiconque. Il le sait, c'est tout. Et c'est suffisant.

– Herald Hospital, que puis-je faire pour vous ? chantonne une voix fluette dans le combiné.

– Celia Díaz, parviens-je à dire alors que la voiture quitte enfin l'aéroport. Elle a été transférée chez vous cette nuit. Je suis en route. Est-ce qu'elle…

Je suis incapable de terminer cette putain de phrase tant l'impuissance et la trouille me compriment la gorge.

– Vous êtes ?

– Son petit-fils, Cruz Riveira.

J'ai l'impression de crever dix fois avant que la secrétaire ne se manifeste à nouveau.

– Oui, Mme Díaz a été installée chambre cinq cent neuf, dans l'aile nord, au service cardiologie. Je vous laisserai vous entretenir avec le médecin concernant les détails de l'intervention.

Eh merde… Je me pince l'arête du nez en imaginant qu'elle est repassée sur le billard en urgence. Quand je l'ai vue il y a dix jours à la maison de retraite, elle pétait le feu ! Ma grand-mère est une conquérante, une foutue force de la nature. Son caractère est aussi fracassant que sa santé, mais elle emmerde la fatalité ! Et je m'en veux, j'aurais dû être là ! Je ne combattais même pas ce week-end, tout a été pensé par la Fédé et notre sponsor principal. Il fallait que je me montre, que je pose sur les photos, que je soutienne mon coéquipier aux yeux de tous…

Chier !

– Je suis là dans…

Je jette un rapide coup d'œil au temps restant sur le GPS.

– … une demi-heure.

Après cinq minutes d'un silence écrasant, je desserre doucement les doigts de mon téléphone. La coque est brûlante, mes mains aussi. Mes fringues me semblent peser des tonnes et soudain l'air se fait irrespirable dans l'habitacle. Je baisse la fenêtre en grand et laisse le vent vif percuter mon visage. Ce n'est pas la première fois qu'abuelita est hospitalisée, nous avons déjà traversé cette épreuve par deux fois l'année dernière. J'ai beau savoir qu'elle s'en est sortie chaque fois, je galère à poser mon souffle.

– Comment elle va ?

Je ravale un sourire en imaginant la réponse que Celia lui ferait s'il lui avait posé cette même question. « Celia Díaz ne laisse pas Dieu décider pour sa vie, malgré tout le respect qu'elle a pour lui. Qu'il vienne, elle l'attend ! »

Casey aurait même ramassé un taquet sur l'oreille pour avoir osé l'interroger sur son état de santé ! Enfin, ça, c'est si elle est consciente, si elle peut parler, si la morphine ne l'abrutit pas complètement…

Je grogne et bascule lourdement le crâne sur l'appuie-tête.

– Je n'en sais rien. Edge n'aurait pas dû t'en parler, c'était ton moment de gloire et…

– Edge ne m'a rien dit, me coupe-t-il.

Mon regard sombre dévie jusqu'au sien, concerné et consterné.

– Aria ? demandé-je.

Son bref clin d'œil confirme. Cette femme est une énigme. Encore maintenant, alors que je comprends qu'elle a interrompu Casey en pleine interview pour le prévenir de mon départ précipité, je peine à la cerner. C'est une emmerdeuse, rigide et foutrement compliquée, mais entichée de mon pote.

À quelques détails près, nous pourrions presque avoir des points communs.

– Tu vas te faire chier, ça peut durer des heures, relevé-je.

– Mon agenda est libre aujourd'hui, autant me faire chier avec toi.

Il ment. Je les ai entendus pendant le vol. Lui et Aria parlaient d'aller rencontrer le propriétaire du local commercial qu'elle projette d'acheter pour y installer sa boutique. Pourtant, je ne relève pas. Je suis à cran, mais content qu'il soit là. Je n'ai pas besoin qu'il m'épaule, je sais gérer ça, tout ça, toute cette problématique médicale. Sa présence ne changera pas les conclusions du doc, mais j'aime penser qu'en faisant ça, il essaie de m'enlever un peu de mon inquiétude. Un genre de donnant donnant pour les fois où je l'ai aidé à se sortir de ses phases destructrices.

Nous n'échangeons pas davantage sur les quarante bornes qui nous mènent jusqu'à Herald Avenue. L'hôpital s'étend sur toute la rue, deux bonnes centaines de mètres de longueur je dirais pour moitié moins de largeur. Ce bâtiment est immense, si grand que je m'y suis paumé au début. Aujourd'hui, je m'y repère sans problème, il y a des codes couleur et des inscriptions partout. Nous nous dirigeons vers l'aile nord sans un mot. Je monte chaque étage au pas de course avec cette sensation de vouloir arriver près d'elle au plus vite tout en espérant en même temps que le nombre de marches se démultiplie.

Je veux qu'elle me rassure, qu'elle me gueule dessus, qu'elle me laisse voir dans ses yeux ce brasier de force et de courage qu'elle m'a légué. Mais je déteste l'idée de devoir assister, impuissant, au débriefing du cardiologue et tout ce que cela induira ou induit déjà.

J'aurais dû être là, merde !

J'entends Casey s'assurer auprès d'une infirmière de la présence de Celia dans le service sans pour autant ralentir. Mes yeux furètent sur chaque écriteau numéroté de l'étage pour enfin se stabiliser sur celui qui porte le nombre cinq cent neuf. L'espace d'un court instant, je ne respire plus, je freine mes enjambées et sens un vertige me saisir. Je ne sais pas dans quel état je vais la trouver ni même si mon cœur le supportera. Ma grand-mère est tout ce qu'il me reste de mes racines. J'ai besoin de temps, je ne suis pas prêt, pas encore…

Tendu de la tête aux pieds, j'avance jusqu'au rectangle vitré qui tapisse le haut de la porte sous l'écriteau. Ma déglutition est difficile, voire impossible quand le montant du lit médicalisé m'apparaît. Elle est là, étendue et recouverte jusque sous la poitrine de plusieurs épaisseurs de draps, ses yeux sont clos, ses lèvres pincées et ses joues… gonflées ? La trouille que je sentais me mordre le bide s'efface un peu et laisse l'incompréhension la plus totale prendre le dessus. Paumé, j'abaisse lentement la poignée et fais un pas dans la chambre.

– *¿Abuelita?*

Ses yeux s'ouvrent d'un coup et pétillent dans ma direction tandis qu'elle laisse une grosse bouffée d'air réoxygéner ses poumons.

– *¡Mi nieto*[2]*!* s'écrie-t-elle en souriant démesurément.

J'avance encore, complètement largué. Est-ce qu'elle retenait sa respiration ? Vraiment ?

– J'ai gagné !

Ce n'est qu'en entendant ces trois mots prononcés victorieusement par une voix cristalline, presque enfantine, que je remarque la jeune femme blonde assise au pied du lit. Elle porte une blouse blanche – une taille trop grande – sur un jean slim, une grosse paire de lunettes à monture rouge et ses cheveux sont remontés en vrac sur le haut de son crâne. Mon cerveau cherche à trouver une cohérence dans tout ce joyeux bordel quand le sourire qu'elle m'adresse me frappe. Un sourire franc, sincère, doux, dénué de toute malveillance. Mon extrême opposé…

– *¡Ven y dame un beso*[3]*!*

Ma grand-mère écarte les bras pour m'intimer de venir.

– Est-ce que tu vas bien ? finis-je par lâcher.

Casey reste sur le seuil, réprimant sûrement un rire, tandis que j'approche en traînant le pas, pas encore certain de ne pas être l'acteur principal d'un bon vieux gag. Abuelita fronce les sourcils en agrippant le bas de mon tee-shirt et m'attire vers elle avec force.

– Qui a dit que je n'allais pas bien ? gronde-t-elle dans mon oreille.

---

2. « Mon petit-fils ! »

3. « Viens m'embrasser ! »

Ouais, je suis largué…

Je l'embrasse sur la joue et me redresse en faisant gaffe de ne pas arracher la perfusion de son bras.

– L'infirmière de la maison de retraite…

Je ne me justifie pas davantage. Pour être honnête, j'en suis à me demander si je n'ai pas rêvé toute ma conversation avec l'infirmière. Abuelita a l'air en forme, telle que je la connais, si ce n'est la couleur de son teint qui paraît plus terne que d'habitude et ses cernes plus prononcés.

– Et toi ? tonne-t-elle en direction de Casey. Tu comptes passer ta journée à la porte ?

Mon pote referme silencieusement le battant et rejoint Celia Díaz, le nez sur ses pompes. Ma grand-mère est une sorte de tyran au cœur d'or, elle pourrait mater n'importe qui à coups de phrases cinglantes, même deux freefighters dont l'un est doublement titré. Et très clairement, son fort accent ne fait que renforcer son aura autoritaire !

– Bonjour, madame Díaz, vous êtes ravissante, hasarde Casey en lui déposant un baiser sur la joue.

Quel vendu celui-là !

– Je sais, confirme abuelita, mais c'est naturel ! Tout est 100 % d'origine !

Le petit rire derrière moi me rappelle la présence de l'infirmière, ou en tout cas la stagiaire si j'en juge par sa blouse trop large et sa jeunesse indéniable. Le badge sur sa poitrine m'apprend qu'elle s'appelle… Andrew ? C'est super louche comme choix de prénom pour une nana, non ? Peu importe ! Je range rapidement cette info dans la corbeille de mon cerveau et lui demande :

– Que s'est-il passé ?

Ses grands yeux bleus me fixent de longues secondes. Elle me sonde en silence et m'étudie en détaillant chaque centimètre de mon visage. Quand son regard descend sur la croix chrétienne tatouée sur ma pommette gauche et s'y attarde, une sensation inconfortable m'étreint. Andrew est étrange, elle me fout putain de mal à l'aise ! Son œil intrigué me met mal à l'aise ! Ou peut-être est-ce son sourire ingénu ? Et pourquoi ne répond-elle pas, merde ?

– Est-ce qu'elle est sourde ? murmuré-je à ma grand-mère.

– Imbécile !

– Non, intervient enfin Andrew dans un rire candide. J'entends parfaitement. Je laisse le soin au Dr Brollin de vous parler de Celia, je suppose qu'il passera bientôt.

Elle me dépasse, une main logée dans la poche ample de sa blouse, l'autre s'emparant délicatement des doigts de ma grand-mère.

– Je repasserai vous offrir votre revanche après le dîner ! promet-elle.

– Tu es adorable. À tout à l'heure, *linda*[4].

4. « Ma jolie. »

2

Cruz

Voilà cinq jours que nous sommes rentrés de Boston, cinq jours que le Dr Brollin m'a donné ses conclusions. Cinq foutus jours que je me réveille avec un parpaing d'angoisse dans le bide. *Abuelita* répète qu'elle va bien, pourtant le diagnostic est alarmant. Mon âme de gosse lui voue une confiance aveugle, mais l'homme de 28 ans que je suis devenu essaie d'encaisser la fatalité sans trop faillir. Aux yeux de tous, je suis Eagle, le roc, le type que rien n'atteint. Pourtant, heure après heure, je sens mes fondations chanceler et s'effriter sous le poids d'un compte à rebours funeste.

À 72 ans, ma grand-mère en est à son second infarctus. Le précédent pontage n'avait fait que stabiliser son insuffisance coronarienne. Aujourd'hui, les artères qui vascularisent son cœur sont en mauvais état et ne peuvent plus faire leur job correctement en dépit de l'intervention récente. Trop peu de sang irrigue son muscle vital…

Le doc a parlé de quelques semaines… Je sais qu'elle n'a écouté que d'une oreille le cardiologue, elle s'obstine, elle sourit, elle…

Je m'arrête subitement de maltraiter le sac de frappe et m'y arrime quand y penser me tourne la tête. Elle m'a tellement rabâché qu'elle survivrait à l'extinction de l'espèce humaine que j'avais fini par l'intégrer, un peu comme une croyance surréaliste à laquelle on s'accroche de toutes nos forces pour éviter de penser au pire. Bien sûr que c'était ridicule, mais… Cette femme représente tout ce que je suis. C'est elle qui m'a fait sortir de Cuba il y a vingt ans, sans un sou, sans papiers, à la seule force de sa détermination et de son amour que je ne méritais pas. Elle aurait pu me laisser crever dans la pauvreté, la drogue, les réseaux de prostitution infantile et tout le merdier abject qui peuple ce pays. Elle n'avait qu'à fermer les yeux. Pourtant, elle a choisi de les garder grands ouverts et de me garder près de son cœur.

C'est elle qui m'a élevé. Elle qui m'a bousculé pour me faire sortir de mon mutisme de gosse. Elle qui m'a foutu une branlée terrible le jour où je me suis pointé dans notre minuscule appartement avec mon premier tatouage. Je n'avais que 12 ans et déjà je bafouais les règles. Pour ma décharge, j'étais à côté de mes pompes. Je ressassais sans cesse mes derniers moments à La Havane, je me sentais bouillir de colère, accablé par la culpabilité, l'aversion. Je voulais hurler au monde combien je me sentais mal, mais aucun cri ne forçait jamais la barrière de ma gorge serrée. J'étais jeune, enragé et influençable. Un CV parfait pour les différents réseaux de contrebande qui pullulaient dans les bas quartiers de Columbus…

– He, *hijo de puta*[5], Edge te demande !

Trigger m'arrache à mes pensées en explosant son poing dans mes côtes. J'ai à peine le temps d'encaisser son coup que cet abruti recule jusqu'au ring et me nargue de son sourire de chieur. Ce mec… S'il n'était pas mon pote, il baignerait déjà dans un baril d'acide au sous-sol…

Je me retiens de l'insulter et avise la large vitre du bureau du coach. J'aperçois deux silhouettes, celle de Casey, bras croisés et torse bombé, debout dos à la porte, et celle d'Edge, bras tendus contre son plan de travail, le

1. « Fils de pute.

nez sur de la paperasse. Je récupère mon portable pour m'assurer que l'hosto ou Celia n'ont pas tenté de me joindre et prends la direction du bureau. Après deux coups sur le fin panneau de bois, j'investis la pièce sous le regard implacable de notre mentor.

– Je vous laisse, prévient Casey avant de s'exfiltrer.

– Viens, assieds-toi, me commande Edge en tirant la chaise pliante qu'il nous réserve en cas de sérieuse mise au point.

Autant dire que ça ne sent pas bon pour moi…

– Qu'est-ce qu'il se passe ?

L'air grave, le coach s'installe en face de moi et dépose ses coudes sur ses genoux en joignant ses mains. Super sérieux… Et plutôt flippant. En tout cas, ça pue la remontrance, sauf que j'ai beau rembobiner mes derniers jours d'entraînement au BLT[6], je ne vois pas où j'ai merdé !

– Tu sais que tu as un vrai potentiel, commence-t-il après un long soupir, je le sais, tout le monde le sait. Tu resteras un des meilleurs de ta catégorie *ad vitam æternam*, c'est d'ailleurs pour cette raison que tu fais partie de mes gars depuis le début. J'ai toujours eu foi en toi, et regarde jusqu'où ta hargne t'a mené ! Les Jeux ! Tu méritais une médaille…

– OK, coach, le coupé-je. Maintenant, crache le morceau.

Une tension désagréable me comprime la poitrine. Il s'excuse d'un rictus en coin, conscient d'être totalement transparent quant à ses intentions.

– Cruz, tes efforts n'ont pas payé, je ne t'apprends rien. Pas une place sur le podium depuis deux ans. La Fédé a tranché, ils ne renouvellent pas ton contrat.

Alors, on y est. Je m'en doutais, d'autres se sont déjà fait éjecter pour moins que ça. Je suppose que ma

---

2. Beyond Limits Training : centre sportif.

participation aux JO m'a permis un sursis. Court, le sursis. Ce n'était plus qu'une question de mois, mais j'avoue que savoir l'étau se resserrer si vite sur la fin de vie de ma carrière pro me fout la rage. Si encore il y avait une raison à mes défaites, mais non, il n'y en a aucune ou alors celle de tomber chaque fois sur plus balaise que moi. Putain, je suis un type sérieux, je bosse comme un dingue, je suis un régime strict, je ne déborde pas, jamais d'excès. Et on me fout au rebut !

– J'ai combien de temps ? grogné-je.

– Je t'ai négocié un trimestre, je n'ai pas réussi à t'obtenir plus.

Trois mois. Dans trois mois, mon nom sera rayé du registre des athlètes de freefight pro. Fait chier…

– Est-ce que tu as déjà réfléchi à la suite ? reprend-il.

J'exhale bruyamment et laisse le poids de mon crâne basculer en arrière.

– Pas vraiment.

– Prends conseil auprès de ton agent et des avocats. Essaie de voir quelle reconversion te conviendra le mieux. Je ne te laisse pas tomber, tu le sais ? Je vais me renseigner autour de moi mais, dans l'idéal, tu dois d'abord faire le point. Et rapidement.

Faire le point… Le problème, c'est que je ne sais faire que les poings. Mon existence sur le sol américain n'a réellement commencé que lorsque j'ai intégré l'école sous l'enseignement d'Edge. Depuis, la technique rythme mes journées, les entraînements saturent mon agenda, le combat libre coordonne ma vie. Je suis né pour cogner. Et j'adore être payé pour !

– Parles-en avec les gars. Ils auront peut-être des pistes à te soumettre…

Je reviens bloquer mon regard de pitbull cubain dans le sien. Edge a l'air contrarié, vraiment contrarié. Sauf que ça n'aide pas à refroidir mes neurones en surchauffe.

Au mieux, ça me permet de ne pas craquer.

– OK, conclus-je en me levant brusquement. On a fini ?

Il acquiesce.

– Tu peux quitter plus tôt aujourd'hui, propose-t-il en s'imaginant sûrement me faire une fleur.

– Il me reste deux ateliers…

J'en ai besoin. La bombe qui vient de m'exploser au visage me ravagera bien plus péniblement si je suis dehors, à ne rien faire d'autre que ruminer. Pour ma santé mentale, il est préférable que je reste au BLT et que je transpire un max. Quand bien même je m'autoriserais à écourter ma journée, je ne saurais pas quoi en foutre.

Je sors du bureau après avoir échangé un bref hochement de tête avec Edge et retourne mécaniquement au sac de frappe que je malmenais avant que cette merde ne vienne remettre en perspective mon avenir dans le sport de haut niveau. Je croise une seconde le regard consterné de Casey jusqu'ici en pleine série de développé-couché. Je suis certain que ma retraite anticipée était leur sujet de conversation tout à l'heure.

Je passe l'heure suivante à fracasser le sac, imperméable au brouhaha qui nous entoure maintenant que le cours de dix-sept heures a commencé, celui qui regroupe une demi-douzaine d'espoirs des écoles alentour. Je cogne, correctement. J'enchaîne. J'ajuste mes trajectoires au millimètre près, je dose ma puissance… Je vise la perfection. Un foutu comble quand on y pense, pourtant je serais bien incapable de ne pas y mettre toute ma force et ma conviction. Je suis comme ça, entier et déterminé. Je ne suis pas comme ces joggeurs qui bouclent leur circuit matinal en traînant la patte sur les derniers mètres, non. Moi, je suis le gars qui accélère, qui refuse de rétrograder en dépit de la ligne d'arrivée en approche. Et ça, ça ne peut être que positif pour la suite. Je ne suis pas mort, en tout cas pas encore. La Fédé m'enterrera dans trois mois, trois mois que je mettrai à profit pour ma reconversion.

Alors oui, ça m'emmerde, mais non, je ne suis pas vaincu.

– Je propose quelques foires d'empoigne, ce soir ! Qui en est ? beugle Trigger que je sens dans mon dos.

Concentré sur le sac de frappe, je ne relève pas et intensifie mes crochets du droit.

– Bof, grommelle Dre en avançant dans ma direction. Depuis la dernière mise à jour, je galère avec le mode construction.

– C'est parce que ta connexion est merdique !

Casey approche à son tour, les mains encore pleines de magnésie qu'il essuie dans une des serviettes-éponges estampillées BLT. Je passe outre leur présence autour du sac et augmente la magnitude de mes coups.

– Et puis tu saoules avec tes directives de dictateur russe pendant les parties, on ne peut pas flinguer un type sans que tu pètes un câble, se plaint Dre.

– C'est juste que mes tactiques de jeu sont plus pertinentes ! En quoi c'est ma faute si vous êtes tous mauvais ? se marre cet enfoiré de Trigger.

– Sérieux, Trigger, s'énerve Casey. Tu m'expliques pourquoi tu continues de vouloir jouer avec nous si on est à ce point des branques ?

– Toi, à la limite, tu te défends, mais Eagle est une chèvre !

Un silence s'étend quelques secondes durant lesquelles je les sens m'épier violemment. Ils s'attendent à me voir réagir, sauf que je m'en contrecarre. J'ai définitivement autre chose à penser. Et passer la soirée à jouer à la PS4 avec cet emmerdeur de Trigger en fond sonore ne m'ambiance pas du tout.

– Tu comptes défoncer ce pauvre sac encore longtemps ?

La journée est finie, mon pote, débranche ! m'assène Trigger en se calant derrière mon adversaire en cuir rouge pour le bloquer.

Je soupire bruyamment, les bras à présent ballants le long de mon corps bandé d'efforts. Les poings toujours crispés et prêts à frapper encore des heures. Dre et Trigger me coulent un regard perplexe tandis que je me fais violence pour ne pas les dégager à coups de pompes de mon espace d'entraînement. Casey, lui, serre les dents à intervalles réguliers, conscient de mon état d'esprit bancal.

– Alors ? *Fortnite* ou pas ? me lance Trigger.

Je secoue la tête.

– Je suis crevé, mens-je.

– T'as vachement l'air, c'est clair, raille-t-il. Le coach t'a mis une chasse, c'est ça ?

Je ne réponds pas, noyé dans les bribes de ma conversation avec Edge. Je ne leur en parlerai pas. Pas envie, pas besoin. Pas maintenant.

– On va rentrer, on jouera un autre soir, décrète Casey en me suivant vers les vestiaires.

– Aria est de retour ? lance Dre.

– Pas encore, la semaine prochaine je pense.

– N'oublie pas de t'astiquer le manche, beugle Trigger en ouvrant son casier. Il ne faudrait pas que ta queue se meure…

Le rire gras de Trigger éclate sous l'œil désabusé de mon meilleur pote. Ce mec ne changera jamais, un porc narcissique à l'humour super limite. Notre promiscuité finira par le tuer, enfin nous finirons par le tuer…

Alors que nous récupérons nos sacs de sport, mon téléphone se met à s'agiter dans la poche de mon short. Immédiatement, mon pouls fait une envolée. En trois secondes top chrono, j'ai décroché et collé l'appareil à mon oreille.

– *¿Abuelita?* Tout va bien ?

Elle grogne comme une lionne désespérée.

– Arrête de t'inquiéter si tu veux garder ta langue, *nieto* ! La prochaine fois, je la coupe.

Je roule des yeux avant de tomber dans ceux de Casey qui m'étudient, sur le qui-vive. Je hoche sensiblement la tête pour lui signifier que ma grand-mère va bien. En tout cas, son ton de voix ferme va dans ce sens ! Quoiqu'elle trouverait le moyen de m'engueuler même à cinq minutes de monter supposément au bloc, donc bon…

– Je t'appelle pour te parler de demain…

Demain ? Merde, qu'est-ce qu'il y a demain ?

– Les infirmiers de l'étage proposent des activités en début d'après-midi. Pour les enfants ! J'ai proposé que tu fasses une petite démonstration, tu sais la boxe et tout ça. Tu ne frapperas personne, bien sûr, mais tu pourrais leur parler de ce que le sport t'apporte. Je crois que ça aiderait certains de faire un parallèle avec le combat contre la maladie. Et prends le médaillé avec toi ! Qu'ils voient que ça paie de se battre.

– Je ne sais pas trop, *abuelita*.

– Mais si, tu sais. Sois là pour quatorze heures ! *¡Te quiero*[7]*, nieto!*

Déjà disponible dans toutes les bonnes librairies !

3. « Je t'aime. »

Extrait

Stepbro' Next Door

Mélodie Chavin

1

BIENVENUE CHEZ LES KIWIS

Lorelei

Janvier. Mon avion a décollé de Chicago, direction Auckland ! Ah, la Nouvelle-Zélande ! Un cadre magnifique, des montagnes, le soleil, la chaleur et la mer de Tasman dans le Pacifique.

Euphorique, moi ? I say yes !

Dans l'appareil qui me mène tout droit vers une destination de rêve, la voix de Bruno Mars fait pétiller à répétition « Just the Way You Are[8] » dans mes oreilles (ma préférée de toutes). Mes narines expirent un air chaud. Je suis pleinement détendue, ou presque. Ma tête cogne doucement contre le hublot et je recommence l'opération ; une tache de buée se forme sous mes lèvres entrouvertes. Mon doigt se lève avec lenteur pour dessiner un bonhomme heureux. Il représente mon humeur de l'instant. Il sourit, il est content.

1. Chanson sortie le 20 juillet 2010, aux États-Unis. Interprétée par Bruno Mars, écrite et composée par The Smeezingtons, Khalil Walton et Needlz. La chanson a été produite par The Smeezingtons et Needlz.

Les nuages, sous mes pieds, m'enveloppent comme du coton.

Ou alors, ce sont peut-être mes jambes qui commencent à fourmiller ?

Je baisse le regard devant moi et mes yeux se portent sur mes pieds. Je les fais tourner dans un sens, puis dans l'autre. En effet, ils commencent à être douloureux. Je ne parle même pas de mon dos. Voici bientôt huit heures que mon popotin est posé sur ce siège, qui devient, au fur et à mesure du temps qui passe, de moins en moins confortable. Lorsque je me suis installée dessus, je le trouvais plutôt moelleux, alors que maintenant, j'ai l'impression d'être assise sur une planche de bois qui me vrille les reins.

La classe économique, c'est pas la folie !

Mais bon, je suis tout de même heureuse d'être dans cet avion, car d'ici quelques heures, je vais retrouver mon père.

Je m'appelle Lorelei et je fête mes 18 ans dans trois semaines.

Information importante : la majorité !

Je mesure un mètre soixante-quinze, ce qui explique que mes jambes sont écrabouillées comme un vulgaire morceau de viande entre deux tranches de pain. Mes parents sont divorcés depuis dix ans maintenant. L'enfant que j'étais a mal supporté leur séparation, j'en ai beaucoup pleuré. Mais aujourd'hui, je ne suis plus cette petite fille de 8 ans, et j'ai compris qu'il valait mieux avoir un père et une mère séparés mais heureux plutôt que deux parents ensemble et malheureux.

Lors d'un voyage au pays des Kiwis – surnom donné aux Néo-Zélandais en rapport avec le kiwi, l'oiseau, qui est un symbole national de la Nouvelle-Zélande –, il y a un an, mon père a rencontré une femme, Elise, et n'est jamais rentré à Chicago depuis. « Le coup de foudre », a-t-il dit. Ils se sont installés dans une belle maison à Auckland. C'est rapide, sûrement, et possiblement une décision prise sur un coup de tête aussi. Mais, dans la famille, nous sommes comme ça : notre cœur guide nos actions. C'est pourquoi j'ai fait le choix de venir le retrouver dans l'ancienne capitale de l'île du Nord. Depuis son départ, mon père me manque atrocement, et plus encore. Je suis fille unique et notre relation a toujours été fusionnelle, ce qui complète une fois de plus le tableau où sont notés nos traits familiaux communs. Un lien indescriptible nous unit. Un fil qui lie nos deux âmes, comme le cordon qui relie le corps de l'enfant à sa mère. Un fil invisible aux yeux des autres, qui n'en demeure pas moins incassable pour nous. Pour moi.

Mon *dad*, c'est mon tout. C'est mon roc, mon lion, ma force sur cette planète. Il est mon roi. La distance me tordait le ventre, je ne le supportais plus. Alors, j'ai décidé, avec l'accord de ma mère, d'aller m'installer chez lui pour y finir mes études au lycée, avant d'entrer à la faculté. Nous sommes début janvier. J'ai fêté Noël ainsi que la nouvelle année avec ma mère, puis me voilà partie à l'aventure ! Bien entendu, j'ai commencé mon année à Chicago pour la reprendre en Nouvelle-Zélande à la fin du mois. Ma maman ainsi que mes deux folles d'amies, Lana et Mia, vont terriblement me manquer, je le sais. Mais l'absence de Warren, mon père, pesait vraiment trop sur mon cœur. J'ai d'autant plus hâte que c'est actuellement l'été en Nouvelle-Zélande !

C'est perturbant, car je ne savais pas que, sur cette île aux paysages magnifiques – *cœurs dans mes yeux* –, tout est décalé… Chez eux – bientôt chez moi –, actuellement, c'est leurs vacances d'été. Étrange, mais c'est bel et bien l'été austral là-bas. Je vais être complètement à la ramasse les premières semaines, et je m'en amuse !

Pour preuve, je pouffe de rire sur mon siège, ce qui fait tourner la tête de ma voisine vers moi. La septuagénaire coincée et visiblement pincée me fixe, un sourcil relevé jusqu'au plafond de l'avion que nous partageons.

– Pardon, je viens de me souvenir d'une blague que… que… Enfin, pardon.

Je mens et je m'excuse à la fois d'avoir dérangé la femme à mes côtés en pleine lecture de *Philosophie et fin de vie*.

Wow, intéressant ! Pas du tout flippant…

La dame replonge dans son livre, me prenant sûrement pour une demeurée – ce que je suis, bien évidemment. Je pouffe une nouvelle fois.

Nouveau regard en coin.

– Pardon, pardon.

Je me retiens de rire devant la face gauche de son visage, qui commence à être marqué par les stigmates du temps qui passe.

Deux heures viennent de s'écouler, et plus les minutes me rapprochent des retrouvailles, plus je sens mon cœur palpiter, s'agiter, ce qui provoque une douce chaleur dans ma poitrine. Une multitude de sentiments se mélangent, s'entortillent et s'emmêlent : de la hâte, du plaisir, de l'envie, du stress, de l'excitation, mais aussi beaucoup de joie. Mon père est ma bouffée d'oxygène. Vivre sans lui, c'était comme vivre sans mes poumons. Mon cœur tambourine si fort que je m'agite sur mon siège, ce qui alerte une fois de plus ma voisine.

– Roh, ça va, vous n'avez jamais eu des morpions, vous ? grogné-je.

Elle me lance un regard indigné avant de retourner à son bouquin. OK, je l'ai peut-être un peu choquée, mais elle commençait à m'agacer. C'est limite si j'ai eu à peine le droit de respirer durant tout le vol !

Toutefois, je continue de me trémousser d'euphorie

lorsque la voix du commandant de bord nous annonce la descente de l'avion dans quinze minutes.

Plus que neuf cents secondes !

Dans ma petite tête, je commence fébrilement le décompte.

Huit cent quatre-vingt-dix-neuf, huit cent quatre-vingt-dix-huit, huit cent quatre-vingt-dix-sept, huit cent quatre-vingt-seize, huit cent quatre-vingt-quinze…

La hâte commence réellement à me comprimer les poumons. Je nous imagine déjà nous serrer l'un contre l'autre, moi pleurant comme une petite fille de 5 ans… Je me visualise en train de faire la connaissance de sa nouvelle femme, et son visage s'interpose sous mes paupières. Ses traits, que j'ai pu observer sur des photos que mon père m'a envoyées, se forment dans ma tête.

Six cent cinquante et un, six cent cinquante, six cent quarante-neuf, six cent quarante-huit…

En même temps que mon décompte, qui continue à s'effectuer aussi fort qu'une musique tonitruante dans mon crâne, je pense également aux deux enfants que ma future belle-maman a. Deux garçons, pour être exacte, dont un qui a tout juste deux ans de plus que moi. Jackson.

Cent, quatre-vingt-dix-neuf, quatre-vingt-dix-huit, quatre-vingt-dix-sept, quatre-vingt-seize…

Un trou d'air. Une secousse. Mon cœur remonte dans ma gorge. Les sensations de cette descente et de mon impatience s'entrechoquent et me font claquer des dents.

Dix, neuf, huit, sept…

Après un peu plus de quinze heures de vol, le train d'atterrissage touche enfin le tarmac.

Deux, un !

Me voilà arrivée. J'expulse l'air contenu dans mes poumons et lâche un petit cri d'extase. Tout petit, limite imperceptible aux oreilles des passagers. À toutes, sauf à celles de ma voisine.

– Crotte, lui balancé-je. Pardon d'être heureuse à l'idée de retrouver mon père !

Contre toute attente, un large sourire prend forme sur le visage de la septuagénaire. Elle me souhaite une belle journée, récupère son bagage cabine et prend place dans la file qui nous mène tout droit à la sortie de l'avion.

Éberluée par sa réaction, je reste plantée comme une sotte sur mon siège, avant de me souvenir où je suis et qui je m'apprête à retrouver derrière ce hublot, à même pas quelques mètres de moi. J'étire mes bras, décroche ma ceinture et me lève d'un bond. Je vais enfin pouvoir sortir de cet engin, je vais pouvoir me dégourdir les jambes. Mais surtout, je vais retrouver mon père et le serrer dans mes bras.

Mon bagage arrive enfin, triomphant, sur le tapis roulant. Je me fraie un passage et attrape d'un coup sec l'anse.

Ouh, c'est qu'il pèse une tonne !

Je manque de m'écrouler au sol en même temps que ma valise, mais me rattrape de justesse… aux fesses d'un papy.

Erk !

– Pardon, monsieur, m'excusé-je brièvement.

Je suis bien trop préoccupée par ma quête : celle de retrouver mon *dad*.

Ma valise roule à toute vitesse derrière moi, qui « marche-cours » en direction des arrivées. Il y a foule. Je suis le troupeau, tout en tentant de garder mon cap et ma vitesse, mais c'est peine perdue, vu le monde qui m'entoure. L'avion était rempli ! Heureusement, grâce à ma grande taille, je peux facilement regarder loin devant moi. Même si des hommes et certaines femmes mesurent la même taille que moi, j'ai tout de même cet avantage. Quand enfin la masse s'éparpille, j'y vois plus clair. Des couples se retrouvent, pleurent et s'embrassent langoureusement. Des touristes, le sourire aux lèvres, rencontrent leurs correspondants, et des familles se reforment en encerclant de leurs bras les corps de ceux qu'ils aiment, comme je m'apprête à le faire d'ici quelques minutes. J'aperçois, au loin, ma voisine de siège enlacer un homme de la même tranche d'âge qu'elle, puis serrer très fort dans ses bras une femme et des enfants – son mari et sa famille, sûrement. Elle se retourne et son regard fond dans le mien. Un sourire égaie alors mes lèvres. Mon ancienne voisine de siège me le rend avant de partir en direction des portes coulissantes de l'aéroport.

Je quitte des yeux les silhouettes de cette jolie famille et pense à la mienne, qui m'attend. Mon cœur reprend ses battements frénétiques tandis que mes pieds me mènent tout droit en direction des bancs. Je tourne la tête de gauche à droite, cherchant mon père, quand soudain je l'aperçois enfin. Mon cœur fait un bond vif et violent dans ma poitrine. Une multitude de frissons s'emparent de moi et montent tout le long de ma peau. Un grand et large sourire fend alors mon visage. Je pousse un cri de joie avant de me jeter dans ses bras.

– Papa !

Ma valise vacille et se retrouve vulgairement éjectée au sol. Mon père m'accueille contre lui et m'enlace tendrement.

– *Kia ora*, ma Lolie.

Depuis que je suis enfant, mon père me surnomme Lolie. Ça a toujours été un petit nom que j'affectionne tout particulièrement, même encore à l'âge de 17 ans.

Des larmes dévalent mes joues. Un an, c'est long, surtout pour une fille qui ne jure que par son papa.

Nous nous écartons et je fais enfin la connaissance d'Elise, sa nouvelle femme, puis de Timmy, le dernier de ses fils, tout juste âgé de 9 ans. Je note qu'il en manque un, mais ne fais pas de remarque à ce sujet. L'aîné n'avait peut-être pas envie de venir, ou bien il doit sûrement être occupé, ce que je comprends.

Mon père ramasse mon bagage, que j'ai laissé choir sur le carrelage froid de l'aéroport, et nous sortons afin de rejoindre la voiture. Une fois à l'extérieur, je suis surprise par un vent chaud et humide.

Wow !

Je viens de passer du négatif à une température positive. Mon regard se porte sur un panneau d'affichage et je constate qu'il fait… 30 °C !

My God !

Vêtue de mes bottes et de mon pull en laine, je suis contrainte de m'arrêter pour retirer ce qui m'encombre. C'est en débardeur que je termine le chemin jusqu'au 4 x 4 de mon père, des gouttes de sueur dégoulinant déjà de mon front. Chouette, d'ici quelques minutes, mes cheveux vont se mettre à onduler naturellement et quelques frisottis vont venir encadrer mon visage.

Mon père s'engage sur la route. Ma tête pivote machinalement sur la droite, et ce que je vois me fait sursauter. Oui, j'avais oublié qu'ici, on roule à gauche…

Je viens de me faire une de ces frayeurs !

– Ton vol s'est bien passé, ma puce ? me demande mon père, concentré sur la route.

Elise se retourne vers moi et me sourit.

– Oui, ç'a été. J'ai rencontré une mamie aigrie, pour enfin me rendre compte qu'elle devait sûrement avoir un bon fond et un grand cœur. Mais là, j'ai surtout hâte d'arriver ! Non, mais honnêtement, les sièges de ta voiture sont largement plus confortables que mon fauteuil A98. J'ai le dos en marmelade ! m'écrié-je presque en examinant son visage dans le rétroviseur.

– Et pourtant, ce 4 x 4 a bien fait son temps, rétorque

mon père, un rire au bord des lèvres.

– Peut-être, mais je m'en contente très bien !

– Je suis heureux que tu sois là, ma Lolie.

– Moi aussi, papa. Tu m'as manqué.

– Tu m'as manqué aussi.

– D'ailleurs, tout à l'heure, tu m'as dit un mot quand je suis arrivée, et je n'ai pas compris.

– *Kia ora* ?

– Oui, voilà.

Il rit doucement avant de me répondre.

– Ça veut dire « salut », « bonjour » ou « portez-vous bien ». Ce mot vient du maori et est entré dans l'anglais néo-zélandais.

– Oh, d'accord. Alors, *kia ora* ! lancé-je à la cantonade.

J'observe un joli sourire se dessiner sur les lèvres d'Elise alors que ses yeux n'ont pas quitté le paysage. Ma nuque pivote afin d'observer la réaction de Tim, mon voisin de droite, mais je constate que ce dernier s'est endormi.

– Il ne ronflerait pas s'il n'avait pas fait la java toute la nuit avec son frère, m'informe mon père en riant.

– Ils ont passé la majeure partie de la soirée à regarder tous les Marvel, ajoute Elise. Tu aimes les Marvel, toi, Lorelei ?

– Bof, non, ce n'est pas trop ma tasse de thé.

– Oui, ma fille préfère les vieux Disney.

– Papa, grogné-je, j'ai bientôt 18 ans.

– Et peu importe ton âge, tu resteras toujours ma petite fille.

Un sourire étire mes lèvres et mon regard se reporte sur Timmy. Il est si mignon… Ses petits yeux bleus sont clos et ses cils reposent délicatement sur ses joues roses et rebondies. J'aime les enfants et je sens que je vais vite m'attacher à celui-ci. Je sais que je m'attache vite aux gens. Cela fait partie de ma personnalité, et parfois j'en souffre. Mais il y a juste à observer ce petit garçon : qui ne craquerait pas à cet instant ?

Je me surprends alors à essayer de deviner à quoi peut bien ressembler son grand frère. Est-il brun ? A-t-il les yeux aussi bleus ? Est-il grand ? Petit ? Tout un tas de questions se bousculent dans ma tête tandis que la voiture file toujours en direction de ma nouvelle maison.

– Comment vas-tu, ma chérie, depuis tout ce temps ? J'ai l'impression que tu as encore grandi ! s'exclame mon père, ce qui me sort de mes pensées.

– Bien ! Je suis très heureuse de te retrouver. J'ai l'impression de commencer une nouvelle aventure, m'extasié-je.

– C'en est une, c'est vrai. Nouvelle ville, nouvelle culture, nouvelle maison, nouvelle famille… ajoute-t-il tout en coulant un regard amoureux vers Elise lorsqu'il prononce le dernier mot.

– Nouvelle famille, répété-je, un sourire aux lèvres.

Je suis heureuse : mon père a trouvé le bonheur et j'ai hâte de vivre ici. D'ailleurs, la ville d'Auckland est magnifique !

– Comment va ma mère ? Tu l'as vue avant de partir ? Elle me manque, tu sais…

– Oui, granny Margaret va bien. Tu lui manques aussi et elle t'embrasse. Tu sais qu'elle danse encore ? Elle m'épate ! Granny a beau avoir 75 ans, elle a une de ces pêches ! Et elle danse toujours aussi bien ! m'exclamé-je avec enthousiasme.

– Ah, oui ? Pas étonnant. En même temps, elle a toujours eu cette forme olympique, cette joie de vivre et un don pour la danse. Vous avez ça dans les gènes : je sais de qui tient ma fille chérie ! répond-il joyeusement.

– Merci, soufflé-je, touchée. Granny a toujours été un exemple pour moi…

– Oui, et je suis fière de toi, ma chérie.

– Oh, ce n'est pas facile tous les jours, mais je tente de suivre son chemin.

– Et tu t'en sors très bien. Et puis, tu sais, tu n'as pas besoin de ressembler à granny Margaret pour être parfaite. Pour moi, tu l'es déjà.

– C'est facile, je suis ta fille unique, papa, dis-je en riant.

– C'est vrai, mais je ne rêvais pas mieux.

– Merci, *daddy*…

La conversation part sur divers sujets, et nous rions de bon cœur dans le 4 x 4 de mon père. Nous passons le Harbour Bridge, et je m'émerveille devant cette vue magnifique et dégagée que nous avons sur la mer, ainsi que sur tous les petits bateaux qui complètent le décor.

Après une demi-heure de route, nous voilà enfin arrivés au 2, Te Araroa Trail, dans le quartier de Belmont. La voiture passe le portail électrique. On s'arrête devant l'un des doubles garages. Je suis impressionnée. Cette maison ressemble plus à une villa qu'autre chose. Elle est assez grande. Ses murs sont crépis de blanc, et d'où nous sommes, je peux simplement apercevoir les grandes fenêtres de l'étage.

Mon père récupère mon bagage dans le coffre et se tourne vers moi.

– Voilà, Lolie, bienvenue chez toi !

– Waouh, c'est magnifique ! m'extasié-je.

– On l'a achetée il y a six mois. Elle donne sur la plage de Saint Leonards Bay, juste derrière. Tu aimes ?

– Si j'aime ? Le cadre est juste époustouflant. Non, j'aime pas, j'adore !

Nous entrons enfin dans la grande maison, qu'il me fait visiter. Le hall débouche sur un grand salon. Au centre, deux imposants canapés en cuir blanc trônent. Un énorme écran plat est accroché au mur et la table de la salle à manger est disposée dans le prolongement de cette vaste pièce.

– C'est ici que nous dînons, mais c'est dans la cuisine que nous petit-déjeunons. Normalement, les Néo-Zélandais ont la fâcheuse tendance de manger sur le canapé, le soir, mais j'ai tenu à apporter mon côté « proche de ma famille » en instaurant les repas à table tous ensemble, m'indique-t-il en lançant un petit clin d'œil à Elise, qui rit silencieusement.

– Oui, c'est vrai, les Kiwis sont comme ça, reconnaît ma belle-mère.

– Ne t'inquiète pas, je ne t'obligerai pas à te lever tôt pour que l'on soit tous ensemble. Bien entendu, il y a des règles, comme chez maman. Toutefois, nous tenons beaucoup, avec Elise, à ce que nos enfants se sentent bien ici. Donc, les plateaux télé sont acceptés de temps en temps. Vous avez quelques libertés, je ne veux pas que ce soit le bagne ici, non plus, dit-il en souriant.

– Je comprends, acquiescé-je en lui rendant son *smile ultra bright*.

– Tu veux boire quelque chose ? me demande Elise.

– Oui, je veux bien, merci.

– Suis-moi, me propose-t-elle en m'indiquant la direction du menton.

Je m'exécute et nous débouchons dans une somptueuse cuisine brillante, blanche du sol au plafond. Ma nouvelle belle-mère se dirige devant le grand réfrigérateur américain et m'énumère ce qui s'y trouve.

– On a de la L & P, me propose Elise.

– C'est quoi ?

– Lemon et Paeroa. C'est une boisson gazeuse sucrée typique d'ici. Tu veux goûter ? me demande-t-elle en brandissant la bouteille brune à l'étiquette jaune devant moi.

– Oui, je veux bien, dis-je, curieuse.

Elle sort un verre du placard et verse le liquide gazeux dans celui-ci, quand nous entendons la porte d'entrée s'ouvrir et se refermer. Elise repose la bouteille qu'elle tenait et redresse la tête.

– Oh, ce doit être mon plus grand, Jackson, lâche-t-elle dans un sourire charmant.

Des pas lourds se font entendre ; ils se rapprochent. Je vais enfin rencontrer mon nouveau « grand demi-frère » ! J'ai hâte, moi qui n'en ai jamais eu… J'ai toujours envié mes amies du lycée, toujours chaperonnées par un grand frère doux, attentionné et protecteur. Vais-je avoir cette chance, moi aussi ?

addictives

Rose Becker
Le Bébé, mon milliardaire et moi (aussi en poche)
Torride, sexy & dangereux
Dangerous

Aimée Bianca
B.O.S.S. Beau, Odieux, Sexy, Snob

Phoebe Campbell
Lui résister… ou pas

Mia Carre
Bad for You
Teach Me Everything
Charmant connard !

Mélodie Chavin
Campus Rules
Fucking Wedding
Coloc avec mon ennemi

Alexia Clemens
Red Python. Save Me

Sonia Eska
Ne me tente pas

Emma Green
Toi + Moi : L'un contre l'autre (aussi en poche)
Toi + Moi : Envers et contre tout (aussi en poche)
Toi + Moi : Seuls contre tous (aussi en poche)
Call Me Baby – l'intégrale
Call Me Bitch – l'intégrale
Love Me if You Can
Kiss Me if You Can
Jeux interdits
Jeux insolents
Jeux imprudents
Une toute dernière fois
Fallait pas me chercher ! – volumes 1 et 2
Corps impatients (aussi en poche)
Cœurs insoumis (aussi en poche)
Âmes indociles (aussi en poche)
Cent facettes de Mr Diamonds
Bliss. Le faux journal d'une vraie romantique
(Im)parfait (aussi en poche sous le titre *Fais-moi une place*)
Love Me if You Can
Kiss Me if You Can
It's Raining Love !
The Boy Next Room
PS : Oublie-moi !
Fallait pas me chercher ! – l'intégrale
Recherche coloc : emmerdeurs, râleurs, lovers… s'abstenir !
10 bonnes raisons de te détester !
Just 17
Love & Lies on Campus
Bien plus forte que toi !
If You Wanna Be My Lover…
The Boy on Fire
La Vie en vrai

Megan Harold
Breaking the Rules
Initiation with My Boss

Ludivine Hart
Arrogant & Tattooed

Amy Hopper
Gone Boy
Le Coloc

Charlie Lazlo
Mon insupportable boss

Sienna Lloyd
Mords-moi !

Caroline Mongas
Mariage forcé. Un contrat indécent

Zoé Murat
Boss Me Around (aussi en poche sous le titre *The New York Office*)

Lina Parker
Campus at Sea

Gaëlle Sage
Kiss, Kill & Ride
Lost Rider
Arrogant Rider

Ana Scott
Dark Ride
Last Ride
Vicious Ride
The Dominant
Evil Ride
Sensual Stepbrother
Un enfoiré mais un coup d'enfer !
Say Yes to the Boss
Le Meilleur Ami de mon frère

Camilla Simon
Le voisin parfait est un enfoiré
Initiation with My Enemy
Le mec parfait est un inconnu… ou presque !
Le rockeur parfait est insolent et tatoué

Liv Stone
Love Lessons (aussi en poche)

Lisa Swann
Adore-moi !

Louise Valmont
Campus Initiation
Mon insupportable voisin !

Chloe Wilkox
Extreme Lover
Immoral
Dominant Boss. Apprends-moi
The Virgin's Price

Luv

Ana K. Anderson
Indompté
Scottish Bastard

Sophie Auger
Be with Me

Sonia Birdy
L'Initiation
Touchdown. Campus Star

Laura Black
Dark Initiation
Games of Desire
H.A.R.D. Hot, Arrogant, Rebelle, Déterminé
Sulfurous Bad Boy
Italian Boss

Margot D. Bortoli
Too Young

Anne Cantore
Promets-moi. Louise et Marco

Sarina Cassint
Avec toi… peut-être
Insolent Boss

Romy Cole
Never Kiss a Soldier

Mary Ann Davis
Coach Me Love

Sarah Dheilm
Hot Reward
Elite Fighter

Gwen Delmas
Noël, toi & moi
Sex Friends. Pas de contraintes, que du plaisir !

Eugénie Dielens
Imprévisible boss
The Boss Next Door

Cléa Dorian & Ninon Vars
Dark Love

Laurie Eschard
Love Naked

Lil Evans
Boss Affair

Lou Garance
Can You Keep a Secret?
Foutu coloc !

Alexandra Gonzalez
Shades of You

Erin Graham
Teach Me Love
The Boss
Secret Stepbrother
Strong Addiction
Coloc avec mon boss
The Initiation

Joh Harper
Crazy Love
Broken but Alive

Missy Heart
Dark Domination

Marie Hayle
Under Control
Lover Next Door

Ellie Jade
About Last Night

Emma S. James
Under the Rain

Sara June
Rider in the Dark
Sexy Wild Rider

Emily Jurius
Love to Hate You

Allie Krown
High School Challenge

Antinea Kane
In Love with My Enemy

Marion Laurent
Mr Alpha
I Want You in My Bed!
My Fake Boyfriend

Pauline Libersart
Tiger. Entre ses griffes

Nina Loren
Breaking the Ice
Teach Me Again. Impossible Desire

Ella Lores
Mariée par accident à un connard arrogant rencontré la veille…
My Best Enemy
Fucking King

Jessica Lumbroso
Emma X. Secrète et insoumise

Lili Malone
Coloc avec un inconnu

Mila Marelli
Dark Man in Love
Crazy Wedding

Mag Maury
My Hipster Christmas

Billie Morgan
Free Fighter
I Don't Fucking Care!

Aurore Nox
Foutu menteur!

Alix Parks
Never Kiss the Boss

Jeanne Pears
Insupportable coloc
Colocs & Sex Friends
H.O.T. Hypnotique, Obstiné, Ténébreux
The Most Insolent Man

Alexia Perkins
Arrogant Fake Lover

Sophie S. Pierucci
L'Inconnu de l'ascenseur & Moi (aussi en poche)
My Stepbrother. L'initiation

Silvia Reed
Darkest. La dernière heure
Too Close

Anita Rigins
No Rules
My Rules
J'aime pas Noël ni les voleurs de taxis !

Jana Rouze
Effet de vague – saisons 1, 2 et 3

Isla A. Rowley
Le Coloc de mon frère

Ana Scott
À corps brisés

Adora Sky
Decadent Lover

Léana Soal
Fight & Hope

Cara Solak
Perfect Obsession

Izia Soley
Fauve
Initiation. On Your Skin

Liv Stone
Initie-moi. Mes jours contre tes nuits

Lena K. Summers
Perfect Bad Boy
Donovan, roi des connards

Kaly Swann
Austin. Breathe with Me

Fanny Twice
Burning First Love

Anna Wendell
Arrogant Bad Boy
Apprends-moi le désir
Colosse. Le maître du jeu
Break Your Chains

Mina Zadig
Just Sex & Tattoos
Arrogant Highlander

New adult **addictives**

Sonia Birdy
California High School

Mélodie Chavin
Stepbro' Next Door

Juliette Duval
Falling for my Stepbrother

Sianna Milano
High School Initiation

Isla A. Rowley
Toxic Games

addictives POCHE

Rose Becker
Le Bébé, mon milliardaire et moi (aussi en grand format)
Désirs & Désastres

Marjorie Burbaud
The Campus Teacher

Olivia Dean
À lui, corps et âme – volumes 1 et 2

Sonia Eska
My Last Chance

Lou Everly
Bad Boy Crush

Erin Graham
Nos amours contraires
Back to Campus

Emma Green
Seuls contre tous (aussi en grand format sous le titre *Toi + Moi : Seuls contre tous*)
L'un contre l'autre (aussi en grand format sous le titre *Toi + Moi : L'un contre l'autre*)
Envers et contre tout (aussi en grand format sous le titre *Toi + Moi : Envers et contre tout*)
Corps impatients (aussi en grand format)
Cœurs insoumis (aussi en grand format)
Âmes indociles (aussi en grand format)
Fais-moi une place (aussi en grand format sous le titre *(Im)parfait*)

Kim Grey
Fausse fiancée & vrais ennuis

Megan Harold
Sublime-moi !

Charlie Lazlo
Kiss Me I'm Famous
The Duke

Zoé Murat
The New York Office (aussi en grand format sous le titre *Boss Me Around*)

Jeanne Pears
Jamais avec mon coloc !

Sophie S. Pierucci
L'Inconnu de l'ascenseur & Moi (aussi en grand format)
Deep & Dark

Lise Robin
Forbidden Stepbrother

Liv Stone
Love Lessons (aussi en grand format)

Alexane Tolley
The Boss Rules

Chloe Wilkox
Your Game, My Rules

Obéir et ne jamais poser de questions...
Hazel, jeune stagiaire, a la surprise de devoir travailler avec Cole Parker, avocat brillant mais peu conventionnel, sur un dossier brûlant. S'ils gagnent ce procès, ils pourront redorer la réputation du cabinet. S'ils perdent... ils perdent tout. L'enjeu est de taille, et la jeune femme sait qu'elle n'a pas droit à l'erreur. Alors, craquer pour son boss au regard glacial : très mauvaise idée ! Mais comment résister quand la salle de la photocopieuse, l'ascenseur ou le bureau de Cole incitent à céder aux pires tentations ?

Auteure : Liv Stone

Edisource – Éditions Addictives
100, rue Petit, 75019 Paris
Imprimé par Dupliprint
733, rue Saint Léonard, 53101 Mayenne cedex, France
Dépôt légal : janvier 2023 – Achevé d'imprimer : décembre 2022
ISBN : 978-2-37126-538-7

Réf. contrats : ZAID_001, ZAID_002, ZAID_003, ZAID_004, ZAID_005, ZAID_006